扭曲者

T．金費雪——著
吳妍儀——譯

THE TWISTED ONES
a novel

T. Kingfisher

目錄

扭曲者

對《扭曲者》的讚揚

「這本書得開著燈讀。」

——《柯克斯書評》（*Kirkus*）

「這是實實在在的民俗傳說風格恐怖故事，惡魔就在書頁之間等待。」

——查克．溫迪格（Chuck Wendig），《紐約時報》暢銷作者

「金費雪以一種非常自信的新聲音，大步踏入民俗恐怖的鬼魅領域，相當令人印象深刻。」

——史蒂芬．佛克（Stephen Volk），僞紀錄片《看鬼去》（*Ghostwatch*）與中篇小說集《黑暗大師三部曲》（*The Dark Masters Trilogy*）的得獎作者

「結合了經典亞瑟．麥肯故事的恐懼與電影《靈病》（*It Follows*）的尖銳辛辣。」

——海倫．馬歇爾（Helen Marshall）

「機智、清脆爽利的行文，真正令人膽寒，不曾止息的懸疑……肯定不能錯過。」

——愛莉森．利托伍德（Alison Littlewood）

「讓人耳目一新的當代之音，充滿驚嚇的經典怪譚風格……有極大娛樂性的閱讀經驗。」

——艾莉雅．懷特利（Aliya Whiteley）

獻給我那兩隻傻乎乎的獵犬

第一章

我要試著從頭講起，雖然我知道你不會相信我。沒關係。我也不會相信我。我要說的每件事聽起來都徹底瘋到不行。我在心裡一次又一次重播整個過程，試著找出一種方式來顚覆這件事，好讓它聽起來全都相當正常合理，但當然了，沒有這種方式。

我寫下這些不是爲了讓人相信我，甚至不是爲了讓人閱讀。你不會發現我出現在書展，坐在鋪著翻飛防水布的小桌子後，拚了命要跟路人對上眼──「想讀一個談外星人誘拐的眞實故事嗎？想知道宇宙的諸多祕密嗎？想發現關於靈魂輪迴轉世的實在眞理嗎？」我不會把一本要價過高、封面上光又設計得很爛的書推給你，你也不必因爲我沒請校對而一路讀得痛苦萬分。

眞相是，我甚至不知道**你**是誰。

也許你就是我。也許我寫下這些，只是爲了把這件事從我腦袋裡弄出去，好讓我可以不再去想它。這滿有可能的。

好啦。我本來打算要從頭講起，然而我已經開始胡言亂語，是講起免責聲明和寫書談論水晶之力與納茲卡線隱藏奧祕的人了。

讓我重來一次。

我的名字是梅麗莎，不過我的朋友叫我小鼠。我不記得這是怎麼開始的，應該是我念小學的時候。我是個自由接案編輯。我把像樣的書變成像樣而且可讀的書，把沒救的書變成沒救但是文法比較好的書。

這是一種謀生之道。

上述一切全都不是很重要。你必須知道的部分是，我祖父在我出生前就死了，而我祖母跟一位名叫佛萊德瑞克．卡特葛雷夫的男人再婚。

老實說，我不知道她怎麼有辦法找到人結婚，更別說結了兩次。我祖母是個卑鄙惡毒的女人。我阿姨凱特以前說過，如果說她像蛇一樣歹毒的話，對蛇太刻薄了，蛇只是希望別人不要煩牠而已。我祖母以前會打電話給親戚，說他們的狗死了是他們活該。她生來就刻薄，而且很早就從刻薄轉爲殘酷。

但我猜想，有很多殘酷的人可以爲了自己的需要，適時裝出甜美的性情。她嫁給卡特葛雷夫，他們共同生活了二、三十年，直到他去世爲止。每次我去他們家拜訪，都會聽到她口頭凌遲他——喀嚓、喀嚓、喀嚓，彷彿她的舌頭是把園藝剪刀，而她爲了好玩就在他身上修來剪去。他一向什麼都不說，就只是坐在那裡讀報紙，逆來順受。

我從來沒搞懂過。這年頭我們對虐待的了解比過去更多上許多，我喜歡想像我本來會開口說點什麼，問他是否還好。但話說回來，人就是會進入親密關係，有時候他們還會留下來，說不定他從中得到了什麼，那是我們其他人不得而知的。

無論如何，在那大半過程裡我還是個小孩，所以乍看那樣就只是常態。他是我的……繼祖父？姻親祖父？我不確定怎麼講才對。

這件小事讓我一直很惱火。我有種感覺，如果他是我眞正的祖父，我本來會……噢，也許我還是**不該**碰上那些事，但我會覺得有點責任。甚至如果卡特葛雷夫跟我有像是祖父跟孫女那樣的關係，我本來會說，好吧，也許我欠他這一筆。但狀況並不是他曾帶我去釣魚、教我怎麼修汽車引擎，或者做過祖父該做的隨便哪件鳥事。（我不知道，我也沒有外公。我外婆是寡婦，沒再婚，她花很多時間捐錢給電視傳教士，還有對其他人講述耶穌的事跡。現在想想，她也相信水晶的力量和外星人，差不多就跟她信耶穌一樣的信法，而且她從來沒看出這兩者之間有任何矛盾。人類很複雜的。）

我對卡特葛雷夫所有的記憶，就是個頭上無毛的老人，一邊讀報紙一邊挨罵。我爸說，他玩起克里比奇紙牌遊戲可是手下不留情的。也許這就是爲什麼我祖母嫁給他，因爲他玩克里比奇超性感。我知道才有鬼。

我對他記得的唯一另一件事，就是打字機的聲音。他沒辦法打得很快，不過我會聽到噪音從他的「書齋」傳出，那是間位於後方的臥室，鋪了破破爛爛的地毯。**喀**、**喀**、**咚**、**喀**，打字機滑動架換行的尖銳刮擦聲，**喀**。

我不知道他是什麼時候、怎麼死掉的。我當時在上大學而且窮得要死，沒有人認爲我會回去參加葬禮。我們家族不是很重視葬禮。我知道有些家族會有規模龐大的縱情狂悲活動，所有八竿子打不著的親戚全都會回來對著棺木啜泣，但我們不是那種人。我們家的人死了都會火化，然後會有人帶走骨灰，等它們在壁爐架上坐得太久，久到讓人心裡發寒以後，就會被丟進大海，事情到此結束。

我猜有人替卡特葛雷夫辦葬禮、告別式或者諸如此類的東西。凱特阿姨告訴我，出現了一群怪人。「那些人超怪。」她說：「我想他可能曾經加入過某個祕密社團。妳懂吧，像是麋鹿兄弟會（註一）、共濟會之類的。他們並不粗魯無禮，只是很怪。妳祖母氣壞了。」

「祖母永遠都在生氣。」

「這個嘛，妳沒說錯。」

當然了，現在我眞希望我對那些怪人所知更多。但我懷疑凱特到底知道什麼。她很可能跟他們所有人講過話，也聽到了他們的人生故事——她有這種能耐——但她會過耳即忘。凱特是個絕佳的談話對象，因爲她的記憶力就跟篩子一樣。你可以私下跟她說任何想說的事，她一小時後就忘光光的機率很高。我媽死後我就跟凱特阿姨一起住，她眞的是卯足了勁記住像是看醫生或者親師座談會之類的事情，但她對此也不總是很在行就是了。

總之，快轉個十餘年，我祖母終於死了。她享年一百零一歲。我總是會想起一段詩句，雖然我想不起來是誰說的。「好人不長命／而心靈乾枯如夏季塵土者／燃燒到最後。」（註二）祖母的確是燃燒到最後了。那場葬禮我也沒去。實際上呢，我想根本沒辦葬禮。爸再也沒有那種精力了。這不是說他快死了或者出了什麼事，他只是老了——我出生的時候他已經年過四十，而他現在已經八十一歲——他就是處理不了這種事了。

「這樣做沒多大意義，是吧？」他在電話上說：「有人會參加的唯一理由，是確認她是不是眞的死掉了。」

註一：全名是Benevolent and Protective Order of Elks，成立於一八六八年的美國兄弟會，入會儀式大半模仿共濟會，最初的發起者是從事黑臉秀（minstrel show，白人把臉塗黑，扮成刻板印象中的黑人進行唱跳雜耍表演）的男性表演者。起初入會條件有明確的種族與性別歧視，直到一九七二年才開放讓其他族裔加入，一九九三年開放讓女性加入。另有一個名稱類似的非裔美人祕密社團，叫做改良版世界麋鹿兄弟會（Improved Benevolent and Protective Order of Elks of the World），在一八九七年成立，與前者互別苗頭。

註二：這段出自威廉・華滋華斯（William Wordsworth）的長詩《漫遊》（The Excursion）第一部〈漫遊者〉（The Wanderer）。

我笑出聲來。我爸對他母親沒有任何幻想。我還記得在媽媽剛過世、我年紀還很小的時候，他曾經要求祖母幫忙帶小孩。那天晚上我大步走進去，然後爬到他膝蓋上向他告狀，說她很惡毒，我一點都不喜歡她。

在另一個家庭裡，我可能會被告知要愛我的祖母，還會被說成一個頑劣孩子。但我爸爸只是嘆了口氣，揉著他的額頭說，對，他知道她是什麼樣，不過他沒有別的選擇了。那個週末他帶我到圖書館去，好讓我可以在我房間裡閱讀。這樣過了幾個月以後，我去跟凱特阿姨住了。

在我笑完以後——不是因爲這番話很好笑，而是因爲很眞確——我繼續留在線上，聽著我爸太過吃力的呼吸聲。他的肺可能會害死他。現在那呼吸聲只是有點嘎嘎作響，但聽得出會怎麼發展。埋在底下的刺耳聲音會變成肺氣腫或肺炎，或者就在某一天爆發成徹底完熟的第四期肺癌，無論幾位醫師多少次發誓他沒病。

「她家已經鎖起來兩年了。」最後他說道：「小鼠，我處理不來。我很不願意要求妳……這是個爛差事，我很清楚。我想那裡也有個自助式倉庫。有人得去把東西清出來。」

「當然。」我一邊說，一邊瘋狂心算我手上進行中的計畫有多少個，還有我可以多快完成。「好的，我會南下。」

「妳確定？會是一團亂。」

「沒關係。」

爸從沒要求過我任何事，這就是爲什麼我願意爲他做任何事。

他嘆息。「如果有什麼值得留下的東西就留下，或者拿去賣掉，妳可以把錢留著。我只是希望……處理掉這件事。」

「你打算賣掉房子嗎？」

他發出一個短小如狗吠，聽著像笑聲或咳嗽，或者介於兩者之間的聲響。「如果它還有任何一點賣相，我就會賣。在我們把她送去安養院的時候，那裡狀況就不好了，現在可能眞的很糟。如果妳進去發現是一場災難，跟我說，我會付錢找承包商進去，把那裡剝到剩下柱子爲止。」

我對著電話另一端點點頭。他看不到我，但他或許猜得到。自從我去跟凱特阿姨住以後，爸跟我每週都會通電話，就算這樣代表他要爲長途電話大破財的時期也是一樣。直到現在，我想我們通電話的時候還是比當面講話更自在。

天啊，我不知道我爲何要跟你講這些細節。這些事全都不重要，或許除了葬禮上的怪人以外。

我眞希望我知道是否有什麼理由要把這一切都寫下來。如果要把這些事趕出我的腦海，詳細描述每個小細節的驅逐效果會不會比較好？或者我是不是純粹拖延，避而不談困難的部分——像是那些石頭。

我還是不知道要怎麼解釋石頭的事。

但我現在還不必寫到那些事，只希望我的潛意識知道它在做什麼。

這種處境的其中一個反諷之處是，實際上我記得我當時想著，**好，那老蝙蝠終於給我一點甜頭了**。

對我來說，這是個離開匹茲堡的好時機。我剛結束一段感情，收場頗糟，而且——噢，你懂那是什麼狀況。看到他們公然一起出現的時候，你咬緊牙關，堅持你們還是朋友，同時暗自想著**你這偷吃的狗雜種**，而且你**知道**你很有可能會開始表現得很沒風度。

所以我把我的狗放上卡車，打包了一個裝滿衣服的行李箱，要求凱特阿姨幫我注意一下房子，然後就驅車南下北卡羅萊納。

這是一趟長途車程。實際上，如果穿越西維吉尼亞州，一路上風景滿漂亮的，不過當然接著你就會在西維吉尼亞了。有很多深山裡的「崁道」。而我猜字源學家還在爭執這個詞彙到底是源於山谷——這樣說還滿合理的——還是來自田野歌，這是人們用約德爾唱法對唱的一種民間藝術形式。（註一）

我中途經常停車，既是因爲我喝了很多咖啡，也是因爲我要帶斑哥下車。斑哥是隻紅骨浣熊獵犬，他的名字來自斑哥羚羊，而不是邦哥鼓。（註二）他跟那種羚羊同顏色，而如果你看過浣熊獵犬奔馳，就知道他們的跳躍像羚羊，所以啦，他叫斑哥。

我必須解釋此事的次數多到數不勝數。

斑哥是被救援出來的狗。我領養他時他已經是成犬，而現在他口鼻部周圍開始有點變白了。他不是那麼聰明，不過他可以偵測到過去千年來的某一刻，是否有隻松鼠曾經路過。他曾經把一隻負鼠追到後院的一棵樹上去，而過去兩年來他每天都忠實地造訪那棵樹，就希望有那麼一點機會遇到回來的負鼠。

我根本不知道他要是逮到那隻負鼠，實際上會幹什麼——可能會把牠舔到死吧。如果浣熊獵犬到頭來沒變成很棒的獵人，通常會被拋棄。斑哥是隻絕佳的看門犬，我這麼說的意思是，在連續殺人魔闖進屋裡替我剝皮的時候，他會非常警覺地盯著看。

但要是ＵＰＳ快遞員想要我們，斑哥就會處理。如果狗有宗教信仰，撒旦就是ＵＰＳ快遞員了。

（對，我有一隻獵犬跟一輛皮卡車。不，我車上沒有槍架。我在女童軍團的時候，有一次用ＢＢ槍開了一槍。它砰一聲爆掉讓我雙手都很痛，然後就沒有然後了。）

反正就是這樣。嚴格說來這是十小時的車程，但如果你有隻狗跟過度活躍的膀胱，大概要花十二小時。我們吃餐廳得來速的食物。斑哥得到一個起司漢堡，這讓他覺得上天堂了。（我的獸醫應該很不可能讀到這個，不過以防萬一，我得說這種狀況極端不尋常，我其實不常拿餐桌上的殘羹剩飯餵他。）

當晚我在一間汽車旅館過夜。長途開車以後，我不想面對祖母家裡可能有的任何東西——占屋者、大量囤積物、野貓或者隨便什麼。爸說他已經請電力公司恢復供電了。屋裡沒有網路，不過這就是爲什麼上帝會發明行動上網方案。

眞希望我能想起來那一晚怎麼過的。我想那是我最後一次站在這裡，跟你們一樣在正常的這邊，而不是站在那裡，在另一個地方，跟白膚人、石頭和芻像同一邊。當然了，還有卡特葛雷夫。

但我不記得了。那就只是在汽車旅館裡度過的又一個普通夜晚。起初斑哥應該睡在另一張床上，接著逐漸蔓延過來，翻倒在我腳上，但那是因爲我知道斑哥是什麼德性，而不是

註一：本書中的「崁道」原文是Holler，原指大叫，在西維吉尼亞州則指當地常見的景象。因該州山多且有許多未開發的地區，holler指抬頭一望周遭都是山的泥土小路。田野歌（Hollerin'）是一種古老歌唱傳統，又稱爲field holler，起源是美國黑人奴工在田野工作時，爲了遠距離溝通、或者抒發個人情感而喊出來的歌。而山谷（hollow）的字首與holler同，hollering則是同一個單字，所以作者在此談的是崁道（holler）在西維吉尼亞州的詞源。

註二：斑哥羚羊和邦哥鼓的原文皆爲bongo。

因爲我記得這件事發生。（在我打字的此刻，他就翻倒在我腳上。偶爾他會憂傷地抬頭看著我。這是個謊言。只要有得吃又有人拍拍摸摸，他就很高興。我眞希望我是隻狗。某個頭腦簡單的品種，像是獵犬。邊境牧羊犬太複雜了。我懷疑如果我擁有的是一隻邊境牧羊犬，這個故事就會有非常不同的結局，而我可能不會在這裡打字了。但我有斑哥，而他救了我們的性命，因爲他頭腦簡單，而且渾身都是鼻子。）

我又講太快了。抱歉啦。

第二天早上，我起了床，然後去看我祖母身後留下的是哪種爛攤子。

第二章

「噢該死。」我說道。

我講了好幾次。周圍沒半個人會聽見我講話。

然後我讓紗門猛然關上，接著轉過身去，在陽臺的臺階上坐下。

祖母的房子在距離龐茲伯羅三十分鐘路程的地方，龐茲伯羅在匹茲伯羅西南方，匹茲伯羅則在戈茲伯羅西北方。因爲在一七〇〇年代晚期，他們死也想不出來任何具原創性的地名。

北卡羅萊納是個古怪的州，因爲那裡的道路兩旁都有樹木，所以你實際上不知道這個區域有多偏遠。你就只是開車穿過樹木之間。那些樹林，一把它們砍倒，就會再長成一片濃密糾結的葛樹、鼠李、忍冬跟火炬松，視線無法穿透。在任何時刻，你都有可能被千畝無人居住的樹林包圍，也可能在三十呎內就碰到一個擠滿ＩＴ從業人員的商業園區，無從分辨。從龐茲伯羅附近出來，比較有可能靠近千畝的樹林。在這片地理景觀中有些古怪的小凹陷處——不盡然是完整的山丘，也不是峡道。有些地方就是會往內折又起皺，成爲在匹茲堡會說成「小溪」、南部會講成「小澗」(註)的玩意（我通常叫它溪流，免得起爭執）切割之下，就會看到古怪的小型峭壁。

祖母的房子在她買下來的時候，還不算那麼偏遠。附近曾有兩、三戶農家，對面還有一

註：原文中前者爲creek，後者爲crick。在大部分的地區，crick是痙攣或抽筋的意思。

窩嬉皮。不過這裡的人離開農地、移往城市，草地就長成我先前提到的那種濃密樹林，嬉皮則上了年紀，大多數的年輕人都往外搬了。我開車過來的時候看到過一輛車停在那裡，但在南方這不代表什麼。不過那輛車不是架在磚頭上的空殼，所以那裡也許還有人住。

她對那些嬉皮沒什麼好話，不過這並不意外。

我在往這裡來的路上經過了一、二輛拖車，在後面樹林裡可能還有更多。誰知道呢？我周圍可能到處都有人。

不過，坐在一個已死婦人生前住處的門廊上，我不覺得事情是這樣。我覺得彷彿地球上除了我以外，唯一一個活人就是我爸，遠在北方，而這個世界空蕩蕩的，只有我們兩個必須處理我祖母身後遺物的人在。

斑哥還在卡車上。他從窗口探出頭來哀鳴。

我嘆了口氣。

我還沒描述這棟房子，是吧？我可能應該形容一下。

這是一棟大而古老的南方式農牧平房，有紅色的錫製屋頂。錫製屋頂狀況良好，牆壁也很堅固，但白色油漆開始剝落了，可以看到底下透出斑駁的木料。繞著屋子外圍的門廊是經歷風霜的灰色木料做的，我走上去的時候臺階吱嘎作響。這裡有停車棚，但沒有車庫。很久以前有人在車棚後面塞滿了柴薪。整個停車棚像個做壞的蛋糕那樣癱著。我甚至沒考慮把我的卡車停進去。

前門廊屋頂的內側底部漆成淺藍色，稱之爲「鬼魅藍（註）」。理論是這樣，如果一個鬼魂來到門口，抬頭看到藍色的天花板，以爲那裡是天空，就往上飄進去。我不知道這到底該怎麼辦到。不過我也聽說，這應該是爲了以同樣的方式愚弄黃蜂。所以也許黃蜂跟鬼魂都在那裡混成一堆了。無論如何，沒人希望兩者之一在門廊築巢。

因爲這裡是南方，所有塑膠表面、窗戶邊緣跟其他表面，都有一層薄薄的綠藻。有些歪歪扭扭的長線從綠藻中間蝕刻過去，那是蛞蝓在晚間爬過的地方。對於這兩者，能做的不多，只能偶爾用漂白水把那些東西搓洗掉。

這裡已經很久沒有人用漂白水徹底整治過了。

門廊上滿是庭院工作留下的常見殘跡碎屑——一支草耙、一把泥鏟，還有裝在一只褪色袋子裡的顆粒狀肥料。一雙舊手套棄置在搖椅上。（那裡當然有把搖椅。我告訴過你了，我們在南方。）所有東西都被一束束的蜘蛛絲捆在一起。草耙的手柄根本就黏在門廊支柱上。那根草耙是有中空金屬柄的那種，而在尾端附近有個大蜘蛛網，表示有隻蜘蛛住在手柄裡。

我在心裡記下要買支新的草耙。那支現在屬於蜘蛛了。

這些全都不是我開始咒罵的原因。

我出口咒罵，是因爲在我打開前門門鎖，敞開房門的時候，光線落在一疊舊報紙上。在舊報紙後面是另外一疊舊報紙，那後面又是另一疊。它們都用繩子整齊地捆好。而旁邊有一堆雜誌，接著又一堆，還有一堆，然後**噢該死我祖母是囤積狂啊**。

我深吸一口氣，雙手猛搓著臉。

註：原文是haint blue，指一種淺藍綠色（有時候甚至帶點灰）。美國南方各州習慣把門廊天花板下方漆成這種顏色。有一說是因爲haint在美國南方是haunt（鬧鬼、靈魂）的變形。而藍色看來像水，鬼無法渡水，所以會阻擋鬼魂。另外也有單純是顏色像藍天所以美觀，或是藍色能驅蟲的俗說。

也許不像我害怕的那麼糟。也許只有一間房間是這樣。

從來就不會只有一間，我的腦袋說。當然，絕對不僅如此，不過也許就這麼一次……

沒錯，不僅如此。不是只有一間房間這樣。

這裡沒有……沒有到**很恐怖**。她沒有收集貓咪，感謝上帝，所以這棟房子沒有變成每一處表面都有尿、家具底下有埋葬蟲窸窣亂爬的那種恐怖生物災害地區。而她不是會囤積食物的人，所以沒有到處都是歷時兩年的垃圾。爸當時帶她去安養院的時候把垃圾拿了出去，後來他還回來清空了冰箱。

他沒有替冷凍庫除霜。我可以從地板上乾涸的圈狀水漬裡，看出電力切斷以後水從哪滲出來。不過說實話，如果你必須把你九十九歲的母親帶出她家、把她安置到安養院，同時她還用世界上所有髒話咒罵你，我會體諒你不記得處理冷凍庫。

（他從沒說她用世界上所有髒話罵他。我只是假設如此。）

話說回來，事情本來有可能更糟。

報紙成堆，雜誌疊到五呎高，但還是可以走到客廳家具旁邊，有地方可以坐。我把燈打開的時候，這裡看起來像個非常凌亂的房間，而不像是外星地形。

不過此地是恐怖的易燃空間。到處都是紙張。祖母沒有意外把這裡燒光光還眞是奇蹟。

（老天爺，要是燒掉就好了！我不希望像她那樣的邪惡老蝙蝠死在火焰裡，我眞的不希望，但要是她可以在睡夢中平靜離世，然後房子在一、兩小時後燒光，那會滿好的。而且這樣我晚上就還能安睡。）

這裡的囤積還有幾分條理，我承認。我察看每間房間，聆聽地板的吱嘎響聲。在雜物堆之間有狹窄的小徑。雜誌跟報紙在客廳裡，塑料保鮮盒跟塞滿其他袋子的袋子放廚房。

然而我越往屋子後面走，狀況越糟。浴室裡亂堆著古老的洗髮精罐子，以及瓶蓋融化黏住的身體乳液。馬桶……嗯，祈求上帝讓多年不曾活動的抽水幫浦倖存下來，別卡住。垃圾袋徹底堵住了通往二樓的樓梯。我伸出一隻腳戳戳其中一袋。內容物動起來像是布料，但味道聞起來像老鼠。

其中一個衣櫃的門開了一條縫。裡面是扎實的一大塊聖誕節裝飾品、舊外套和沒貼標籤的白色罐子。從罐子裡漏出來的東西，在我可以看到的一小塊地板上結了一層白色硬皮。走廊旁邊有三個關上的門，可能通往臥室。我本來計畫要睡在其中一間臥室裡，不過只有耶穌基督才知道裡面存放了什麼東西。

整個地方都是黴菌與老鼠的臭味，還有寂靜。

斑哥吠了起來。噪音把我從逐漸升高的絕望感中嚇醒，我回到外面。這是個多雲的日子，但天空看起來非常明亮。

我讓斑哥下了卡車，並且抓住他的牽繩。你不能讓浣熊獵犬脫離牽繩，絕對不行。如果牠們嗅到一隻兔子，等牠們停下腳步的時候已經在下個郡了。我擁有的繩索、挽具、戶外狗綁繩、牽繩用登山扣，比一個超投入繩縛的狂熱分子還多。

（好啦好啦，您說得是，我聽說過有些狗主人的獵犬超聽話，完全不需要牽繩就可以完美地跟前跟後。那是比我聰明的狗主人，還有比斑哥聰明的狗。但我們彼此配合良好，這才重要。）

斑哥東聞聞、西嗅嗅，繞過門廊邊緣，往外走進灌木叢裡，再回到門廊。我讓他跟著鼻子走。我沒有別的地方可去，而在絕對必要之前，我不想打開任何一間臥室的門。

我們走向車棚。此刻後面的木柴堆可能至少有百分之八十由蜘蛛構成，而且跟一臺年代可上溯到尼克森時期（註）的發電機共享空間。我抬頭看屋子的側面，看到上層的窗戶，而我可以看到有某種東西緊貼著窗戶——可能是箱子，或者家具。

放滿兩層樓的**雜物**。我出自肺腑地哀叫一聲。斑哥回頭望，好確定他沒做錯任何事。

「不是你。」我告訴他。「你很乖。」

他對著柴火堆撒尿以示同意，然後漫步繞到房子後面。

門廊徹底包圍到後面，三個側面都圍住了。後方的區塊裝了紗窗把蚊蟲擋在外面，但紗窗上有破洞，先前有東西從那裡跑進去了。

斑哥立刻進入警戒狀態，這可能表示那些破洞是松鼠鑽出來的。

樹木從三個側面擠向花園：火炬松、沼生櫟跟鵝掌楸。（凱特阿姨是個植物學家。在我的成長過程中，她經常打斷自己的話，然後滔滔不絕地講出從旁掠過的植物名字。因此，我可以理解極端破碎的對話，常見的樹種我也一看就知道，就像大多數人都認得狗的品種。）有些小樹苗從周圍進犯，草長得很高，在有陽光的地點旺盛生長。大多數灌木叢都長得太過濃密，根本走不過去，不過在右邊角落的櫟樹下方，除了枯死樹葉以外什麼都沒有。後面的樹林最近沒清理過，因爲我可以看到後面那邊相當遠的地方，直到一排冬青樹擋住視線爲止。

大半時候我看到更多落葉，還有幾塊大石頭。對任何人來說都沒啥好興奮的，可能只有凱特阿姨例外。

過去，後院裡曾經有一片花園，片段的防鹿圍籬還在。圍籬的柱子喝醉似地傾斜著，鐵絲網在柱子之間皺起。薄荷跟奧勒岡草到處狂野生長，我們走的每一步都踢出一股美味的香氣。

我有個強烈的衝動要拔掉某些野草，但我不是來這裡做園藝的。可惜。我本來可以享受把花園整治好的樂趣。無論如何，會比清空這棟房子更享受。

我怎麼會不知道她是個囤積狂呢？

我以前來訪的時候只是個小孩，但小孩會記事。那時候並沒有成堆的報紙。廚房流理檯上有各種器具，而不是層層疊疊的保鮮盒。

祖母洗淨夾鏈袋再用吹風機吹乾的記憶浮現了。爸曾說：「小鼠，她是經濟大蕭條時期長大的。很多經歷過那段時期的人，都很難丟掉任何東西。」

好吧，那時就有跡可循了。而在過去一、二十年裡的某一刻，她變得……太超過了。

我抽出手機，看著它，考慮打電話給我爸。他本來可以先警告我。

他確實說過這裡會是一團亂，而且狀況很糟。

是啊，不過他對一團亂的定義，跟我的定義顯然有很大差別！

這裡收不到訊號。我詛咒我的電信公司，然後把手機塞回口袋裡。

如果你想著她在這房子裡獨處四十年會瘋掉，就像《遠大前程》裡的哈維珊小姐那樣，別這麼想了。爸付錢找了看護。而且他還能行動自如的時候，相當規律地南下來探望她。不過看護越來越難找，因爲她會把他們趕跑，到最後只有一個女人會帶她進城去。

也許狀況就是從那時開始變糟的。也許那女人沒有進屋，也許沒有人知道那個地方是什麼樣。

註：理查．尼克森（Richard Nixon），從一九六九至一九七四年擔任美國總統。

斑哥想要到門廊臺階下面去。「不，老弟。」我一邊說，一邊領著他掠過。他滿心渴望地看著臺階底下的空洞。那裡可能有隻負鼠可以讓他舔！

「我知道。」我說：「我是大爛人。」

我們結束了繞屋一圈的行程。有一對雙開門，可能朝下通往一個蔬菜儲藏地窖。耶穌啊，誰知道我會在那裡發現什麼？

在我們結束繞場一周的時候，斑哥的尾巴快活地搖著。他的一邊耳朵跟著翻過來了。

「讓我把你的耳朵擺正……」他再搖了搖尾巴。

我把他綁在前門臺階的欄杆上。他也許能夠找到辦法讓牽繩繞圈打結，但我跟他的距離不會超過三、四十呎。而且無論如何，我覺得我應該會經常進出屋子，就只爲了被乾淨的空氣而非垃圾所圍繞。

他噗通一聲倒在門廊上，用悲劇性的眼神看著我。我給他一個啃咬玩具，他就開始囓咬玩具，擠出犬類用來表示愉悅的恐怖臉龐。

你知道嗎？現在回想起來，如果斑哥被嚇出屋外，我可能就會離開。我已經處於崩潰邊緣。我本來可以打電話給爸，說這超過我的能耐了，屋子太滿，這裡一團亂，他應該雇用哪家處理垃圾屋的公司，叫他們把所有東西都拖去垃圾掩埋場。

不過斑哥認爲這個地方棒呆了。有好多東西可以聞！可能還有松鼠！而我還沒看到任何恐怖玩意，只看到**雜物**。靠著幾百個垃圾袋跟前往郡垃圾場的方向指示，沒有我解決不了的事情。

我有輛皮卡車。最近一任前男友給我很多需要發洩的惱怒，體力勞動是最理想的手段。我試試看無妨。

這只是證明了我的狗跟我對於另一個世界的敏感度，都跟石頭差不多，我們可能是王八配綠豆。

✦

我回到市區去買垃圾袋跟幾雙結實的手套。龐茲伯羅實際上有個小小的商業區。他們樂於效法兩小時車程外的南派恩斯，那裡古色古香又非常別緻。有錢的鄉村俱樂部會員全都去那裡花錢，所以那裡有古董店而不是滿是爛貨的二手商店，還有一家眞正優秀的獨立書店，以及滿是薰香蠟燭跟花俏門把的小店。

不過南派恩斯在沙丘區，在那裡放個高爾夫球場容易得多。所以龐茲伯羅的商業區儘管盡了全力，檔級還是完全跟不上南派恩斯。不過他們確實有間好咖啡店跟一家爛餐館，還有一間尚未被大型連鎖店吃掉的五金行。我去了最後那間店買垃圾袋跟手套，還有大約一打那種浸了漂白水的盒裝小濕巾。（而且沒錯，我還買了一根薰香蠟燭。它聞起來像什麼不是重點，肯定比發霉屋子的味道來得好。）

我也拿了一套兩件的便宜床單組。它們是紅色法蘭絨製，上面有個聖誕樹圖案，而既然現在已經三月底了，它們有超低清倉破盤價。別提要睡在她的床單上，光是要睡在一個已死婦人家裡，我已經覺得夠詭異了。就算我在一個衣櫥裡找到一組乾淨的床單，它們聞起來也會像這棟房子，或者像她一樣（這更糟）。我寧願用聖誕樹床單。

咖啡店的咖啡師是個笑臉迎人的哥德系女子，頭髮後面染成黑色，前面則是桃紅色。她很有技巧地套出我人在龐茲伯羅的原因，我要在這裡待多久，還有我祖母是誰。

「噢！」我講出祖母名字的時候，她說道：「老卡特葛雷夫太太？她死啦？」

「很難相信，不是嗎？」我低頭對著我的拿鐵說道。

「她以前會來這裡。她是個……啊……」我可以看得出她正試著決定要不要說實話。

「我想是個氣沖沖的潑婦吧。」我說：「我很抱歉。」

咖啡師咧嘴笑了。「沒錯，而且小費給得很吝嗇。」

「我對這點也很抱歉。」我嘆了口氣。「不只是妳受害。她是個糟糕的人。」

「有些人就是這樣。」她同情地說道，然後在我起身離開的時候，幫我把拿鐵加熱。

我在心裡記下要再回訪，不只是因爲這家咖啡店有無線網路。

斑哥很享受回來的車程。他前腳站在車子中央的扶手上，朝著前方往外凝望。

「如果我們出車禍，你就會直接穿過擋風玻璃，你知道嗎？」

他忽略這件事。我看著照後鏡，視野絕佳，完全被狗狗的前額占據。

我們一回到那間房子，我就讓他跟著一起進來。

他到處走動，同時一邊嗅聞。老鼠的味道讓他太過興奮了，我必須扯著他遠離樓梯上的那些袋子。

噢，好啦。他不太可能把現狀弄得更混亂了……

我戴上手套。這是很好、很結實的工作手套，男性的中型尺寸，不是他們印上小花圖案企圖賣給女性的爛東西。有了手套跟垃圾袋，我隱約覺得有了萬全準備。無論什麼恐怖情況等著我，至少我不必**碰觸**它們。

我點燃了薰香蠟燭。它叫做「莓果甜夢」，而我要很哀傷地說，它是那組蠟燭裡最好的，而且也只有這一種裡面沒加某種形式的廣藿香。它聞起來像是我小學三年級塗的那個唇蜜——草莓加上一點蠟味。

還是勝過老鼠屎。

✦

我的第一要務是找間臥室。我等著收一封讓我能夠做一份編輯工作的電子郵件，好讓我在這段期間不會有金錢損失。但如果我得把所有時間都耗在一間汽車旅館的房間裡，我的銀行帳戶就會開始兩頭燒了。而容許狗狗入住的汽車旅館，對於這種特權要價不菲。

走廊後方的那扇門前有堆到及膝的箱子，所以我對它不抱希望，但另外兩間房間裡的東西少到合理程度。在兩扇門之間有塑膠儲物箱構成的一道壁壘，高度及於天花板。不過如果側著身體，就可以從中間通過。

我打開第一道門，然後呻吟一聲癱在門框上。

基督啊。娃娃房，我完全忘記這個了。她以前有那些驚人的陶瓷娃娃，眼睛是畫出來的，這就已經夠糟糕了，但她的真愛是新生兒娃娃。那種娃娃全都做成看起來像是真的小寶寶。在某樣東西做得那麼逼真的時候，它看起來就像死了。

這整個該死的房間裡全都是死掉的小寶寶。它們大多數還在盒子裡，不過她也拿了一堆出來。她還把其他娃娃堆在它們前面，所以眼前所見全都是恐怖的高度逼真臉孔，從盒子邊緣後面往外窺視，或者堆在一起。這裡看起來就像個紀念館，紀念嬰兒屠殺，還有透明塑膠箱的驚人容量。

在房間另一端，越過小寶寶的汪洋，是一個高大的嵌入式衣櫃，高度及於天花板。陶瓷娃娃站在櫃子裡面，穿著它們的小鞋子跟小外套，它們的頭髮滿是灰塵卻毫無瑕疵。

我記得她曾經把我帶進房間——那時候還看得到地板——讓我看那些娃娃，然後嚴厲地告訴我它們**不是拿來玩的**。我還能回想起當初我對此尷尬又怨恨，因爲我無論如何都不會想玩她的蠢娃娃。我偏愛塡充動物玩具。而不管你幾歲，陶瓷娃娃都很陰森詭異。

它們並沒有變得比較不陰森詭異。它們杵在盒子裡，就像崇拜的對象，周圍環繞著被獻祭的嬰兒。

花上一筆錢，**或許**可以引誘我去睡在那間房間裡。我並不富有，可以被收買，但這筆錢要數千美元。我很隨和，卻不廉價。

既然無人現身貢獻大筆金錢，我再度關上通往那間房間的門，然後靠在門上打冷顫。那個老女人在屋子裡遊蕩多年，購買看起來像嬰兒的娃娃。有史以來第一次，我開始覺得有一絲絲罪惡感。

你可能認爲我老早就該有罪惡感了，也許你認爲我做人很差。畢竟我祖母獨居多年，死時無人愛她。她是我的血親。我以前應該要南下來拜訪她，還有……我不知道，該朗讀給她聽或者做點別的。

那似乎是讓一本書朝我頭上砸來的絕佳辦法。

你得明白，我的家族不是這樣行事的。我們不會留在不需要我們的地方。祖母講明白她不想跟我有任何交集。而如果某人不想跟你有任何交集，你就會離開。

我們是那種不抗辯就靜靜離婚的家族。如果有人說他們跟我們玩完了，我們相信他們說的話。

不過我想隨之而來的必然結果是，我們回來的時候也一樣迅速，而且一樣不會大張旗鼓。我爸跟我繼母席拉分居了將近七年，有天晚上她打電話給他，說：「請來接我。」他就這麼做了，此後他們一直在一起。我當時暗自不爽。但她好好照顧了爸，過了一陣子以後，這就是唯一重要的事了。

如果祖母在半夜、在這些年裡的任何一刻打電話叫我，說：「小鼠，我需要妳來。」我就會去。我會坐進車裡，開上一整夜。我不喜歡她也不愛她，但我會來，因爲她開口要求了；然而她從沒要求過。

我早該以某種方式得知她的狀況嗎？但我從七歲以後就沒見過她。那時候我媽死了，我爸負擔不起保母，她負責看顧我。那經驗夠糟糕，以至於我去跟我媽的妹妹凱特阿姨同住的時候，我如釋重負。就算這樣一來，我只有週末才看得到我爸。我從十七歲時有次打電話問她要不要參加我的高中畢業典禮以後，就沒跟她說過話了。

她對我嗤之以鼻，說不知道我爲何要費事從高中畢業。我是個信天主教的垃圾，只會去結婚，然後餘生擠出一個個嬰兒。

我對此記憶非常清晰，大半是因爲這話有夠怪異。對，我是天主教徒，多少算是，但這只表示凱特阿姨會把聖徒卡片塞在浴室鏡子的邊緣，還有我們會參加復活節彌撒。（我們很多年沒去聖誕節彌撒了。）我從來沒參加過堅信禮，從來沒告解過，而且我死也背不出《聖母經》。

我沒被冒犯，甚至也不生氣。這話毫無道理。她如果罵我爲何來自賓州、有波浪捲髮，或者爲何直立走路而非四肢著地爬行，對我來說也一樣。

我把電話從耳畔拿開，瞪著話筒，說不出話來。我能聽到她還在講話，透過話筒聽起來聲音尖銳單薄又遙遠。然後——這是在只有家用電話的時代——我把話筒放回座機上，然後搖搖頭。

如果你認爲我爲此深深懷恨在心，我眞的沒有。我會打電話過去，是因爲凱特阿姨有幾分猶豫地說我應該這麼做。我有好幾年沒想到她了。她不慶祝節日。她比較像是某個我記憶中特別不討人喜歡的小學老師，而不像個親戚。

她顯然不想跟我有任何關係，所以禮貌的作法似乎就是從善如流。

我不知道。我所知的就是她從來沒有任何要求。也許這在我家是基因遺傳。爸從來沒有任何要求，所以現在既然他開口了，如果有必要，我會移山倒海。

這就是爲什麼我會在這裡，在這個塞滿嬰兒娃娃與上古保鮮盒、衣服上都是鼠患印記的恐怖屋裡，因爲他提出要求了。

或許我做人很糟，但請給我應得的那點正面評價。

我人在這裡。

✦

第二扇門沒有那樣讓人發自內心感到不安。能帶來那種感覺的事情不是很多。就連一整間房間的動物標本都沒那麼令人發毛，祖母對動物標本沒興趣。

儘管如此，這還是個哀傷的房間，因爲那是她的臥房。

有一條路從成堆的箱子中間穿過。床上覆蓋著舊衣服和報紙，不過我可以看到她以前睡覺的地方有一道深深的凹陷處，圍在旁邊的被子皺折隆起。就算兩年沒人在了，凹陷處也沒恢復原狀。衣服披掛堆疊在所有表面上，中間零星散布著一箱箱衣架。衣櫃上有一道折疊門已經脫軌，但被鞋盒堆成的高塔卡在原來的位置。

門旁邊有個沒打開的大箱子。箱子外側聲稱這裡有傻瓜也會的衣櫃組裝方法。底部有水滲透進去造成的汙漬，或者也可能是老鼠尿。我從喉嚨深處哀叫一聲——我沒辦法告訴你那是笑還是哭——然後我再度關上門。

我決定如果第三道門裡的房間也不行，我就睡沙發。我可以把那張床清乾淨，但那就像是睡在我祖母的墳墓裡。就算她死在數百哩之外的一間養老院裡，我爸爸還時時探望她，我還是在那間房間裡感覺到她的存在。

如果她是鬼魂，她就會是不平靜的那種。

第三扇門要花點力氣才能抵達。我幾乎放棄嘗試——要是走廊堵成這樣，房間裡的四壁之間可能擠滿了成箱的夾鏈袋跟紀念盤。

我開始推開擋路的箱子，但感覺到一股刺人的罪惡感。只在屋裡把箱子東挪西移，不會有幫助，所以我把每個箱子抬起來拖進客廳。

有個箱子裡裝滿衣架。那個箱子立刻上了卡車。有一個裡面都是紙張，不過迅速一瞥就告訴我，那些全都是折價券，還有因爲時日久遠而變成黃灰色的省錢折扣報（註）。我很快翻了一遍，沒有股權證書從裡面掉下來。

唔，我們總是可以有夢想啊。

有一疊空鞋盒全部卡在一起，被我拉了出去。其中一個壓在底下的盒子裡有一隻鞋。那隻鞋不是非常好。

註：原文爲PennySaver，是北美地區常有的免費地方小報，上面刊登社區內各商店的特價品項廣告。

在最底下有個蒸氣吸塵器。謝天謝地它有輪子，因爲我幾乎抬不起那玩意。我把它拖下門廊樓梯的時候失手砸在自己腳上，讓斑哥享受我連珠炮飆髒話的聲音。

「嚕呼！」他說。

我忽略他對我的用詞所做出的評論，奮力拚搏把那個蒸氣吸塵器弄進卡車後車斗裡，我的背付出了極大的代價。

最後門口清出來了。在我企圖開門的時候，門卡住了，好像很久沒開過了似的，但我把我的腳嵌進門底推。

它往裡轉開了。

通往一個幾乎全空的房間。

在我震驚的第一瞥之後，情況變得很明顯，這房間不盡然是空的。這裡有張床、有個床頭櫃跟一張椅子。床的上方有一幅畫，牆壁上還有幾張裱框照片。

但相較於房子的其他部分，這裡似乎徹底赤裸。硬木地板有一層厚厚的灰塵，不過沒有箱子堆在上面。老鼠進來過，沒發現任何有趣的東西，就又離開了。

「噢……」我大聲說出來。「噢，**對啦**。」

這是卡特葛雷夫的房間。當然了。

他很久以前就死了。我本來以爲她會把這間房間清理掉，當成儲存空間使用。然而這裡是空的。床上的棉被往後折，就好像有人剛起床。除了有一層灰塵以外，這裡彷彿一小時前才被人棄置。

我還是孩子的時候從沒想過，我繼祖父的小窩也是他的臥房。我沒想過他死時並沒有跟我祖母同睡一張床。

我納悶地想他們是一開始就這樣，還是他到最後搬了出去。

唔。我並不關心我祖母第二段婚姻中的無常變化，而且八成不干我的事。

「但這樣確實讓我比較好過。」我告訴不在場的卡特葛雷夫。（把話說出口比較舒服。除了老鼠還有在門廊對付咬嚼玩具的斑哥以外，那棟房子太過安靜，講話能製造一些聲響。我真的需要買個收音機之類的東西。）「換掉床單，然後一個正常人就可以在這裡睡覺了。」

我走到窗邊開窗。木頭膨脹了，但跟門的狀況很像，用力猛撞幾下以後，我設法把窗戶推開。紗窗還是完整的。

斑哥起身來到窗口。他舔著紗窗，似乎對它嘗起來像鐵絲感到困惑。

「你不太聰明噢。」我告訴他。他搖著尾巴，再度舔起紗窗，賭那一點點它會變好吃的可能性。

我打開床頭櫃的抽屜。裡面充滿了會在抽屜裡累積的常見零碎玩意——舊鑷子、壞掉的指甲剪、某樣多年前就故障的電器留下的保證書。最上方有本黑色的本子，有根彈性飾帶讓它保持闔上。

我翻開本子。這可能只是本聯絡地址簿，不過還是看一下，萬一頁面之間塞著任何一張百元大鈔呢……

並沒有，裡面滿滿都是手寫字。

我**差點**把它扔了。我敞開了垃圾袋口，正要把手移向它的時候，一句話跳出來襲向我。

她以經把書藏起來了。

我必須讀兩次，確定我沒看錯。無論是誰寫了這句話，這人的字跡都夠清楚。但這字跡微微傾斜，s跟a看起來幾乎一模一樣。

這寫錯了吧，我心想，**要不是「她把書藏起來了」，就是「她已經把書藏起來了」**。**選一個，然後堅持到底**。（註一）

就像我說的，我是個自由接案的編輯。《芝加哥格式手冊》（註二）深深刻在我的靈魂上。編輯小說時，我對這些事情相當寬容——有誰能找出一個正確使用whom（「誰」的受格）的角色，那他一定是個自以爲是的蠢蛋——但，「她以經把書藏起來了」？無法接受。

下一句話是：我就怕她可能已經毀了它，不過在焚化桶裡沒有新鮮的灰燼。我找過垃圾裡了，不過它不在那裡。一定被藏起來了。我問她書在哪裡，她問我弄丟了什麼嗎？不過她的眼神就像她把我的鑰匙藏起來的時候。

我在床上坐下。**老天爺啊，這是卡特葛雷夫的東西嗎？而那個「她」是我祖母嗎**？

我完全能夠相信祖母會把某樣東西藏起來，然後看另一個人找東西來取樂。惡毒是一回事，病態又是另一回事。一旦你開始打電話給別人，笑他們家的狗死了，你已經遠遠超過惡毒的程度，達到病態那一邊了。

從另一個角度看，那時卡特葛雷夫自己也上了年紀，有很多老人家變得很偏執，覺得別人偷他們的東西。我無法只因爲祖母在其他方面都很卑鄙惡毒，就發誓祖母曾做出這種事。

我翻到下一頁。

還是找不到書。檢查過所有書架。想起了〈失竊的信〉（註三）。沒拿到書我不會離開的。這是我手上最後一樣得自安布洛斯的東西了。

卡特葛雷夫顯然是個輕易相信他人的人。他把日記留在他的床頭櫃裡，而要是祖母把他的東西藏起來了，你會以為他該領悟到她可能讀得到這篇文字。可憐的傢伙。

我再度翻頁。這些紙張很古老又黏在一起，我必須脫下手套才能翻頁。

它又出現在我腦袋裡了，像一首不斷重播的歌。發生的時候，我看書裡寫著的，它就會停下來，但現在我辦不到了。

發瘋的感覺一定就像這樣。

我扮起鬼臉，模仿石頭上的那些臉，而我扭曲著自己的身體，就像那些扭曲者，而我平躺在地上，就像那些死者。

那樣做似乎有幫助。我要是把它寫下來看，也許就會停止。

我本來認為事態正是從這一刻開始徹底惡化。如果我沒讀本子就把它塞進垃圾袋裡，也

註一：本子中的句子原為「She has hid the book」，動詞變化有瑕疵。如果使用完成式，通常用「has hidden」；使用過去式「hid」，就不會加「has」。

註二：《芝加哥格式手冊》（*The Chicago Manual of Style*）為一九〇六年起由芝加哥大學出版社（University of Chicago Press）出版的美式英語格式指引手冊，至今已有十七版，還有線上版本。

註三：〈失竊的信〉（*The Purloined Letter*）是愛倫坡知名短篇小說，故事中有封重要的信藏在十分明顯的地方，卻沒人發現。

許結果會不一樣。打開那本日記的時候，如果我愚蠢的編輯腦沒有啓動，也許我本來能夠直接不理它。

想到這件事的時候，我可以看見自己的樣子：坐在床上，一條腿縮起來壓在身體下，垃圾袋從我的另一邊膝蓋上垂下。我從外側看著自己，像個陌生人一樣——三十五歲上下的女人，無論她多常帶狗出去慢跑，體重都會上升。波浪狀棕髮，有幾綹黏在前額上，她的臉被灰塵弄得髒兮兮的。

而在她手上，是那本小小的黑色日記本。

但現在寫下這件事的時候，我想或許那一刻無關緊要。我人在那裡，而直到我清空那個地方以前不會離開。就算沒讀那本日記，也許一切無論如何都會發生，而且還沒有地圖可以指引我——甚至連像卡特葛雷夫日記那樣的地圖都沒有，雖然事實證明它既貧乏又混亂。

不過當時，我根本沒有不祥的預感。我讀著那個段落，而我心裡想的是，**噢！這有點詭異耶！我扭曲著自己的身體，就像那些扭曲者……噁**。

發現在一個喜歡克里比奇紙牌、一天看報看好幾小時的老人家，把這種東西寫在本子裡，的確滿怪異的。

「它又出現在我腦袋裡了，就像一首不斷重播的歌……」聽來他好像是講某種洗腦旋律。可憐的人。

老天知道，我以前也有洗腦歌揮之不去的經驗。電視主題曲特別糟。有一次我將近兩週，到處漫遊的時候都哼著《歡樂酒店》的主題曲。到最後我必須坐下來眞正看完一集，不然會徹底瘋掉。

這似乎不怎麼像一首歌。但話說回來，我認識過腦子裡面會卡洗腦詩的人。我的大學室友以前會背誦愛倫坡的〈黃金國〉，而我覺得她有時候甚至沒自覺。

當然，她主修英語。

我沒時間繼續讀日記——我有一棟房子要清理。我把它放在床頭櫃上，把抽屜徹底地清空。

衣櫃就跟房間其他部分一樣空蕩蕩。有幾套衣服、一雙浴室拖鞋跟一雙磨損的皮鞋。還有三本講第二次世界大戰的時代雜誌生活叢書，不過那應該沒有特殊意義。任何房子裡要是曾經有一個超過一定年紀的男人住過，就會自動出現談第二次世界大戰的書。我相信這是科學定律。

在架子頂端的另一頭，是一臺老掉牙的手動打字機。我發出哀嗚。它肯定有一噸重。光看著它我的背就痛了起來。要拿出來，我必須站到一張椅子上，把它從肩膀高度抬出來，在過程中可能還會砸到自己的腳。

唔，改天再來擔心這個。我把抬得動的一切都塞進垃圾袋裡，剝下床單，然後把袋子拖到外面的卡車上。

「來吧，斑哥。讓我帶你參觀一下新家……」

斑哥看起來很開心，但有些小心翼翼。無論如何，他站上床，讓鋪床單變得極端困難。我放棄抵抗，將就著用聞起來像條獵犬的聖誕樹床單。我大多數的東西都有獵犬味。

「我的下一招呢。」我告訴他：「就是要看看我能不能挖出廚房裡的一個檯面。」

他陪著我到廚房，發現我做的事情不會讓狗狗美食出現，就發出一聲悲劇性的嘆息，癱在亞麻油地板上。不幸的是，亞麻油地板上只有一塊沒放東西的空位，所以我每次轉身都要跨過他。

「你真礙事。」

他發出另一聲嘆息。偶爾我的狗聽起來像洩氣的氣球。

我大概花了五分鐘設法要替保鮮盒分類。然後我放棄，就只是把一疊疊盒子掃進垃圾袋裡。塞滿一層層塑膠袋的那些袋子得到相同的待遇。（我能理解把塑膠袋留在手邊的理由，可是我祖母擁有的塑膠袋都超過她的體重了。）

我設法想一首歌來唱。我真的必須弄一臺收音機來用。這棟屋子太安靜了。

而我扭曲著自己的身體，就像那些扭曲者……

那不是一首歌。

我把這個念頭驅散，開始唱我能想到的第一首歌，那是大約一千年前我們在營隊裡唱過的歌。

「週日早晨我醒來，抬頭看牆壁，甲蟲跟臭蟲打著球賽……」

斑哥從他的腳趾底下發出另一聲嘆息。

我努力想起大量押韻歌詞，包括一首營隊督導不准我們唱的歌，講的是死在水溝裡的人。同時我把一區檯面清理到剩下某個可能是烤吐司機的東西。腐蝕作用把它黏在檯面上。有根叉子從裡面戳出來，整體而言這樣做似乎是個壞主意。幸運的是，電線已經徹底爛掉，所以這個烤吐司機完全無害。我比較擔心仍然從牆壁插座裡伸出來的那段電線。

有兩臺微波爐，一臺堆在另一臺上。一臺看起來是用塑膠做的，另一臺則看似牢固到可以撐過核爆。

我不知怎麼的把半個廚房的檯面清出來，卻沒害自己被電刑處決。那臺金屬微波爐重到不可思議。我要記得租一臺手推車。我也發現一個鼠窩，還有大約二十罐螞蟻藥。我因此下定決心，不讓斑哥在屋子裡隨便亂跑。

我打開冰箱。它看起來非常髒，不過裡面的空氣是冷的。我躊躇考慮要不要刷洗一番——這重要嗎？它老掉牙了，而我是來這裡丟東西的——但最後我決定，我不想讓我的食物坐在覆蓋著汙跡與黴菌的冰箱裡。

雖然有些太遲了，但我想起住在封閉冰箱裡的黴菌會傳染某種疾病。不過我跪著揮舞著綠色的小菜瓜布，而不管那是什麼菌，我可能都已經徹底中標了。所以，你懂的。唉，就這樣吧。

等我結束冰箱這回合的時候，天色開始暗下來。我回到卡車上，開進城裡找地方買可以在車上吃的得來速餐。斑哥得到另一個違禁品起司漢堡。我明天必須買菜，光想就讓人精疲力竭。

我們回到……呃，不能說是家。無論如何，我們回來了。我留著門廊和一樓大部分的燈沒關。從外面，這裡看起來幾乎像間普通房屋，有溫暖的燈光從窗口流瀉，飛蛾衝撞著門廊的燈。

我在車裡坐了好久，注視著那棟房子，以至於斑哥覺得無聊了，開始嚼他的指甲。所以我嘆了口氣，把鑰匙拔出來，從後座抓起我的行李箱。「來吧，小子。我們走。」

除了凌亂以外，這屋子似乎夠結實，或許不會塌下來砸在我頭上。如果我能把廢物清掉，房子就可以出售。爸曾經暗示過要跟我分這筆錢，而我肯定沒那個能耐拒絕這筆錢。

我把這一切對自己重複講了三、四次，同時舉步維艱地走上臺階，斑哥還扯著牽繩。

第三章

卡特葛雷夫的房間聞起來還是有灰塵跟老鼠的味道。我咚一聲把行李箱放到地上，挖出盥洗用具，考慮過浴室的狀況以後，決定明天早上用瓶裝水刷牙。

我躺倒在床上。床墊上有個我不願多想的人形凹陷。不過這樣還是比睡沙發好。

斑哥跳上床，把自己蜷成一顆乾淨俐落的球，然後放了個屁。

「天啊啊啊啊！」

我在心裡又記下一件事，要買更多、更多的薰香蠟燭，或許還要買線香。

或許還有防毒面具。

我從廚房裡拿回薰香蠟燭。爲此我得打開走廊的每盞燈，一部分是因爲我不想被任何東西絆倒，另一部分是因爲我不喜歡成堆箱子在黑暗中構成的形狀。

我檢查了前門門鎖好幾次，以防萬一。

因爲我必須關著臥室門，所以味道沒有消散。我必須點燃蠟燭，而且在燃燒期間保持清醒，免得整個地方陷入火海。

我帶了電子閱讀器，要是我有無線網路可以下載書籍就會很有用。午餐時間我已經看完最後一本書。我沒其他更好的選擇，拿起我繼祖父的日記開始讀。

頁面上沒寫日期，所以我根本不知道前後篇之間到底經過多少時間。他換過筆，不管那代表什麼意義。

還沒找到她把書藏在哪。當初根本不該娶她。

不過她有那種力量。他們不會靠近她身邊。需要這個。卻沒發現她是什麼樣。

（**可不是嗎**？我心想。）

我根本不知道那個不會靠近的**他們**是誰，可能是卡特葛雷夫的家人吧。但說真的，有可能是任何人。祖母對人有那種影響力。

> 安布洛斯會說，既然有些人類會被他者吸引，對他們獨特的幽默和神奇很敏感，必然會有某些人是相反的，且會主動驅逐這種幽默。不過安覺得尋求這種神奇會導向罪惡，而我卻無法相信相反的狀況會導致美德。她身上肯定沒有任何美德。
>
> 極端想念安布洛斯。我恐怕犯了個嚴重的錯誤。如果我可以把書拿回來，就會馬上離開，冒險在他者身上賭一把。寧可死於恐懼與榮耀之中，也不要在這個悲慘的房子裡被激怒到死爲止。

這股情緒是可以理解的，但**死於恐懼與榮耀之中**還眞是個奇怪的表達方式。卡特葛雷夫計畫要加入外籍兵團嗎？

我根本不知道要怎麼理解關於罪惡與美德的那個部分。看來他很虔誠。

「雖然這聽起來不怎麼像主日學。比較像湯瑪斯．阿奎納。也有可能他屬於靈知派之類的。（註）」我對斑哥說。

斑哥又伸了個懶腰。我屏住呼吸，以防他的動作釋出任何臭氣，但看來他今晚放夠了。

我翻了一頁，臉爲之一皺。

我扮起鬼臉，模仿石頭上的那些臉，而我扭曲著自己的身體，就像那些扭曲者，而我平躺在地上，就像那些死者。

（還來？我這麼想。卡特葛雷夫**著魔**了。）

從這裡讀的效果，沒有從綠皮書裡讀那麼持久。只能撐兩、三天，不是幾週。不過寫下來會維持久一點。如果我寫下來，幾乎可以撐兩週。

我再度想到，卡特葛雷夫可能得了失智症。他死時已經很老了，不是嗎？

話說回來，我根本不知道多老。如果他跟我祖母同年，就是八十來歲了，或許吧？肯定老到讓神經線路開始互相干擾了。

但再想想，爸現在八十來歲了，還是神智健全得嚇人。祖母以前也是，只有囤積問題，而囤積可能跟年老無關。

註：湯瑪斯．阿奎納（Thomas Aquinas）是歐洲中世紀重要哲學家和神學家。靈知派（Gnosticism），又稱爲諾斯底主義，這個派別認爲人透過靈知獲得知識。兩者皆與宗教信仰有關。

而我扭曲著自己的身體，就像那些扭曲者，而我平躺在地上，就像那些死者……

噢。嗯，我想我看得出來，他怎麼會把那句話卡在他腦袋裡。它說不上是很有節奏，卻有某種侵入性。就像站在高處邊緣的時候，大腦會悄聲要你跳下去那樣。

開始散步，就只是爲離開這棟房子。有時候她不讓我午睡。我進我的房間，但她猛力敲門，來確保我不是正在睡覺。除非必要不想讓她進房。

昨天在樹林裡小睡了一下。可能不是好主意，但太累了。

可憐的老人家，我心想。讀起來讓人心痛。我祖母以前眞是個糟糕的人。即使知道他多年前就死了，現在沒有人干擾他睡覺了，我還是爲卡特葛雷夫感到難過。

我很納悶爸以前知不知道這件事。我那時在另一個州上大學——甚至可能還在上高中。我當時無法阻止。不過我眞希望有人曾經打電話給州政府通報有老人受虐，然後把這可憐的男人帶走。

雖然他也許不會想要離開，因爲他還沒找到他的書。

或許應該寫下我對綠皮書記得的一切，免得它眞的遺失了。她爲了她兒子讓客廳保持乾淨，不過關起來的房間亂得駭人聽聞。誰知道哪天這地方可能燒光，那本書就沒了。

不過必須把手稿藏在某個地方。如果她找到了，她也會把它藏起來，就爲了惹惱我。

眞希望我有某個可以郵寄的對象。安布洛斯死去這麼久了，本來應該問他有沒有其他學生。不過，他把書寄給**我**。

眞希望我從沒讀過其中任何一個字。

那一頁剩餘的部分是空白的，只有底部有個小小的「大鼻小吉到此一遊」（註）的塗鴉。那個塗鴉差點讓我哭出來，你會覺得我很怪嗎？也許會，也許不會。也許你了解人類的反應方式。

這個塗鴉是非常人性的作爲。這本日記雖然以難懂的字跡寫成，但其餘部分都像讀一本書。但這裡卻有這個圖。我也會在作文和數學作業邊緣上畫下一樣的塗鴉。

事實上呢……

我盯著那一頁，卻沒有眞正看進去。以前是卡特葛雷夫畫給我看的嗎？感覺上我好像一直都知道大鼻小吉的存在，但在網路上很難看到它。我記不起來我爸有沒有畫過。而凱特阿姨看到我畫的一個大鼻小吉時，她笑出聲來說：「哇，這讓我回到過去！」

如果我努力回想，幾乎可以記起——或者最有可能的狀況是，我能夠硬是無中生有——就在這棟房子裡，祖母又做了某件事讓我難過的時候，卡特葛雷夫拿著一小張紙，向一個不是他孫女的小女生示範怎麼畫大鼻小吉。

註：原文爲 Kilroy was here，是第二次世界大戰時流行的塗鴉，起源眾說紛紜。畫的是一個光頭男人兩手攀著牆壁偷看，露出鼻子。

我記不起來我那時爲什麼會難過。或許可以讓我難過的原因太多了。我本來快要哭了，不是嗎？不過我年紀正好大到不想在我祖母面前哭。所以我跑到外面去，而卡特葛雷夫坐在門廊上的搖椅裡，他看到我，然後說……說了某句話……

「別理她。她是個心懷恨意的老賤婦。」

他的粗話嚇了我一跳，也讓我一瞬間格格笑出聲來。我遮住嘴巴，還是快要哭了。「我不喜歡她。」我透過自己的雙手悄聲說道。

他點點頭，說：「我也不太喜歡她。」

我當時太小了，以至於沒覺得奇怪，他要是不喜歡她，爲何還要繼續他的婚姻。我只是點點頭。在還是小孩的時候，如果對大人生氣，錯的永遠是你。不過現在有個大人同意我的看法，意味著也許我到頭來還是對的。

卡特葛雷夫手上有份報紙。「笑話版」，他總是這樣稱呼，而不說是漫畫。他把一頁折起來，然後從口袋裡拿出一枝筆。「妳知道大鼻小吉嗎？」他問道。

我搖搖頭。

他在漫畫版邊緣畫了一條線，就在《英勇王子》（註）旁邊。這條線上有三個弧形，最長的弧形在中間。我盯著看，迷住了。他又畫了三條弧線，而那些線變成兩隻手跟一個鼻子。他補上一根捲捲的頭髮，還有兩個小點當眼睛。「大鼻小吉。」他說道。

「再畫一次。」我說道。那些線條變成一個人的方式，就像魔術戲法。

他畫了一遍又一遍，然後很有耐性地教我怎麼自己畫。「我們以前會在各種東西上面畫這個。」他告訴我。「我們叫他查德先生。不過北美佬叫他大鼻小吉，這個名字就固定下來了。如果到一個從沒去過的地方，看到大鼻小吉，就知道有別人更早拜訪過。」

三十幾年後，我俯視著日記裡的大鼻小吉，嘆了一口氣。他當時講的是在戰時當兵的事。那時候的我並不知道。

別再想了。我只是很疲倦又哀傷罷了，而且眼前的工作讓我更疲倦、更悲傷。也許我只是憑空想像出子虛烏有的悲劇性懷舊回憶。

「就一個晚上來說，這樣很夠了。」我說道。我把日記放進桌子抽屜裡。明天晚上我會下載一本小說。一本英國攝政時期言情小說，內容包含很多性愛場面和悲劇性誤會，還有個棉花糖抹醬似的甜蜜結局。一種親切又老套，完全不同於這棟恐怖屋的東西。

我吹熄薰香蠟燭，關掉電燈，立刻墜入夢鄉。

✦

半夜，斑哥開始哀鳴著想要出去，所以我起床了。（這是養狗人士的一種後腦功能。）我把他的牽繩扣上，帶他出去。

月光非常明亮。樹林非常陰暗，但屋子有很亮的照明，冷藍色的陰影橫跨過地面。我把腳塞進涼鞋裡，但沒穿襪子，冰冷的草讓我赤裸的腳濕透了。我的睡袍上面印著要求來杯咖啡的小驢屹耳，雖然很可愛，卻沒有該有的保暖度。

註：《英勇王子》（*Prince Valiant in the Days of King Arthur*）是加拿大裔美國漫畫家哈爾．福斯特最知名的作品，連載始於一九三七年。

我想大多數人在陌生之地置身戶外，不太可能一點驚恐的感覺都沒有。外頭可能有連續殺人魔，或者是熊。我不覺得我怕熊，但我寧可不要確定這件事。

當然，斑哥需要聞出一個絕對正確的尿尿地點。我們繞過屋子的側面，經過停車棚——

「老弟，你認眞的？」我低聲嘟噥——而他就是得停下來，把所有東西聞一遍。

在我嘀咕抱怨的同時，我們走到外面的花園，接著斑哥的毛豎成尖刺狀，還開始吠叫。

我並不害怕。我氣急敗壞——別搞錯我的意思——卻不害怕。因爲……呃……

「那是一顆**石頭**啦，天才。」

呃，它是啊。它是一塊大石頭，高度大約及膝，在清理出來的區域邊緣，靠近那棵櫟樹。它被塑造成某種庭院藝術。如果在光天化日之下回來，我可能會看出它被刻成一隻美國鷹箝著一名恐怖分子被斬下的頭顱，或者某個別的東西。祖母並不盡然是個愛國人士，但她深愛可以痛恨一整群人的藉口。

不過我懷疑她對任何恐怖分子的憎恨，能不能及得上斑哥對那塊石頭的憎恨。儘管數小時以前他距離那塊石頭不到三十呎，現在這塊石頭讓他氣瘋了。他對它怒聲嚎叫，而我本以爲他不知道怒聲嚎叫是什麼。

「那後面有負鼠嗎？」

我設法領著他繞過那塊石頭，但是他不肯。斑哥的體重大概是六十五磅，我應該比他壯，不過我儘量避免測試這點，免得到頭來我錯了，我們之間的權力關係就此逆轉。他一點都不想靠近那塊石頭。石頭就是敵人。

我停下來費事地解開牽繩，直接抓著他的項圈。實際上這樣似乎讓他很快樂，雖然不是以我期待中的方式達到效果。他停止怒嚎，開始吠叫，那種「你看我的同窩夥伴來啦，我們要搞死你」的吠叫。他在家時，鄰人的狗要是隔著圍籬折磨他，而我走出去帶他進屋，他就這麼叫。

「過來。過來，斑哥。斑哥。斑哥！**別理它**！」

他放過它了，雖然很不甘願。我領著他走向屋子，我的手扣在他項圈上。

在我們靠近前門的時候，他突然間雀躍起來，尾巴又開始搖了。他想起來他得尿尿，而我差點沒能及時把腳移開。

你可能認爲我遲鈍到極點，才會這時還沒想到有事情不對勁。但我要爲自己說句公道話，我有一次看到斑哥對著一個垃圾桶爆氣。一個**空的**垃圾桶。我從來沒想通他對那個垃圾桶有何不滿。也許在遙遠的過去，那裡面曾有隻負鼠。

我要強調的重點是，我的狗不是大事不妙的可靠指標。

（但是見鬼了，我哪知道啊？也許垃圾桶就坐落在我們的世界與他界之間的連結點上，他衝過去對它吠個沒完，要讓我知道來自他界的可憎之物正闖入我們的現實。現在誰還知道事實是什麼？我肯定不知道。）

他一結束爲青草行祝聖禮，就樂於回到室內了。嚇人的石頭被拋諸腦後。我們一前一後穿過屋子，我進了臥房後關上房門。

這有部分是爲了把斑哥關在室內，但也是因爲房子的其餘部分感覺頗不友善，那些散亂雜物彷彿即將順著舊報紙與嬰兒娃娃的觸手滲透進來。

我踢掉涼鞋，把腳塞到斑哥的肋骨底下。就算透過層層毯子，他還是像個小型電暖器，而且他不像我前男友，他從不抱怨我冰冷的腳。

我甚至還沒暖過來，就立刻再度睡著了。

✦

日出之前，斑哥跳起身來，歇斯底里地對著窗戶連吠，把我叫醒了。

我睜開眼睛，說了聲：「耶穌啊。」然後看向窗戶。月亮下沉了，不過庭院沐浴在冷灰色的光裡，這意味著要不是起得太早，就是起得太晚了。

某個蒼白的玩意用四條腿彈跳著越過庭院，後面還跟著另一隻。斑哥抓狂了。他會從一聲短吠開始，而這聲吠叫會拖長，以一個「嚕嗚嗚嗚——嚕嗚嗚嗚嗚」的長嚎作結。每次他長吠的時候，他前腳會跳，床就跟著震動。

「那是鹿啦，白痴！」

「**哇嗚嗚嚕嗚嗚嗚嗚**！」他這麼說，或者講了類似意思的話。

我呻吟著伸手摸我的手機。螢幕顯示現在早上五點〇三分。我再度呻吟，把手機放下，然後用腳戳了斑哥的肋骨。「安靜啦。」

「**嗚啊汪歐嚕嗚嗚——嚕嗚嗚**！」

「那隻鹿不會趁我們睡著的時候過來宰了我們，老弟。」

我似乎沒說服斑哥。他靜下來了，但喉嚨裡還有嘟噥的聲音，不過這可能是因爲鹿已經跑走了。

「回去睡覺。」

「……**呼呼**。」

我可以聽到清晨時的所有恐怖噪音——鳥兒開工了，還有那些會鬼叫的春季生物。現在是北卡羅萊納州的青蛙季節，青蛙可以叫一整晚，要是有心情的話還外加半個白天。

某處有個空洞的敲擊聲。聽起來離房子很近。可能是隻啄木鳥吧，我心想，雖然牠好像精神恍惚。話又說回來，有很多種不同的啄木鳥。有啄木鳥伍迪（註）那種大型鳥、黑白相間的小型鳥，還有腦袋有螢光筆顏色的那種。

直到我入睡為止，斑哥都怒視著窗外，說不定在我睡著以後很久他都還瞪著。

✦

我早上八點左右起床，從車裡的袋子中倒了點狗食給斑哥。他哀傷地看著我，或許期望有更多的起司漢堡。

「今天，買菜。」我說：「還有一臺收音機。」我已經唱完我會唱的大多數歌曲，而雖然我對超脫樂團和九吋釘樂團的全曲目有詳盡的知識，他們的歌都不太適合清唱。

而我扭曲著自己的身體，就像那些扭曲者……

我開始唱某首歌。我甚至不知道那是什麼，直到我唱到副歌的部分，才發現那是《歡樂酒店》的主題曲。斑哥從他的食物上抬頭看的時間，長到足以給我一個失望的眼神。

「抱歉。」

他一吃完，我們就往外走向卡車。後面幾乎有一整車斗的東西。也許那個好心的哥德風咖啡師可以告訴我，郡立垃圾場要怎麼去。

註：原文為Woody Woodpecker，是一九四零年由華特．蘭茲工作室（Walter Lantz Studio）開發出來的卡通人物，是有紅色頭部羽毛的啄木鳥，最初屬於環球影業。

結果她確實可以，也能告訴我去哪吃早餐，不會吃到快餐店那種水水的蛋。有個還過得去的地方躲在加油站後面，只要你不太挑剔椅子要成套跟必須有桌巾這類的事情就好。

「狀況有多糟？」她朝窗外瞥了一眼我的卡車，同時問道。

「很糟。」我盯著我的咖啡。「她有點囤積狂。」

她同情地倒抽一口氣。「我知道那是什麼狀況。天啊。」

「至少她沒養貓。那裡只有紙張、衣服，還有一整間房間裡都塞滿了娃娃……」

「那沒什麼嚇人的嘛。」她說著咧嘴笑了。

「一點都沒有。」我很誇張地顫抖著，然後我們兩個都笑了。

我回到去過的五金行，買收音機還有更多垃圾袋。然後是超市，這裡是一間貨眞價實的小豬超市（註）。南方很怪異的。

就算今天很涼爽，斑哥還是咕噥抱怨我把他留在車裡。不過在我帶著裝滿狗零食與薯片的袋子回來的時候，他就原諒我了。他相信任何發出塑膠袋皺縮雜音的東西，可能都是給狗吃的。（再強調一次，要是很不可能的事發生了，我的獸醫正讀著這段話，斑哥是從過去的狗主人那裡學到這套想法。我發誓。）

我察看手機，心裡想著要打電話給我父親，不過電池幾乎沒電了。「該死，我昨晚才幫你充電的……」

我把它插電連到卡車上，發動引擎——抱歉了，大自然——然後開到夠靠近咖啡店的地方，好接收他們的無線網路。我等著的電子郵件沒來。我不希望嘗試打電話給爸，卻只講兩分鐘就被切斷。我反而下載了幾本小說，然後開車到垃圾場去。

垃圾場的人幫我把蒸氣吸塵器搬下來。他是個頭髮灰白的老白人，戴著一頂強鹿實業的棒球帽。「妳還會有更多垃圾嗎？」

「多得不得了。」我說：「我正在清空我祖母的房子。她過世了，而狀況是……唔，有很多廢物。」

「很遺憾聽到這個消息。等一下。」他進了小辦公室，然後拿著一張貼紙回到外面來。「如果她是本郡居民，那對我來說就夠了。把這個貼在卡車窗戶上，妳就可以免費傾倒。」

「噢天啊，感謝你！」我甚至還沒想到費用問題。「這樣真的很有幫助。」

他露出微笑。「樂於效勞。我是法蘭克。」

「梅麗莎。朋友都叫我小鼠。」我咧嘴一笑。「既然接下來幾週我會常來這裡，你可能可以一開始就叫我小鼠。」

法蘭克點了一下他的棒球帽緣行禮。「很高興認識妳。如果妳不介意我問，請問妳祖母是哪位？」

「卡特葛雷夫太太。」我說：「在馬橋路外面。」

「公社再過去？」

我做好心理準備，以防萬一他對嬉皮有意見。

「在馬路對面，過了公社再往下走一點點，對。」

註：原文爲Piggly Wiggly，創立於一九一六年的連鎖超市，主要散布於美國南部與中西部。小豬超市創立以前，顧客買雜貨都要給店員採購清單，由店員拿取貨品。這是第一間讓客人自行拿取已標價上架商品的超級市場。

他點點頭。「如果房子裡有更多妳搬不動的東西，去那裡看看湯瑪斯在不在。他應該會幫妳搬。」

一般狀況下，我並不是南方騎士精神的粉絲，尤其是會有人叫我「小淑女」、修車時要求三倍價格的那種，但要是這樣有助於挪動我的微波爐，我就會讓步。「謝謝你。」

「願神保佑。」他說道，在我驅車離去時揮著手。

我在離開收訊範圍以前察看我的手機，發現它的充電量少得可憐，還熱到可以煎蛋。

我停下車，很快地線上搜尋一番，發現最近釋出的作業系統更新裡有個已知的問題，會讓手機變熱，電池會燒到像是該被淘汰了。他們答應會很快就修好這個問題。

「混帳東西……」

真棒啊。

好吧，反正不管怎樣，我在祖母的房子裡又收不到訊號。

我把烤得正好的紙鎮關機，然後開車到……聽著，此時我會稱之爲家，同時我理解到它並不是——而且永遠不會是——家，不過我能打出來替代的稱呼沒幾個。我開向我暫時的，並不眞正是家的家。

斑哥對於他這次沒得到起司漢堡感到極端不平衡，在我把買回來的東西搬下車的時候癱平橫躺在後座。他八成想著，如果他看起來夠悲劇，我就會轉身開回餐館去。

我用狗零食賄賂他，然後把他綁在前院的一根臨時狗柱上，因爲我要讓前門打開一會。我在廚房檯面的一塊淨空處安置好收音機。這荒郊野外收不到太多訊號。我找到一個鄉村音樂電臺，某個叫做「與約拿牧師談聖經」的節目，一個騷莎音樂電臺，還有全國公共廣播電臺教堂丘分臺。現在是慈善捐獻週。這是個無可動搖的宇宙定律，每次在陌生的地方聽全國公共廣播電臺的時候，總是剛好碰上慈善捐獻週。

慈善捐獻週節目至少有人聲，就算那些聲音裡，透露出連日乞求金錢、眼前還看不到盡頭何在的人如何強顏歡笑。我撥著旋鈕，直到我聽到最沒有雜音的版本爲止。接著扭開一瓶水，捲起我的袖子。

然後我花了大概兩小時把其他一切都拖出廚房。

其中大多數是預期會在廚房看到的一般常見用品，只是數量更多。有可能夾雜著飛蛾卵的一袋袋麵粉，還有一罐罐的乾燥米粒。我其實不確定那些米有沒有壞，但現在似乎不是冒險一試的時候。

我把玻璃容器扔進一個塑膠桶裡。其中一些裂掉了，不過反正我本來就沒計畫要轉賣。那裡沒有任何經濟大蕭條時期的乳白色玻璃餐具，或者任何應該很高級的東西。

我想我本來可以把它們拖到二手商店去，沒這麼做無疑讓我變成一個很糟糕的人，不過我想**清空**那棟房子。

我留了兩個塑膠杯給自己用，然後隨手打開一個抽屜。裡面有大約兩百支筷子，買外帶會拿到的那種木頭筷子，都被洗過收進夾鏈袋裡。末端有使用過的汙漬。我瞪著那些筷子一陣子。

對，她回收使用免洗筷。

呃，好吧。

我小心翼翼地拿出夾鏈袋。我戴著手套，而且我確定她用洗碗精洗過，不過這整件事就是有極端不衛生的感覺。

我快到門口的時候，斑哥開始吠叫。

聽起來有點像是對付快遞員的叫聲，所以我匆匆出去察看狀況。前院子裡有個男人，身材很高大。

他至少有六呎高，而且極端肥胖，不過他有那種會往兩邊發展的體型，所以他既高又寬。他肩膀往下垮，不過底下有很多的肌肉。

我拚命地祈求他人很友善，因爲他滿可能單手就可以把我折成兩半。你是女人，而且旁邊沒人會聽到你尖叫的時候，就會這樣想事情。

「嘿！」他說著揮揮手。

我揮回去。斑哥的吠叫從「去死吧，混球快遞員」變成「摸我摸我你爲何不摸我」，他的尾巴狂亂地猛搖。

「我能幫你什麼嗎？」我說道，試著讓自己聽起來不至於不友善。

他聳聳肩。靠近一些以後，我可以看出他是拉丁裔，可能快三十了。他有個相當溫馴的大大笑容。「嘿，只是看到妳的卡車在那邊，就想說要過來看看。」他頓了一下，然後抓抓後頸。「老太太知道妳把她的東西搬出屋外嗎？」

我放鬆了一點。路上沒有車，所以他可能是從公社那邊來的。如果我看到有人在清理一位鄰居的房子，我可能也會過來看看狀況。「噢，她上個月過世了，所以我想她不會介意。」我把筷子袋扔進搖椅裡，從樓梯上下來，然後伸出我的手。「我是她孫女，梅麗莎。」

「噢……」他發出一個短促而放心的笑聲。「太好了。我的意思不是說她死了很好，而是如果妳搶劫她，接下來就眞的會很尷尬了。」他有個相當明顯的口音，雖然我說不上是從哪來的。從很南方的某處，不過那涵蓋從邁阿密到墨西哥之間的任何地點，中間還有一大塊德州。

「恐怕沒什麼值得一偷的東西。我眞希望有。」

他握了我的手，然後瞥向斑哥。「他友善嗎？」

「友善到荒謬的程度。」

他在斑哥的地盤範圍內蹲下來，伸出一隻手。他可能很大隻，但看來這塊頭完全沒有拖慢他的動作。「嘿，老弟……」

斑哥舔著他的手指，然後頭塞進那男人的手肘裡。

「如你所見，他超兇。」我說道。

那男人對著我咧嘴笑了。「肯定是。嘿，我住在馬路對面的公社裡。」

我開口猜測。「湯瑪斯？」

「竇馬斯。」他糾正我。「妳怎麼知道？」

「垃圾場的法蘭克。」

「噢，對。」竇馬斯笑出聲來。「好傢伙。」讓斑哥很傷心的是，他站了起來。

他的笑容很有感染力。「實際上他說你會自願幫忙。不過沒關係，我不會要你這麼做。」

竇馬斯嘟噥著。「天啊。」他低下頭。「要做什麼？」

「幫我搬些設備。」

「噢，就這樣嗎？老天，我還以爲妳要我幫忙藏屍體呢。」

「也許晚些時候吧。我還沒清理到閣樓。」

他又笑出聲來。我也笑了，雖然我不完全是開玩笑。

「當然好。妳需要搬什麼？」

「到目前爲止只有微波爐。是那種巨大又沉重的類型。我確定之後會有別的玩意。」

「如果妳想的話，我現在就來搬。」他說。

這在意料之外，不過我不會對天降的幫手嫌東嫌西。「當然好，跟我來。」

他走進門，吹了聲口哨。

「我懂，很驚人吧？」

「不知道裡面有這麼糟。」他搖搖頭。「我只跟那位老太太講過幾次話而已。天啊。」

「老實說我也一樣。直到我爸打電話給我爲止，我根本不知道她像這樣過活。」我做好要替我父親辯護的準備，不過竇馬斯就這麼接受了，沒有任何評論。

他必須側身才能通過那些報紙堆。我指向比較沉重的那個微波爐。「野獸在此。」

他又笑了。「沒問題。」他說罷就把它抬起來，彷彿它毫無重量。演化沒給我這種上半身肌力，我對此感覺到一股強烈的怨恨。

竇馬斯把它搬出去了。他開始要把微波爐放上卡車，接著停頓下來。「嘿，妳要把這個載去垃圾場？」

「計畫如此。」

「如果我拿走，妳介意嗎？」他下巴一抬，指向路對面的房屋群。「信不信由妳，我想這臺比狐姊有的那臺更新一些。」

「狐姊？」我有點疑惑地說道。

那個有感染力的咧嘴笑容又出現了。「狐姊。妳如果見過她就會認得她。」

把這麼舊的微波爐強加給任何人都讓我覺得很內疚，我也這麼跟他說了。竇馬斯笑了。

「狐姊不介意啦。她喜歡舊東西。她到現在還有室內電話機之類的東西。」

「噢，好吧。微波爐是你的了。」我說：「我不知道它還能不能用。如果它不能用了，就帶過來扔進卡車裡，我會把它載走。哎，等我把這裡整理完了，如果你想要另一臺微波爐，我**知道**那臺確實還能用。」

「當然好。謝了。」他頓了一下。「妳要是還有別的東西要搬，過來敲門就行了。」

「我會的。」我手放在門把上等著，準備好要轉身走了。

不過他沒有立刻離開。他往上瞥，越過屋頂，然後說：「嘿，小心點，好吧？」

「小心點？」我說道，我的口氣比我預期中更尖銳一點點。

「啊，妳知道的。這附近樹林裡的東西。」他摸弄著微波爐上的旋鈕。

「哪種東西？」我問道。

他沉默得稍微太久了一點。於是我填補了靜默，這是我的壞習慣。「像是……臭鼬之類的嗎？」

「是啊。」他抓住這個詞彙，如釋重負。「臭鼬。其中某些有狂犬病。」

「斑哥有機會試試看了。」

「好。是啊，那樣很好。多謝微波爐。」

我在他從容過街的時候揮揮手。他一直很友善又很幫忙，不過分別的狀況比我預期中更尷尬一些。

我回到屋裡，開始刷洗原本放微波爐的地方。有大量豐富的汙漬等待著我。

如果現在打電話到全國公共廣播電臺，有機會贏得巴黎之旅，旅行日期不可更改。如果我瞇著眼睛看，最大塊的汗漬看起來有點像法國地圖。

我一邊哼歌一邊刷洗，而我還是甩不掉這種感覺：賓馬斯講的「樹林裡的東西」，指的根本不是臭鼬。

第四章

我那天晚上吃泡麵當晚餐。我不擅長下廚。斑哥吃狗食。他表示他極端樂意幫忙吃泡麵，但我婉拒了。

廚房並不盡然已在控制之下，不過我暫時中斷，以便清空浴室。我迫切需要淋浴。浴缸有令人興奮的各種水漬色階，而那個浴簾……唔，我們就別想浴簾的事了。我必須去鎮上挑個新的。我納悶地想，不知五金行是否有常客優惠。

我清出了足夠的空間，讓我可以做點接近淋浴的活動。熱水持續了大約三十秒，而斑哥認為沒有浴簾就表示這是狗狗沐浴時間。這些都是養狗人士生活中會經歷的試煉。

另一方面，毛巾沒人用過，上面還有小小的卡紙標籤。我在毛巾櫃附近找到它們的。它們還維持店裡買來時的折疊狀態，都僵硬了，而且聞起來像灰塵，卻沒有霉味。

我身上終於乾淨了，就上床躺著，雖然幾乎才剛九點。我不想在黑暗中拖著成堆廢物到外面，反正卡車幾乎滿了。我退而求其次，在晚餐後把一些報紙堆拉到門廊上就收工。

我下載了一本言情小說——文案給我的承諾是，此書帶來的樂趣僅次於讀珍·奧斯汀——卻發現我反而又把卡特葛雷夫的日記拿出來了。

我迅速翻頁，避開不看大鼻小吉。

下一頁開頭是現在已經很眼熟的引文：

我扮起鬼臉，模仿石頭上的那些臉，而我扭曲著自己的身體，就像那些扭曲者，而我平躺在地上，就像那些死者。

天啊，卡特葛雷夫，我心想，**你真的應該找個心理治療師談談這個**。不過這樣還是有某種幫助。他說過他如果寫下這段話，就可以撐幾乎兩週，所以我可以把這一篇的日期定在……噢，就說是在畫下大鼻小吉以後，大概一週半左右？

又在樹林裡睡覺了。好累。是那些藥丸。不過如果不吃藥，心臟就噗噗亂跳。眞希望她願意讓我睡。就連醫生都說小睡很有益，她卻不讓我睡。就是很惡毒。

睡在樹林裡是壞主意，明知道卻忍不住。開始夢到他們了。不像是夢魘，但認爲他們在盯著我。他們很近。我想，那些山丘裡滿滿都是他們。不會太靠近她，就像我不會靠近一隻死掉的臭鼬。不怕，只是不喜歡。不過如果我睡在外面，他們就會找到我。他們一定知道。綠皮書一定在我身上留下了印記。他們盯著看。

如果我有那本書，也許可以找到能把他們擋開的符號，但現在想不起來。用蜂蠟跟泥土作成的魔偶？但那有可能反而會把他們招來。時時刻刻都好累。

我停止閱讀，花了一分鐘撫摸斑哥。可憐的卡特葛雷夫。讀起來像是得了失智症，或者是他吃的藥丸讓他心神渙散。但絕無任何藉口能開脫祖母不讓他小睡的事，那惡毒的老蝙蝠。那完全就是殘酷。

凱特阿姨曾經跟一個男人約會一陣子，那時我大約九歲，那男人對食物有怪異的控制慾。我去廚房拿一片吐司當點心，他就抓狂，因爲他再過幾小時要煮晚餐了。像是徹底發作的幼兒暴怒撒野式抓狂，用力關抽屜，還大吼說不知道他爲何還要費事煮飯。根本就瘋了。我張口結舌地瞪著他，然後凱特阿姨叫我到外面去。我還可以聽到那種叫喊，但他再也沒回來過。

身爲一個九歲孩子，我一勁兒想著，我因爲想吃吐司，害他們分手了。凱特必須叫我坐下來，然後盡她所能向我解釋，他對正餐有些**心結**（那是她用的字眼），那是他被養大的方式使然，不是我的錯，而且沒有正常人會對一個小孩放學後想吃點心有意見。「而多謝妳還有妳的吐司，我立刻發現我不想跟他在一起！」她說著擁抱了我。「要不是這樣，我可能會浪費一大堆時間。人生太短了，不能花在對小事發飆的人身上。妳做得很棒！」然後我們吃塗奶油、撒紅糖跟蘋果派香料的吐司當晚餐，還看電影配飯。

凱特阿姨對這種事情眞的很在行。

我想祖母可能就像那樣，對小睡有些心結。我本來可以問爸，不過進行那種對話眞的會很尷尬……而我要怎麼處理那種訊息？對一個已死的女人有稍微更多一點矛盾的感受嗎？

我嘆息，然後回去讀日記。

接著有一段我推測大約三週的空白，這段期間他什麼都沒寫，只反覆寫了兩次他的扭曲者頌文，然後敘述重新開始。

找到我的老打字機。本來希望她會把綠皮書跟它放在一起，但沒這麼走運。會盡可能寫下我能記起來的事。用打的比較容易。

必須做點什麼。昨天睡在樹林裡，然後醒來，他們其中一個就在那裡。不知怎麼的走了但看到一片白色離去。

「變得讓人發毛嘍，卡特葛雷夫。」我說。這段敘述甚至更詭譎了，因爲他從沒有說過**他們**是什麼，只有一個日漸狂亂的心智所做的一種臆測。

「我賭那是外星人。」我告訴斑哥。「結果**總是**外星人。」斑哥沒有意見。

我又聽到敲擊聲。從樹林裡傳來的聲響，完全正常，不過我驚跳起來，因爲沒料到會聽見這聲音。

好極了。夜行性的啄木鳥，正是我所需要的。

當初眞應該留在城市裡，但那樣可能不會有用。綠皮書故事裡的女人住在城鎮裡，在城鎮廣場上被燒死，所以他們一定不介意。離開威爾斯的時候本來期望過不會再看到。在這片土地上沒有白人，只有紅皮印地安人，所以沒有白膚人，沒錯吧？

「卡特葛雷夫，可別變成種族歧視者啊。」我警告他。「我知道你是你那個時代的產物，不過要是你開始對我滔滔不絕講些白人至上主義屁話，我就要改讀攝政時期言情小說了。」

要不他的心靈遊蕩到比平常更遠的地方，就是他講的是某種沒有透過文字傳達出來的東西。卡特葛雷夫邁入老年已經很多年了，但他肯定不是從普利茅斯岩（註一）上岸的。在他從威爾斯來到這裡的時候，這片土地上就有很多白人了。

順便一提，我原本其實不知道他是威爾斯人。**卡特葛雷夫**不是會讓我聯想到威爾斯的那種姓氏。需要有更多的L跟Y，也許還要有幾個F（註二）。

青蛙又開始叫了。不過每次啄木鳥開始叫，牠們就停，然後還要花一分鐘才會繼續。

啄木鳥吃青蛙嗎？

我不知道。也許如果你是隻青蛙，就不值得留在原地發現事實真相。

這聲音毫無節奏感。它是這樣，噠……噠啪噠噠……噠——噠……噠噠噠……而有時候聽起來好像有不只一隻。

那是隻啄木鳥，我告訴自己。**或者類似的東西。除非是隻蟲。這裡的戶外有全世界所有蟲子**。我已經學到了，如果我讓房子裡的燈亮著，窗戶上就會有些滿滿都是腿、觸角跟擺動觸鬚的東西。那讓我覺得我住在一個飼養箱裡，而且是在反的那一邊。

我小時候在這邊的戶外抓到過螢火蟲，再放牠們走。我忘記這裡有很多魅力值遠低得多的蟲子。

噠——噠……**噠**——噠——噠……噠……

我在記憶中搜尋，想起了**螽斯**這個名詞。牠們發出的不是像喳喳喳、啾啾啾之類的聲音嗎？這不太像是蟋蟀，對吧？

噠噠聲停了一會，青蛙開始叫了。我必須找個降噪耳機之類的東西。但這樣會讓我睡著時忽略斑哥哀鳴著想出門的聲音，然後我醒來就會看到鞋子裡有狗屎。嗯，艱難的決定。

我回去閱讀。

註一：原文爲Plymouth Rock，據說是美洲殖民地第一批英國移民搭乘「五月花號」上岸的地點。

註二：有些常見且源於威爾斯的名字或姓氏有重複的L、Y或F，例如Llewellyn、Gruffudd、Lloyd。

這邊的山丘上有好多。越過了海洋？或者本來就在這裡？分辨不出。無從得知。這裡的民間傳說不同，但也一樣。魔偶跟娃娃。火眼（註）。也許一樣。白色生物，不是眞正的野獸。

安布洛斯可能知道。我必須寄封信給他……

我嘆了口氣。他的筆跡隨著頁面往後逐漸退步，我必須靠上下文推敲出某些字是什麼。

「安布洛斯已經死啦，記得嗎？」

看來他記得，因爲下一頁他的筆跡回到比較清楚的狀態。

跟醫生談過，換了藥丸。

心智渙散。一直想著我應該寫信給安布洛斯。要是可以我就寫了！

睡得少些。很好。繼續在樹林裡睡覺太危險。他們現在察覺到我的氣味了。

開始打字。必須在我的心智再度渙散以前結束謄寫。

我翻了頁，什麼都沒找到，只有扭曲者那段頌文，一遍又一遍，寫了五、六頁。

「噢。一個晚上讀這些夠了。」

我關燈，翻身側睡。我記得的最後一個想法是納悶到最後那些打字謄寫紀錄怎麼了。

我第二天早上起床時脾氣很暴躁，還覺得自己被利用。斑哥前一晚不需要出去，但做爲補償，他花了二十分鐘尿尿，對著草地裡的一道痕跡發神經。可能是鹿留下的。這條痕跡越過院子，幾乎要走到臺階了，在覆蓋著露珠的草地上留下一條黑色足跡。

那隻狗沿著這道足跡來回奔跑，狂亂地嗅聞，直到他的膀胱終於凌駕鼻子之上爲止。這個狀況的刺激程度比我形容的稍微低一點點，但也沒低多少。

我進入廚房，泡了即溶咖啡，吃了一根早餐棒，味道像是裡面有巧克力片的厚紙板。它的味道比咖啡好些。如果我要在這裡待很久，必須花錢買個便宜咖啡機。

我著手挪動最大堆的廢物，其中包括一些破損畫框，各種購自電視購物頻道、仍然放在原有箱子裡的廚房小用具，還有一隻黃銅長頸鹿。不太確定要怎麼處理那隻黃銅長頸鹿。我拍拍它的頭。它摸起來很冷，還有種隱約、擔憂的表情。

搬動箱子讓後門露了出來。嗯，我早就知道它肯定在那附近。我打開後門，發現自己注視著一堵搖搖欲墜的垃圾牆，就再度關上門。

「唷，斑哥老弟，我們還會有好一陣子都只用前門。」

斑哥埋頭吃他自己的早餐，似乎處變不驚。

幾分鐘後我拉著牽繩帶他出去，繞到後頭，然後透過後門廊的紗窗凝望著。在早晨的陽

註：原文爲plat-eyes，西印度群島及美國南方民間傳說中的神祕怪物或是鬼魅，有炯炯發光的大眼，能變形。

光之下，相當明顯的，後門廊曾經是個垃圾掩埋場，放著舊家具、園藝工具，還有看起來像是古董烤架的東西。所有角落都塞滿更多廢物。這眞的有幾分壯觀。她不只囤積，還用她的所有物來砌牆、造堡壘，好像預期會有一場圍城戰一樣。

我轉過身，看到院子另一端有隻動物。

只有一瞬間用眼角餘光看到，但我猛然往後一縮，嚇了一跳。那隻動物不見了。

「到底是……」

斑哥徹底漠不關心。上個世紀的某一刻有隻兔子穿過這裡，而他決心追蹤牠到天涯海角。我把牽繩放得更長。

是那塊石頭。斑哥前天晚上爲之瘋狂的那塊大石頭。我原本已經完全忘了它，看樣子斑哥也是。

它被刻成某種奇特的抽象形狀，有個深刻的漩渦形一路往下直到地面。雖然我無法告訴你，這塊石頭是被埋掉了一部分，還是雕刻者刻意選擇如此，除非我拿鏟子來挖挖看。

我轉頭好幾次，滿心困惑，而突然間那動物又跳起來，變成了線條銳利的浮雕。那是……一隻野兔，也許吧？不，是一隻鹿。雕刻出來的漩渦紋路看起來有點像是後半身的弧線，不過我沒辦法告訴你，爲什麼它看起來這麼強烈地像個活物。那裡沒有任何看起來像前腿的東西。頭往後甩得太遠了，甚至上下顛倒地躺在脊椎上。「眼睛」的部分是兩道深深的平行線。儘管如此，在我轉頭的時候，它似乎動了。

在我靠近它時，根本看不到那隻鹿。那種錯覺只在一段距離之外有效。靠近看，它就徹底分解。

我觸碰表面。上面有鑿子鑿出的粗糙交錯刻痕。它比周遭的空氣冰冷得多。我顫抖著在牛仔褲上抹了抹手指，不確定它到底是潮濕，或者只是很冰涼。

「你前天晚上看到它，覺得它是活的嗎？」我問斑哥。「就是這個讓你大發雷霆嗎？」

斑哥聞著兔子的味道，繃緊了身體，根本不看那塊石頭一眼。

就藝術品來說，它其實頗令人印象深刻。品質遠高過我預期祖母會擁有的東西。我納悶地想，它是否本來就屬於這裡，或者是卡特葛雷夫帶來的。

儘管有這樣的工藝，我發現我完全沒有帶它回家的慾望。眼睛的線條裡有某種讓人不安的東西，就好像那隻動物很憤怒。鹿會憤怒嗎？

無論如何，不是那種你會想放在花園裡的東西。

「幸好，真的。」我告訴狗狗。「待在這裡，讓我想回家去燒掉大部分東西。我會過極簡主義生活，睡床墊，養單一株完美的蘭花當裝飾。」

斑哥放棄了兔子，貼著我的腿癱倒，露出大大的咧嘴笑容。

「……而你可能會吃掉那株蘭花，不是嗎？來吧，我們載一車垃圾過去垃圾場，然後喝杯不是洗腳水的咖啡。」

✦

我在咖啡店度過愉快的一小時。哥德風咖啡師剛離開，而我得以認識她的助手，一個身高六呎以上的黑人男子，嗓音低沉，彷彿從我腳底傳來。我告訴他，我降格到在家喝即溶咖啡，而他看著我，好像我告訴他某種重大個人悲劇。

「我們賣咖啡豆。」他低沉地說道：「如果妳沒有研磨機，我會替妳磨好豆子。沒有人該喝那種玩意。」

我去了五金行，魯莽地買了一個咖啡機，然後回到咖啡店。嗓音低沉的咖啡師磨了一磅的豆子給我，幾乎跟咖啡機一樣貴。我對此能喚起的悔意微乎其微。

在研磨機停止研磨以後，他問我爲何來到這小鎮，我解釋祖母的事。

「**卡特葛雷夫**？」他說道。

「是？」

「是我媽媽每週帶她進城來兩次。」

「你母親是聖人。」我說：「我認眞的。**她是個聖人**。」

他咧嘴笑了。「在養育我家姊妹還有我長大以後，那老太太不算什麼。」他搖搖頭。

「不過很遺憾聽到她過世了。」

「你可能是唯一遺憾的人。」我冷靜地說道。現在既然我都讀過她丈夫的日記了，我就不想對祖母留口德。「不過還是謝謝你。」

「啊，嗯。」他把豆子裝進袋子裡。「屋況很糟？」

「夠糟了。她那時開始嚴重囤積物品。」

他點點頭。「我媽說妳祖母不肯讓她看屋內，只能在前門廊等她。她想過裡面可能是一團亂，不過她沒養貓，而且總是穿著整潔，所以刺探沒意義。我媽一直納悶她去安養院以後，發生了什麼事……」

「她撐了將近兩年。」我說。

「強悍的老太太。」

「這麼說沒錯。」我露出微笑，以便軟化這些話的力道——他的態度比我還寬大得多。

「請代替我向你媽致謝，好嗎？如果沒有她帶我祖母進城，我們就必須更早許多把她送進安養院，她會很討厭這樣。」

「我會的。」

我揮揮手，帶著我的咖啡離開。咖啡聞起來棒透了。我可能不會喝它。我可能只會把它放在旁邊，偶爾猛吸一下那個袋子裡的香氣。

我回到家，讓斑哥尿在某些東西上，然後進了屋。咖啡機安置到一半的時候，我聽到一個極其大聲又驚人的噪音，害我幾乎失手砸了玻璃壺。

是電話響了。

我好久沒聽到室內電話響音，以至於花了一分鐘才想起那是什麼，又多花一分鐘才實際找到電話。電話不在廚房而在客廳。我的眼睛曾經直接掃過它——我沒想過它是通的。它還響著，我瞥向它，像看一條蛇。我應該接電話嗎？誰會打電話給一個已死的女人？最後我接起來說：「呃、喂？」

「小鼠？」那聲音聽起來很刺耳，卻很清楚。「小鼠，是妳嗎？」

「爸！」我說：「爸，是你啊！」

「我叫電話公司重新接通線路。」他說：「妳沒接手機。」

我嘆了口氣。爸年紀大到覺得電子郵件如同異國他鄉，而且當然了，我的手機還是幾乎充不了電。「不，我們這裡沒有手機訊號。」我寧可這麼說，而不是解釋程式錯誤為何。

「我很高興我跟妳聯絡上了。我想確定妳平安到達。」

「是啊。」我深呼吸，吐出一口氣。「狀況……狀況相當糟。」

一陣不自在的沉默。我可以聽到他在線路另一端走來走去。最後他說：「是啊，的確很糟。」

我想說，**你怎麼沒警告我**？可是那聽起來太像控訴了。我改成說：「她這樣多久了？」

「我不知道。我知道樓梯上塞滿了廢物。妳知道她不肯丟掉任何東西。但我沒有進過房間。直到我南下帶她去安養院的時候爲止，我本來以爲那裡只是有個雜亂擁擠的閣樓。」

我靠過去，注視著樓梯。到第三階就過不去了。

「因爲灰塵的關係，我從不曾住在她那裡，而她總是想要出去。她一直堆積報紙，說想要把它們送去回收，可是……我不知道。」他咳嗽了，是那種會讓我聽得縮成一團的痛苦咳嗽。「我很抱歉，小鼠。我本來應該多盡點力，但妳知道要她做任何事有多困難。」

「沒關係。」我說。要原諒他驚人地容易。這一片凌亂感覺不像是出於我父親的疏忽，而像是我祖母展現惡意的一種形式。本來他就像我一樣，很容易被這件事攻擊到。事實上，本來會是他要承受這種攻擊，但我踏出來擋了子彈。

「這樣不應該。」他疲倦地說道：「但現狀就是這樣。妳能搞定嗎？要是清乾淨了，這個地方應該賣得掉，但妳得告訴我，這樣做的麻煩程度是不是超過它的價值。我應該找人把這個地方拆掉嗎？」

一兩天以前我會說：對。我張開嘴，就要這麼說了。

她以經把書藏起來了。

在這棟房子裡的某個地方，有卡特葛雷夫的綠皮書。不管那是什麼。

一兩天以前，我可能會隨它去。但他這麼在意那本書，他還寫到它，而且……

……而且他還在那一頁上面畫了大鼻小吉。而且他在妳還很小的時候教妳畫大鼻小吉。

而且妳祖母對他很殘酷。

而且他執迷於那本書。綠皮書。講某個人扭曲著自己的身體，就像那些扭曲者……

噢，小鼠，別騙自己了。妳可以從大鼻小吉還有其他一切旁邊走開，卻不會感覺到太多良心不安，但一想到某處藏著一本可能讀不到的怪書，妳就受不了。

推土機會讓找到那本書變得極端困難。

「不。」我這麼說，讓我自己吃了一驚。「再多給我一點時間。我有進展了。我無法發誓說二樓不是生物災害等級，但目前為止還過得去。」

「好吧。妳要是改變主意就打電話給我。」他頓了一下，我等著他說話。他總是要花上一段時間才能導向這一步。我想這不容易，但無論如何他決心這樣做了。

「愛妳，小鼠。」

「愛你，爸爸。」

我們掛了電話。

✦

「我是個白痴。」我告訴斑哥。「我本來可以離開這裡。這個地方爛斃了。」

斑哥贊同地用尾巴拍著地板。

「可是……天啊。我覺得我想找到那本書。彷彿這樣可以**糾正**什麼事。」

尾巴**咚**、**咚**、**咚**地拍。

「我的意思是……可憐的老人家。我知道他再也不會在意了。但他當初必須在**樹林**裡睡覺。而這本書顯然對他很重要。爲什麼他這麼執著於這本書?」

我嘆息了。這沒有任何道理，而我**知道**沒道理，而且……哎，就是這樣。

也許我是不肯放下一本書，也許我只是不想讓祖母**獲勝**。

我環顧這間房間。屋裡極其陰暗，就算每盞燈都打開也是。廚房看起來幾乎像是個普通廚房。我移走了大多數報紙，可是客廳還是有個角落被鞋盒跟舊的省錢折扣報給覆蓋了。走廊是個災難，而且每道門後面都有更多垃圾。

我甚至還沒清理樓梯。我到這裡已經**三天**了。

也許我祖母已經獲勝了。

如果她是在這個地方徘徊不去的鬼魂，就會對我露出冷笑。**再撐啊。逃走吧。我不知道妳為何還要白費力氣**。

我踢了踢椅子。這樣很幼稚，但我覺得好了一點。我唯一確定的一件事情是……此時此刻我真的不想待在這裡。

「來吧，斑哥。我們散個步，讓腦袋放空一下。」

我把斑哥的牽繩扣在他身上，他跳起身。我們走進後院，越過那棵櫟樹。他徹底無視那塊雕刻過的石頭，反而聚焦在一隻哀鴿身上，這隻鴿子在落葉上昂首闊步，彷彿這裡是牠的領土。

外面並不是非常冷。北卡羅萊納州的天氣亂到不行，甚至可能在一週之內就從火烤般的熾熱轉換到冰點以下，但此時似乎穩定在類似春天的狀態。樹木上有細長的綠色葉芽出現，不過還沒有徹底抽長出來。所有光禿的樹枝層層疊疊在一起，像濃密的灰煙聚集成雲。

我拉了一下斑哥的牽繩，他就離開那隻鴿子，跟我走在一起。儘管他有其他缺點，除了有嚇人石頭的時候以外，他通常還是有很好的牽繩禮儀。（這是證明動物救援機構的訓練有效，而不是講我身爲狗主的技巧。）我們一邊走，一邊踢著乾燥的落葉。

在過去樹木曾被砍伐的一處，有一片更濃密的樹叢取代了滿地樹葉的開闊喬木林。松樹大概只有跟我的頭一樣高，一點都不像高聳入雲的火炬松跟它們光禿的樹幹。矮樹叢裡還有一條寬闊的帶狀地帶切過去，那是過往車胎痕跡留下的痕跡。可能有人騎著他們的全地形車出門，不過已經好一陣子沒這麼做了。

我想嚴格說來我算是非法入侵，不過現在不是獵鹿季，而我的印象是這附近的人不怎麼在乎這個。我還是小孩的時候就曾在樹林裡散步了……不是嗎？

我設法喚起記憶，卻想不起來。我能記起的只有鋪好的公園步道。也許我到底還是不曾在祖母家後頭漫遊過，雖說這樣很令人費解。我是個很享受戶外生活的小孩，跟屋子裡給人侷促感的冷言冷語相比，尤其如此。我以前不會繞到後面這裡來嗎？

沒有任何東西看起來眼熟，或者應該說，看起來眼熟的只有跟凱特阿姨同遊時學到的那些植物。「鹿蹄草。」我對自己低聲嘟噥，經過一片眼熟的蓮花狀葉片叢。「變色筒距蘭。」這樣讓我聽起來好像某種了不起的植物辨識天才，不過這種植物很容易認。葉片底下是暗紫色的，甚至像我這種植物學的外行人也記得住。它的舊名是**殘廢筒距蘭**，不過隨著人類學會不要對彼此太惡劣以後，跟許多別的名字一樣，改成比較溫和的版本。

斑哥嗅聞著穿過多刺的灌木叢，偶爾害自己被小樹枝戳到鼻子。他就會把頭往後甩，看起來深受冒犯，然後噴出鼻息。

我多放出一段繩子給他，好讓他可以來回奔跑。他不時會用繩子纏住我，而我就必須做芭蕾式轉圈才能把繩子再拉直。

有一次我這樣轉圈轉到一半的時候，抬頭一看，看到一個女人在注視著我。我的驚嚇反射強烈到讓我倒抽一口氣。不是說那裡不該有人——我的意思是，這裡甚至可能已經不是屬於祖母的土地了——但我就是沒預料到會有人。

斑哥眞的想交朋友。我把他拉回來，以防萬一她不喜歡狗，同時我揮揮手。

這女人凝視我的時間稍微有點太長，然後舉起她的手，用最微弱無力的方式打了招呼。她很高，而且有著顏色很淡的長髮。她的衣服寬鬆而且飄動如水，有點像是嬉皮地母的類型，只是她穿著灰色跟棕色衣服，這可能是爲什麼我起初沒瞥見她。

她轉身走開。

呃，好吧。

「我猜她不想交朋友。」我低聲告訴斑哥。

斑哥完全贊成要追上她並且逼她表態，不過接下來有隻松鼠從樹上叱罵他，等到這場衝突自然而然結束時，那女人早就走遠了。

我聽到啄木鳥再度噠噠作響，也就是說我正往上看，而不是往下看著狗，所以斑哥當然把握這一刻自己衝進灌木叢中的一道缺口中。

「咿！」

斑哥發出一聲興奮的吠叫，拉緊了牽繩。

「該死的，你這隻狗啊……」

這是個詭異的小缺口，幾乎像是個溪床。我想以前可能是一條排水溝，現在乾涸了。樹木從兩側往上長，交纏在一起，在頭頂上形成一個交叉十字狀的頂。

地面是龜裂的泥土。走這個方向沒什麼不行，要是路變得太窄，我可以往上一、二步爬到堤岸上。而斑哥眞的想看看下面那裡有什麼。

「好吧……」我往下踩進溝渠裡。

斑哥低下他的鼻子，拉緊了牽繩。在我跟著他去的時候，他回頭看我——**很好，妳在這裡，我們走**——然後開始小跑步。

偶爾在那駑鈍腦殼裡的某處，某個繼電器接上了，斑哥就會突然間變得很能幹。**我知道我在做什麼。我是專業人士。跟著我走。**看到這種狀況令人驚喜，只有一個小問題：他可以不假思索地奔馳過一大片土地，接下來卻想被人抱回家。

不過現在我沒別的地方要去。我小跑步加速跟著他，同時注意腳下，以防一腳踩進任何突然出現的坑洞。

那樣就好笑了，踩進一個洞裡，在離家一哩遠處扭斷腳踝。

現在我寧願在外面腳踝斷掉，也不想回到那棟房子裡，我暗自想著，雖說這樣講有點太誇張。

不，妳才不想。妳這是浪費時間。妳應該回到屋裡清空那些臥房。那些塞滿娃娃跟保鮮盒的房間不會自己清理好。

哼。也許我**應該**直接打回去給老爸，叫他雇用推土機。

如果妳在那棟房子裡，就可以找綠皮書……

唔，**確實如此。**

樹木走道變得更密實了。在我短暫往上瞥的時候，我有種被柳條牆包圍的印象。斑哥身上有從枝條缺口篩落的斑駁陽光，看起來有點像是他名字由來的那種瞪羚的照片，在暗紅色的皮毛上有明亮與陰暗的斑點。

瞪羚可能不會用種辦正事、日行千里的小跑步伐移動。牽繩拉直了，但沒有使力拉緊。

我領悟到我們正走著上坡路。現在腳下有更多石頭，其中一些半埋在黏土地裡，另外一些鬆散地躺在表面上。有一顆在我踩上去的時候翻動了一下，害我得設法穩住自己。斑哥再度回頭看我——**還跟得上我嗎？來吧，人類。我們有地方得去**。

路徑變得更暗、更陡峭，而斑哥開始進行把我拉上山丘的任務。我有些朋友養哈士奇犬，他們會進行越野滑雪活動，把牽繩扣在他們的腰帶上，讓哈士奇犬拉著跑。不過哈士奇生來適合拖拉物品。浣熊獵犬大多生來適合跟著自己的鼻子走向一棵樹，然後歇斯底里地連續吠叫，直到有個獵人過來射殺樹上的東西。

不過他還是用盡全力使勁拉，沒有抱怨。他鐵了心要爬上這座山坡，即使必須拉著我也一樣。

「老弟，如果這個隧道再變得更低矮，我死也不會跟在你背後爬！」

隧道沒有變得太過低矮。我必須低頭，但我本就彎著腰前進了。我不敢相信這裡變得有多陡峭。我們談過這附近的山丘，但它們不是爬上山岳會碰到貨真價實的山谷那種。在大半路程裡，我一定走在一個平緩山坡的下坡路上，這裡才會出現這種斜坡等著我。

好吧，至少回程會是下坡路……

我設法要對斑哥說起這件事，但我氣喘如牛，他則是發出刺耳的**嗚呼呼**噪音，這意思是項圈勒進他脖子裡了。我沒辦法再走更快了，不過他還沒要停的意思。

大約在我們即將雙雙斃命之前的五分鐘，光線在周遭亮起。斑哥往草地裡走了三步，然後僵住。

我多走了兩步，然後跪倒在一座不該出現在那裡的山頂上。

第五章

我置身於一座光禿禿只長草、有石頭零星散布的山坡上，而這是不可能的。我可以朝著四面八方展望好幾哩，那也是不可能的。

我開始笑。不是因爲很好笑，只是我如果笑了，事情就不嚴重。我聽說過被槍擊的人有時候會開始笑，而且在他們雙手捧著自己內臟的時候，還會跟你說他們沒事。

實際狀況是，我確切知道我在哪裡，或者至少知道我所在的地方**本來是**什麼東西，如果這樣說有任何道理可言。這裡是一座阿帕拉契禿山。

我會知道這個只是因爲凱特阿姨，而我可能搞錯了，不過就我的理解，這是會發生在南方山脈裡的事情，你爬上一個應該長滿樹木的山丘頂端，但那裡反而長滿了草，就好像有人從幾千呎外拖上來一臺割草機。這裡沒有理由長草，也沒有人很確定爲什麼這裡不是一座森林。所以才會有**禿**山這個名字。

我們的大煙山家庭旅行，行程包括造訪幾座禿山。我其實不介意。在鴿子谷，鄉土迷你高爾夫、ＢＢ彈射擊場與碰碰車之家待了幾天以後，一個長草不長樹的山坡開始顯得非常閒適了。而那裡眞的讓凱特阿姨非常開心。有一大堆植物只在禿山上生長，所以植物學家會變得非常興奮，在他們跪著到處遊蕩的時候講述著植物的生活。「噢！東綠金絲桃！」等等。

我說這些是要指出，我看到阿帕拉契禿山就認得出來——或者至少這是某種禿山。我猜有可能我終究不是在阿帕拉契山脈裡，因爲如同我先前已經提過的，這完全不可能。

我祖母家附近沒有任何禿山。我祖母家附近沒有任何**山岳**。這裡有坡度非常平緩的山丘，有時候被切割成小型河谷。這裡絕對、肯定沒有那種你站在頂端凝望整片地景，看到遠方地平線染上由藍到橘色澤的山丘。

我跪在禿山頂端，凝望著色澤由藍到橘的地平線。

「這啥鬼啊。」我告訴斑哥。

斑哥警戒地環顧四周。他的耳朵豎起而警醒，彷彿聽見了什麼。在我講話的時候，他的尾巴搖了一次表示聽到了，但他隨即定住尾巴，保持執勤犬的硬挺圈狀。

白色的石頭散布在草地上。我對石頭所知不多。如果凱特阿姨是個地質學家，我或許能夠針對冰河遺跡與逆斷層長篇大論好幾小時，但她不是。所以，嗯，它們就是白色的大石頭。

對，地理課結束。我在某個不可能出現的地方。

我把手指指節戳進草裡，觸摸泥土。這世界不是畫在某種巨大畫布上，專門用來愚弄湊巧路過的遛狗人士。

所以我的選項是我在作夢、我有幻覺，或者斑哥跟我剛才在二十分鐘內走了數百哩路。

「或者有外星人。」我告訴斑哥。「也許我們失去神智一段時間，也許我們被誘拐了。你被探測器戳了嗎？我不覺得我被外星人探測過。」我的私密處感覺起來跟平常沒什麼差別。我想你會注意到那種事。

我站起來。沒發生什麼事情。

我轉了一圈，把牽繩從一隻手換到另一隻手。在我後面，我們剛經過的地方，站著一排樹木隧道。在入口處有稀薄、散亂不整的灌木叢。它們還沒長葉子，也可能已經死了。

隧道似乎非常小也非常陡峭。很難相信我竟然爬得過，而回程往下走會是很不得了的體驗。它似乎是筆直下降，周圍環繞著光禿禿的枝幹，濃密地彼此層層重疊，最後像黑煙似地一起消失在視線外。如果試著換成穿越灌木叢回頭往下走，我會被那些小樹枝活活剝皮——這還是假定眞的能成功穿過。

我轉身背對隧道，眺望著整片禿山。

在兩側，它似乎角度銳利地下削，不過在隧道對面的第三邊，延伸出去變成一個緩坡，上面散布著石頭。

斑哥面對著那個方向，在我踏出一步的時候，他大步走出去，好像我們徹底正常地散步。不過他的耳朵跟尾巴仍然豎著，而我感覺得出來他非常努力思考著某件事。（更精確地說，他的鼻子非常努力思考著某件事。斑哥的鼻子遠比其餘部分更聰慧。而我相信對他的鼻子來說，大腦的主要用途是平衡重量。）

他的鼻子開始工作，鼻孔收縮又怒張。

唔，我推論到會發生的事情是二選一：一是沿著隧道往下走，然後置身於我祖母家後面的樹林——在這種狀況下，要不是我對地裡的理解完完全全亂七八糟，就是出了怪事；二是沿著隧道往下走，發現自己置身於大煙山的某處，必須步行到一個護林站，然後搭便車到租車地點，好讓我可以開車回家（而且沒錯，的確出了怪事）。

如果我往前走，花二十分鐘探查這片禿山的其餘部分，前述情況看來全都不會改變，而且說不定會有個公園管理處標示說：「這是個驚人的光學錯覺，你實際上處於海平面。」

我們往前走。

微微一陣清風嘆息似地掃過草地，引起細緻的稻草色漣漪。我望向遠方的時候，看到更多山丘。它們就像隧道周圍那些光禿禿的樹枝，有同樣陰暗、煙似的質地。順便一提，跟我祖母家附近那些樹枝一樣。

我跑上山，心跳終於慢下來的時候，開始覺得自己耍笨。

我可能還在我祖母家後面。這完全有可能。

我會走進龐茲伯羅，說：「你們知道那裡有個禿山嗎？」而他們會像看笨蛋一樣看著我，說道：「是啊，很明顯吧，那是月光（註）山丘啊。」或者其他類似的話。也許我在這裡的時候只是一直看錯地方，沒注意到那個山丘。

然後我就會覺得自己真白痴，還想說是外星人搞的。

體認到自己的愚蠢，通常是個振奮人心的念頭。我轉向左邊，疑惑地想著我是否能看到祖母的房子，那會讓我對整件事都感覺好些。

斑哥賞我一個他的「人類，你走錯路啦」表情，但他容許自己被帶到禿山邊緣。他的鼻子仍然指向原來的方向，這提供了一個有趣的物理學課程，說明一隻獵犬的身體可以如何繞著一個定點旋轉。

我走到邊緣，雖然不是真的很靠邊——至少是坡度陡到讓我不想再繼續走的那一點——然後看到更多光禿禿的樹，一排又一排。沒有馬路，雖然這倒不代表任何特別意義，樹木可能擋在中間。所有那些深色的樹木往下沉入一個山谷，然後再度升起變成另一個山丘，接著又是另一個，一整圈的山丘環繞著現在這一座，上面掛著無窮無盡缺乏色彩的樹木。

我會說：「你們知道那裡有一整堆的山丘嗎？」而他們會說：「是啊，很明顯吧，那是

註：原文為moonshine，直譯的話是月光，通常指私釀酒。這裡應該是主角自己隨口編的地名。

月光山脈。妳人在山丘之鄉。不然妳期待什麼？」而我會覺得自己更白痴……

我緊握拳頭，指甲掐進掌心裡。

我**剛剛**不在山丘之鄉。我**知道**我不在那裡。可是——

好吧，要不是我錯了，就是山丘在此。雖然我認識一些人——而且至少跟其中一位交往過——被地理學打臉的時候，還會頑固地堅稱自己是對的，但我不是那種人。這就是我們不再交往的其中一個理由。

「對。」我說：「我在山丘之鄉。」

斑哥拉緊了牽繩，鼻子工作中。我讓他帶路橫跨禿山，穿過灰色的石頭。

有一下子，我被一個從石頭下面冒出來的形體嚇得半死，直到最後我發現是一棵小樹，或者在遙遠過去的曾經是。它是枯木那種變淡的灰白色，而且它盤繞成一圈，就像條蛇，在風吹雨打之下長著粗糙節瘤。我很確定凱特阿姨看到會很振奮——有棵樹長在一座禿山上，一個理應有樹木生長卻沒有的地方。

我比較沒那麼振奮。它看起來生病了。

斑哥仍然往前走著。他抬著頭而不是低著頭，不是追蹤，而是掃視搜尋著……某樣東西。也許是一隻鳥。我記得在前一座禿山上看過的鳥類。嘰嘰嗚叫的小東西，每一聲都越來越高亢，像個問題。

在這裡沒聽到任何鳥叫。甚至沒有那種看似隱形的啄木鳥，祖母家周圍的樹林裡似乎滿是這種鳥，噠，噠——噠啪——噠……噠個沒完。

唔，啄木鳥在這裡找不到多少東西可以吃，對吧？光一棵樹不夠讓任何一隻鳥吃一頓。

我往後瞥向隧道——然後尖叫出聲。

斑哥驚訝地扯了一下牽繩，然後轉身縮到我的兩腿之間。他希望我會在讓我尖叫的任何東西面前保護他，但結果是他把我拉到失去平衡，我往後倒在他身上，我們在草地上手忙腳亂摔成一團。

「天啊——可惡——該死！」我這麼說，或者類似意思的話。

我們把自己解開。牽繩纏住了我的大腿，必須花點力氣拆解。同時斑哥還設法要爬到我腿上，想確保我沒在生他的氣，讓事情變得更複雜。

我覺得自己大喊大叫很白痴。不過在我轉過身去，發現從這一面看，每塊灰色石頭都刻成某種形體的時候，我被嚇得要死。

這些雕刻跟後院裡的鹿形石是同類型的，不過更大隻。它們很有**重量**，像是……噢，像南美洲那些巨大的奧爾梅克頭顱石雕。其中幾個甚至看起來有點像那些頭顱，有著橫眉豎目的人臉。別誤會我的意思，風格不同，不過有同樣的厚重感。

我站起身，走向其中一個。它看起來好像要往下鑽進地面，而不是落在上面。見鬼了，也許它確實是。這裡可能有詭異的石頭隆起突出，被刻成各種形狀。石頭會這樣，對吧？

我本來可以戳戳看，不過那表示得觸摸它們。我不想摸。它看起來好像會很冰涼，對石頭來說這很正常，不過我大腦的某個部分堅持它會是暖的，也許不像人類，卻像隻在太陽底下躺平的蜥蜴，然後我可能必須尖叫著跑掉。我把雙手收好。

我是個編輯。我有從阿姨那裡零星收集到的含糊植物學知識，還有對某個特定狗種的極專門知識。我對於考古學或現代藝術一竅不通。我無法判定那些雕刻的歷史是十年還是一萬年。

我要說的是，它們不太可能有一萬歲了。那時候這裡有人類嗎？那時候猛獁象還在這一帶遊蕩嗎？呃……嗯。可能不是猛獁象。一萬年前是早於金字塔，但在猛獁之後，不是嗎？細節我有點記不清了。正常來說，我會用我的手機查詢，不過……

實際上，那是個好主意。我拿出手機打開——大概百分之五的電力，沒有訊號——然後把最近的那顆頭拍下來。它發出照相的提示音，然後立刻關機。

該死的蠢手機。

斑哥以沉思的姿態，尿在枯樹上。

雕刻出來的臉怒視著我。它有鼓突的眼睛跟幾乎不存在的鼻子。它的下唇往下拉，露出寬而扁的牙齒，一路快要延伸到耳朵了。

它不是我見過最討人喜歡的東西。

所有雕刻都像那樣子。它們不全都是臉。其中某些是動物，像那顆鹿形石，不過就連動物看起來都一團糟。牠們的後腿蜷縮起來抵到牠們的肚子，還往後彎到牠們背上，或者牠們會張著嘴，像在尖叫喘氣或大笑。牠們的身體被拉長了，還沒有耳朵，像蛇一樣。有一對動物有著腫脹的腹部，還有長長的乳房纏在身體上，像腿似的。我不由自主地舉起一隻手臂橫跨我的胸部。光看都覺得很痛。

以一個現代裝置藝術來說，它醜怪得很有效果。以史前藝術來說……唔，我會對造出它們的人有些疑問。

我也會納悶，爲什麼沒有一位公園護林員監督它們，準備賞任何拿出一罐噴漆的人巴掌。我相當確定，不可能隨手放著古老遺跡不管，卻沒有某個白痴來亂加東西。

我會說：「嘿，大夥兒，我爬上這些看似就在我家後院的山丘，而這裡有這麼一大堆雕

刻過的石頭。」而他們會說：「對啊，那是個國家歷史遺址，月光丘之石。妳沒看到標示嗎？」我會說：「那裡不是應該有個護林員之類的人嗎？」他們則會說：「呃，妳知道啦，預算刪減……」然後我們會哀傷地點點頭，地方政府砍掉這類的錢，還有教育預算，警察局卻得到攻擊裝甲車，儘管他們大半時候處理的只是暴走的牛……

我走得更遠一點，穿過那些石頭。斑哥因爲我頻頻停下腳步而惱怒起來。但說眞的，這些石頭很讓人著迷。就像滴水嘴石像怪，只是沒那麼友善。通常我們的印象是，滴水嘴石像怪的存在是爲了要趕走邪靈。

而這些東西的存在，看起來像是爲了趕走滴水嘴石像怪。

它們一整排平躺在我面前的草地上，而在此我可以看得出它們其實延伸到地下，要不是部分被掩埋著，就是實際上被固定在山丘本體上。

有兩個石雕很顯然是人類。他們弓著身體側躺著，手臂舉到頭上，好像正睡覺、啜泣或者死了。

其他石像是什麼，我連要猜都不知從哪猜起。我退後幾步，希望它們會像鹿石像那樣變得輪廓清楚起來，然而沒有。它們只是扭曲的大坨線條，以令人不快的混亂方式到處扭動。這位雕刻家顯然聽說過黃金比例，而且完全不想與它扯上關係。

儘管它們如此抽象，你還是會覺得它們應該是活的，像那些蛇狀動物是活的一樣。它們是這批動物裡最詭異的。

斑哥再度拉扯著他的牽繩。

「好啦，好啦。」我說：「我們去看看你追的是什麼。」

轉身背對著那些雕刻過的石頭，我感覺到一絲寒意。那些扁平的石頭彼此靠得夠近，所以我必須小心翼翼地走，才不會碰到其中一個。斑哥像個舞者似地從它們之間挑路走。

不過我們眼前還有更多。在我們隨著禿山的弧線前進並且往下走的同時，它們變得越來越大，而那些雕刻出來的線條在我的眼角餘光中扭曲。這一切全都非常讓人不寒而慄。

我發現自己哼著走調的歌，以便抵禦那種發毛的感覺。要是這裡有點鳥叫什麼的就好了！但這裡只有斑哥跟我，兩隻小生物艱難地沿著草地往下走，穿過靜悄悄的石頭森林。

「噢，蘇珊娜……」我唱著歌，唱得不是非常好：「別爲我哭泣……」（註）

我再度回頭看。我們沿著山坡往下走得夠遠了，所以再也看不到禿山頂端。好幾顆石頭的輪廓線被天空襯托出來，暗灰色對比淡灰色。

「我來自阿拉巴馬，腿上有把斑鳩琴……」

我最初從哪裡學到這首歌的？我們小學的時候唱過，但我記得當時學的歌詞版本不同，在老師唱錯的時候我覺得很挫折。他們唱的是「太陽好熱我卻凍住自己」，我知道的卻是「太陽好熱我卻凍死了」。我的確算是個想法陰沉的小孩，但我一定是從某個地方聽來那個版本的歌詞。

我想父親以前會唱這首歌。或許是我母親，她好久以前就死了，我幾乎不記得她。

妳母親現在可能就在這裡在這些石頭底下。

這實在是個怪異又天外飛來的想法，以至於我唱副歌唱亂了。「我……啊，對了。我要是找不到她，我肯定會死……要是我死了埋了，噢，蘇珊娜，別爲我哭泣……」

所有死人都在這裡在石頭下面。

我不想讓你覺得我的心智被遙控之類的。那不是來自我以外的念頭。它只是那種令人不快的小聲音，讓你半夜回想起高中時幹的蠢事，或者悄聲說床底下也許有隻怪物。不過這個地方的石頭、不寒而慄的氣氛、還有遺世獨立有某種效果，讓那聲音變得更響亮。

繼續走然後妳就會走出天空走下山丘走到地下在石頭之間在死者之間……

「啥鬼？」我說出聲來，這讓那聲音停了一秒鐘。

斑哥往回瞥以便確定我不是罵他，然後繼續領著我前進。

有塊高大的石頭在我們前方。他似乎朝著它走去。「好吧。」我告訴他：「就走到那麼遠，然後我們調頭。我覺得這個地方怪異到不行。」

這地方這地方怪異作祟這是怪異作祟地在地下怪異者出來玩耍然後太陽把它們凍結成石頭但在轉身背對的時候它們會動起來。

我再度開始唱歌來淹沒這些念頭。這就像是全世界最奇怪的焦慮症發作。

「前幾天晚上我作了個夢，那時一切都還……」

高大的石頭比我本來料想的還高得多。基底安置在地面上一個很深的谷地裡，是像碗一樣的正圓形。灰色石頭站在圓圈邊緣圍成一圈，面向內側，像個膝蓋高度的巨石陣。

「我以爲我看見親愛的蘇珊娜，往山下走來……」

在谷地裡可能有個地方在滲水。苔蘚在石頭基底周圍長成一片厚毯子，有細小的綠色蕨類植物遮蔭。我跟蕨類植物不熟。對我來說它們長得都一樣。凱特阿姨說不值得費事記，除非你眞的想好好認識孢子。我確實記得有一種稱爲**烏木鐵角蕨**，因爲我總是覺得那名字很

註：歌詞出自美國作曲家史蒂芬・佛斯特（Stephen Foster）於一八四七年所寫的民謠歌曲〈噢！蘇珊娜〉（Oh! Susanna）。歷年來曾改編爲不同中文版本。

妙，尤其是它是綠色的蕨類植物，根本不是烏木。

「……她嘴裡吃著蕎麥蛋糕，眼中有一滴淚……」

這塊高大的——巨石柱？石棚？特大號石頭？——是唯一一塊沒有雕刻成不討喜形狀的石頭。在接近頂端處有兩條線，在中間斷開，有點像是眼睛。除此之外，它很光滑潔白。

已經跑了這麼遠的斑哥，這時停下腳步。他瞪著那塊石頭，然後發出最、最纖細的一絲哀鳴。不管他一路追蹤的是什麼東西，他都沒預料到會是這個。

巨石柱的表面會感覺很粗糙像砂紙，或者像打磨過那樣光滑？它不像打磨過那樣反光。我把一隻手放在其中一個低矮石頭上，用它來幫助我放低身體，下到碗狀低地邊緣的地面。

斑哥又哀鳴了，這次更大聲。

「說到我啊，我來自南方，蘇珊娜，妳別爲我哭泣……」

這塊巨石柱雕刻過，我現在看出來了。只是切痕很淡。線條在上下左右周圍捲曲盤繞，看起來像是……像是……某種東西。它本來應該要象徵什麼，我不太有辦法分辨。

這圈低地實際上比乍看還陡峭。我怕我會滾下去撞上那塊巨石柱。要分辨出它是光滑還是粗糙，這也不失爲一種方法，不過我不想用臉發現。我想用手掌摸遍它，用手指感受鑿出的印記。我就能夠分辨這雕刻代表什麼。

然後我或許可以把臉頰貼在上面，感受石頭的冰冷在我的皮膚之下逐漸變得暖和。

然後透過石頭往下壓進入另一個地方維瑞圓頂就在地下另一個死人去的地方

斑哥不肯離開低地邊緣。他往後拉扯著牽繩，拉到項圈往上卡到耳朵後。

「過來，你這該死的笨狗。」我厲聲吼道，而我的聲音嚴厲又刺耳，**見鬼了我做什麼**？

我眨了好幾下眼睛。

我站在地面上，在往下朝谷地去的半路上。我摸過其中一塊石雕的手感覺油膩膩的。腳下的苔蘚太過柔軟，彷彿我走過會讓地面留下瘀傷。

「天啊。」我說：「**天啊**。」

我不知道我出了什麼毛病。我把自己拉出谷地，雖然這樣必須再摸一次那塊灰石頭。老實說，我幾乎預期它會咬我。斑哥拚命緊貼著我的大腿，以至於我差點再度絆倒在他身上。他的耳朵下垂、夾著尾巴，而且還用嘴巴做出咀嚼的動作。

「對。」我說：「對。你是我的乖狗狗。很抱歉我剛才大吼。」

我在牛仔褲上抹了抹手，往後瞥向那塊高大的白色巨石柱。它沒有眼睛地凝視著我的頭。爲什麼我剛才會想要碰它？

斑哥再度哀鳴起來。

雖然石頭的存在讓我發毛，我就在那裡跪下來，用我的前額貼著他的前額。狗狗必須立刻安撫。牠們沒什麼時間概念，不會把過去的行爲連結到現在。

無論如何，我爲什麼吼我的狗？我哪根筋不對勁？

走下山坡走出天空走到地下穿過石頭到達灰色地點

「你是隻乖狗狗。」我對斑哥說：「一隻很乖很乖的狗。」

他嘆口氣靠向我。

「你說得對。來吧，老弟，我們離開這裡。」

我們往回走上山丘。我腦袋裡的聲音像隻小蟲子似地嗡嗡作響，隨著我硬把它壓下去而變得越來越遙遠，就好像你從懸崖邊緣走開的時候，跳下去的慾望就消退了。

我們經過時那些石頭瞪著我們。那扁平、扭曲的石頭搏動著，像是雲紋綢上的花紋。

我扮起鬼臉，模仿石頭上的那些臉，而我扭曲著自己的身體，就像那些扭曲者，而我平躺在地上，就像那些死者——

我猛吸一口氣。

天啊，我真蠢！這就是卡特葛雷夫寫的東西！

或許你覺得我是個白痴，竟沒有更早聯想到。不過卡特葛雷夫的日記是幾十年前寫的，而且老實說，我比較常想到它跟我祖母的關係。你不會預料到一個哀傷老人的喃喃自語，會突然出現在真實生活裡。

我覺得好像胸口被人踢個正著。不過那也很蠢——當然了，卡特葛雷夫一定知道這個地方。這裡實質上是在他自家後院，而那個鹿形石實際上就在花園**裡面**。鹿形石一定是從上面這裡來的。他肯定發現一個沒被埋起來的小石雕，把它帶回家。

除非是他自己雕出了它們。有可能，不是嗎？

這是個讓人心神不寧的念頭。坐在椅子上讀報的疲憊老人形象，跟創造出石雕田的某個瘋狂藝術家，在我心中就是兜不起來。

你不可能創造出像那樣的東西，然後像個正常人一樣到處漫遊、去雜貨店、擔心心臟病藥物跟付水費，對吧？

連續殺人犯時時刻刻都這麼做。

不，那不公平。這些石像實際上沒有傷害人，它們只是讓人不寒而慄罷了。做出這些東

西的人不論是誰，只是某種……哥德式天才，就這樣。像H．R．吉格爾（註）**，或者那個用一大堆超級蒼白的人和骷髏頭做唱片封面的人。**

但這還是……

平躺在地上，就像那些死者，我可能就快看到這種場面了。然而要模仿那些石頭裡的臉孔做鬼臉，必須能夠舔到自己的眼瞼。我不認為有任何有骨頭的人，能夠把自己扭成像那些扭曲者的樣子。

「這辦不到的。」我告訴斑哥。我試著擠眉弄眼，模仿最靠近的那個石雕。它的下頷膨脹得像條準備呑嚥的蛇，眼睛鼓突出來。「來，以案案啊……」

我睜開我的眼睛跟嘴巴，盡我所能拉寬，然後**更寬，更寬，寬到足以吃掉太陽就是這一個在陰影覆蓋它們的時候熄滅了星星這一個的眼睛甚至可以在黑暗被呑噬後剩下的灰霧中看得見。**

噢糟了。

我嘗試閉上嘴巴，它卻不想閉上。

見鬼了發生什麼事啦我的天凱特阿姨總是說我扮鬼臉的話臉會像那樣定形天殺的我想它定形了。

我把手放在下巴下往上推，我的牙齒猛然撞在一起。我的下頷關節痛得像是看牙醫時，

註：漢斯．魯道夫．吉格爾（H. R. Giger）是當代知名瑞士藝術家。最為人知的作品是他為電影《異形》系列設計的外星生物。

他們要你張嘴一小時那麼痛。

「好。」我用高亢恐慌的聲音說道：「別恫嚇邪惡的石頭。」而我拔腿狂奔掠過最後一些石頭，斑哥也跟在我旁邊跑，而我一直跑到看見樹木隧道為止。

放下心來的感覺太強烈了，以至於我有一瞬間以爲膝蓋就要軟掉了。先前沒發現我有多害怕那個隧道會不見。

當然它沒有不見。這完全正常。這裡絕對沒有發生任何詭異的事。我會進城去，說：「所以那裡有個高高的白色石頭……」而他們會說：「噢對啊，那是月光巨石柱。」然後我會點杯咖啡加上一份愛爾蘭奶酒糖漿，接著坐下來在網路上查詢，會有一整頁說明在一七〇〇年代，這些石頭如何由名叫澤巴迪亞、阿薩或者某個其他老派名字的石匠雕刻出來。

而我只是有一條肌肉發生怪異的痙攣——隨便叫啥名反正我不記得肌，有時候會凸出來然後喀喀作響的那條——因為我在對那顆蠢石頭做鬼臉，而不是因為石頭在我腦袋裡講話，企圖要我模仿它，完全不是這樣，因為那樣就是真的瘋了。

我走下樹木隧道，一半靠我的腳、一半靠我的屁股，而斑哥跟我一起連滾帶爬往下滑。等我走到底的時候，我差不多願意把石頭事件當成暗示的力量所造成的結果了。

這裡很怪異又讓人毛骨悚然，妳本來就已經很緊張了，日記裡的那句話剛好讓妳爆發出來，就只是這樣。而且待在那棟房子裡本來就會讓任何人神經失調。聚焦在實際真確的事情上，像是卡特葛雷夫的日記真的講到了雕刻過的石頭。

我們匆匆穿過樹林往回走。路程似乎比較短，可能是因爲斑哥知道晚餐在屋裡等著他，突然間開啓認眞模式。

我最想做的莫過於衝進臥房抓起卡特葛雷夫的日記，不過斑哥需要喝水（順便一提，我也需要）。而我全身都是小細枝跟塵土，我碰過石頭的部分皮膚還是覺得油油的。所以我替我們兩個準備水，然後洗了個澡，拿祖母存放在浴室抽屜裡的粗糙黃色肥皂來洗刷全身。

我正在擦乾身體的時候有人按門鈴，我發出一聲尖叫。

門轟然打開。「老天啊！」一個聲音喊道：「誰要謀殺妳嗎？妳在哪啊，親愛的？我會逮到他們！」

我就是這樣認識了狐姊。

第六章

狐姊的臉看起來像充實活過五十年的人，或者健康的七十歲，既然她從沒告訴任何人她的年紀，我說不上來到底是哪個。她六呎高，足蹬高跟黑色皮靴。她穿著丹寧裙、桃紅色上衣，戴著三條項鍊，還圍一條亮橘色的圍巾。她的耳環本來會碰到她的肩膀，但它們一直被圍巾纏住，而她會用熟練的輕彈把它們放出來。她的指甲塗了一種鮮豔的藍綠色。

在百分之九十九的人類身上，這種打扮會是不搭的顏色造成一片混亂。在狐姊身上，不知怎麼的全都融爲一體。她看起來像是變裝皇后與野花盛開草地所混搭的產物。

在我們釐清是否有人要謀殺我的這個問題以後，斑哥必須得到摸摸跟狗零食安撫，而我必須換上比一條浴巾更有分量的東西。狐姊靠在廚房料理檯上，環顧四周。

「屋子很亂請見諒……」我絕望地說道。

「不是妳搞亂的，親愛的。」狐姊說：「我們全都知道那位老太太是什麼樣。竇馬斯說妳來這裡清空房子，我眞不希望有任何人要承接這種工作。」

「可不是嗎……」

「我來感謝妳給的微波爐。」她靜不下來，動個不停，讓她的首飾撞在一起喀喀作響。「還有——該死，妳該不會吃泡麵當晚餐吧？」

我匆匆碎步走到料理檯上的泡麵前方。「我……呃……」

「今晚來跟我們一起吃晚餐。」她說。這句話介於提議跟皇家命令之間。「只有我跟竇馬斯還有史奇普，不過我們會給妳一頓比泡麵更棒的饗宴。」

我天人交戰：我有強烈的慾望在人類陪伴下吃頓眞正的飯，特別在石頭堆裡度過的詭異下午之後。但同時也有一樣強烈的慾望要留在家裡，讀完卡特葛雷夫剩餘的日記，也許我就能知道來龍去脈了。

「這個嘛……」

「妳老媽還在嗎？」狐姊突然問道。

「呃……不在了？」

「那如果她從天國往下看，她會想確保有人餵飽妳，而不是在這個髒兮兮的破舊地方吃泡麵。」

我屈服於比我更強大的意志。「可以給我一小時嗎？」我謙卑地問道：「我還濕答答的。」狐姊咧嘴笑了。「看看我，衝進這裡要拖妳出去吃晚餐，但妳頭髮上還有肥皂呢。親愛的，妳準備好了就過來，到馬路對面那間大房子去。」

而她一陣風似地出去了，留下我在她背後微微覺得暈眩。我可以聽到她往外走的時候，那雙絕讚的靴子在臺階上喀喀作響。我無法想像要怎麼在碎石車道上穿著那種高度的鞋子走路，但她似乎沒感覺。

「看來我要出門吃晚餐了。」我告訴斑哥。

不過首先有件重要的事要做。我在肩膀上圍了條毛巾以吸收水滴，手裡拿著卡特葛雷夫的日記，在床上坐下。

如果我原本希望看到一個重大揭露——「順便一提，我開始雕刻了」——我沒得到。有好幾頁寫他的藥物調整，還有重複幾次扭曲者的頌文。既然現在我已經見識到那段文字可能指涉什麼，讀它讓我起雞皮疙瘩。

我扮起鬼臉，模仿石頭上的那些臉……

「你沒有。」我嘟噥道：「人臉沒辦法那樣動。」我刻意不想山丘上發生過的事。那只是我在耍笨。

然後，大約在整本日記一半的地方：

再度睡在樹林裡。非得如此。看到他們的其中一個魔偶。就只是看，啥都沒做。不知道他們是否能夠傷害人，或者只是嚇嚇人。對我的心臟來說，兩者沒多大差別！

他在**差別**下面畫線強調。這頁的其餘部分空白，除了另一個大鼻小吉塗鴉，這次斜向一邊。

然後：

接下來幾頁沒寫什麼。我把頭髮上的水擠出來。

碰到樹林裡的女孩，靠近石頭的地方。

我坐得更直一些。「哈囉……」我咕噥著。卡特葛雷夫曾經外遇嗎？不，他年紀大了心臟又不好。雖然這不見得會阻止人這麼做。

她知道。他們的其中一個？看起來不像。不過這不正常。一頭美髮。安布洛斯相信有調換兒（註一）。沒有理由相信他是錯的。無論如何，如果是他們的其中之一，比我在威爾斯看到的那些更年輕。

卡特葛雷夫在威爾斯看過調換兒？唔，我從沒去過，但那裡似乎是你會看到那種東西的地方。或許威爾斯妖精偷人類小孩，還沒收了他們的母音（註二）。

幾乎打完整份手稿了。記得的遠比預期的多，但知道我忘記某些部分了。藏起來。不會說在哪裡。想來她可能正讀著這個。

如果妳正讀著，那麼妳就是個糟糕的囉唆婆娘，眞希望我在娶妳以前就死了。儘管拿這個來說嘴啊，如果妳願意承認妳探人隱私。

「哈！」我對著空氣揮拳。可憐的老卡特葛雷夫——但他在此正中要害。祖母絕對不會承認她做錯事。如果她因爲他咒罵她而對他大吼大叫，她就犯了閱讀他私人文件的錯。不能因此罵他肯定讓她氣瘋了。

我嘆了口氣。而她可能也會把氣出在這個老人身上。但無論如何，即使沒發生這種事，她也不是甜美、正面的人。

註一：調換兒（changelings）是歐洲民間傳說中，妖精、巨怪等怪物會把自己的小孩跟人類小孩調換，原因眾說紛紜。

註二：對很多英語使用者來說，威爾斯語的單字拼法有時看似沒有母音，由一串子音字母組成。

不會再多說。無論如何不重要了。總要以某種方式離開。而妳終於能夠擺脫我了，妳這老蝙蝠。

他在妳這老蝙蝠底下畫線兩次。全部就這樣。最後一篇。這本的其他部分是空白的。我翻了一遍，起初很小心翼翼，然後逐漸惱怒起來。

「該死，卡特葛雷夫……你那時不能多說點什麼嗎？給你的日記讀者一個有用的線索？**順便一提，我碰到住在馬路那頭的女孩，如果妳想問她關於石頭的事，她的電話號碼在這裡**。天啊。」

嗯，他的打字稿裡大概有更多東西吧。那份稿子很有可能被祖母找到，而且處理掉了。不，她不會處理掉。她沒有處理掉日記，而這本日記直接侮辱她本人。她不肯丟掉任何東西。它就在這棟房子裡的某處，肯定如此，跟綠皮書還有一千份舊的折扣省錢報，以及她開過的每個酒瓶的瓶塞同在。

我嘆息著把日記塞進桌子抽屜裡，然後用毛巾搓遍我逐漸變乾的頭髮。現在是為晚餐整裝的時候了。

✦

狐姊在前門廊外坐著。她手上有個梅森罐，裡面塞滿了冰塊跟琥珀色液體，她朝著我的方向揮舞著罐子。

「這是薄荷朱利普（註）。」她說：「想來一杯嗎？」

「我沒看到任何薄荷。」我說道。

「是啊，我們用光了。」

「這樣不就只是朱利普嗎？」

「不。」一名灰髮男子往外走向門廊，在她背後說道：「她也沒在裡面放任何糖水。」

狐姊咧嘴一笑。「但薄荷朱利普實在太有格調了。光是純波本加冰塊，讓我聽起來像個酒鬼。」

「我要來一杯。」我說。在面對石雕的經驗之後，喝醉似乎是個令人愉快的主意。

那房子歪斜凹陷、搖搖欲墜，鐵皮屋頂歷經風霜。有兩個附加建築跟車棚，裡面有著蜘蛛絲跟老舊機器。我可以看到一輛標準寬度的拖車屋放置在跟它垂直的位置，還有另一輛在這片地更遠更後面的地方。

一臺收音機在屋裡播放，音質刺耳。我們坐在前門廊上喝著不是朱利普的酒，注視著螢火蟲在草地上忽明忽暗。

灰髮男人叫史奇普。他背後掛著一條粗大的辮子，等於大張旗鼓表明他是**上了年紀的嬉皮**。他是個陶藝家。

「這倒不是說在這一帶當個陶藝家很難。」他說：「黏土是活的。紅黏土，像血。它想要有用。它實際上會把自己捏出來。」

註：薄荷朱利普（mint julep）是一種常見的雞尾酒。通常用威士忌或其他烈酒爲基底，加入碎冰、薄荷葉、糖調成。傳統上以銀杯出杯，杯壁上有小碎冰或結霜。

我很有禮貌地對著我的非朱利普酒點點頭。狐姊在他背後翻了個白眼。

竇馬斯出現了，手上有油汙。他發表了一番對牽引機引擎的謾罵。我根本有聽沒有懂。

「冷靜、冷靜。」狐姊說：「晚餐幾乎好了，親愛的。」

「它需要裝一個新的嘎啦嘎啦表跟一個札普拉螺帽。」他說。（好啦，其實不是這樣，但我才不記得他實際上說了什麼。）

「那個嘎拉嘎拉表早就一副要壞掉的樣子。」狐姊說。

「嗯，它現在眞的不行了。我們必須弄一個新的來。」

「噢，就猛搥它幾下吧，它就會好的。」

竇馬斯嘆了口氣，給我一個**妳看看我必須忍耐什麼**的眼神，然後走去刷洗雙手。

我們全都踏進屋內。屋中很暗，有破舊的七〇年代木頭壁板，不過在大多數牆壁上有驚人的螢光色搖滾海報。巴布．馬利親切地微笑俯視著晚餐桌，手指之間夾著一根大麻菸。

史奇普從烤箱裡拉出放在寬闊陶盤裡烤的燉菜。狐姊替我斟滿又一杯不是朱利普的酒。

「陶盤是你做的嗎？」在史奇普把分量豐富的燉菜一勺勺裝進碗裡時，我這麼問道。

「確實是他做的。」狐姊驕傲地說：「他把它們賣到城裡的一家藝廊發點小財，不過我們每天都用這些盤子吃飯。」史奇普低著頭，看起來很尷尬。

這燉菜是一個很好的範例，如果用很多奶油蘑菇湯罐頭可以做出什麼樣的菜。即使如此，它還是勝過泡麵。我們在沉默中吃飯，只有收音機跟餐具碰到陶製食器的鏗鏘聲響。

狐姊舀了一勺到一個碗裡，放到地板上給斑哥吃，他懷抱著極大熱忱舔食乾淨。（我必須採取行動，確保我的獸醫絕對不會讀到這一段。）

竇馬斯再吃了一碗，然後把碗收拾起來。「妳在那邊過得還好嗎？」他問道：「沒有事情讓妳煩惱吧？」

「各式各樣的事情都讓我煩惱。」我說道，在酒精之力的驅策下變得誠實。「我爬上屋子後面的禿山……」

他們注視著我。我等著有人說：「噢，是啊，那只是月光山丘啦……」

「一座山丘？」史奇普說：「這一帶沒有眞正的山丘。」

賓馬斯爲我辯護，可能是出於騎士精神。「後面那邊有些隆起地形。如果用走的，肯定感覺像是爬山。」

這就是我所害怕的，但我繼續勇往直前。「不，那是個眞正的山丘。你們知道的，上面全都是石雕的那個？」

餐桌突然間安靜下來，只有收音機大鳴大放。它播放著〈刺青女士莉迪雅〉。

如果你計畫要跟幾乎不認識的人進行嚴肅的對話，講到你家後面有一座不可能存在的山丘，上面有詭異的雕刻，請想辦法找比較好的背景音樂。

狐姊隔著桌子，神情肅穆地注視著我。「妳看過那些石頭？」她說。

「呃。」我說：「是啊？我的意思是，那裡有座山丘，頂端有一整批石頭。」

「唉，那裡不是什麼好地方。」賓馬斯說：「我祖母，她會說那上面有惡魔。」

「噢！」狐姊說：「我不知道惡魔的事。」

我注意到我們不知爲何完全跳過那座山丘是否存在的問題。這並沒有讓我覺得比較好過一些。

收音機提醒我們，我們可以從莉迪雅身上學到很多。

「它們只是雕刻而已。」我說，雖然它們不只是雕刻。但如果我承認它們不只如此，我就對一大堆東西敞開了大門。我想讓那扇門繼續牢牢關著。

「大部分是。」狐姊說：「大部分時候是這樣。有時候它們不是，就像那座山丘。它有時在，有時不在。」

「它們是誰做的？」我問道，同時把山丘消失的問題塞到我心裡那扇門後面，跟其餘玩意一起。

收音機告訴我們，莉迪雅可以用各個身體部位來向你展示這個世界。

狐姊轉頭說道：「把那該死的東西關掉，好嗎？」

坐在椅子上的史奇普往後一仰，關了收音機。我大大鬆口氣，程度遠超過我所能形容。

「不曉得。」狐姊說：「不確定它們是任何人做的。」

「一定有某個人做的。」我說。

「也許它們是長出來的。」狐姊說：「有想過這種可能嗎，嗯？」她一口飲盡杯中剩下的非朱利普酒。

這是個非常令人不快的念頭。「這不會是……我不曉得……印地安人之類的嗎？」

狐姊嗤之以鼻。「在白人登陸之前一千年這裡就有人了。」她說：「但我懷疑他們之中有誰會蠢到做出那樣的東西。」

她瞥向史奇普。「別看我。」他說：「我的族人全都是奇馬娃人（註），像任何明智的人一樣，住在這片大陸的另外一邊。如果你想要一位睿智的老印地安人來散播神聖智慧，從這一帶找人吧。我的話，我捏陶罐。」

「我會遠離它們。」竇馬斯說道，這整段時間裡他一直靜靜傾聽。「你不管那種東西，它就不會干涉你。通常來說。」

我納悶地想怎麼樣算是「不管那種東西」。不一邊哼歌，一邊在田野裡漫遊？不對石頭做鬼臉？

不，那只是神經緊張，其實什麼都沒發生。因為這整件事很怪異，讓妳很容易接受暗示，只是這樣。

我舔舔嘴唇，波本酒讓嘴唇有點刺刺的。「你們有任何人認識卡特葛雷夫嗎？我的——呃——繼祖父？」

「我年紀太小。」竇馬斯說。

「我認識。」史奇普說話了，讓我很驚訝。「正派的老人。以前會在樹林裡漫遊。我想，他的腦袋應該也會漫遊。」他嘆息了。「替他感到難過，結婚對象是那種——呃，我不該說，她是妳祖母——」

「別擔心這個。」我說著猛喝了一口酒，差點嗆到。狐姊熱心地拍拍我的背。「我——呃——知道她是什麼樣。講了沒關係。」

「卡特葛雷夫還不壞。」史奇普說：「我覺得他只是大多數時候神智**不在**。」他輕點著額頭。

「要熬過跟我祖母的婚姻，那可能是最好的辦法。」我說：「他有——呃——有沒有講過任何事，關於一個叫安布洛斯的男人？或者……」

我本來想講**扭曲者**，但說不出口。這不是說有什麼東西阻止我，而是那詞句在腦袋裡突

註：奇馬娃（Chemawa）是美洲原住民卡拉普亞族（Kalapuya）的分支，族人分布於美國奧勒岡州一帶。

然聽起來很笨，像是低成本恐怖電影。**哇噢，扭曲者來啦！嚇死人嘍**！只差有個白金髮色的女大學生很有說服力地尖叫。

史奇普想了一會。「安布洛斯……抱歉，沒有。他可能提過，但過太久了。而且我對他不算很了解。他只是偶爾會在散步時來工作室，曾經幫我開窯一、二次。」

「噢，好吧。」我說：「問了總比沒問好。」

「別嚇自己。」狐姊提出建議。「妳已經在那棟有一大堆廢物的房子裡了。讓狀況變得更糟沒有意義。」

「謝了。」我面無表情地開玩笑說：「我一直試著要忘記。」

她咧嘴一笑，替我倒滿波本酒。「來。這會有幫助。」

✦

在一個囤積狂的屋子裡，要找到一本書極端困難。

不，更精確地說，要找到一本**特定的**書極端困難。

第二天大部分的時間我用來把每個抽屜拉開，搜尋綠皮書——或者卡特葛雷夫的打字稿也好，我不挑——我拆開一個個箱子，甚至看過沙發椅墊底下。我一無所成，只是毀了剛清過的客廳。最後我投降放棄，承認不管找什麼都不能這樣找。

「要有系統性。」我陰沉地告訴斑哥。「我必須系統性地找。她可能把它放在**任何地方**。」

斑哥睜開一隻眼睛，認定聽起來不像食物，再度閉上眼睛。

任何地方。樓上或者被堵塞的門廊，甚至是在我知道自己要找什麼以前，已經丟掉的某個垃圾袋裡。塞在一個死嬰兒娃娃下面，或者一箱從電視購物買來的東西裡。而她本來就設法要藏起它，讓狀況更糟糕十倍。

卡特葛雷夫的打字稿應該比較容易找，不是嗎？理論上是這樣吧？他不是個囤積狂。

假設在他死後，她沒有把它丟出去……

我把客廳整頓好，覺得很氣餒，帶斑哥出去一趟，然後就睡了。

那天晚上我夢見了白色石頭。

書裡的人總是有著清晰至極的夢境，讓你看到他們的祕密恐懼，或者揭露他們飽受折磨的過往，或隨便任何事之中的關鍵要素。但現實中，如果設法解釋一場夢，到頭來你會說：「我跟亞伯拉罕．林肯講話，但他在某種程度上也是我父親。我們置身於我長大的屋子裡，不過紗窗一直掉出去，我試著要再把它插回去，試了一次又一次。後來我眞的覺得很挫折。而且我沒穿褲子。」

好吧。在我夢裡，我跟卡特葛雷夫說話，他在某種程度上可說是我父親，而我找著某個人。只是我一直在娃娃房的箱子裡掏挖，設法要找到他們。我們在我的第一間公寓裡，但娃娃房在那裡。我變得非常惱怒，因爲卡特葛雷夫沒幫我找那個我正在找的不知什麼人。

然後夢境變了，我走進另一間房間——我第一間公寓的客廳，有爆米花天花板（註）跟水煙色地毯——白色石頭立在房間中央。我大大放心了，因爲那就是我一直在找的「人」。

註：爆米花天花板（popcorn ceiling）是美國二十世紀流行的天花板施工方式，外觀是凹凸不平、顆粒狀的白色，有吸音效果。二〇〇〇年後，因爲難以清潔而且早期材料可能含有石綿而逐漸消失。

在夢中我看到那些雕刻圖案，而且理解它們的意義。

我走向石頭，自己貼上去，我的雙腿環繞著它，同時盡可能地觸摸那顆石頭，臉頰、胸脯、腹部跟大腿齊上，石頭很冰冷，不管我抱得多緊，都完全無法讓它變溫暖。

然後有什麼東西把我叫醒了。我翻過身去，發現把大半的毛毯都踢到斑哥身上。他打著鼾。我把毛毯拉回來蓋住自己，然後回去睡覺。隨後的夢境全是常見的蠢事，內容是我沒能記住哪一節課要上數學課。

要是我有個關於石頭的嚇人夢魘，也許事情會有不同的發展，我不會留下來。也許我本來會穿上衣服，要父親找人來徹底拆除這棟房子，然後開車走人。可是我不知道。我想那時候，我可能已經涉入太深了。

那天晚上我又醒了一次，斑哥自己從床上下來衝向窗戶，像個瘋子似地長嚎。

「天啊！哎！怎樣啦？」

他鼻子撞上窗戶又彈回來，長嚎變成短吠，又再度回到長嚎。我相信先前提過，斑哥並不是最聰明伶俐的生物。

又是鹿。史奇普說過在附近到處都是，證據就在這。長腿的形體蹦跳著跨越車道，進入樹木之間。

「該死的，小狗，你是浣熊獵犬，不是獵鹿犬……」

斑哥抓扒著窗戶，表示他往外拓展的意願。

我把下巴擱在他的頭上，眺望窗外。他的耳朵豎立起來，盡可能拉高（不是很高，因爲那對耳朵本來就軟趴趴），在我的下巴兩側形成兩個柔軟的團塊。

又有兩隻鹿經過，然後是最後一隻。這隻的前腿有點不對勁。牠不完全是跛著腳，但支撐自己的方式不對勁。有一會我以爲我看著一個人弓身跑，手臂在前方晃來晃去。

我往後一彈，我嚇著了。那隻鹿越過月光照耀的碎石車道。不，那只是隻鹿。牠有長長的頸子跟錐狀的腦袋。牠的前腿就是有哪裡不對勁，或者出問題的是牠的背，讓牠一路拖著腳走。

牠消失在樹叢中。斑哥說：「呼嗚嗚嗚嗚——呼！」然後趴落在地上，因爲我不讓牠吃鹿而擺臭臉。我嘆口氣。

不管那隻鹿有什麼問題，我都爲牠感到難過。我也許可以打電話給野生動物救援機構之類的地方，告訴他們樹林裡有隻受傷的鹿——死馬當活馬醫。現狀並不是我已經把牠放上卡車，準備送去機構。無論如何，我曾經讀過，如果一隻鹿成年了而且還能走，被抓起來治療的壓力會比拖著一條斷腿到處遊蕩來得大。

假設那是條腿。那實際上看起來更像是背部的問題。有駝背的鹿嗎？

唔，有間動物園的海豚有脊椎側彎的問題，脊椎歪向一邊……也許鹿也會有這種問題。

我是說，狼群應該會把牠吃掉，但這一帶百年來沒出現過一隻狼。也許兩百年。

無論如何，就算不把那隻傷鹿的痛苦攬到自己身上，我要操煩的事情已經夠多了。關於石雕的夢……唉。

我拍下其中一個石雕的照片了，不是嗎？手機在關機以前曾發出照相機的響音。我把手機打開，發現儘管在充電器上插了超過一天，電量只有百分之十五，還掉得很快。我接著查看照片。

手機相簿裡最後一張是過曝的照片，一個在白色背景上的灰色形狀，嚴重扭曲。線條看起來不像雕刻，反而像是採集得很糟的指紋。我嘆口氣，重新把手機關上。在我瞇起眼睛看的時候，它的電量已經掉到百分之九。

斑哥爬上床，從喉嚨深處發出咕噥抱怨。

「回去睡吧，傻瓜。」我把腳塞到他身體下。如果在此之後還有夢到任何東西，我也不記得了。

第七章

「爸？」我問道。

「是？」

「卡特葛雷夫是怎麼死的？」

有那麼一下子我以爲他不會回答，但接著他發出一聲長長的、吹口哨似的嘆息。「噢，天哪，小鼠。那是好久以前了。原因是受寒。」

「受寒？」不管我本來預期什麼答案，都不是這個。

「嗯，他不時會神智恍惚，而我母親並不是照顧這種人的最佳人選……」

我們兩個都發出一種在其他情境下可能會是笑聲的聲音。我繼母總是說，她可以看得出我們有血緣關係，因爲我們有同樣的笑聲。我假定那意思是，我們也有同一種「不是笑，但不笑我們會哭出來」的聲音。

從我開始清理計畫之後過了五天；從我爬上石頭之丘算起是兩天。爸如同他先前承諾過的打電話來，看看我的狀況。我一直對付著一個門廊的櫃子。它狀況不壞。我的意思是，在我打開櫃子的時候沒有東西落在我頭上。大半是舊外套跟便宜的風衣。塑膠布已經變硬了，而且兜帽周圍有裂痕。沒有綠皮書。

「我們稍微談過要把他送進安養機構。」爸說道：「他似乎對這個主意很感興趣——老實說，可能是爲了遠離她——但他非常突然地改變心意。而且當然了，我母親抵死反對讓照護員到家裡來。」他再度嘆氣。「有一天下午，他出去遊蕩。她在第二天早上報警。應該花了好幾天才找到他。結果他人在房子後面的樹林裡，體溫過低。天氣沒那麼冷，但他健康狀況不好。」

「那眞可怕。」我說道，同時想像著卡特葛雷夫躺在某棵樹的底部。在他的最後時刻，有沒有在樹皮上刻下「大鼻小吉在此」呢？

老天啊，多病態的念頭。小鼠，妳振作點！

「我想這種事比我們以爲的更常發生。無論如何，我聽說過這樣離開不算很糟，眞的。而且至少他離開那裡了。」他不需要澄清「那裡」是指哪裡。我們講話的時候，我就站在「那裡」。

某種直覺促使我問道：「他有……呃……他的屍身是不是……」

「天啊，小鼠。」我立刻對發問產生罪惡感。這是個病態的好奇心，除此之外別無其他。肯定是這樣。「沒有。」爸繼續說道：「不，他在外面待得太久了。閉棺葬禮。」

「基督在上。我很抱歉我問了。只是我一直發現他的東西，而且……」我沒用地聲音越來越小。

「不，沒關係。清理進行得如何？」

「老天啊。」我環顧這間房子。我既然已經把廚房清空大半，也移走成堆的報紙，我想有比較好了。我陰鬱地意識到我上方還沒碰過的二樓。有一刻我覺得好像身在洞穴裡，感覺得到好幾噸的重量往下壓。只是往下壓的不是石頭，而是舊雜誌、富蘭克林造幣廠紀念盤跟電視購物的箱子。

我眺望廚房窗外想紓解壓力，眼角餘光捕捉到一閃而逝的動作。有個女人步行穿過庭院另一端的樹林。她好奇地瞥向屋子，卻還是繼續行走。我納悶著她是不是前幾天遛斑哥時見到的同一個女人。

「小鼠？」

「抱歉——外面的樹林裡有人，來健行的。只是讓我分心了一秒。我有些進展了，已經把樓下的一大塊搞定。我甚至還沒開始整理樓上，或者是死嬰兒房。」

「**什麼**房？」

「啊——」我又笑了，這次笑得比較眞心。「抱歉！你知道她收集娃娃嗎？」

「我知道她有一些。」他呻吟著。「老天啊。她收集任何東西，數量都不只是『一些』而已，對吧？」

「恐怕是。這房間看起來像是死掉塑膠嬰兒的停屍間。我明天會開始清理這邊。」

我幾乎可以看到他搖著頭。「如果妳想要我派推土機過去，說一聲就好。」

「不用。」我說：「或者說至少現在還不用。我眞的有進展了。」

「小鼠，妳用不著只因爲我提出要求就照做。」

我頓了一下。正確的答案是：**對，我知道**。眞心的答案是：**對，我就是因此照做**。

我等得太久了，他說道：「妳知道，我可以撤回要求。」

我對這個想法的抗拒，讓自己很震驚。幾天以前我會嚴肅考慮豎白旗走人。現在既然看過那些雕刻過的石頭，我想把卡特葛雷夫之謎的眞相弄清楚。就算那些石頭不是他創造的，他顯然看過它們，而且對它們有強烈感受，還在他的日記裡一遍又一遍寫下重複的文字。

而我扭曲著自己的身體，就像那些扭曲者……

他是意外發現它們的嗎？跟我一樣？

如果我可以找到他的打字稿，也許就能幫我弄清楚那些石頭是怎麼回事。如果我可以找到綠皮書，肯定會有幫助。

不幸的是，我達成這個目的的唯一辦法，就是爬梳我祖母四十多年的生活累積物。

「沒問題的，爸。」我說：「我有點想把這件事情完成。但如果我開始清二樓，發現是一片難以形容的混亂，我會告訴你。」

「好吧。我的提議都還是有效。」

「你現在還好嗎？」我改變話題，這麼問道。

「噢，妳知道的……」他的聲音逐漸消失。我聽著他喘了一會。「他們給我一個氧氣瓶。聽醫生的說法，我身體沒什麼不對勁，除了沒呼吸這點以外。」

「也許氧氣瓶會有幫助。」我說。

「我確定會的。」他說道。而我們兩個都知道他撒謊，我們兩個也都明白我知道他撒謊。但家人有時候沒有樂觀的謊話就不行了，所以我們都沒戳破對方，然後說了再見。

✦

我進城丟掉櫃子裡的東西，還有取得咖啡跟網路。哥德風咖啡師被一個帶著寶寶進來，還想在咖啡桌上換尿布的女人氣得半死。「我跟她說不可以，但她一直說這又不要緊！」她一邊說，一邊在半空中揮舞雙手。「這對我來說很要緊啊！不衛生到讓人難以置信！我說，如果妳想帶著小孩來這裡買咖啡，當然沒問題，但別把他們便溺過的尿布放在桌上！」

我看著那個我本來打算放上筆電的桌子，退了一步。

「它沒問題。」她說著癱在櫃檯上。「我用漂白水洗過了。我用漂白水沖過**每樣東西**。

妳想要咖啡嗎？」

「是，麻煩妳。」我溫馴地說道，同時希望咖啡裡不會有漂白水。

她將咖啡倒滿一個馬克杯，把杯子滑到櫃檯對面給我。「房子狀況怎麼樣？」

「很可怕。」我說道，對於她還記得我是誰隱約感到愉悅。小鎮嘛。我本來都忘了小鎮是什麼樣子。「她有一批嬰兒娃娃收藏。一整間房間塞滿這些恐怖娃娃。」

「好噁。」咖啡師說道，奇怪的是這話讓人聽了心滿意足。她皺起鼻子。

「是啊。」我打開筆電。「我想過要把它們捐給貧苦孩子之類的，但我想貧苦的孩子已經夠苦了。我會把它們送去垃圾場。」

「這樣可能是最好的。」

我在咖啡店裡度過一個愉快的下午，感覺……很正常。我是個完全正常的自由工作者，在一個美好小鎮的美好小咖啡店裡工作，設法說服作者相信分號是他們的朋友。我的問題是正常的問題，像是追討稿費請款單。除了在開始下毛毛雨的時候必須去外面拉上卡車的遮陽頂，一切都好。（斑哥在後面打瞌睡，沒注意到有雨打在身上。）

然而到頭來我總得回家。咖啡店五點關門，我還有時間備好一車塑膠死嬰，送去垃圾場。**記得，見到法蘭克的時候不要這樣稱呼那些東西**。

我順路到五金行去，買了更多手套。這次我買到深灰色工作手套，上面有看起來很認真的綁帶、扣子，還有保護關節的橡膠護墊。正是適合用來處理一批娃娃收藏的手套。

娃娃房間本身是……老實說，狀況沒有本來可能達到的那麼糟。我打開收音機，開始把透明塑膠箱拖出來。我不需要打開箱子才能看出裡面有什麼，因此事情進展快上許多。迅速一瞥那些糾成一團的關節肢體，沒看到打字稿塞在任何人的尿布裡、沒有綠皮書封面，這箱就準備好了，可以推進客廳裡。

我一把所有箱子搬出去，進展就變慢。我必須抓起零散的娃娃，塞進垃圾袋裡。手套有幫助。只要我有手套，就不用碰它們。手套讓我所向無敵。

我保持所向無敵，直到其中一個娃娃對我眨眨睫毛爲止。

我發出一聲像是中彈的叫喊，把那娃娃扔到房間對面。斑哥跳起身來，恐慌地長嚎。

娃娃頭下腳上著地，面對著我。眼瞼喀喀作響，在重力幫助下緩緩恢復睜開的樣子。

噢。噢。這只是其中一個會睜眼閉眼的蠢娃娃。好，沒問題。

我小心翼翼地把它撿起來，來回甩動。它的眼瞼跟著晃動。

對啊。對，沒問題。

斑哥僵著腿站在門口，發出他通常保留給快遞員的那種叫聲。

「沒事啦。」我說：「沒問題，老弟。我只是……比較緊張一點……」我把娃娃丟進垃圾袋裡封緊。讓它在垃圾場對法蘭克拋媚眼好了。

我到廚房打開收音機，開到最大聲。主持人介紹自己是伊蓮·羅傑斯，並且告訴我他們多麼仰賴我的支持，才能帶給他們所有我很享受的優良節目。她的共同主持人說了個雙關笑話，這笑話還需要大大整頓，才有辦法達到老爸型冷笑話的程度。

如果我不希望餘生都在聽慈善捐獻週節目，就必須完成這棟該死房子的清理工作。

斑哥歪著頭，發出最後一聲「汪」，雖然我說不上來這到底是對娃娃還是廣播的評論。

我先前採取預防措施，買了一瓶紅酒。我倒一杯——同時仍然戴著我的工作手套——然後回去工作。

✦

幾天過去了，要是有任何有趣的事情發生我會告訴你，不過眞的沒有。我們有了一套固定行程。我會起床，打開咖啡機，帶斑哥出門東聞西嗅，尿在各種東西上面，然後進屋喝咖啡，吃隨沖即食燕麥，然後拖著垃圾到外面的卡車上。卡車裝滿以後，我進城去把它交給法蘭克，然後去咖啡店。接著我喝更多咖啡，做編輯工作，回電子郵件，並且假裝我是個正常人類，沒有花一晚上跟一隻脹氣的浣熊獵犬一起睡在死人的床上。我會吃午餐。我會回家，帶斑哥去散步，再裝另一輪垃圾，拿去給法蘭克，回家，丟垃圾進袋子裡，聽公共廣播電臺。然後要不是吃泡麵，就是（越來越常發生）去馬路對面跟狐姊一起吃飯，她被我吃泡麵的習慣嚇壞了。

「妳媽媽不會希望妳吃那個。」她說：「那是油炸過的，妳知道吧。」

「我們今天要吃炸醃黃瓜。」我說。

「醃黃瓜是醃黃瓜。那是蔬菜。它實際上是健康食物。」

我把我那塊沾了麵包粉炸過的醃黃瓜放進田園沙拉醬裡轉一轉，沒爭辯。

我逐漸跟公社三人組混得很熟。賨馬斯是負責任的那個。他說，他做各種工作，幫忙某些農夫各式各樣的小忙。「啊，妳知道吧……殺豬季，喀嚓喀嚓……」他做了某種含糊的手勢。我沒問細節。

史奇普有種淘氣的幽默感，話不多，但他講故事的時候，每個人都會聽。

有天晚上他沒來吃晚餐，我問起的時候，狐姊搖搖頭。

「腦袋壞壞日。」她說：「史奇普有那種躁鬱（註）毛病。他有治療的藥物，而且很認眞吃藥，但還是會有狀況不好的日子。我晚點會拿一盤菜過去給他。」

「他眞的做得很好。」賓馬斯說，有點爲他辯護的口氣。「他是個眞的很好的陶藝家，對吧？」

「放輕鬆，賓馬斯，她什麼都沒說。」

「我大學的朋友有躁鬱症。」我說，然後看到賓馬斯明顯放鬆下來。「這沒關係。你知道嗎？那時候他們沒有好的藥物。她現在狀況好很多了。」

「這年頭他們有的東西眞是神奇。」狐姊說著，把一根炸醃黃瓜塞進嘴裡。「但對於宿醉他們還是什麼鬼都沒辦法。」她倒出更多波本酒，可能是決心要當測試對象。

在公社吃過晚餐以後，我回到家裡。斑哥會在戶外找到某樣東西尿下去，然後我們會在九點半或十點就寢。

我還是找不到卡特葛雷夫的打字稿。它一定在屋裡某處——我祖母永遠不會把它扔掉——但它不在娃娃房也不在她臥室裡。我開始擔心它在樓上了。我想到樓上就受不了。每次我望向樓梯，就會再度別開視線。樓下狀況已經這麼糟了——工作了九天，我只整理完大約三分之二——**還有另一層樓要整理**的想法，超過我的負荷範圍。

清空她的臥房確實比我預期的要輕鬆得多。我本來擔心我會覺得哀傷，但我還在氣她對待卡特葛雷夫的方式，那股怒氣讓我撐了很長一段時間。我一直把收音機開得很大聲，而每次我看著那堆可悲的垃圾，開始覺得消沉陰鬱的時候，伊蓮·羅傑斯就會提醒我，爲何我重視公共廣播電臺。

老實說，慈善捐獻週延續得太久，久到讓我覺得我不再眞正相信這個電台的存在。哪天我會開車到電臺，那裡會是一片空曠的田野，還有個老人說：「羅傑斯？她已經死了快四十年啦！這裡沒有咖啡馬克杯！」而我就在那裡，被人類所知最友善的鬼魂纏上。

無論如何，祖母房間裡的衣櫥全都是老太太的衣服。我拖出一整堆，然後扔在慈善二手商店捐贈區，在他們能把我跟那些袋子聯想在一起以前驅車離開。

也有個放內衣褲的抽屜。我把那個抽屜直接清空到一個垃圾袋裡，試著什麼都別想。我的意思是，當然祖母會穿內衣褲，但我本來可以一輩子不用**看見**它們。

床墊需要一番搏鬥。有天下午我徵召了賓馬斯，我們把它拖出去，床架跟梳妝檯也一起處理。他不願收錢，所以我在酒類專賣店買了一瓶好波本酒，下回晚餐的時候帶過去。

全都是相當正常的事情。凱特阿姨寄電子郵件來說我家沒事，沒有人破門而入或放火燒屋什麼的。我爸爸偶爾打電話來看我進行得怎麼樣了。法蘭克開始喊斑哥的名字打招呼，伸手到窗戶裡摸摸他耳朵後方。

我告訴你這件事情，好讓你不會覺得我是個徹底的白痴——也可能是爲了說服我自己，我不是個徹底的白痴。也許在那些石頭跟卡特葛雷夫的日記之後，你認爲我應該已經在崩潰邊緣了。而且沒錯，我的確可能如此。見鬼了，我應該拖出地形圖來做實驗，看看哪裡有禿山地形的山丘，哪裡又沒有。我本來應該去買臺照相機，然後用不會在我打開時著火的東西，拍下石頭的照片。

註：原文爲bipolar，雙相情緒障礙，俗稱躁鬱症。

但我沒有。我過的日子徹底正常。這些日子是一種緊張壓力下的正常。我正在爲一個我根本不喜歡的女人清空這棟恐怖垃圾屋，我需要很大的心理能量，才不至於因爲這件事情而抓狂。我毫無餘力多想關於石頭的事。那似乎像是某種很遙遠、很久以前發生的事情。

如果我想到這件事，大多時候想的是，**那就只是怪事一樁。我有低血壓，而也許某種地理景觀上的視覺詭計讓它看似山丘與谷地。如此而已。那些石頭很奇特，而我扭曲著自己的身體，就像那些扭曲者，但它們只是石頭，有人把它們刻成詭異的形狀**。

我沒有像你可能以爲的那樣反覆煩惱。對於這件事，光用想的不可能有任何進展，所以在某種程度上我把整個經驗都推到一邊去，根本不爲此煩惱。我有這麼多事情要煩，在某個我不會再走過去的地方有些怪異的石頭，似乎沒那麼重要。

然後下一件事發生了，這次是我無法忽略的事。

✦

斑哥靜不下來。前一天下過雨，他被困在室內，因爲如果我們出去他的腳就會弄濕。他會快樂地站在水坑裡，或者在魚塘裡泡到及胸深度，但他腳掌上的濕草卻是極度可憎之物。狗就是這樣，唉。**狗啊**。

我罕見地一整天待在屋裡，沒有進城。發現我想念進城，是很怪異的事。不只是遠離我祖母的房子，還有可以見到人。我喜歡那個哥德風咖啡師，我喜歡餐館裡叫我瓢蟲姑娘的女服務生。我鮮少讓人幫我取小名，但如果是南方女服務生，不成問題。

垃圾場的法蘭克最近太常見到我了，我幾乎快把他寫進遺囑裡了。我告訴你，一起清空兩卡車的死娃娃零件，是一種建立精神連結的經驗。（至少還剩下三車的量。我必須休息一下。在這些事情上，你能埋頭苦幹的時間就那麼長，再多就會開始影響精神健康了。）

無論如何，他昨天凝望著卡車車床，抓抓他的棒球帽底下，然後說：「我的天。那裡……那裡場面很驚人，不是嗎？」

我同意。

把那些娃娃全扔進垃圾壓縮機裡，有種深入肺腑的滿足感。我那樣有錯嗎？可能有。不過最近我還是盡可能苦中作樂。

我問過法蘭克，他知不知道樹林裡有任何詭異的石頭。他抓抓棒球帽下方。

「石頭？我是說，有一塊形狀像是——」他突然間想起來，他正跟一位年輕到可以當他女兒的女人講話，他的眼睛滑向一旁——「一個眞的很奇怪的東西，就在滾滾山羊牧場後面。青少年有時候會在上面用噴漆寫髒話。把瑪德琳逼瘋了。她是山羊牧場的主人。」

這似乎不像是我假裝不存在的那種石頭。

回到家裡，斑哥哀鳴著讓我知道他無聊得要死。

我到外面察看棚子，因爲天氣很好。棚子裡放著一個舊工具組。沒有書，而且謝天謝地，也沒有娃娃。

我回到屋裡，斑哥把鼻子塞到我手肘底下，輕輕頂起來，表現出他就要死於憂愁了的樣子。我讓步了，在他身上綁上牽繩。

「好吧。」我說：「可是我們不會去任何靠近那些嚇人石頭的地方，行嗎？」

斑哥把一邊耳朵翹回來對著我，這表示我發出了聲音，而不是他對我說的話有任何概念的意思。

我們出門去短程散步。我沿著馬路走，而不是走到房子後面，這樣似乎還可以接受。賓馬斯彎腰面對一輛車的車蓋，對我揮揮手。我也揮回去。

這樣很好。這樣**很愉快**。你可以想像著在龐茲伯羅生活，知道其他人的名字，實際上也對他們的生活有點了解。我在匹茲堡沒有這種經驗。

一輛聯結車尖嘯著在馬路上繞過一個轉彎處，打斷我的思緒，突然間提醒我爲何走在鄉間車道旁邊的行爲，最好留給歷史言情小說跟齊柏林飛船的歌。一陣強風把我的頭髮往後吹，把砂礫甩到我們臉上。

我越過馬路，走回樹林裡。我還可以透過樹木看到我祖母家的後院。我們總共只走了大約五十碼。

「好吧……」我說。斑哥快樂地奔馳著穿過濕答答的葉子，在他的牽繩盡頭範圍內跑來跑去。

我們在私人土地上嗎？可能是。不過上面沒有任何標記或圍牆，所以通常只要你不開槍射擊東西或者破壞這個地方，大家不會介意。我們經過了一個「禁止打獵」告示牌，不過獵鹿季結束了，如果我們中彈，那人就必須解釋他的盜獵行爲。

而且我穿著一件紫色連帽衣，大多數的鹿都不是紫色的。

我大概知道有石頭的山丘在左方遠處。我設法保持靠右，不過斑哥對直線方向不感興趣，而接著我們走進一片周圍確實有圍牆的空地，有兩隻毛髮蓬亂的母牛帶著朦朧的善意凝視著我們。

我說：「嗨，母牛。」我就是會這樣做。兩隻母牛什麼都沒說。

我們沿著圍牆直線前進。我設法稍微留在樹木內側，免得有個農夫跟母牛一起出來。這不是因爲我自認爲做了某種錯誤的事，但我不希望我必須跟某人進行下面的對話——「這個地方是私人土地；妳想回到馬路上吧——」即使他們沒生氣，這一切還是會讓我覺得尷尬得要死。

我們沿著圍牆走，一直走到圍牆、母牛跟牧草地的盡頭爲止，然後又繼續走下去。現在全都只有看起來邋遢骯髒的松樹跟枯葉。垃圾松，我阿姨會這麼說。在伐木十年左右以後，就會剩下這種東西。從植物學上來說沒什麼趣味，沒多少下層植被，只會偶爾長點聖誕蕨，還有小小幾叢亂亂的莎草。

「莎草有邊緣（註）。」我告訴斑哥。他把一邊耳朵朝我的方向往後掀，對於我的植物辨識技巧無動於衷。

我聆聽啄木鳥敲著樹木。有一個發出高亢的超級反派那種奸笑聲。一隻烏鴉在某處叫喚，另一隻回應著。

斑哥到處亂跳，他的鼻子工作著，偶爾要求我們停下來，讓他可以徹底聞一聞某片特別好的枯葉。一片好葉子導向另一片，然後他用牽繩纏住我的腿，而我必須做個小小的腳尖旋轉來脫困，我就是在**那時候**看到了它。

有某樣東西掛在樹上。

它用粗實的繩索掛著。我的第一個狂想是，那是一個人——某種空中飛人表演家——然後是某個被釘十字架的人，或者被私刑凌遲的人。

註：原文爲「Sedges have edges」，有押韻。

斑哥發出一聲尖細、恐懼的哀鳴。

我的眼睛慢慢地往上走。它赤裸裸的，劈成兩半，而且有蹄。

那是一隻鹿。

我感覺到一陣突如其來的寬心——**只是鹿不是人沒有人被釘十字架或凌遲或謀殺只是一隻鹿可能是某個獵人把牠吊在那裡清潔**——不過那種感覺幾乎一出現就馬上消失。

這隻鹿不像是被獵人掛起來清理的樣子。牠從胸腔開始往下被劈開，後腿之間的裂隙敞得非常開。牠的內臟不見了。

前腿直挺挺地朝著側邊伸出去，每隻腳踝都有一條繩索。蹄子像癱軟的手那樣懸著，有黑色破布在每隻「手腕」上迎風招搖。

牠不算是有腦袋。

鹿自己的頭不見了。在應該有頭的地方是個頭骨，某種大型動物的頭骨，不過它上下顛倒。那個頭骨是乾淨的白色骨頭。因爲角度的關係，看起來像是這隻鹿沒脖子，卻有個畸形得可怕的頭，牙齒從頂端暴凸出來。

空洞的眼睛瞪著我。有人用繩子穿過切斷的脖子，然後把繩子拉到眼窩裡綁緊。

在那個醜怪玩意搖晃的時候，繩索吱嘎作響。

細繩綁著的石頭，從胸腔垂下。它們彼此撞擊，就像令人毛骨悚然的風鈴。其中有兩個石頭中間有洞。

我心想，**有洞的石頭稱為巫婆石**。（順便一提，這是眞的。這可能也是我在危機關頭想過最沒用的事情。）

我瞪著那玩意大概半分鐘。

這並不是說我無法別開視線，我非常想別開視線。可是我盯著它看，因爲如果我能找到某樣東西——一條接縫、一個標籤說這是萬聖節裝飾品、一臺攝影機，甚至是釘在一棵樹上的見鬼藝術家聲明——那這就不是眞的了。

我極端希望它不是眞的。

斑哥再度哀鳴起來，聲音更大了。

我的思緒非常遲緩。

我想這是真的。

它真的在那裡。

有人做了這玩意。

思緒緩慢的速度加快了。

有誰可能做出這個？

有誰會做出這個？

各種影像斷斷續續地流過我的腦袋，沒有一個勉強說得通——反社會人格、連續殺人魔、惡魔崇拜死亡教派、某些蠢大學生、表演藝術家、**怪物怪物怪物**——

而我扭曲著自己的身體，就像那些扭曲者

如果有人做出這種東西，那麼他們先前就在**這裡**。

在我站著的地方。

他們可能還在這裡。

在我瞪著他們可怖的芻像時，他們**此刻**可能正衝著我來。

我的手指痙攣似地握住斑哥的項圈，然後我轉身就跑。

第八章

一隻健康狀況良好的浣熊獵犬是天生的超級運動員。就連一隻懶散年邁已無法打獵的浣熊獵犬，表現都相當令人佩服。斑哥半拖著我穿越樹林，我對此很感激，因爲若非如此，我不知道我是否能勉強跑得這麼遠或這麼快。

我不敢轉頭看。如果不看著地面，我會絆到某根樹根然後摔斷腳踝。更重要的是，如果我回頭看，可能會看到正追著我來的東西。

既然沒看，我的恐懼讓樹林裡充滿了黑色的形體，佝僂著身體、拖著腳步追逐我。

就算我正被追逐，我也聽不到背後有任何腳步聲。不過這並不意外，因爲我正大口喘氣，脈搏砰砰作響，腰際一陣陣刺痛，好像有玻璃碎片插在裡面。可是我不敢停止奔跑，因爲他們可能離我很近，可能就在我背後。再過一秒，可能就有一隻手扣著我的肩膀、把我往後拉。如果那不是一隻手呢？如果是一隻蹄子，樹林裡滿是頭部上下顛倒、胸腔塞滿喀喀作響石頭的死鹿——

我相信我們之前以悠閒漫步的速度走了大約一哩多一點，才碰到那個芻像。我也相信斑哥跟我在不到六分鐘的時間裡，往回跑了這麼長的距離。不管給我多少錢，我都無法重複這番壯舉。

斑哥帶我們回到家裡。我除了看準我的下一步跟再下一步以外，沒注意我們往哪去。樹葉在我們腳下嘎吱作響，突然間嘎吱聲停了，因爲我們已經暴衝進後院。我聽到啄木鳥**哆**、**哆**、**哆**的敲打聲靜了下來，可能是因爲牠們剛看到一個女人跟一隻狗全速奔馳。

我甚至沒想到要進屋。如果我們進屋，就被困住了。我可以鎖門然後把東西拖到門前堵著，但他們可能從窗戶進來，不管**他們**是誰

扭曲者

所以我們反而奔跑著繞過房子側邊。

我把卡車車門扯開。斑哥完全沒有慢下來，直接進了乘客座。我把他背後的車門猛然摔上，然後狂奔繞過車子前方。

那時候我忍不住回頭看。

那裡什麼都沒有，但我完全沒有因此慢下來。他們可能隱藏著。他們可能在樹林裡，或者在房子後面。他們可能是隱形的。我感覺到的恐懼不再是對其他人類的理性恐懼，而是打開某種深層的童年恐懼——床底下的怪物，聚集在地下室樓梯底部的陰影。

卡車在我開始害怕它可能會發不動以前，發動了。我大大感激日產汽車的工程師，然後以最高速度衝出車道。

如果路邊有警察就會把我攔下來，因爲我的時速至少八十哩，但那裡沒有警察。太可惜了。我現在實在很需要警察。

我看著照後鏡，預期會看到……某樣東西。馬路上的黑色形體。一隻頭部上下顛倒的鹿追逐著汽車。

連這個都別想。

到龐茲伯羅的時候，我減慢車速，因爲還有其他車輛。如果我追撞其中一輛，我的卡車就會停止運作。而我的卡車要是停止運作，我就**逃不掉了**。

因爲沒有其他可以做的事情，我把車停進小豬超市後面的停車場。我想要待在其他人旁

邊。怪物不會在光天化日之下抓人。我必須把事情告訴某個人。警察？消防隊？

一想到必須解釋此事，讓我完全應付不來。以至於我停下卡車，雙臂環抱著斑哥，開始大哭。

獵犬是種非常好抱的狗。他很有耐性地忍受擁抱，搖著尾巴，偶爾舔舔我的臉。他非常冷靜。

狗很幸運，記憶很短暫。話說回來，從斑哥的觀點來看，他散了個步、嚇到、跑掉，然後跟他的人類一起搭車兜風，現在他的人類很悲傷，不過那沒關係，因爲有他正舔著她。

有人敲了敲車窗。我發出尖叫。

「哇！」我聽到被車窗玻璃悶住的一聲。

這聲音聽起來不像怪物。

咖啡店的哥德風咖啡師正注視著我。她手上拿著一加侖牛奶，表情擔憂。

我把車窗搖下來。

「妳還好嗎？」她問道：「妳……呃……」

「很好。」我自動化地說道。在別人問你「還好嗎」的時候，你回「很好」。這是個反射動作。

她充滿懷疑地看著我。

「不好。」我糾正說法。我突然間覺察到我滿臉淚痕、狗口水，可能還有鼻涕。我滿身汗臭，有頭髮黏在臉頰上。「對，不好。」

「了解。」她說：「妳何不到店裡來？妳可以用化妝室，我會替妳泡茶。」

茶。噢神啊，我可以喝茶。我可以喝一杯，加點蜂蜜，看著它穿過液體沉到底部。我可以把雙手圍繞著馬克杯。一切還是很糟，不過會有一個我理解的小空間。

「喝茶很好。」我說。然後又說：「等等。我不能把斑哥留在這裡。」

「帶他進來。」她說：「只要他不咬東西或者尿在上面，他就沒問題。」

「他不會的。」

我不知怎的設法下了卡車。她過來查看可能是件好事，要是她沒來，我可能永遠不會離開那輛卡車。

斑哥擺出他的最佳風度接受引見。他非常有禮貌地坐下，給那位哥德風咖啡師他最具悲劇性的獵狗眼神。她抓抓他的下巴。「嗨，斑哥。我是艾妮德。你是個乖孩子，對不對？」

他耳朵放平、搖搖尾巴，表示他確實是個非常乖的孩子，而且從來沒有人撫摸輕拍過他，如果她是第一個如此做的人，他會非常喜歡。她順從要求。

她叫艾妮德。知道這點真好。

我們往咖啡店走。我們大約在兩個街口之外，市區街道兩旁都是轉換成辦公室的房屋。艾妮德一路上維持著流水般的閒聊，內容完全無關痛癢。我回顧後方，找尋著怪物。

我們走進咖啡店的時候，斑哥緊跟在我的腳邊，然後噗通趴倒在桌下。他的鼻子工作著，可能正在分辨咖啡豆種類。跑了一哩路、拖著我的穿過樹林，顯然讓他精疲力盡。他發出一聲那種消風式的嘆息。我把腳塞到他身體底下。

艾妮德拿了碟水給他，再給我馬克杯的茶。我雙手環著杯子，盯著杯裡瞧。

而我扭曲著自己的身體，就像那些扭曲者……

「妳想談談發生什麼事嗎？我應該替妳打電話通知誰嗎？」

「好。不，不是，沒有人需要通知。」（說真的，我要對父親說什麼呢？**嘿，爸，樹林**

裡有個怪物芻像。你知道這件事嗎？）「等一下，不。報警？也許吧？我不確定。」

她在我桌子對面坐下，雙手撐著下巴。

「嗯。」我喝了一口茶。茶太燙了，灼燒著我的口腔頂端，不過那是茶，茶是好的，而且我在一個有茶的世界，而不是在一個樹林裡有怪物的世界。這是兩個不同的世界。只要留在這個世界裡，我就很安全。

「我看到樹林裡有個東西。有人做了個東西，一隻鹿。」我試著把焦點放在我說的話上面。我的牙齒想要喀噠喀噠打架，雖然現在不冷。「像是獵人把一隻鹿掛起來，妳知道嗎？只是那不是獵人弄的。」

艾妮德的眉毛開始爬升到她桃紅色劉海下面了。「妳確定那不是獵人弄的？」

「對，非常確定。牠被釘在十字架上。他們拿掉頭部，把一個骷髏頭放上去，而且上下顛倒，透過眼窩縫在脖子上。而且胸腔裡面都、都是——像風鈴一樣的東西——用石頭做的。我發誓我沒嗑藥。」

艾妮德眨眨眼睛。「太可惜了，聽起來妳現在好像需要來一點。這是在妳家旁邊嗎？」

我開始點頭，然後又搖頭。「在後面。不過不是在正後方。大概隔了一哩。我們剛剛去散步。」我伸手下去揉揉斑哥的耳朵。他靠著我的小腿。

一會兒以後，我說：「我一直在找說明標籤，或者相機，或者什麼別的，說這可能是藝術品之類的。」

艾妮德的手指像打鼓一樣地敲著桌面。「妳知道嗎……這猜測的可能性很高。我們這一帶有大批藝術家。某人可能把這玩意掛上去，在它腐爛或者怎麼樣的時候在旁拍照。」

我打起冷顫。「到底爲什麼要……」

「噢，妳懂的。」她翻了個白眼。「這是一種宣言，主題是生命有限、本地食物，或者他們的最後一位女友不夠愛他們。」

我笑出來了。這不是什麼大事，但這是個眞心的笑。今天下午有那麼幾分鐘，我以爲我這輩子再也笑不出來了。

「我不知道。」我說道。我記得我從它旁邊逃走時，感覺到的那種盲目恐慌——但說的也是，我最近神經緊繃。我對芝麻小事反應過度嗎？

不。在樹林裡被釘上十字架的鹿很怪異。就算是藝術品也一樣。

艾妮德瞥了一眼手表。「跟妳說件事。我們本地的一位警察，每天大約三點半的時候會進來喝杯紅眼咖啡（註）。如果妳在這邊待到那時候，可以問他怎麼辦，而不必去……妳知道的……打電話到警察局，把事情鬧大。」

「他們會相信我嗎？」我問道。聽我自己說的這些話，連我都很難相信，而我親身經歷過。

「**我**相信妳。」她說道：「我不知道妳看到什麼，不過妳看起來不像是無緣無故崩潰的那種人。」她在我的茶裡加熱水回沖。「等一小時以後包伯警官來了，我們再看看他有什麼看法。」

註：紅眼咖啡（red-eye）指的是在滴濾式咖啡裡加義式濃縮咖啡液的咖啡。名字來自稱爲紅眼航班的夜間航班。

✦

我等待著。幾分鐘以後，我甚至覺得狀態好到可以去卡車拿出我的筆電，做一點工作。我等著的其中一封電子郵件進來了，我必須看完一個檔案，檢視作者做的所有改變。他應該要修正我指出的問題，大部分他的確改了，但改動的方式卻製造了幾個新的問題。

正常狀況下這情形可能很令人挫折，但因爲這問題太常見了，對我甚至有安撫效果。斑哥躺在桌子下面，對進來喝咖啡的人非常有禮貌，而我偷渡給他幾塊已經放了一天的馬芬蛋糕碎片。

包伯警官是個寬肩的高大男人。他不胖，但年到中年肯定讓他的線條滑順了一點，而他的平頭不怎麼能藏住後面的禿斑。

艾妮德指向我，說：「她需要跟你談談。」接著，我發現自己開始把整個故事告訴他。他轉向我，臉上有個一閃而過的表情，說：**老天，現在又怎麼了**？不過他藏得很好。聽到「被釘上十字架的鹿」，他的眉毛挑高，而且把他的咖啡帶過來，在桌子坐下了。過程中他問了幾個問題。「妳走了多遠？那在妳的土地上嗎？妳記得是哪裡嗎？有任何地標嗎？」

然後問：「妳拍照了嗎？」

我瞪著他，然後摸我的牛仔褲。我的手機還在我口袋裡。關掉了，因爲軟體錯誤的問題，不過如果我那時打開它，我肯定會有足夠的一丁點電力，至少拍下那個芻像的照片。它可能只會發出照相的聲音然後再度關機，但至少我會照到**某樣東西**。

「我甚至沒想到……我……噢天啊，我好蠢。」

他咧嘴笑了。「不。聽起來像是妳剛才受到驚嚇。別覺得蠢，每個人都會這樣。只是如果妳拍了照，上面會有GPS資料，我們就可以搞清楚到底在哪裡。」

我呻吟了一聲。「我會把特別好吃的**沙拉**拍下來。我真不敢相信我沒有拍下那玩意。」

他在他椅子上往後靠。「唔，擺出那種東西的人可能計畫把它放在那裡一陣子。我們可以回去試著找到它。」

我臉色發白。

「我跟妳說。我可以接受所謂的情報性報告，所以我們可以記錄妳看到的東西，然後建檔。」（他沒有說：「所以我們可以事後在局裡談論這件事。」但我懷疑有這個含義。）「然後，我們可以回到那邊，看看妳是否能再找到它。」

他彎下身去搔搔斑哥。「或者看看這傢伙能不能辦到。死鹿應該會讓他飛奔過去。」

我一開始根本沒想到斑哥或許可以把我帶到那芻像前，但當然了，這很合理。如果它一直在……呃……滴著……

好噁。

他不著痕跡地瞥了一眼手表。「妳把整件事寫下來，用電子郵件寄給我，如何？我寧可聽妳用自己的話敘述，而不是嘗試寫下我的版本，然後搞錯事情。接著我們可以把它建檔，而我們晚些時候會派人去妳家跟妳會合，然後妳可以讓他們看妳在哪裡看到的。」

「我可以這樣做？我的意思是，寄電子郵件給你？」

「當然。」他說道，短暫地露齒一笑。「我們有電子郵件跟很多別的東西，我們甚至真的會看那些電郵呢。」

艾妮德用鼻子哼笑一聲。我得到他的電子郵件地址，他也得到我的實體地址。「晚點會有人過去，希望是我。也許這邊的斑哥可以把我們帶回那裡。」包伯警官停頓了一下。我不知道他那種同情的表情是警察學會裝出的樣子，還是他真心感覺如此。無論如何，都是很好的表現。「說真的，可能只是哪個小鬼頭想耍酷。但無論如何我們還是會查看一下。」

他用還拿著咖啡杯的手揮揮手，兩根手指圈著咖啡杯邊緣，然後走出門口。我懷疑他可能會告訴局裡的人，有位發瘋的女士看到被釘上十字架的鹿。但那不重要。如果他來了，我可以帶他去看那隻鹿。

如果有別人看到它，那它就是真的，不是怪物之類的東西。他們可以找出是誰幹的，接下來這就會是他們的問題，不再是我的問題。

我寫了電子郵件。我沒有太多實用的技能，不過上帝為證，我能夠寫封電子郵件。而這樣很好。我在電子郵件裡聽起來非常冷靜，不像個曾經用危險高速在路上狂飆，然後在小豬超市停車場啜泣的女人。那女人在警方報告上聽起來會很糟。

報案人提出下列陳述：哇靠樹林裡掛著一個噁心玩意。報案人看起來情緒激動。報案人的狗要求有人搔抓他耳朵，此要求得到充分回應……

我掙扎了一下，思考如何形容我見到的東西。最後我寫下**芻像**，希望警察會查字典。不，那樣說很壞。包伯警官似乎頭腦很敏銳。

要怎麼結束一封給警方的電子郵件？你不會寫**愛你的，梅麗莎**。就連**誠摯地**都看起來很怪異。**於今年三月二十三日，由我手書**……不，可能不了。

到最後我只在下面打上名字跟日期。

艾妮德帶了更多熱水給我。我把茶包放在裡面繞了繞，萃取最後一分子的茶。「我瘋了嗎？」我問她。

「肯定是。」她開朗地說道：「不過並不表示沒有人把某種詭異的東西掛在樹林裡。這個地方遍地怪胎，我以其中一員的身分發言。」

我發出一聲長嘆。我覺得好多了。我**報警**了。我表現得很**負責任**。現在不管發生什麼事，都不是我的錯。

「謝謝妳。」我對艾妮德說。我開始覺得尷尬了。到現在已經向這位女子買過大概八次咖啡了，而她先前把正在啜泣的我拉出一輛卡車。「我發誓，我通常不會像那樣在停車場裡崩潰。」

她哼了一聲。「如果我撞見一隻被釘上十字架的鹿，在停車場哭泣會是最不值得一提的部分。老兄，我會一邊尖叫奔跑穿過城鎮，一邊刺殺別人。」

我頓了一下。「那會有幫助嗎？」

「噢，的確沒幫助，但我會有個很棒的藉口。」

「很有道理。」我這麼說，然後告辭。

✦

回到那棟房子並不是我這輩子做過最容易的事。

深呼吸，我告訴自己。**深呼吸。那只是個怪異的雕像。它沒有追妳。它不是活的。它只是某人掛起來的某個東西。包伯警官會出現，妳會找到它，他會告訴妳那只是個古怪獵人對藝術的想法。**

就算如此，我還是花了幾分鐘才爬出卡車。

這樣很好。妳很好。妳不需要獨自走進樹林裡尋找它。這不像是有人把它扔在妳家門廊前。這跟妳沒有任何關係。

而我扭曲著自己的身體，就像那些扭曲者

住口。

我下了卡車。我老實說，如果斑哥心煩意亂，我可能會回到鎮上，問艾妮德我能不能喝咖啡喝到包伯警官有空爲止，但斑哥的舉止好像沒什麼事情發生。所以我回到屋裡，打開收音機，聽了一堆我的捐獻幫忙付錢做出優良節目的話。（我還沒聽到這個優良節目的任何一部分，不過，還不到兩週。）

等著警方現身滿像是等待包裹送到，只是會有種難以安心、模糊的擔憂，好像這包裹會說你違法，當場逮捕你。我設法用舊報紙塡滿另一個垃圾袋，同時每次有車經過馬路，我就跳起來走向窗邊。

我想去對街找狐姊，但我突然想到，史奇普有心理問題、竇馬斯不是白人、狐姊是狐姊，這樣的狀況下，他們可能跟警方沒有最良好的關係。我留在原地。

大約五點鐘，在我幾乎放棄會有任何人來的想法時，一輛黑白相間的道奇衝鋒者停進車道，包伯警官下了車。

在我走出來迎接他的時候，他揮著手。斑哥記得這位朋友，要求拍拍，這個要求得到充分滿足。

「住在這裡啊？」警察注視著門廊問道。

「呃，住上幾天，或者幾週。直到我把這棟房子清空。」一想到有更多時間要耗在這棟房子裡，靠著固定的泡麵膳食與公共電臺過活，我忍住一聲嘆息。

「老太太有幾次把我們叫來。」他說話時仍然揉著斑哥的耳朵。「她希望我們逮捕她的鄰居。」

「什麼鄰居？」

「對街那個地方。」他用拇指往背後一比。「聽她的說法，他們舉辦有違禁藥物跟搖滾樂的通宵派對。」

我呻吟出聲。又有別的事要向狐姊他們道歉了。「他們對我這麼好。」

包伯警官格格笑出聲。「是啊，他們是好人。但妳知道有些人就是喜歡抱怨。」

「老天爺，可不是嗎？」

這樣差不多就結束了對話。我拉拉斑哥的牽繩。「準備走了嗎？」

「帶路吧。」

第九章

我們找不到。

我發誓我爬梳過周圍半哩的每一吋土地，它不在那裡。我找到了母牛，我找到了圍牆。我走到圍牆盡頭，我走到超過圍牆，而樹林裡沒有任何東西。

「我知道它在這裡。」我對包伯警官說。我覺得有強烈的衝動要嚎啕大哭，這樣很笨。我應該要**很高興**它不在那裡。我應該要很振奮，那裡沒有從樹上垂下的死鹿碎塊做成的恐怖醜怪藝術品企劃。

但我反而願意把我銀行帳戶裡的所有錢都拿出來，只求再度找到那該死的玩意。

斑哥沒有幫助。在比較好的狀況下，斑哥只約略知道**坐下**的指令。他到處漫遊，充滿熱忱地嗅聞著樹葉。

我知道包伯警官可能覺得我是個騙子，或者看到不存在的東西，或者憑空捏造事情來引人注意。他對這一切都表現非常親切也非常專業，但我確定，他在心裡已經把我的位置從**回報問題的人**轉移到**就是問題本身**。

「我發誓它在這裡……」在我們步履蹣跚地朝著屋子往回走的時候，我這麼說，這可能是第一百次了。

包伯點點頭。「沒關係。」他說：「它可能還在那裡。如果妳不習慣看這些樹，所有樹木看起來都一樣，而且很容易就迷失方向。」他對著樹林微微一揮。「如果妳眞的又碰到它，就拍張照。那樣會幫助我們再找到它。」

「但誰可能會把它放在那裡呢？」

他聳聳肩。「沒看到它的話，我眞的說不上來。我不知道，也許是哪些小孩。」任何小孩如果會做出我看到的那種東西，都在長成前衛藝術家或連續殺人魔的路上。他非常有禮貌，而且沒讓我覺得我好像浪費了他的時間。他離開以後，我進屋，無論如何還是花了二十分鐘哭倒在斑哥的毛皮裡。

那天晚上剩下的時間平靜無事。狐姊來問我是否想吃晚餐。我告訴她，我覺得不舒服。她離開了，二十分鐘後再回來，拿著裝在保鮮盒中的安吉拉捲（註）。

「竇馬斯起誓。」她說：「如果妳的五臟六腑還找妳麻煩，這些東西會直接把疾病從妳身上轟出去。」

「請給他高度讚揚。」我說著接過那盒安吉拉捲。「多謝了，狐姊。」

她坐立不安地摸弄了一陣。「親愛的，妳需要什麼嗎？稍早看到有個警察在這裡。妳惹上麻煩了嗎？」

「噢，對。他。」我嘆了口氣。「不，我找他來的。我以爲我在樹林裡看到某樣東西。」

「某樣東西？」

「有棵樹上有隻死鹿。」我說道。

她皺眉時，桃紅色的唇歪向一邊。「那很詭異。我們這一帶沒有任何美洲獅。我是說，有人說他們曾經看到，但一直都只是他們沒看清楚的某隻巨大家貓或者郊狼。」

註：原文爲enchiladas，墨西哥料理中的經典菜式之一，以墨西哥玉米餅皮包餡（通常爲肉類和起司），再淋上滿滿的醬汁。

「不，這不是美洲獅搞的……」我設法要解釋看到什麼，同時降低我驚嚇的程度。**不，當然了，我沒有尖叫大哭著逃跑。妳為什麼會這樣問……**「包伯警官說可能只是小孩幹的好事。」

「是啊，當然了。」狐姊說：「小孩總是把死鹿釘在樹上，而且讓牠們的腦袋上下顛倒。他們玩過樂高以後接下來就玩這個。」她翻了個白眼。

「**謝謝妳！**」我感覺自己出了口氣的程度，比願意承認的還多。「我就是這麼想的！」她搖搖頭。「有齷齪玩意在外面亂晃。」她幾乎是用氣音說道，接著比較大聲。「妳小心啊，親愛的。晚上要鎖門。」

「我總是會鎖門。」我瞥了一眼四周。「雖然就這個地方來說，如果有人闖進來偷走某些東西，我會很感激……」

這句話讓她笑了。「這麼說有理。那我讓妳獨處。妳有任何問題，或者單單覺得心驚肉跳，儘管過來。我們有空房間。」

她離開了，而我站在水槽邊吃著安吉拉捲，同時收音機告訴我，他們多麼感激有我這樣的聽眾。

✦

斑哥**又**在半夜叫醒我，他發出一聲聲長嚎。我幾乎嚇得靈魂出竅。我坐起身望向窗外，抱著一絲希望，想著那是在樹林裡掛出詭異芻像的不知名人士。（最好是**小孩**啦。）

但不是的，又是鹿。

「該死的，斑哥……」

「**嗚嚕嚕嚕嚕嗚呼**……」

其中兩隻蹦跳著越過庭院。第三隻慢慢跟上，緊靠著樹林。可能是我先前看過的那隻。這可憐的傢伙很幸運，沒有被掛在一棵樹上。我們殺死狼群，食物鏈最頂端的獵食者就是邪教教徒、藝術家或危險的瘋子。

我養的食物鏈頂端獵食者在床上彈跳，重踩著我的小腿。

「回去**睡覺**。」

他假裝想到外面去，但我相當確定是爲了要找隻鹿來吠叫，所以我怒瞪著他，直到他噗通倒回床上爲止。

「你這小壞蛋。」

「……**嚕呼**。」

✦

第二天早上我拖著腳步走進咖啡店，看起來可能像個活死人。艾妮德說：「嗨，斑哥！」然後像是後來才想到地說：「嗨，小鼠。來杯咖啡？」

我沒感到冒犯，因爲當然了，你會先跟狗打招呼，才輪到人類。「好，麻煩妳。」

她把咖啡送來，在我對面坐下。斑哥把頭放在她腿上，眼神可憐兮兮。「我有個想法。」她一邊說，一邊摩挲著他的耳朵。

我凝視著咖啡。「噢？」

「妳找不到那個東西，對吧？」

我從我的咖啡上抬頭。「妳怎麼知道？」

「包伯警官今天早上路過來買咖啡。」她說：「所以我問了——對，你是寶貝可愛小狗狗——他說妳找了，卻找不到任何東西。」

我嘆息了。這件事還是很尷尬。「我知道它在那裡。」我嘟噥道。

「嘿，毫無疑問。它要不是被拿下來了，就是妳迷失方向。樹林就是那樣。無論如何，如果妳上郡公所的網站，可以查詢誰擁有妳家後面那塊土地。這樣妳有概念它是在誰的土地上，就可以問他們這件事。」

大步走到陌生人家門口去說：**嘿，你知道你家土地上有個會消失的恐怖死鹿雕像嗎？**這個主意明顯沒什麼吸引力。但**還是**個好主意。我打開郡公所官方網站，著手工作。

這是個相當花俏的網站。上面有地形圖跟地產界線地圖。如果實際想要找出任何眞正資訊，它也有個破爛使用者介面，不過政府網站就是這樣。你可以點擊地產地圖，得到一個查詢號碼，接著要是在這個網站到處挖掘得夠久，會找到一個地方輸入查詢號碼，然後它會告訴你那片地產登記在誰名下。

有三個人可能擁有我祖母家後面的土地。而艾妮德告訴我，其中兩個是控股公司，只是要等龐茲伯羅變得夠大，好讓他們可以發展獨占性的住宅區，每英畝要價一百萬。可惜不走運。我查詢了第三塊地產，它屬於一位鄰居，他的地產緊鄰著她的。（我猜現在是爸爸的，到最後會是我的。多麼令人恐懼的念頭。）

我瞪著地形圖看了一會。屋子後面沒有山丘，有白色石頭的山丘不在那裡。好吧，當然不在那裡。我當時就知道了。我只是試圖不想而已，因爲想這個太艱難了。

我走了很長一段路，就是這樣。我繞了一圈，走了很長的路。地圖舊了。衛星照片是在不同季節拍的……

這理由連我都不信。山丘不像樹木，不會在冬天落葉、春天回來。美國國家地質調查局，或者做這些事情的哪個人，在我出生前帶著他們小小的測量工具到這附近東奔西跑，而那裡就是沒有山丘，現在還是沒有。只是我曾爬上一座。

它有時在，有時不在，狐姊曾經這麼說。

而我扭曲著自己的身體，就像那些扭曲者

我祖母，她會說那上面有惡魔……

幾乎可以確定的是，賽馬斯的祖母是比我祖母更好的人。我祖母邪惡到甚至連惡魔都會遠離她。

那個念頭在我腦袋裡餘音繚繞，比應有的程度還久得多。

不過卡特葛雷夫對此說過某些話，不是嗎？講到他們避開她，像避開死臭鼬的味道？

但他說的不是惡魔，對吧？**火眼跟魔偶**還有**他們**，不管**他們**是什麼——

停下來，這樣很蠢。妳把自己弄到快抓狂了，就因為一個可憐的老人在一本日記裡寫下他的失智症狀。

掛在樹上的死鹿芻像不是失智症。

一般來說敏銳程度堪比一塊煤渣磚的斑哥，把頭噗通一聲放在我腳上，開始舔我的腳踝。他可能只是希望上面有食物，不過這樣確實讓我覺得比較好一些。

別開始把自己搞瘋。妳在荒郊野外的一棟房子裡，跟一堆娃娃獨處。現在是最不該開始走向恐怖片之路的時機。

除此之外，我祖母的存在感仍然充斥整棟房子裡。如果她生前的存在感把那個……扭曲者……擋在外頭，我覺得現在應該還沒消散。

艾妮德幫我加了咖啡。「找不到？」

我搖搖頭。「我不知道。這是個很好的想法。那個——」我查看了名字，「A．錢德勒看起來像是會在樹上掛死鹿的人嗎？」

艾妮德用鼻子哼了一聲。「她養母牛。」

我消化著這件事。做鹿芻像的危險人士可以養母牛嗎？

「我的意思是，我跟她不熟，但相當確定她不是那種人。她也養綿羊，好像還有某種瀕臨滅絕的雞。」

「瀕臨滅絕的雞。」我覆述一遍。唔，當然會有瀕臨滅絕的雞。這年頭什麼都瀕臨滅絕，爲何不可能是雞？

「這一帶有很多這種東西。罕見品種的牲口之類的，妳懂吧？」

我悶悶不樂地點頭。所以又是死路一條。我把地形圖網站關起來。

「也許我是瘋子。」我說。

「當然，有這種可能。」艾妮德聽了似乎一點都不困擾。

接下來幾小時，我設法把焦點放在工作上，沒多大效果。實在太容易就不知道我讀到哪裡，讀完整段卻沒吸收任何內容。我想我花了一小時編輯單單一頁，而這一頁不是那種常態下需要工作一小時的，只是一些亂跑的逗點，還有一個文字流動太過短促而不流暢的地方。

到最後我關上筆電，帶斑哥回家。

✦

我醒得非常緩慢。有個聲音我已經聽了一陣子，而在我漸漸醒來的同時，仍然聽得見。是斑哥。他在床尾趴低，毛皮像釘子似地豎起，而且嚎叫不停。

他的嚎叫刺耳而恐怖，跟我以前聽過的不像。我可以看到透過窗戶照進來的一方月光，在他的眼睛裡反射。

我隱約地領悟，斑哥嚇壞了。

我的第一直覺是要坐起身，用手臂環抱住他，問他哪裡不對了。只醒了一半這件事情可能救了我。

我頭沒動，望著窗外，斑哥盯著看的地方。

窗戶上有張白色的臉。

我沒有尖叫。在那恐怖遭遇中，最令我震驚的事還是這個——我沒有尖叫。

它畸形得恐怖。雙眼巨大而黑暗，它的微笑細薄得不可思議又了無生趣，前額往前突出。

我躺在那裡沒有尖叫，花了點時間才領悟那是個動物頭骨，上下顛倒，看似像個微笑的東西是骨板之間的縫合線。突出的前額是頭骨的口鼻部，翻轉了過來。牙齒在頂端微微閃爍，眼窩摻雜著黑色。

是那個芻像。

我不記得那一刻的想法。我想，是某種讓我不至於尖叫或發瘋的念頭——**這不是真的**。

我在作夢，或者如果它真的在那裡，是有人企圖嚇我，他們拖著那可怕的東西到門廊，當成

一種惡作劇——

它的頭轉動了。

它動得像個活物，像隻巨大的鳥，轉動有著好幾層脖子的骷髏頭。它轉過來，注視著我。

我知道它不可能看見我。我躺在牆壁深深的陰影中，而且眼睛瞇著。就算它可以看見我，也不可能知道我醒著。不知怎麼的，這非常重要：它不知道我醒著。

因為它是個怪物而你睡覺時怪物抓不到你我要是把毯子拉過頭頂它就抓不到我可是我不敢動因為我沒法用夠快的速度把毯子拉過頭頂而且它可能還是會抓到斑哥如果我動了它就可以穿過窗戶但只要我保持不動它就必須待在外面——

它再度轉頭，面向側邊，一個黑色的眼窩瞪著窗戶裡。斑哥的怒吼超大聲，我連牙齒都感覺到震動。

噠、**噠**、哆、噠啪噠、**哆**。

那個空洞的啄木鳥噪音，就在窗外。

那是從芻像胸腔垂下的石頭，彼此敲擊所造成的聲音。

我到目前爲止聽了好幾天的聲音。

我停止用語言思考，思緒驚恐到全然空白。

頭骨歪向側邊，仍然像隻鳥，彷彿看到了什麼讓它感興趣的東西。斑哥的毛像釘子似地豎起。

然後它離開了。

我聽到它落到門廊的木板上，聽到不穩定的腳步聲離開，走下臺階。（用兩隻腳還是四隻？我分辨不出來。）聽到打了洞的石頭發出**咚**、**噠啪**、**咚**的聲響。有一隻腳敲到木頭——可能是欄杆柱子——這聲音很響亮，跟我以前聽過的一樣響亮，**表示它以前就來過**

它從之前就一直在

噢神啊

扭曲者在這裡

扭曲者一直都在這裡

前門鎖著，後門應該鎖著，但就算沒鎖，闖入者必須挪動好幾百磅的報紙才能碰到門。窗戶全都關著，而且有紗窗。如果它企圖把紗窗拆下，我肯定會聽到。

感覺像是過了很久以後，斑哥停止嚎叫。

我終於移動了。

我翻身下床，拉著毯子跟我走，把毯子拖進衣櫃裡。我四肢著地爬到臥室門口，鎖上房門。我的眼睛沒有離開過窗戶。我沒辦法把窗戶擋起來，但至少可以躲起來。

我拉著斑哥一起進了衣櫃，然後讓衣櫃門關上。這門是那種爛滑門，基本上是纖維板做的鑲板跟層板做的假木頭，安裝在一個小軌道上。

別想衣櫃門會往後滑別想著要抬頭看然後看到芻像站在那裡還有巫婆石敲打著別想別想別——

我彎下身去，抓緊斑哥的項圈，把我的臉埋在他的頸毛上。

「我們會離開。」我悄聲說道：「明天早上。我們會離開這個恐怖的地方，我會打電話給爸，他可以把這棟糟糕的房子燒掉，我們會回家，而且永遠、永遠不再回來。」

他舔著我的臉。我把這當成認可。

不知道我怎麼睡著的。我還能睡似乎很瘋狂，但恐怖的事情令人精疲力竭，所以我還是睡著了。我不記得作了夢，或者說如果我作夢了，那就是夢到坐在一個衣櫥裡，所以沒有什麼差別。

我醒來的時候是早上，而那東西不見了。

✦

門仍然鎖著，窗戶沒打破。

我眺望著窗外，心臟跳到喉頭，而我看到門廊與陽光，除此之外沒別的。斑哥把腳掌靠在我腿上，發出他的「我想出門」聲音。

「對。」我說：「我們會出去。我們會永遠離開。」當然，我不能在這裡再多待一夜了。你不會在一個有怪異鹿形生物從窗外盯著看的地方過夜。我不在乎打字稿或者書或者賣掉房子能得到的潛在金錢。我想**脫身**。

我拿起皮包跟筆電包，把斑哥的牽繩扣到項圈上。我做這一切的時候彷彿這樣很正常，彷彿我打包要去咖啡店。我會把我的行李箱留下。行李箱不重要，衣服可以替換。我所需要的就只有皮夾、手機、電腦跟狗。

打開前門要鼓起的勇氣，比我這輩子需要過的更多。

我透過紗門看出去，等著那東西逮到我。

什麼事都沒發生。陽光普照。我聽到鳥兒歌唱。我想要對牠們尖叫，因為在樹林裡充滿怪物的時候，怎麼還有鳥膽敢歌唱？

斑哥把鼻子推向紗門，哀鳴了起來。

走向卡車的二十步路。二十步，把斑哥放進去，然後另外六步繞過前方到駕駛座。二十六步。我可以辦到。

我打開門，衝到外面。

一步、兩步、三步、四——該死！

在第四步，從前門廊樓梯下去到一半的時候，我踩到某種滾動的東西。我試著穩住自己，踏錯一步，我的膝蓋就在草地上著陸。墜落的震動猛撞上手腕，直上脊椎。

你記得小時候常常摔跤，根本沒什麼嗎？在長大過程中的某一刻，這點改變了，而你領悟老人爲何會因跌跤而死。

我跪在草地上，好幾秒鐘沒法思考，腎上腺素讓我的思緒徹底空白。「妳沒事。」我出聲對自己說道，用的是我看斑哥用牽繩纏住自己時的同一種聲音。「沒有任何地方骨折。」（是不是有什麼東西折斷，我根本沒有任何天殺的概念；我只是希望說出來就會成眞。）

恐慌消退了。我坐起身，轉動手腕跟腳踝，似乎沒有任何東西斷掉。好，很好。鹿形怪物還沒吃掉我。我現在只需要起身。

我第一個反射性的念頭是我的電腦。我不自豪那是我想到的第一件事，但就是這樣。我摔裂螢幕了嗎？還能用嗎？

它還在我背上。好。

我遲來的第二個念頭，是斑哥。

突然跌倒傷到他了嗎？他還好嗎？我沒聽到任何一聲哀叫。

我舉起手，盯著手看。

空的。

我企圖穩住自己的時候放掉了牽繩。

哪裡都看不到斑哥。

我低頭看他在泥巴裡的足跡，深而清楚，腳趾甲有銳利清晰的輪廓，一路繞到屋子後方。在我領悟到以前我已經站起身奔跑起來，發現在跌倒時擦傷了膝蓋，但我不在乎。

他不在屋子後面。足跡進入草地，然後進入樹葉中。他聞到某樣東西，而在我跪在地上像白痴一樣自言自語時，他已經用一隻浣熊獵犬對氣味的全副強烈專注，追著它去了。

獵犬幾乎全都蠢得跟柱子一樣，但如果牠們的鼻子打開，突然間牠們就變成有任務在身的專業人士。這就是爲什麼絕對、絕對不能讓牠們脫離牽繩。

「斑哥！」我喊道：「老弟！斑哥！你在哪裡？」

五分鐘前，我還害怕發出任何聲響，因爲我以爲鹿形怪物會逮住我。現在我尖叫著，雖然沒什麼用。

我繞著屋子走了一圈、兩圈，不知道要朝哪個方向去。要是走錯方向、走得太遠找不到他呢？我因爲難以決定而癱瘓了。

「斑哥！回來！」

我再度看著足跡，想著**我真的必須幫他剪腳趾甲了**，然後開始大哭。我已經被逼到超過人類應付得了的極限，現在我的狗還不見了。

我癱坐在前門廊臺階上，把臉埋在手心裡。

我不能現在離開。我不能離開他。他在這些恐怖樹林裡的某處遊蕩，可能追著兔子或鹿或某樣東西，但要是那……那些東西抓到他了呢？

不管他在哪裡，要是他很害怕呢？要是他遊蕩到馬路上呢？他沒那麼聰明。他其實不了解馬路。他會企圖跟一輛車子交朋友……

我哭到斑哥顯然不會冒出來舔我的臉爲止。到最後我停下來，因爲我在門廊上，而門廊並不安全。

那些東西還在嗎？斑哥跑出去是爲了趕走它們嗎？他救了我嗎？

而我扭曲著自己的身體，就像那些扭曲者……

我無法處理這個，所以我決定不要再想了。

「好。」我說道。我的聲音顫抖，不過我不能溶化成一堆沒用的鼻涕。斑哥需要我。我必須做正確的事。「我會站起來。我會煮咖啡。我會在這片廢墟裡找到一本電話簿，然後我會打電話給這個郡所有的動物收容所，確保他們知道他失蹤了。」

我站起來，覺得頭暈暈的。

也許你覺得我很笨。也許你是對的。絕對不能爲了救貓而回頭，對吧？你會因此被異形吃掉。（註）

可是我完全清楚知道，我不能離開。

我的狗在外面某處。直到我把他找回來，或者有證據知道他不會回來爲止，我都要留下來。

註：在電影《異形》中，主角雷普利爲了救貓，差點被異形抓到。

第十章

我喝了咖啡，然後用家用電話打給三間不同的動物收容所。對，他有晶片。對，他打過所有該打的預防針。對，他仍然戴著有狂犬病疫苗接種證明名牌的項圈。不，這個號碼沒有語音信箱。不，我的手機無法穩定運作，不過可以留言。或者發電子郵件。或者可以打電話到鎮上的咖啡店。我祈求艾妮德不介意。我想她不會。

一切全都這麼正常又有效率，有系統。我裝出愉快的業務用聲音，回答種種問題。而我同時每一刻都想尖叫，**你們知道樹林裡有怪物嗎？而要是樹林裡有怪物，那這整個世界就不是我們假裝它是的樣子？你們了解嗎？**

我沒這麼說，因爲那會讓我聽起來很瘋狂，對於把斑哥找回來毫無幫助。可是每次我放下電話，都必須來回踱步一分鐘，喝著涼掉的咖啡同時，我的牙齒打顫撞到馬克杯邊緣。我不冷，而是因爲新發現與恐怖而緊張不安。

在我打電話給最後一間動物收容所的時候，我瞪著空咖啡壺內部。看來我喝掉了全部。

我走到前門廊，俯視著臺階。

那個在我腳下轉動的圓形玩意是一根骨頭。我知道聽起來很不祥，不過養狗會讓你習慣某些事情。我不知道它是哪種骨頭，就是一根正常的骨頭，一端是球狀，另一邊被咬斷過而留下尖銳的一端。

它染上了深橘紅色。你不需要是個地質學家，也知道是在此地土壤之下紅黏土的顏色，有人挖洞就會暴露出來。

是那個芻像留下的嗎？在它離開房子的時候把骨頭留在臺階下，像脫皮一樣？

不。妳控制一下自己。這只是一根骨頭。天知道，可能是斑哥在我沒看到的時候把它挖出來，然後它被踢到樓梯底下。

我應該報警嗎？**說真的，要跟他們講什麼**？

我看到一隻怪物然後臺階上有根骨頭接著我的狗就追著某個東西跑掉了。

我想起包伯警官。我想起走路穿過樹林，尋找那個芻像，然後我想著，**噢真該死啊，如果我看到它的時候它是活的呢？如果它掛在樹上注視著我呢？如果它只是在裝死，同時暗地竊笑呢？如果在我們奔跑的時候它正在追著我們——**

不。不。那時是大白天。像那樣的東西肯定是不能在白天活過來的，對吧？

誰規定的？

這一連串的思緒會終止於我蹲在浴室裡，手中拿著霰彈槍瞄準門。這樣對斑哥沒幫助，而且我也不知道怎麼用霰彈槍。

如果我是個好飼主，會到外面的樹林裡叫喚他，並且帶上狗零食。

一想到這個，我猛吸一口氣。

我做不到。我知道應該這樣做，我真的知道，但我還無法回到外面。無法單獨去。就算是爲了他也不能。

要是我去找了，卻發現另一個芻像，而且就是斑哥呢？

要是它們用他做了另一個而他來到窗口他的頭骨翻轉過來他的腳掌在窗臺上而我扭曲著自己的身體就像那些扭曲者——

我尖叫。我真的尖叫了，然後把所有東西都從料理檯上掃下去。只有泡麵、燕麥片盒子跟一個塑膠杯的水。那個杯子彈跳起來。

我從沒做過這種事。我不亂丟東西、不尖叫。我從來不懂用烤吐司機砸男友的人。爲什麼要浪費一臺好好的烤吐司機？

好，我承受很大的壓力。怪物讓人壓力很大。而我可能不該再喝咖啡了。

我來回踱步。我去了化妝室。我又來回踱步一陣。

我應該做點什麼。我應該搬箱子。

樹林裡有怪物的時候我為何要搬箱子？

我來回踱步，拳頭握緊又放鬆，終於大聲說出來：「因爲必須搬箱子。」

我去了娃娃房。那裡聞起來有我祖母的惡意，但根本比不上昨晚盯著窗戶往裡看的東西。我把塑膠箱拖出走廊，裡面裝滿了死嬰兒娃娃跟塑膠新生兒。它們的眼睛緊緊閉著，而我只感覺到隱約而無差別的厭惡。

我奮力把箱子拖到後擋板上，放進卡車車床裡。不知怎的我以爲卡車裡已經有更多裝著娃娃的箱子——我隱約記得昨天晚上拿了一些出來——但車床上幾乎是空的，肯定是在上一車裡。可能所有垃圾都開始混在一起了。

可能這時候我的神智並不是太可靠。

卡車裡充滿了娃娃。我猛地把另一個塑膠箱子放在後擋板上，用力之猛足以讓卡車一彈。蓋子爆開，娃娃飛了出來。

「可惡！」

「神聖的耶穌啊。」狐姊說著，來到車道上。「妳祖母是加入邪教了還是怎麼的？」

我發出一聲微弱的笑，被自己哽住，然後把臉埋到手心裡。

「噢，親愛的！怎麼了？」

在完全搞清楚發生什麼事之前，我已經在狐姊幾乎不存在的胸脯前啜泣。她明顯的鎖骨上掛滿項鍊。

「斑哥不見了。」我哽咽著擠出這句話。「他跑掉了——我希望他是跑掉了——樹林裡有怪東西，狐姊，我看到一個——我想我要發瘋了——噢神啊，如果他們抓了他呢？」

「妳冷靜下來。」狐姊一邊說，一邊拍著我的背。「冷靜點，親愛的。我們會解決這件事。」她輕拍我好幾分鐘，長到讓我從驚恐又不知所措變成驚恐又尷尬，然後她從某個口袋中掏出一條手帕。

我擦擦眼睛。「我很抱歉。」我說。

「不用道歉。妳不是第一個哭倒在我身上的，也不是第十個。現在，我們去我家喝點檸檬水，我們可以坐在門廊上，妳可以告訴我發生的所有事情。」

「妳會覺得我瘋了。」我悄聲說道。我的喉嚨很痛。

「當然，不過我不會因此對妳有意見。」

我靠在狐姊手臂上，由她帶著我跨越馬路。我感覺好像兩腳都跛了。

我一坐在她家前廊，就覺得比較好了。狐姊在前廊上到處掛風鈴，其中一些是中間有洞的石頭。不過它們是用一種讓人快樂的方式**鏗鏘叮噹**作響，像狐姊的手鐲會撞在一起喀喀作響，不是像個肋骨中間有石頭的怪物。

附近有其他人。我有個想法是，不知怎麼的那玩意不會在其他人面前現身。也許那是來自恐怖片的點子，怪物只會在獨處的時候出現，但我覺得……安全了。

狐姊進了屋，一會後帶著一壺檸檬水跟兩個玻璃杯出來。我倒一杯來喝，杯上凝結的水珠從我的手指滑落。

「好啦。」她說道。她在我旁邊的臺階上坐下，我們眺望著草地上蜿蜒的車道。從這裡看不到祖母家。從非常輕微的隆起高度，我可以看到一點點房子後面的樹林。

那裡沒有山丘，沒有圍成一圈的山丘，不知怎麼的這沒讓我訝異。

我告訴她每件事情。在必須解釋斑哥失蹤的時候，我又開始哭，然後大聲說出我不願去想的事情：那玩意可能抓走他了。我本來應該保護他，卻失敗了。他信任我，因為我是他的人類。接著我就再度大哭。

「好了，別講了。」狐姊嚴厲地說道：「妳根本不知道。他可能今晚就回來了，滿身都是鹿蝨，而且聞起來像臭鼬。」

我用力擦擦臉。「妳這麼認為嗎？」

「我不會覺得意外。狗很聰明，知道要怕。如果他跑掉了，我可以保證他不是追著**他們**的其中一個跑。」

我又喝了一大口檸檬水。「妳相信我？關於那玩意的事？」

「相信妳？該死。」她臉上的紋路變深了，而且有那麼一會她看起來比六十歲還老很多。「當然了。我直到現在才發現妳不知道。」

「知道什麼？」我茫然地說道。

「關於他們的事啊，崁道裡的那些人。隨便妳想怎麼稱呼他們。」

「我什麼都不知道！」我雙手一攤。「我應該知道什麼？」

狐姊搖搖頭。「我搞砸了。」她說：「我以為妳知道他們的事，至少知道一點。本來猜想妳奶奶會告訴妳。」

「哈！」我說道，然後喝了一大口檸檬水。

「是，這不是我有過最聰明的想法。不過妳說妳看到那座山丘的時候，我猜想妳**一定**知道某些事，因爲妳一開始就去了那裡，而且脫身了。」她用力瞪著手上的檸檬水。

「我什麼都不知道！」我重複一次。「我應該知道什麼？誰在崁道裡？這一帶甚至沒有任何崁道，對吧？」

「呃……有時候有，有時候沒有。它來來去去。大多時候不會有問題，妳懂的。有時候某些東西會迷失方向，而你就會身處於一個不該出現在那裡的地方。」

「像是不存在的山丘？」

「是啊，就像那樣。」

「但那怎麼**可能**呢？」我揮舞著雙手。「沒有人做過地形圖或者拍照什麼的，然後注意到那裡有座不該存在的山嗎？」

狐姊搖搖頭。「別認爲到那裡有那麼容易。我自己只辦到一次。而妳一冒出來，就滔滔不絕地胡扯說有山丘出現在人人都知道沒有山丘的地方，誰會相信妳？他們只要一眼看過去，就可以**看到**那裡沒有山。」

「但這是什麼……怎麼會……」

狐姊嘆了口氣。「我不知道。我的意思是，有人說他們知道某些事情，然後裝出一副聰明相，但我不認爲有任何人確切知道任何事。山丘就在崁道人住的地方。老人家講過偶爾會看到他們。又高又瘦又白，不像妳見過的任何人。」

「我沒有看到任何像那樣的人。」我說道。我想到我看到的健行者，那個穿得像個嬉皮的人，但她並不特別高或蒼白，是吧？無論如何，沒到不自然的程度。

「是啊，我也沒見過半個。但那個鹿形玩意是他們的。他們有時候會在附近留下東西，大多是堆疊的石頭，或樹木上的標記，像是要藉此交談。不過有時候他們會做出某種到處走動的玩意。」

我緊握著手中的檸檬水。門廊似乎不再沒那麼安全了。

「但這是**為什麼**？」

狐姊聳聳肩。「不知道。我只看過它兩次。一次是豬，不過在應該有腦袋的地方插了個黃蜂巢。它在外面挖掘田地，我老爸的一個朋友射殺了它。因爲黃蜂的關係不能靠得太近，所以他們丟稻草到它身上，然後放火燒。它們很詭異，卻不防火。」

「那還眞是令人放心。」我虛弱地說：「另外一次呢？」

「浣熊。以爲它有狂犬病還是怎樣。它有點像是拖著腳到處走，不過如果靠得夠近，就可以看到它完全是用繩索跟廢物綁在一起的。」

「妳怎麼處理？」

「用牽引機輾它幾回。當然，必須停止使用那塊田地。我老爸說它底下的土地會變壞。這發生在拜納姆那邊。我們賣掉那地方的時候，告訴他們那一小塊地是壞的，但我懷疑他們有沒有聽進去。不過我還是覺得，要是你種那些怪到不行、在黑暗中會發光的基因改良大豆，一點壞魔法不會讓狀況變得更糟。」

「所以說這是魔法？」

狐姊翻了個白眼。「它讓死掉的動物到處走，讓山丘消失，還能是什麼鬼東西？難道是外星人嗎？」

「可是魔法——我是說——」我講不下去。魔法在我腦袋裡是戴白手套的舞臺魔術師，混合做瑜伽並相信水晶療癒力量的某些眞正好心人。

我嘗試對狐姊表達這一點，她注視著我，彷彿我是從鳥巢裡掉下來撞到頭的幼鳥。

「我不認爲崁道人會做瑜伽。」她說。

「可是他們**在**哪裡？」

「我不知道。我覺得是個在這卻又不在這的地方。某個像這樣的地方，不過有山丘跟崁道。他們有時候會穿過來，我們有時候會穿過去；有時候路是開放的，有時候不是。妳一定是在路開放的時候穿過去了。純粹運氣之類的。」

「是斑哥的關係。」我說：「他找到穿過去的路。」

「是啊。一大堆狗會三思而後行，但獵犬聞到一個味道，他們的大腦就關機了。唔，妳懂的。但就算是他，也聰明到知道要怕他們的其中一個走路怪物。」

「沒有人回報過這件事嗎？沒有人說：『嘿，這一帶有一群可怕的人在做——做會到處遊走的死動物。』嗎？」

她用鼻子哼了一聲。「是啊，拿來當報導是滿好的。『鄉巴佬聲稱樹林鬧鬼，歸咎於小矮人。』或者如果他們眞的找到其中一個會走路的東西，標題就會是『南方鄉巴佬恐怖的撒旦崇拜！』我們會看到記者身陷其中，但沒有人會找到任何東西。這還是假定一開始眞會有人聽進去。」

「所以說，沒有人知道。」

「呃，這一帶大多數的老人家有點概念。但妳講到這件事，就會聽起來瘋瘋的，所以沒有人多談這個。而警察就只是聳聳肩。那個稍早來到這裡的警長呢？我敢跟妳打賭，他知道這些故事，但什麼警察會承認他們相信那種事？他們會被嘲笑到離開警局。而如果妳找來任何一個捉鬼獵人，他們會直接去查坦跟惡魔踐踏場（註）。雖然我會告訴妳，我去過那裡，而且惡魔如果認眞想要踐踏一番的話，就需要丟掉他們那裡的一堆老電冰箱。那地方是個垃圾場。」

「可是——」

她隔著手上梅森瓶的邊緣注視著我。「想想看，親愛的。妳如果告訴某人這件事，要從何說起？」

我顫抖著深吸一口氣，喝下更多檸檬水，試著想出一個答案。當然，艾妮德跟包伯警官相信我說有個吊在樹上的芻像，不過要是我設法告訴他們它曾經在我窗外，它是活的……包伯警官可能已經有部分相信我捏造事情。艾妮德看似可能比較有同情心，但她能怎麼辦呢？用裝在熱水瓶裡的低咖啡因咖啡來趕走芻像嗎？

我想像著打電話給爸爸說：**爸，樹林裡有怪物。爸，我看到某種恐怖的東西，住馬路對面的怪女人說那是崁道人，而我爬上一座不存在的山丘，還有一個鹿芻像掛在樹上，但在我企圖打電話報警的時候，它就不見了，然後它在晚上回到我的窗外……不，我不是作夢夢到這些……**

就算在我腦袋裡，聽起來也很蠢。

風鈴被一陣風來回吹著，風聞起來像是翻過的土與春天，而不像用繩子綁起來做成的浣熊，或是用黃蜂巢代替頭部的豬。

「像我說過的，我本來以爲妳奶奶跟妳說過某些事。」狐姊一會後說：「沒想到她做人這麼惡劣。」

「我不認爲她知道。」我說：「卡特葛雷夫——她丈夫——他知道某件事。他有本日記，而且說他在威爾斯見過它們。」

狐姊點點頭。「我猜在任何地方要是有很古老的山丘，裡面就會有某種東西。可能全世界都有崁道人，如果知道要往哪找的話。」

我打了個冷顫。這不是個讓人安心的想法。「他也說他認爲那些東西不會接近她。她對他們來說聞起來很糟之類的。」

「噢。」狐姊說，接著想了一下。「我想這很合理。你就是不會想身處某些味道旁邊。史奇普受不了肝臟，如果我煮肝臟他甚至不肯進屋。這不是說他害怕肝臟。別認爲崁道人有太多害怕的東西，不過我可以看得出來，他們跟那棟房子保持很遠的距離，除非他們非去那裡不可。」

「我想這就是爲什麼他會娶她。」我說道：「他在威爾斯跟他們有某種經驗，然後他認爲她很安全，因爲他們就是不想在她旁邊。」

狐姊哼了一聲。「老天啊。進退維谷就是形容他的處境！」

「是啊。他的日記內容很散亂，不過到最後他說他寧願對付他們。」卡特葛雷夫講的**白膚人**一定跟狐姊說的**崁道人**是一樣的。如果我可以找到他的打字稿，裡面肯定會有更多東西……不是嗎？

假設打字稿存在；假設他確實知道任何事；假設他的藥物沒有讓他混亂，而且那不是給安布洛斯的信。

註：原文爲Devil's Tramping Ground，是一塊位於北卡羅萊納州的林中空地，有各種傳說流傳，例如任何東西放在該地，隔夜會消失等等。

安布洛斯，我不知道你是誰，但真希望我可以跟你講話、打你一巴掌或者做什麼都好！

「所以妳要怎麼辦？」狐姊問道。

「我必須留下來。」我說。把這話大聲說出來比我預期中容易。「直到斑哥回來爲止。」

狐姊點點頭。「妳可以住我們這邊。」她說：「我不是說它們不會來這裡，不過有件總比沒有好。」

我深吸一口氣。「我想這麼做。」我說：「可是如果他回來了，他會去房子那邊。以前在匹茲堡的時候，他有一次跑出去追兔子，追了三天以後回來。」我試著不想如果斑哥決定回匹茲堡的家會發生什麼事。獵犬的鼻子好到我不會信誓旦旦說他無法聞出一條歸鄉路，同時我卻坐在一棟被鹿形怪物包圍的屋子裡。

到了某個轉捩點時，恐怖的事情會變得滑稽。那個轉捩點是暖爐壞了、熱水器漏水、你的狗進屋時聞起來像臭鼬、要去買蕃茄汁時引擎檢查燈還亮起來。你不再哭泣，也不再感到挫折，因爲那些都不會有幫助。能做的就只有開始歇斯底里大笑，因爲那是唯一剩下能做的事情了。

狐姊看著我笑，笑到狀況開始變得很詭異，接著她反覆拍著我的背，就好像我正狂咳不止似的。「定下心來，親愛的。發洩個夠吧。我有些東西可能幫到妳，也可能不會，不過試試看總是無妨。」

✦

狐姊的「東西」是一個天鵝絨小袋子裡的藥草，還有一串木頭圓珠串成的玫瑰念珠。

「從州市集裡用三塊錢買來的。」她輕快地說道：「不過草根是來自南方的一個男人，他說他在禿鷹醫生門下學習。」

「禿鷹醫生？」我問道。

「一個巫毒術士。他可能說謊，不過你永遠無法確定。無論如何，反正無傷。妳知道怎麼用玫瑰念珠祈禱嗎？」

「不知道？」

她看起來隱約有些失望，但還是重振旗鼓。「無關緊要。崁道人並不虔誠。不過這串念珠是山胡桃木做的，山胡桃木很特別。」

在凱特阿姨的所有植物學發想之中，從沒涵蓋山胡桃木的特殊之處。靠著讀奇幻小說，我知道櫟樹、白蠟樹跟花楸樹的特殊之處，但不知道山胡桃木的。我這麼對狐姊說了。

「不是、不是。」她說：「這不是魔法，而是反過來的。我們這裡有山胡桃木，但我不認爲他們那裡有。妳身上帶著山胡桃木，就有正常世界的一部分。它非常正常，所以會抵銷掉某些怪異性。妳懂我的意思嗎？」

顯然我是失心瘋了，因爲聽起來眞的有一點合理。我拿著一串山胡桃木念珠，還有一袋掛在我脖子上的乾樹根回到屋子去。

✦

也許是念珠或那番談話或檸檬水，也許只是我必須做點**什麼**的罪惡感，或者坐立不安、緊張兮兮的感覺。不過我鼓起所有的勇氣走進樹林裡，喊著斑哥的名字，並且仔細聽叫喊之間有沒有巫婆石的敲擊聲。

我搜遍屋子周遭的樹林，但斑哥依然不在。

「好吧。」我說著，回到屋裡。「下一件事。」我打開收音機，好讓我有個講話對象，然後走遍屋子，檢查有沒有怪物。沒有任何怪物，或者說，即使有，也都在二樓。

我迅速地把那一個念頭關起來。伊蓮．羅傑斯跟我談起因為有我幫助，他們才能提供的那些超棒節目。我開始納悶這個電臺有沒有播放過慈善捐獻週廣告以外的東西。

如果我今晚要待在這間屋子裡，我不會睡在那間臥房裡，那些東西可以往裡看的窗戶就在那裡。斑哥吠叫的時候聲音大到可以叫醒死人——如果他出現在門廊，開始大喊大叫要進屋要吃晚餐，我隔著幾層木頭都能聽得見。

「那麼就是浴室了。」我說。

我把卡特葛雷夫的床單剝下來、毯子扔到一旁，再使勁把薄床墊從彈簧床架上搬下來，然後拖著它到浴室去。它占據了整片地板，邊邊都捲起來了。這樣很好。

「如果我必須尿尿，馬桶就在那裡。這樣**很有效率**。」我對收音機說。

「我們準備有趣的禮物，當成表達謝意的一種方式。」羅傑斯小姐說，聽起來很累。「我們有馬克杯。而捐贈達到一百元的話，會送這件獨家帽T……」

一件獨家帽T聽起來相當讚。顯然除了我的其他問題以外，我還對廣播電臺發展出斯德哥爾摩症候群了。

我回去拿毯子……然後停下腳步。

一張張紙散落在彈簧床上，原本顯然塞在床墊底下。紙上都是兩倍行高的打字字體，行間空白處是原子筆的手寫註解與校正。

我拿起最上面的一張。

一開始是從我的朋友與導師——哲學家安布洛斯那裡借得綠皮書，作爲例子說明他所指稱的「眞正罪惡」。他相信最大的罪惡在於尋求自然秩序之外的事物，不在類似謀殺這種淺薄的邪惡之中。「孤寂靈魂的一種激情。」安布洛斯這麼稱呼它。綠皮書就是這樣一位罪人的日記……

我失去了我的狗，卻意外找到卡特葛雷夫的打字稿。

第十一章

這份稿子不是很長。在我迅速掃描的時候，有件事立刻變得很明顯，卡特葛雷夫是打字比手寫更好的那種人。身爲編輯，有時候會從別人在印刷頁面邊緣寫註記的時候看到這種狀況。打字稿裡的語氣跟日記裡那種簡短、潦草的筆記，兩者之間的差異很醒目。不只在他謄寫另一本書的部分是這樣，他自己插入的說明也是如此。

我再煮了一壺咖啡，把一張椅子拉到入口通道。我把紗門關好鎖上，也準備好隨時可以快速關上前門，如果斑哥回來了我看得到，而且……但願如此……如果鹿形怪物回來了，我會有預警。

我聽起來很鎮定，不是嗎？彷彿我會做出某種動作片英雄的舉動，對它猛然摔門，或者如果它穿過紗窗，我會用椅子把它打死。我很清楚知道——你可能也知道——在那一刻，我會嚇得失禁然後死掉，到頭來可能變成輕敲狐姊家窗戶的骷髏頭芻像。但我想不到任何更好的作法了。

在夜幕降臨前我有好幾小時。我有很多咖啡。我有一本打字稿要讀，讀到一半會停下來才怪。

「好，卡特葛雷夫。」我出聲說，同時把整捆紙張放在腿上。「我們來做這件事。」

一開始是從我的朋友與導師——哲學家安布洛斯那裡借得綠皮書，作爲例子說明他所指稱的「眞正罪惡」。他相信最大的罪惡在於尋求自然秩序之外的事物，不在類似謀殺這種淺薄的邪惡之中。「孤寂靈魂的一種激情。」安布洛斯這麼稱呼它。綠皮書就是這樣一位罪人的日記，屬於一位十六歲的女孩。她是一位友人的女兒。他死時，在遺囑裡把此書留給我。

我會嘗試盡可能將記憶中的綠皮書仔細記錄下來。我讀過許多次，有些部分我可以背誦，但它非常支離破碎，而我的記憶今非昔比。但既然我妻子把那本書藏起來，或許還摧毀了它，我必須在忘記更多以前，寫下記得的部分。在我記不得確切用語的地方，我會註記下記得的部分。

綠皮書是一本我們以前稱爲「口袋書」的筆記本，不過那跟美國人所說的口袋書不同，他們那邊的口袋書是指裝支票的本子。它很陳舊，紙張邊緣是金色的，裝幀有兩處破損，這是因爲安布洛斯最後把它寄給我時，郵遞服務處理得太粗魯。他說他認識寫下內容的女孩，不過從沒告訴我她的名字。

這本書從女孩在她家一處抽屜裡發現空白筆記本的描述開始。我不認爲那個部分有什麼重要性。接著故事開始了：

我已經寫下很多別的祕密之書，藏在一個安全地點，而我會在這裡寫下許多舊祕密，還有一些新祕密，不過其中一些我完全不該寫下來，免得某個無知的人會發現並且閱讀。我一定不能寫下各個季節的真正名字……這裡還有些別的東西是她絕對不能寫下來的，但我不記得全部內容。那是個詳盡的清單。我想是各種語言，還有字母。其中某些可能是捏造出來的。我記得「阿克婁」跟「主要歌曲」。然後她「因爲很奇特的理由」，不能寫下做某些事的方法，或者「說那些寧芙是誰」。寧芙後來會出現，而我相信他們是某種神靈，或許是一個地方的守護精靈，以實體形式表現出來。

「卡特葛雷夫。」我說著把讀過的頁面正面朝下放著。「如果你是來找我編輯的客戶，我會開除你。腳註是你的好朋友。」

故事繼續：這一切都是最祕密的祕密，而我很高興我記得他們是什麼，還有我懂得多少奇妙的語言，但有些事情我稱為祕密中的祕密中的祕密中的祕密——我不記得她寫了幾遍「祕密」——我連想都不敢想，除非我真的完全獨處。

這裡有個部分我的記憶很不清楚。她說她把手蓋在眼睛上，然後說了一個字，接著阿拉拉阿？還是阿菈菈？就會來了。她晚上在她房間裡或者在樹林裡做這件事。她一定也進行了一些儀式，那些儀式是用顏色命名的。她最喜歡緋紅儀式，最不喜歡黃儀式，因爲那讓她「感覺好古怪」，好像吃了什麼不合胃口的東西。沒有資訊提到那些儀式是什麼，或者她做了什麼。

「在你年輕的時候，他們有精神病這種概念嗎？」我陷入沉思。「我是說，他們一定有吧，不過他們的稱呼是什麼？因爲這開始聽起來像是個問題很嚴重的女孩子寫的日記了。」

我知道嘗試對一個不在場的人下診斷是錯誤的，而且我是個掛在網路上的冒牌安樂椅心理學家，所以我的意見根本毫無價值，但我開始納悶那些儀式跟強迫症患者的儀式性動作之間的關聯。如果她稱呼那些動作是「儀式」，然後必須在別人看不到的時候進行……

唔，那會是個非常乾淨俐落的解釋，直到……你懂得，直到我們碰到**恐怖鹿形怪物從窗外往裡張望**爲止。

唉。

我納悶地想阿拉拉阿是什麼東西，或者那到底是不是個東西。那個聲音，或者也許是那個詞彙的形狀，讓我想到言語錯亂——你知道的，就是說方言（註一）的意思。我有一次必須校對一份關於說方言的論文，而我認爲那個作者每次拼那個字都拼得不一樣。不過那份論文說，無論在哪個文化裡，方言聽起來幾乎一模一樣，而且有無數的引文爲此背書。

也許這孩子找到機會獨處，做了某件事，然後引發一陣說方言的衝動。很多人可以做到這種事，通常是參與信仰復興帳篷布道大會（註二）的時候。

也許我尋求跟任何事情都沒關聯的解釋。

安布洛斯相信這些儀式是某種形式的民間魔法殘餘物，最有可能是從保母那裡學到的，用意在於取悅白膚人。

在下一段裡，她描述有人談到她，可能是一些僕人，說她曾經是個在搖籃裡講話的怪小孩。敘事時序很令人困惑，雖然我已經設法理解……我能夠記得我在這之前就會記事了，只是事情都搞混了。她說記得在她非常小的時候，有「白色小臉」俯視著她，而且跟她說話，還有一片長著白草跟白樹的白色土地。白色臉孔離開了，而她忘記了那些詞彙。

註一：這裡的「說方言」（speaking in tongues）是基督教系的用語，也稱爲「舌音」。是指人聖靈充滿時，流利地發出像是語言卻沒有人聽得懂的聲音。信徒認爲說方言是與神對話。

註二：原文爲tent revival，美國（尤其南方）常見的傳播福音布道大會形式，在大帳篷裡舉行。

接下來，是描述她跟保母到樹林中一處池塘的短短旅途。在池塘邊，保母離開了，之後不久她再度看到白膚人，說他們有兩個人從水裡跟樹林裡出來，跳舞、唱歌，還跟她玩。這裡對白膚人的描述，是「一種奶油似的白色，像老舊象牙」。一位是女性，有深色的眼睛和頭髮。那女孩喜歡這名女子，「白膚女士」。說他們一起跳舞唱歌玩遊戲，直到她睡著爲止。我第一次讀到的時候，心想這可能是一場夢，當然，我現在不這麼想了。象牙這描述不壞，但不太對。他們白得像肉被剝除以後的骨頭。

坐在位於門口的椅子上，我感覺到自己的眉毛往上爬向髮際線。

當然了，他在日記裡提過看見白膚人，所以我不知道我為什麼還會驚訝。也許是因為肉被剝除的描述吧。嗯。

我站起來，先關上前門才轉身背對它，接著加熱咖啡。伊蓮・羅傑斯問我是否重視調查報導。

「很重視。」我告訴她。「我眞希望有人對此做過某種調查……」

當然，狐姊可能是對的。如果一位記者在山丘裡到處挖掘，而且不知怎的確實設法讓某種東西出現，這件事會被當成鄉巴佬玩意跟外星人打發掉。

我朝著紗門外面眺望一會，才又坐回去。沒有狗、沒有怪物、沒有白膚人——除了我自己這個蒼白的高加索人以外，而我相當確定卡特葛雷夫的女孩指的不是這種白人。

在她醒過來的時候，保母回來了，而那女孩認爲保母看起來很像白膚女士。保母哭了，變得很害怕，威脅她要是把這件事說出去，就會「被扔進黑坑裡跟死人在一起」。我的保母以前會威脅我，要是不乖就要抓我的頭撞牆，所以我不確定這是不是單純爲了避免小孩不乖而講的口頭威脅，雖然這講法具體得奇怪。

在我十三歲、將近十四歲的時候，我有一次非常獨特的冒險，實在太奇異了，所以事情發生的那天永遠被稱為白色之日。

接著是對散步的漫長描述，「往上通過山丘中多刺的雜木林，又穿過滿是蔓生棘刺的黑暗樹林」。綠皮書裡有很多對旅途的描述。我不確定其中的任何一部分到底有何相關性，或者只是沒人教過她怎麼講故事。

「你好意思說。」我嘟噥。「而且我想多了解一下這個威脅要抓你的頭撞牆的保母。兒童教養方式改變很多。」

老實說，我也想多了解一下那女孩的保母。她會是那個到處跳舞的女性白膚人嗎？她是喬裝旅行嗎？這就像是恐怖版的神仙教母嗎？

我嘆了口氣，用空出來的手梳了一下頭髮。「或者也許她只是個女人，照顧的對象開始開口閉口都是精靈，而她不希望任何人知道她曾經留下小女孩獨處，好讓自己可以偷溜去跟火辣的管家亂搞。」

她寫下這些的時候十六歲。不過她寫作的方式有種奇怪之處——某種矯揉造作、《愛麗絲夢遊仙境》式措辭——讓她顯得年紀更小，或者是像某人想像中一個更年輕的女孩應該有的腔調。

也許卡特葛雷夫捏造了整件事，也許那只是她寫作的方式。老天知道，我曾經讀過更多令人不適的敘事口吻。

我沮喪地想到，也許綠皮書跟狐姊說的崁道人根本沒有關係。也許卡特葛雷夫只是著迷於這本書，然後跟崁道人起了衝突，就把他的經驗跟這本書連上關係。要是他有別的讀物，也許我現在會是努力閱讀一本攝政時期言情小說的糟糕重寫版。也許我坐在這裡，把時間浪費在一本無用又片段的謄寫稿上，內容是一個有嚴重心理問題的女生在一百年前寫的日記，同時外面有怪物，我卻沒有一把槍或鏈鋸，甚至連一塊大的磚頭都沒有。

而那是一條很長、很長的路……這句話重複出現。充滿石頭的地面，乾涸的溪流，一片「陰鬱的雜木林」，爬上一座山丘。我繼續走啊走，穿過那黑暗的地方；那是一條很長、很長的路。

順便一提，我不相信那個分號。要成人作者用分號像要拔他們的牙一樣難。他們不信任分號。青少女的手寫日記不會用分號。這有多少是來自安布洛斯，而有多少真的是綠皮書？他對事情的記憶有多精確？

話又說回來，這是……什麼時候呢，維多利亞時期？我記不得確切的年份，沒網路我查不到。如果安布洛斯認識那個女兒……噢老天，可是如果她死時可能一百歲了，在她臨終床邊交給他一本舊日記。後來卡特葛雷夫拿到它，而他死時如果是九十幾歲……呃，我想他遇到安布洛斯的時候至少二十歲……但話說回來，也可能是他六十歲時。這可能會是前維多利亞時期。見鬼了，這可能真的**發生在**攝政時代。

數學讓我頭痛，而且我的屁股麻了。我在椅子上扭動，設法算出這一題，最後確定了我根本不知道這本書有多老，誰知道，說不定它是來自分號像花瓣一樣經常到處散落的時期。

> 而我來到一座以前從沒看過的山丘……有黑色的扭曲枝幹，在我穿過林子的時候撕扯著我，而我喊出聲來，因為我全身都刺痛不已……可能是被刺傷或者受傷了……到處都是，它們扯破了我的連衣裙，而我往上很長、很長一段路，直到雜木林到了盡頭，而我哭著從一大片光禿禿的空地頂端冒出來。草地上有極其醜陋的灰色石頭，在這裡在那裡有一棵扭曲的小樹從石頭底下竄出來，像蛇一樣。

我讀了那個段落，然後再重讀一次，接著我瞪著它看，彷彿它也是一條蛇。

我來到一座以前從沒看過的山丘……草地上有極其醜陋的灰色石頭……

基於某種理由，我能想到的就只有灰色這個字在美國拼法不同，而我必須在這裡標記要改正。想這種事很蠢，但我腦子的大部分現在都在腦殼裡一邊嗚咽、一邊驚慌地亂跑，像大雷雨時的斑哥一樣。

我曾經爬上一座以前從沒看過的山丘，而且曾經到過一個草地上有醜陋灰色（不管哪種拼法）石頭的地方，而且那裡有扭曲的小樹，像蛇似地從石頭底下冒出來。見鬼了，甚至連我走過的小徑突然間都熟悉起來了——一條乾涸的溪流，一片陰鬱的雜木林，一條長而黑暗的路。如果我沒有執著於愚蠢的分號，也許會更早發現這件事。

「這是在威爾斯。」我嘟噥著說：「這是在威爾斯，或者英格蘭，無論如何，在那裡。卡特葛雷夫說他們在那裡。」

只是，顯然他們也到這裡來了。

那是同一個地方嗎？是有一個在這裡，還有一個在不列顛群島的某處嗎？有一條路穿過兩個地方嗎？

狐姊說過，山丘有時候在那裡，有時候不在，而且有時候過得去，有時候過不去。這女孩去過我去的同一座山丘嗎？

卡特葛雷夫去過那裡嗎？

我往上走到頂，很長、很長一段路……對於「又大又醜的石頭」的描述，是從泥土裡冒出來或者是被滾到那裡？也許都有。我想這個地方還有更多描述，但我想不起來了。它們繼續蔓延到我視線所及的最遠處，延續了很長、很長的一段路。我從它們那裡往前眺望，看到整片田野……還是鄉村？也許這裡用的是不同的詞彙……但它很奇怪。那時是冬季，而那裡有恐怖的黑色樹林從四面八方的山丘上垂落；那就像是看到一個有黑色窗簾的大房間，而樹木的形狀似乎跟我以前看過的都全然不同。我很害怕，但我暗自重複保母在離開以前教過我的那些詞彙，而我又再度勇敢起來。然後在樹林後面有其他的山丘，圍成一個大環，不過我以前從來沒看過它們之中的任何一座；它看起來是全黑的，而所有東西上面都有一層維瑞。一切都這麼靜止哀傷又死寂，天空沉重又灰白，就像位於深丹多裡的一座邪惡的維瑞圓頂。

我不確定「維瑞」或者「維瑞圓頂」是什麼，雖然在綠皮書裡提到它們好幾次。在當時，我認爲那就像是一層霧，但安布洛斯認爲「維瑞圓頂」可能是山丘裡一處洞窟的屋頂，白膚人在那裡存活下來。「深丹多」聽起來像個會有石頭的地方，但「上面有一層維瑞」聽起來像是某種大氣上的差異，或許是一層霾吧。

我最近開始想，或許一層維瑞就像一種魔魅力量，一種誤導方向的咒語，而既然這女孩顯然對這種事情很敏感，她可能在一個有魔法作祟的地方看到上面有維瑞，因此邪惡的維瑞圓頂可能就是一個上面籠罩著邪惡咒語的地方。

然而這一點被下面的事實弄得更混亂了：她後來講到維瑞王國，「是被撲滅的光會去的地方」，但那也滿可能是講到一個有許多維瑞的王國，或者這種咒語起源的地方。

我繼續走進讓人畏懼的石頭之間。它們有好幾百個。有些像是露出嚇人咧嘴笑容的男人；我可以看到他們的臉，就好像他們會從石頭裡跳出來撲向我，緊抓住我，然後拖著我跟他們回到石頭裡面，這樣我就會永遠在那裡與他們同在，而任何走這條路的人都會看到我往外張望，而或許那時他們可能認不出我了。還有別的石頭，看起來像爬行的動物，恐怖的動物，伸出牠們的舌頭並且舔舐著草，還有別的石頭，長得像是我不可能說出口的字眼，還有別的石頭，就像躺在草地上的死人……這裡可能有另一個描述，但我認為我記住全部了。這一段我讀過好多次，其中某些部分在我腦袋裡猛敲，讀它就會讓那種敲擊消失。我可能漏掉了幾個字，但我想這大半是對的。

我在它們之間繼續前進，雖然它們嚇壞了我，而且我心裡滿滿都是它們放進來、我卻不會寫下來的邪惡歌曲，而且我想要扮鬼臉並且扭曲我自己的身體，就像它們那樣，但我沒有而且我繼續走啊走的走了很長、很長一段路，直到最後我喜歡那些石頭了，它們再也嚇不到我了，而且它們讓我想起我知道的祕密。我唱著那些歌，裡面充滿了絕對不能說出口或者寫下來的字眼。然後我扮起鬼臉，模仿石頭上的那些臉，而我扭曲著自己的身體，就像那些扭曲者

我失手掉了那一頁。

我無意如此，但它從我手指上滑出去掉到地板上，就像紙張落下會有的樣子，然後滑出去一點點，一角塞到了沙發底下。那段扭曲者頌文在我腦袋裡猛敲，就像一首卡在腦袋裡的歌。

「噢。」我大聲說道：「好。現在我知道這從哪來的了。」

我的聲音聽起來非常冷靜。它聽起來比較像我阿姨的聲音，不像我的。它聽起來像個大人的聲音，一點都不像某個就快要大哭或尖叫或縮在浴室裡等著被怪物吃掉的人。

我啜飲一口我的咖啡，然後發現它冰冷得像石頭。

我對自己點點頭。我拿起那張紙，然後把它放到紙張堆上，然後輕敲邊緣聚攏起來，彷彿我知道自己在幹什麼一樣，然後我重新加熱咖啡。

第十二章

把那美妙的咖啡用微波爐加熱是犯罪行為，不過我還是那樣做了，因為我只喝了不到一吋高的量。我唱著某首歌——某首八〇年代的傻氣歌曲；我甚至不記得是哪一首，可能是關於愛情或古柯鹼或開快車，也可能三者皆有，而其中一個拐著彎暗示著另一個，然後我想不起下一句歌詞了，所以我唱「聖誕鈴聲」，接著咖啡就熱了。我必須隔著上衣抓杯子握柄，因為太燙了。

那女孩說不能寫下來的那些話語，可能跟「聖誕老公公駕著美麗雪橇」沒什麼關係。我瞥向窗外，看到天還亮著。不知怎的那似乎很奇怪，就像從電影院裡出來的時候，很震驚地發現天還亮著。感覺上應該要晚得多。感覺上好像已經過去大半天，現在應該超過午夜了。

根據時鐘，我想是過了大概四十五分鐘。長到足以讓咖啡變冷，但沒有更長太多。

我穿過屋子，打開每盞燈。我把收音機打開，然後啓動製冰機，這不是因為我需要冰塊，而是因為它很吵，那時候的我需要屋子裡很吵。

你會認為我完全瘋了。我接著打開我的筆電，火速玩了三局接龍。我只是需要做某種非閱讀活動，黑色牌接紅色牌、九點後面接十點、一切都有道理可循的活動。我一卡住就重新開始。這樣可能過了五分鐘。這時間甚至還不夠長，來不及讓慈善捐獻週廣告再切回正常電臺節目，內容是對一場政變的冗長討論，只是我沒聽到到底講的是哪個國家。我納悶地想我應該支持誰，軍方還是政府，因為兩邊聽起來都滿糟糕的。

在伊蓮·羅傑斯回到現場，聽起來頭昏眼花又充滿倦意的時候，我闔上筆電。我納悶地想，可憐的伊蓮在慈善捐獻週期間到底曾不曾睡覺。我願意跟她交換。她可以擁有我祖母的房子、我繼祖父卡特葛雷夫，還有一圈山丘，在冬季像是黑色的窗簾，而我扭曲著自己的身體，就像那些扭曲者——

我抓住咖啡杯。把手還是太燙，我咒罵著，無論如何還是喝了，而且燙到我的上顎，這沒關係。燙傷的嘴巴是我理解的事情。它跟扭曲的石頭、絕對不能講到的歌曲還有維瑞圓頂都沒有關係，不管那些詞彙到底是什麼見鬼的意思。

我這是犯蠢。我早知道那句話肯定來自綠皮書。他已經說過了。我應該要預料到會看見那句話。它只是……嚇壞了我，就這樣。

眞相是，從幾天前我讀到那段關於扭曲者的疊句以後，它就一直在我心裡滋長著。這不是說我像卡特葛雷夫那樣一直想著它，但我一直**看見**它，或者在零碎時間裡想起它，而關於它的想法從**無論如何，我繼祖父到底是吸了什麼東西？**轉換到**可憐的老傢伙，他執迷於……**某種別的東西。某種我無法用語言形容的東西。它是——好，你記得《鬼店》嗎？我覺得我好像翻著一疊文件，上面全寫著**光工作不玩耍**（註）……寫了一遍又一遍，不過我還沒有一轉身就看到傑克．尼克遜站在那裡對我獰笑。

收音機大鳴大放中。有人提出證言，說社區電臺對他們來說意義有多重大。羅傑斯告訴我們，他們對於像是波蘭德家這樣的人有多感激，他們眞的了解這家電臺提供的是什麼樣的服務。我在納悶波蘭德家有沒有拿到成套搭配的帽T。

我撿起剛剛弄掉的頁面。逼迫我的眼睛把先前停下不讀的句子讀完。

然後我扮起鬼臉，模仿石頭上的那些臉，而我扭曲著自己的身體，就像那些扭曲者，而我平躺在地上，就像那些死者，然後我走向一個咧嘴笑的，然後用我的雙臂環任他、擁抱他。就這樣我繼續走啊走，穿過那些石頭，這是一條很長、很長的路。

文本在這個地方有段空白，在下一頁重新開始。卡特葛雷夫思慮周到地在每一頁的角落裡用藍色原子筆標上頁碼，所以我知道我是按照正確順序閱讀。我爲這個老人感受到一股同情的痛楚，他跟我一樣，必須在幾乎相同的地方停頓。

回顧我昨天寫下的內容，我相信它大半是精確的，或者至少盡我所能地貼近了。它可能被我自己對那些石頭的經驗給汙染了。或者也有可能，既然我在自己爬上那山丘之前許久就讀過了綠皮書，我對那些石頭的經驗已經被讀過那本書的經驗汙染了。而她的石頭跟我在威爾斯看到的那些一樣嗎？這點無從得知了。無論如何，我知道的足以讓我轉身離開。如果我繼續走，或許我會看到她看過的東西，也可能就不會在這裡寫這份稿子了。

無論如何，這一部分的其餘內容我的記憶沒那麼清楚了。那女孩去了山丘中央的一個地方，然後爬到上一座塔或一座山丘，我想是到達一個地勢高的地方，然後俯視著那些石頭，看到它們全都排成某些圖案。她變得暈頭轉向，那些圖案開始旋轉，然後她就爬下來了。我跳起舞來，照著那些石頭舞蹈的獨特方式跳，而我好高興我可以跳得相當好，我跳著舞，一直跳著，同時唱著跑進我腦袋裡的不尋常歌曲。

註：出自電影《鬼店》（The Shining）中的經典場面。主角傑克的妻子發現丈夫的「小說」草稿上，只重複打著：光工作不玩耍，讓傑克頭腦遲鈍。飾演主角的是知名演員傑克．尼克遜。

她繼續前進，可能是穿過另一條隧道，同時以這種方式跳舞，然後描述她被蕁麻跟棘刺刺到，但這只讓她覺得刺痛，因爲唱歌的關係，她一點都不介意。

當然，有很多故事講到虔誠的朝聖者鞭笞自己、變得對痛楚不敏感，印度宗師在熱炭上走路等等，所以或許這是某種類似的狀況。我記得安布洛斯跟我第一次交談的時候，過火被認爲是一種讓人大惑不解的神祕藝術。然而我上個月看到一個電視節目，用物理學解釋了過火是怎麼辦到的。

或許有一天，甚至連像綠皮書那樣的東西都會有物理學解釋，再也不會有安布洛斯所說的孤寂靈魂的激情了。如果到頭來過火也在自然秩序之中，就像現在看起來這樣，那麼我們還可能會多學到些什麼呢？或許有朝一日，所有事物都能以某種方式融入自然秩序之中，到時候安布洛斯對罪惡所下的定義，對我們就不再有用了。

話再說回來，我現在這麼離群索居，或許有許多事情我們已有解釋了。過火電視節目可能只是其中之一。她認爲那很有趣，所以讓節目繼續播放。我想她是希望看到有人會燒到自己，但沒有發生。

最後那一部分讓我從鼻子噴出笑聲。那是用藍筆留下的眉批。很顯然，跟我們其他人一樣，卡特葛雷夫對他太太沒有不實的幻想。

安布洛斯常常講到要是花朵開始對我們唱歌，或者狗開口講話，這樣違反自然秩序會有多嚇人。他把這種違逆講成是眞正的罪惡形式。然而現在有些你可以去的主題公園，那裡的機械花朵會唱歌，電影裡的狗會講話。我們全都開始犯罪了，還是說我們的感官變得太過麻木，導致我們就算看到眞正的罪惡，也不再認得出？

接下來，「白色之日」剩下的大半內容都是遊記。那裡有雜木林、山谷跟蕨類植物。她從一條「給她一個吻」的溪流裡喝水，而她相信裡面有個寧芙仙子。她來到一道苔蘚構成的牆壁前，並且相信那就是世界盡頭，在那後面只有維瑞王國，是被撲滅的光會去的地方，也是被太陽取走的水會去的地方。

我很納悶我要怎麼再回到家裡，我是否有可能再找到路，而我家會不會再也不存在了，或者它會不會被改變，連同屋裡的每個人一起被變成灰色石頭，就好像在《一千零一夜》裡一樣。我在草地上坐下來，想著我接著該做什麼。我很累，而且我的腳走到發熱。

她在附近找到一口井，底部覆蓋著一直不斷攪動著的紅沙，然後把她的腳放進去浸泡。攀爬牆壁的時候，她看到「最古怪的鄉野」之中充滿了「山丘跟谷地」，還有兩個像蜂巢的大土丘。這裡這麼奇怪、肅穆又寂寞，就像是死去異教神祇的空蕩蕩廟宇。

她接著重述了保母告訴她的一個冗長故事，講到一個谷地，是人人都不敢去的「壞地方」。一個貧窮的女孩進去了。她聲稱谷地裡長滿了草、石頭跟花朵，後來有人看到她戴著奢華的珠寶。別人問起的時候，她說翡翠是青草，紅寶石跟鑽石只是石頭。她戴著一頂「純天使金」做的王冠到國王與王后的宮廷去，她聲稱那只是戴在她髮梢的黃色花朵。國王的兒子娶了她，但在他的新婚之夜，一位「有張可怕的臉」的高大黑男人站在門外，說道：「別用你的生命冒險／這是跟我結了婚的妻子。」（可能是「我自己的」或者別的措辭。）臥房裡充滿了吶喊尖叫跟哭嚎。他們用手斧砍開大門，只發現黑煙以及殘餘的花朵跟石頭。

在重述這個故事之後，這女孩講了一個保母教她的魔法，來擋開那個黑男人，並且讓壞東西遠離。

還是不確定那個保母是誰或者什麼東西。起初我認為她自己就是其中一個白膚人，但現在我懷疑她是否可能是他們的其中一個僕人，或者我母親以前說的那種「機巧之民（註一）」。那保母也可能兩者皆是，或者是某種混血兒。安布洛斯有一次提出想法，說那女孩可能是個調換兒，或許白膚人跟人類孕育後代，然後派他們的僕人去訓練那些孩子，直到他們年紀大到可以取代他們的長老為止。

我用雙手揉擦著臉。我讀到眼花了，卡特葛雷夫用原子筆寫在頁緣的擁擠註記尤其難以閱讀。

唔。貧窮女孩跟石頭的故事是相當直白的與魔鬼訂約，還摻入一點老派的種族歧視。就故事本身來說沒證明任何事，只證明那位保母對於床邊故事的概念很奇怪。

敘述繼續：她走到更遠得多的地方，找到某片特定的樹林，那裡太過祕密所以無法形容，而且沒人知道進入那裡的通道，我是用非常離奇的方式發現的，我看到某隻小動物通過它進入樹林裡。在此之後實質寫下的東西就沒有多少了，只有她看到「最神奇的景象」。她在任何時刻都沒有描述那一幕，只是逃跑回家。她躺在床上嘗試回想起這個神奇景象，卻沒辦法清楚看見它。事後她把這稱為她知道、其他人卻不知道的「神奇祕密」。

這女孩自己開始懷疑，保母是不是其中一個「美麗的白膚人」。

在這一刻之後，綠皮書裡的時序描述變得更加混亂，也可能是我對它的記憶比我以為的還差。她講到好幾個保母告訴她的故事，故事開頭是「在有精靈的時代」。有一個講到一個年輕男子追逐一隻白色公鹿，直到他進入一個精靈丘，遇見了精靈女王。她給他裝在金杯裡的酒喝（帕西法爾（註二）故事的影響？），而在他醒來以後，他的餘生裡再也沒有喝過酒，或者親吻別的女人。

安布洛斯最有興趣的一個故事是：「關於一座山丘，很久以前的人習慣晚間在那裡聚會，而他們以前會玩各種奇特的遊戲，做些保母跟我說過的古怪事情。」我只清楚記得其中一段，不過那個故事裡講了很多事，其中大半都是重複的。

而那歌曲是以一種現在沒有人知道，很古老、很古老的語言唱的，曲調很古怪。保母說，她的曾祖母在還是小女孩的時候，認識某個記得其中一點點的人，而保母設法唱了其中一些給我聽，而那曲調好奇特，以至於我整個人都發冷了，還起了雞皮疙瘩，就好像我把手放到某個死掉的東西上面。有時候是一個男人在唱歌，有時候是一個女人，而有時候唱歌的人唱得太好了，以至於兩三個在那裡的人會倒在地上尖叫撕扯……（這個部分我記不起更多了。不是撕扯他們的頭髮，不過我記不起來是撕扯什麼。）

安布洛斯相信這一節——或許還有整本綠皮書——代表一種民間儀式的復活，或許是爲了安撫白膚人，或是爲了替魔法使用者羈縻他們的力量。他以前會說，許多黑暗事物是被掩蓋在單純的精靈故事與粗陋的鄉野迷信之下。

註一：原文爲cunning folk，是指懂得民俗療法的治療師，另一種說法是wise folk，直譯有聰明、機巧的人之意。

註二：帕西法爾（Parsifal）是作曲家華格納的同名歌劇男主角，原型來自亞瑟王傳奇中的圓桌武士珀西瓦爾。兩者都爲了尋求聖杯而踏上旅程。

這說法讓我翻了個白眼。**粗陋的鄉野迷信**。安布洛斯聽起來有點混蛋。這種人會在文藝復興節站在五月柱旁邊，跟你說這其實是祈求生殖力的儀式，好像你屁都不懂似的——

「嘿，妳吃午餐沒？」狐姊問道。

我嘎叫一聲往後倒，幾乎撞翻椅子，紙張到處亂飛。

「抱歉。」狐姊說。她靠著紗門，等著我把門打開。「妳把收音機開得超大聲，我簡直可以帶著一支銅管樂隊通過門口。」

「是啊。」我一邊說，一邊匆促地拾起紙張。「是啊，這是……因為我需要噪音。」

她點點頭。我讓她進屋，而她遞給我一個裝著三明治的保鮮盒。「史奇普做了鮪魚沙拉。我猜想妳可能工作到出神，所以就過來了。」

「替我感謝史奇普。」我狼吞虎嚥下那份三明治，同時發現我可以再吃十個。「我一直喝咖啡，沒發現是午餐時間了。」

「不是喔。」狐姊說：「已經接近晚餐時間了。快天黑了，而我想今晚要過來跟妳一起守夜。」

我茫然地看著她。

「待在屋裡。」她很有耐性地說：「今晚。免得妳那個怪物又回來。」

「妳願意這樣做？」

「噢，當然！」她在空中揮舞雙手的時候，手鐲鏗鏘撞在一起。「你不會讓鄰居獨自被怪物吃掉。賓馬斯也願意，不過他是男生，所以這樣不太得體。而且我不確定他對炭道人了解多少。他出身的地方作祟的東西不一樣，或者也許是相同的東西披著不同的皮到處走。」

我腦中喚起的心像雖然很模糊，還是讓我打起冷顫。「妳說在墨西哥？」

「不，我說的是亞利桑納州。竇馬斯來自鳳凰城。」

而——**我是個種族歧視的笨蛋。我還指著卡特葛雷夫的鼻子罵他種族歧視咧……**

「我自己從沒去過那邊。」狐姊繼續說道：「不過他說，很久以前他們有一整個部族，在建立懸崖邊的大房子以後，徹底從地表上消失了。」她伸出一根手指指向我。「提醒妳，我們這裡也有這套。他們還拿來製作舞臺劇的消失殖民地（註）。」

「我相當確定那個殖民地的人離開去跟當地部落同住了。」我微弱地說：「看來那時候很常發生這種事。」

狐姊一揮手就打發掉數十年考古學的重量。「噢，也許吧。但我不信，而且那一帶的地方部落沒有一個講到這件事，對吧？」

我張開嘴，打算對那裡**為何**沒有地方部落發表長篇痛罵，但想想決定算了。雖然我通常很樂意對人大聲譴責天花跟殖民主義，現在似乎不是方便的時機。如果我活過這一晚，可以找本談這個主題的書給狐姊。

此刻我有別的東西要給她讀。「狐姊？我正在讀我繼祖父寫的這份手稿，讀到一半。妳

註：消失的殖民地（The Lost Colony）是指北卡羅萊納州的羅阿諾克殖民地（Roanoke Colony）。一五八五年及一五八七年分別有兩批英國移民試圖在此建立殖民地，但一五九〇年有人到當地探訪，發現一百多人全部消失。沒有證據能確切指出他們到底碰到什麼樣的天災人禍，或者只是自行離開。一九三七年，劇作家保羅．葛林（Paul Green）據此寫出一齣戶外演出的歷史劇《消失的殖民地》（*The Lost Colony*），至今仍然年年上演。

願意也讀讀看嗎？」

她揚起一邊畫上的眉毛。「一份手稿？哪一類的事情？」

「我想是關於炭道人的。」

她的另一邊眉毛也揚起來了。「噢。」她說：「那好吧。我們來看看這位老人家有什麼話要說。」

狐姊想要在天黑以前先回家去，再帶個睡袋過來。我把沙發的坐墊拉下來，在廚房裡擺好給她用。屋子周圍的門廊並沒有從廚房窗戶底下通過，我不認爲鹿形怪物高到可以從窗口看進來，除非它能像蜘蛛一樣爬上牆壁。**好了，停。別想那個**——

我玩了另一局接龍，讓我的大腦靜下來。

然後我走向樓梯跟廢物牆。我之前曾經在那裡看到一個茶壺嗎？我可以發誓看到過……

啊哈！

茶壺埋在鐵絲衣架跟一個活動鉸鏈壞掉的碗盤瀝水架構成的交叉網格下面。我得稍微扭動一下，而這只茶壺側邊還有個撞到的凹痕，但我依然設法把它拉出來了。我把它洗刷一番，到狐姊回來的時候，我已經開始煮泡茶用的熱水了。

「我帶了更多三明治來。」她說著，舉起更多保鮮盒。

「我來煮咖啡。」我說：「或者茶。」碗櫃裡的茶包大概有一千年歷史了，但立頓紅茶不會壞掉，是吧？「呃……妳喝茶嗎？」

「親愛的，我幾乎什麼都喝。」她拍拍皮包。「也帶了些可以加味的東西。」

「要是外面有……呃……有東西的話，喝醉酒是好主意嗎？」

狐姊嗤之以鼻。「妳開玩笑的吧？這是**最好的**主意。」

我們又坐回去。我再度坐上椅子，狐姊則坐在一張我設法從報紙底下解放出來的扶手椅上。我讀完一頁就遞過去給她。收音機在背景裡發出令人愉快的低鳴。要是事情沒有這樣深刻的怪異之處，現狀幾乎可說是很閒適。我們一起定下心來閱讀。

有個故事講到一位年輕男子剛好闖進祕密儀式中，但接下來是那種常見的警世故事，一個男人旁觀了禁忌的知識。（我想這位年輕男子跟拜訪過精靈女王的那個是不同的人，但就怕時日久遠，我無法確定。故事裡有太多年輕男子了，而他們在我腦袋裡全部糊成一團。）他被某種看不見的力量束縛，在第二天早上醒過來。他企圖告訴村民他看見了什麼的時候，去參加儀式的人已經知道了，卻不願意談論此事。儀式大半沒有具體細節，只說「發出像打雷的噪音」，可能是用牛吼器（註一）或者其他原始樂器製造出來的。根據推測，這聲音是從遠處呼應的。麵包跟酒會在人群中傳來傳去，「祕密的東西」會被帶出來。安布洛斯指出此處跟厄琉息斯祕儀（註二）有連結，但我總是認為這層連結頂多只能說是微乎其微。一個人可以用幾乎相同的方式來描述莊嚴彌撒，一樣有麵包、酒、煙霧與歌唱。

在這些描述中的某個地方，保母帶著她做的一個黏土玩偶，一直藏著它，「用它做古怪的事情」。她描述保姆揉捏黏土時擺出「極其怪異的紅色臉孔」，同時全程都在唱歌，而她的

註一：牛吼器，或稱吼板（bullroarer）是一種古老的樂器，從舊石器時代就存在，不同文化有不同版本。通常是一塊細長木板，一端繫有長繩，靠著甩動長繩發出嗡鳴聲，聲音可以傳得很遠。

註二：厄琉息斯祕儀（Eleusinian Mysteries）是古希臘時期的祕密教派入教儀式，該教派在古希臘國厄琉息斯發展出來，崇拜農業女神狄密特及其女冥后波瑟芬妮。

臉變得越來越紅。保母要她銘記保密的重要性，還說了更多威脅要把她扔進黑坑裡的話。

是在我來到這裡很久、安布洛斯也死了以後，我才得知南方的巫毒信徒聲稱會做玩偶或者魔偶，而且可以用它們來咒人生病。巫毒娃娃現在變成電視節目裡的傻氣玩具了，就像過火一樣。要是那些故事裡有包含絲毫眞相，要是那眞相跟綠皮書裡的黏土娃娃有關，我不會感到意外。

她們用娃娃進行奇異的儀式，「致上她們的敬意」。敘述者做了跟保母一樣的行爲，說她們在玩的是「怪異的遊戲」，不過她同意做保母做過的事，因爲她喜歡保母。她沒有透露任何細節。她說保母這時看起來像來自森林裡的白膚女士。

老實說，如果我從一位現代敘述者口中聽到這個，我會用快到讓你頭暈目眩的速度馬上打電話給兒童保護局。必須保密的怪異遊戲，所有這些話**真的**讓人心中警鈴大作。

不過……呃……時代不同，用語不同。也許沒有表面上看這麼令人發毛。或者也可能就是令人發毛，但我不太可能光憑一本書就打電話報警。

我有點驚訝，不管安布洛斯還是卡特葛雷夫都沒評論這件事，但話又說回來，他們也是來自一個古老得多的時代，我想那時候你就是不會講到這種事情。

另一方面，如果你把人從另一個世界召喚過來，然後做了——我不知道，巫毒娃娃的英國版——你可能也會想保密。也許這就只是徹底天眞無邪的惡魔崇拜。

我揉了揉前額。

「妳還眞是超認眞思考欸。」狐姊一邊說一邊翻過一頁。

「有很多事情要想。」我說：「妳讀了多少？」

「她走了很長、很長、很長、很長、很長、很長的路。」狐姊說：「我得到的印象是，這趟路滿長的。」

「妳認爲她說的白膚人就是崁道人嗎？」

「如果不是，至少也是是遠房親戚。」狐姊摩挲著前臂，手鐲鏗鏘作響。「我不知道。她很奇怪，不是嗎？」

「是！」我說道，語氣強烈到超出本意。「或者是卡特葛雷夫把她寫得很奇怪。我不曉得。我……我**不喜歡**她。」

「呃，她已經死掉很久了。」狐姊指出這點。「所以我想這傷不到她了。」

我呼出一口氣。我對此感受到一種奇怪的罪惡感。一個開朗年輕的女孩被一個顯然很詭異的保母掌握住了，處於奇特的環境中……我應該要爲她感到遺憾才對。

但我反而……

我有一次編輯了一份並不算糟的草稿。其中大部分相當好。但他們企圖從一個野獸養大的孩子的視角來寫，那一小部分就爛到底了。那讀起來差不多就像是一個有合理聰明程度的男人，嘗試寫出他認爲一個天真無知之人會寫出的東西，而結果卻像諾曼·梅勒（註）要寫童貞處子，只是有更多在樹林裡吃蟲子的內容。這份稿子沒那麼糟，但像狐姊會說的那樣，是爛稿子的遠房親戚。

我的意思是，這可能是卡特葛雷夫的問題。也許他謄寫有誤。不過這本書裡的女孩的確

註：諾曼·梅勒（Norman Mailer），美國著名作家、小說家，風格以描述暴力及情慾著稱。

有某種奇怪之處。但我無法明確指出任何一件事情不對。

我不信任她，或者她愚蠢的分號。

「也許卡特葛雷夫只是把讓人同情的部分省掉了。」我說，掙扎著要做個公正的人。

「可能是。」狐姊表示同意。「無論如何，再過一會我會告訴妳。她還走著那很長很長很長的路。」

「我想那些石頭聽起來就像山丘上的那些。」我說道。

狐姊咕噥著。「我只看過它們一次。」她承認。「好多年前了。而我不管三七二十一，馬上轉身落跑。那些東西就是不對勁。」

「後院裡有一個。」我說道。

她越過文件邊緣看著我。「我本來不知道這件事。」

「我們應該對它做點什麼嗎？」我問道：「像是……呃……埋了它、砸爛它之類的？」

狐姊把文件丟在她腿上然後揮舞著雙手。「見鬼了我哪知道啊？我會說燒了那玩意，不過我不知道石頭燒不燒得掉。」

「如果讓石頭燒得夠熱就可以。」我說：「我猜我們可以找到一座火山……」我腦中有個瘋狂的影像，是狐姊跟我，兩個不太可能存在的哈比人拖著一塊兩百磅重的石頭到末日火山去。

「這一帶的火山不是很多。」她這麼說。她拿出一個銀色扁酒瓶，然後倒了合理分量的幾大口到她的茶杯裡。「讓我讀完這玩意，然後我們就可以去看一眼妳的邪惡石頭。」

「我想嚴格說來那是我祖母的邪惡石頭，不是我的……」

她咧嘴笑著低頭看文稿。

有個故事講跟這個一樣的魔偶，所有者是一位住在大城堡裡，「血統高貴」的美麗女子。而她實在太美了，所有紳士都想娶她，因為她是所有人生平見過最美麗可人的女士，而且她對每個人都很和藹，每個人都認為她很好。

這位女士要她的追求者們等上一年又一天，但其中一個人把自己偽裝成女孩藏在城堡裡，而且跟其中一名女僕成了朋友。這是個值得讓莎翁來寫的情節，但這位女士比較接近《馬克白》裡的其中一位女巫。

她比別人知道更多祕密之事，比之前或之後的任何人知道的都更多，因為她不會告訴任何人最祕密的祕密。她知道如何做所有可怖的事情，如何毀滅年輕男子，還有如何對人下詛咒，還有其他事情……這裡可能還講到另一種可怖的事情，但我記不起來了……而跳舞的人們叫她卡莎普，這在古老的語言裡指的是某個非常有智慧的人。而她比他們任何人都更白也更高，而她的眼睛在黑暗中閃閃發亮，就像燃燒的紅寶石；而她可以唱出其他人都無法唱出的歌，而在她歌唱的時候，他們全都臉朝下匍匐在地，崇拜著她。而她可以做他們所說的錫布魔法，那是一種很神奇的魔法……

無論安布洛斯還是我後來的研究，對於卡莎普這個頭銜或錫布魔法都沒找到任何資料。照文本裡的描述，錫布魔法是一種馴蛇方法。蛇群留給她一種叫做魅石的禮物，想來這個詞彙是從「魔法魅力」來的。在敘述中她比別人都更白、更高，有像是燃燒紅寶石的眼睛，這指出她自己就是白膚人之一。一個調換兒？一個被困在這一邊的人，或者只是混在人類之中自得其樂？

無論如何，這位女士有個用蜜蠟做的魔偶，敘述者把這個魔偶跟保母用黏土做的那個相提並論。事情變得很清楚，那個魔偶才是她眞正的丈夫，雖然不像那個黑男人的故事，這一個看起來從屬於她。她做了更多蠟製娃娃，然後把她那些追求者的名字一一分配到每個娃娃身上，接著透過儀式一個個殺死他們，把他們溺死、燒死、用紫羅蘭色的繩子勒死。只剩下那個喬裝年輕男子還活著的時候，他就去找主教並且揭發了一切。

值得注意的是有好幾位追求者，而在兩、三位被殺以後，他本來可以輕易去找主教並且就此拯救他的幾位對手，但綠皮書作者對此事不置一詞。

卡莎普小姐活活燒死，她蠟做的丈夫就掛在脖子上，那個魔偶在被焚燒的時候據說還發出尖叫。

而我醒著躺在床上的時候，我一而再、再而三地想起這個故事，而我想像著艾芙琳小姐在市集裡，黃色的火焰吞噬她潔白美麗的身體。而我花這麼多時間想這個故事，以至於我自己似乎都進入故事裡了，而我幻想著我就是那位小姐，他們要來抓我，要燒死我，同時鎮上的所有人都盯著我看。而我納悶的是，在她做過所有那些奇異的事情以後，她是否在乎，還有在柱子上被火燒是不是非常痛。

綠皮書剩下的大部分內容都沒多大重要性。這女孩寫了一堆漫無邊際的意見，談論她得知的事情到底有沒有任何一件眞正屬實，還講到她腦袋裡的種種故事，卻沒有解釋其中內容，然後反覆想著她知道的神奇祕密，不過她從沒揭露那是什麼。她提到幾件保母教過她的事情。保母說，她要讓我看看某種有趣到會讓我笑出來的東西，然後她讓我看到一個人如何能夠把一整棟屋子弄得上下顛倒，而且瓶罐跟鍋子會到處亂跳，瓷器會破裂。她揭露保母在幾年前就離開了，沒有人知道她去了哪裡，而在她講出保母告訴過她的故事以後，她父親很生氣。她也提到一個叫做「特洛伊城」的古老遊戲，人會在那裡照一個圖案跳舞，然後必須誠實地回答問題……或者那是在更早之前講的？我記不起來了。可能是在她講到儀式跟牛吼器的時候。這本書沒有組織，而我讀它是好久以前的事了。

當然了，特洛伊城是我們常見的迷宮，雖然在這裡他們不太常這樣稱呼它們。美國人似乎對單一出入口與多重入口的迷宮都不感興趣。可能這種東西太消耗腦力了。

真多謝啊，卡特葛雷夫。沒有人該倒楣娶我祖母，但很顯然有些人並沒有比其他人更不該遭此厄運。

我瞥向狐姊。她幾乎趕上我了，只落後一、兩頁。

她一定感覺到我看她，就抬頭一瞄。「他們說以前的人也會爬上山丘，在這裡做些惡魔勾當。」她說道：「不過那大半是釀私酒的，而我料想他們散播這種故事，是為了讓人遠離他們的釀酒廠。當然還有三K黨。」她做出像要吐口水的動作，然後想起她人在室內。「我料想他們是蠢到招惹炭道人了，不過太蠢了，所以沒能活下來。」

我用鼻子哼了一聲。釀私酒的跟白人至上主義者，好極了。如果卡特葛雷夫在山丘上看到的就是這個，我可以看出來他怎麼會對美國人冷嘲熱諷。

「不過這讓我很訝異。」我說：「我的意思是，我亂逛就逛到那座山丘上。不是應該會有更多喝醉的年輕人會幹出同樣的事情嗎？」我可以想像兩個兄弟會的男生在山丘上漫遊，想要敲掉一些石頭，而且不肯對彼此承認狀況變得很奇怪了。

「我懷疑這種事情不常發生。」她說：「妳跟著妳的狗走，不是嗎？」

我點點頭。

「我只是猜測，妳懂的，不過我認為可能有通往那些山丘的不同道路。動物透過我們不知道的事情認路。我看到那些石頭的那一次，妳知道嗎？是出去獵鹿的時候，只打殘了一隻。嗯，你不會讓一隻鹿流血流到死，讓牠就那樣躺著——那樣不對——所以我跟上去，而我知道的下一件事就是我爬到那山丘上，已經超過半山腰了，而且看到那些石頭。我只有這麼一次，讓一隻鹿倒地不起卻沒把牠帶回來，但我沒有追任何東西追到進入那個國度。」

她又喝了另一大口茶加波本威士忌。「我絕對不可能靠自己找到回那裡去的路，不過也不能說我曾經嘗試。」

我發出一聲長嘆。這不表示我會把斑哥找回來，但我可能不會沿著馬路往前開，就突然滑進一個恐怖的不同次元，這個想法把我從不自覺懷有的恐懼中解放出來。我本來的想法是，可能只是散步，而一分鐘前還在這個世界，下一分鐘一切就變了，到處充滿灰色石頭、白膚人跟芻像……

我對狐姊說了差不多的話，或者嘗試這麼說。

「不會啦，沒這麼誇張。噢，我猜時不時會有些人意外走通了某些路，不過不常見。而他們要不是走出來了，就是迷路了。」

「或者被鹿形怪物吃掉。」我說。

「當然，總是有那種事。」

在這個部分裡，有一段漫談的例子是我記得的：不過如果我活到很老，我永遠會記得那些日子，因為我老是感覺那麼奇怪，滿心納悶與懷疑，而有時候我覺得相當確定，也下定了決心，然後我會覺得很確定這種事情不可能真的發生……（這裡有更多類似的話，無法記得確切的字句了）。可是我極其小心，不做某些可能非常危險的事。所以我有很長的時間都在等待與疑惑，而雖然我一點都不確定，我卻從來不敢嘗試找出答案。但有一天我變得很確信保母說的一切都很真實，而我發現這點的時候，我是完全獨自一人。

敘述者頓悟時刻的起因很含糊不清。安布洛斯相信起因可能是初潮，根據傳統，此時對一個女人的性靈生活來說，是高度危險的時刻。

噢，噁心死了，我心想。初經才不危險，除非計畫要穿白色的褲子。當然，初經會把人嚇得半死，特別是沒有人費心解釋這件事的時候。

狐姊閱讀速度很快。她在我讀完之後幾分鐘就讀到這個部分了。我可以從那爆炸性的輕蔑哼聲裡分辨出來。

「就像男人會想的。」她嘟囔。「月經把他們嚇得屁滾尿流，所以他們假定整個天殺的世界也都怕那個。」

「**感謝妳！**」我非常有感地說道。

「雖然我想這個保母本來可能已經跟她說過她會開始出血，而她也把這當成其他一切事情的證據了。」狐姊補充道。我跟著咕噥一聲。

然後她決定重複一次前往灰色石頭的旅程，為了再看一次那個祕密。她自己做了一個魔偶，比保母做過的更精緻得多；而在完成它的時候，我做了我能想像到的一切，比她做過的更多上許多，因為這是某種更好得多的擬似物。

她沒再進一步提到那個魔偶，或者它是用來做什麼的。

而過了幾天，在我提早做完我的功課以後，我第二次去了那條曾經引導我進入一個陌生田野的小溪，走了很長、很長的路。

在某一刻，她轉身看到她背後的鄉間變成兩個人形，然後她記起一個故事，裡面有兩個人形被稱爲亞當跟夏娃。她用一條紅色絲質手帕把自己的眼睛矇起來。

然後我開始繼續走，一步接一步，非常地緩慢。我的心跳越來越快，而有某種東西從我喉頭升起，哽住了我，讓我想要大喊……這裡有句別的話，我不太確定……我繼續走的時候，樹枝卡住我的頭髮，還有巨大的棘刺撕扯著我；但我繼續走到小徑的盡頭。然後我停下來，伸出雙臂並且鞠躬，接著我第一次轉圈，用我的雙手摸索，那裡什麼都沒有。我第二次轉圈，用雙手摸索，還是什麼都沒有。接著我第三次轉圈，用雙手感覺，故事全都是真的，而我真希望已經過去好幾年，這樣我就不必等上好久，就可以永永遠遠幸福快樂。

安布洛斯跟我一直都沒完全搞懂這個部分，但這位敘述者看來很可能發現她自己是個調換兒，或者是白膚人的後裔，而她在某一刻會回歸她自己的族人。她注視著水，然後想起她以前看過的白膚女士，想來她比較了自己的倒影跟那人的身影，然後相信那位女士一定是她母親。

在此之後，綠皮書突然中斷了。她想起寧芙仙子，她一定到處尋找過，某些是黑暗的，有些是明亮的，而她決心去召喚他們。最後一句話是黑暗寧芙阿蘭娜來了，而她把一池的水變成了一池的火……

安布洛斯相信寧芙是指涉某些鍊金術流程，敘述者用有幾分孩子氣的詞彙來表達。這樣就會指出敘述者曾經學過怎麼控制某些這樣的流程，或許是透過向「寧芙」祈禱的形式進行。安布洛斯推測，在更成熟的心靈中，我們可能會把它們看成是背誦達成某個特定結果所需的配方，或許有幾分像是一則數學方程式。古代鍊金術士無疑知道這樣的配方，不過他們也用神祕兮兮的詞彙來講它們，像是處女乳還有哲人石。

綠皮書不是很長，敘述者寫到了最後面，最後一行寫在卷尾空頁上。

安布洛斯確實跟我講過他所謂的綠皮書「後續」，那只是一個故事，在其中那女孩被人發現死在樹林中的一座白色石雕下面，或許是在寫下綠皮書之後的一年。

別提什麼活到百歲壽終正寢了，我心想。唔，如果她是青春期後半，安布洛斯又年紀大到可以當她父親的朋友……噢，見鬼了，我不可能搞清楚時序的。十九世紀晚期，也許吧，假定安布洛斯已經持有綠皮書好一陣子了。也許再晚一點點。我還是不知道卡特葛雷夫是在戰前還是戰後遇到安布洛斯。

我想現在這不重要了。每個人都死了，只剩下崁道人、我，以及（神啊拜託）我的狗。

我逼他多談這個主題，而他終於態度軟化到願意說那女孩的父親曾找他過去，而他看過的那尊雕像，是一幕生物交配的形象。他說很難描述那些生物，那是屬於天堂或地獄、不屬於人間之物的表徵，但它們是兩種不同的種類，而這種結合的後代會是最恐怖的。他繼續說下去，據說這雕像被併入女巫安息日的神話傳說裡。

我現在真希望當時我問過他從哪裡得知最後這個部分，不過安布洛斯很喜於保密，尤其是這些祕密背後的參考書目很可疑的時候更是如此。

他提出的看法是，這女孩曾經偶然看過那個雕像一次，然後把自己眼睛蒙起來免得再看到一次。很可能那天蒙眼布滑掉了，或者也可能是她自己刻意拿掉，然後她或許就透過一種交感過程，感受到雕像的力量而懷孕了，雖然安布洛斯很快就說她的處女膜沒有損傷，而她在傳統意義上來說白璧無瑕，即使她曾經在無意之中強攻天堂的大門。

無論如何，僕人注意到她的出入還有懷孕導致的相關改變，所以倉促得出結論。在發現她喪命的時候，安布洛斯被叫過去，而他命人摧毀了雕像。他們找不到保母。

我對著那些頁面怒目相向。我一直以爲這座**雕像**跟我見過的白色石頭是同一塊，但顯然絕非如此，因爲這塊石頭完整無損。

除非這是一塊不同的石頭。除非有不止一個。

唔，為何不會有不止一個？如果安布洛斯的石頭在威爾斯，崁道人在這裡可以有另外一塊。每次需要用石頭把一個頭腦不清的青少年肚子搞大，就需要越過大西洋，可是相當不方便。

我甚至必須想著這句話的事實，可能就是事情嚴重失控的證明。

最後，懷孕害死了她。「被超越她理解力的知識給毒害」，安布洛斯這麼說。他當時沒說，她是否生下了懷著的東西，或者事實是否證明她的身體太過虛弱，容納不下其中的力量。在當時，她父親似乎不太可能同意進行驗屍，尤其安布洛斯並非醫生。不過石頭本身在樹林裡，距離人跡所到之處並不算是太遠。

我眞希望我從來不知道這些。想到世間可能有這樣的力量，埋伏著等待沒有戒心的人失足誤入，很令人不快。

現在既然我發現了房子後面有什麼東西，就更讓人不快了。有石頭的山丘在那裡。我看過它一次，但我知道要避開不看。然而第二次，我傻瓜似地把那些石頭找出來了。我快要落入安布洛斯說的罪惡裡了，我知道。現在我眞希望我從來沒有去，也從來沒有見到他們。我在威爾斯避開了他們，但召喚擋不住，我終於還是爬上山丘了。如果我第二次離得遠遠的……但現在希望過去如何，是沒有意義的。

如果安布洛斯還活著，我會問他那些扭曲石頭的事情，但他死了，所以我必須自己猜測。白膚人刻出它們。這點毫無疑問。或許他們的其中一員可能從這種石頭裡取得資訊，就像一個男人解讀路標。或許石頭山丘是知識的廣大圖書館，我太過盲目又是凡夫俗子才不能理解。

而我扭曲著自己的身體，就像那些扭曲者。

而我扭曲著自己的身體，就像那些扭曲者。

這句話在我腦袋裡響個不停，但我不再相信這是衝著我來的。綠皮書的作者知道許多事情，她也知道有些事情是她不該寫下來的，但她很年輕，又未經訓練。不意外的是，或許有某句話的力量不盡完美地外溢出去，而我發現自己在說這些字眼，就像是一句咒文，用以對抗我心中的那股黑暗。

現在有時候我會在森林裡看到一個女孩，而我曾經試著警告要她離開，但我能說什麼？我是個無法得到休息的老人，而我要是說：「別看山丘上的那些石頭，否則妳會變成怪物的母親。」我聽起來很瘋狂。

如果我有力氣，應該找到那塊白色石頭，然後用槌子敲毀它，像安布洛斯做過的那樣，但我不曉得實際上我是否強壯到足以揮動槌子。

如果安布洛斯還活著，或許他對於要怎麼做會有些想法。但從我們上次有過那些對話以後，已經過很久了。我甚至不知道自己對那些事的記憶對不對。

如果安布洛斯還活著……如果我更強壯……我已經變成一個老人了，執著於不再能夠完成的任務。

我已經盡我所能。我的心智似乎不可能比現狀還更清楚了。我已經盡我所能，寫下回想起的綠皮書的內容。我以爲記得的事情會比我實際上記得的更多。我保證我寫下的一切，就我記憶所及，都是精確的，而如果有些部分印象模糊或者被忘卻了，那是記憶力而不是意志力的過失。

佛萊德瑞克・卡特葛雷夫
於美利堅合眾國
但來自威爾斯
一九九八年三月

第十三章

我瞪著那個簽名看了一會。關於受孕的那些部份，對我來說很危險地接近《失嬰記》的路數了。我應該相信綠皮書的敘述者因爲看了一尊怪物做愛的雕像，就懷了一隻怪物嗎？可能性似乎更高得多的狀況是，在寫這本書的一年之後，她發現了異性。畢竟整個世界充滿男生，而非常缺乏會害人懷孕的雕像。

另一方面呢……

「她幹了那個黏土娃娃，對吧？」狐姊打斷我的思考。「『我做了我能想像到的一切，還更多上許多。』還有講到保母的臉變紅了的那個部分。這裡的重點在此，對吧？」

「噢天啊。我不想這麼說，而且那也許是語言上的差異，不過我也是得到那種印象。」我鬱悶地說，同時把最後一頁放到一邊。「我的意思是，我想她當時十七歲了，所以這個……呃……合法吧，我猜？」

「還有那個部分講到它是，妳懂的，**黏土**做的。」

我呻吟一聲。「是啊。我不知道。我的意思是，妳認爲她是從保母那裡學到的嗎？這是個關於虐待的故事嗎？我們應該打電話給誰嗎？」

「我會說要這麼做有點晚了，因爲每個人都已經死了。」狐姊翻過那一頁。

如果她實際上跟人類男孩到處亂跑，然後企圖掩蓋事實，把罪過推到樹林裡的雕像頭上——而不是堪稱最正常的責怪對象——那她爲何會把這件事寫在她從沒打算給任何人看的書裡？綠皮書是某種日記，不是嗎？她會發明某種關於黏土娃娃的繁複密碼來代表男孩子，以免有人知道嗎？

這似乎太扯了，扯到很詭異。

對，那肯定比一個青少年因為看了一顆石頭兩次就懷孕還扯得多。

當然，如果她決定用黏土雕像做點事情，也許那樣就以某種方式替——呃——怪物受孕開了路——

噢，別傻了。這太瘋狂了。樹林裡有恐怖的魔法物體，好吧。有個怪到不行的山丘，有時候在有時候不在，行。但妳讀的書，是一位逐漸失智的男人用差勁的記憶回想起來的，原作者是個顯然想像力豐富、怪異、可能受虐的已死青少女，而妳企圖讓這內容符合樹林裡的恐怖玩意，但它們可能根本兜不在一起。

我的手指戳著頭皮，彷彿我可以把那些想法撬出來弄清楚。

只有一件事阻止我把那本書當成純粹浪費時間扔到一邊去，就是對那些石頭的描述。我**知道那些石頭。**老天爺啊，有一顆就在屋子後面！

卡特葛雷夫沒有具體地提到它。我納悶地想，如果鹿形石是他說的那種路標，是不是後來才出現的。也許是爲了警告其他崁道人，我祖母住在這裡。哈！

至於那白色巨石柱……上面有我看不出是什麼的雕刻，我本來想自己貼上去，直到它變暖爲止的那個巨石柱……我甚至不能把那個行爲歸咎於暗示的力量，因爲我在讀到綠皮書抄本之前就見過它，還夢到了。

噢耶穌啊，那塊巨石柱。這表示我就要懷上恐怖怪物寶寶了嗎？

現在玩笑開到你們身上了，崁道人。我體內裝了子宮內避孕器。我們來看看你們的巨石柱能不能越過它！

對於他企圖警告的樹林女孩，我短暫地疑惑了一下。他在日記裡也提到她了，不是嗎？不過那是二十年前了，她現在早就不在了，或者至少不再是個女孩了。她肯定是我的年紀，或者更老些。要因爲邪惡巨石受孕，這樣太老了吧？

爲什麼我竟然必須想這種事情？我感覺臉熱了起來。也許我發燒了，或者牆上有黑黴，而這一切全部都是我的幻覺。也許斑哥還在這裡，而我蜷縮在地板上格格發笑，他卻等著吃晚餐。

在隔壁房間裡，伊蓮·羅傑斯提醒我，爲何我們重視公共廣播電臺。這是我們生命中的寶貴資源。她似乎有一秒鐘忘記自己要講什麼，在她的共同主持人插進來以前講了三、四次「寶貴」。

而這件事其實很有決定性。如果這一切都是我的幻覺，芻像可能是我掰出來的，狐姊可能也是，大鼻小吉肯定是，但我不認爲我可能想像出世界上最疲倦的公共廣播電臺經理。黑黴的效果有限。

「嗯，這眞是很詭異的玩意。」狐姊讀完草稿後說道。

我開始笑——一個眞心的笑，雖然我不會發誓說其中沒有歇斯底里的成分。對。對，這眞是很詭異的玩意，沒錯。全世界搖搖晃晃站在駭人的領悟之上，只隔著一層薄皮。**肯定是**很詭異的玩意。

狐姊在茶杯裡倒了一大口威士忌給我。其實我稍早就把茶喝完了，但這樣很好。其實是更好。

「妳還好吧？」她問道。

「我離『還好』超級遠，遠到我從這裡都看不到『還好』在哪裡。除此之外，還過得去。」我望向門外，不知爲何天還沒黑，看來幾乎就跟其他一切一樣地不自然。「妳認爲那是眞的嗎？」

「什麼，這個故事嗎？」她做了個很複雜的聳肩動作，大半是靠鎖骨跟下巴完成。她的手鐲喀喀作響。「我料想這眞的是某個跟崁道人鬼混的女孩子寫的。或者是她老爸跟他們鬼混，而到最後他們逮住了她。」

「他們**能做**這種事？」

「該死，我不知道。他們可以讓一隻豬頂著黃蜂巢腦袋走來走去，跟個男人睡沒什麼大不了。不過我告訴妳，我在這裡沒怎麼聽過這種事。火眼——他們往南一點的地方有這種東西，看起來像白色動物的大傢伙。而且有些故事講到惡魔的女兒參加舞會，而如果太陽出來的同時也在下雨，有些人會說那是惡魔的女兒舉行婚禮。」她用鼻子哼了一聲。「當然了，我總是聽說那是惡魔打老婆，不過隨便哪個都好啦。不過這不像以前在愛爾蘭或者隨便哪邊，那時候全都是調換兒跟精靈族之類的東西在到處跑，讓人懷上精靈寶寶。」

「也許他們在那裡不一樣。」我說：「如果他們眞是相同的東西。」

狐姊輕輕地來回點頭。「呃，也許吧？妳問倒我了。當然，我們有怪物，不過我不認爲他們全都是崁道人。世界上有超過一種事物，而不會只因爲某些故事是眞的，就表示他們全都是一樣。」

「我給妳看過那根骨頭嗎？」我突然問道。

狐姊揚起一邊畫上的眉毛。

我掏出手機打開來。我發誓我目睹電池電力抽乾。我稍早把它拿出來拍了臺階上的骨頭照片，然後戴上手套拾起那根骨頭，把它擺到垃圾袋裡，再把那個袋子放進另一個垃圾袋裡，接著我把它埋到一箱箱電視購物箱子下面，那是我能想到最沒有危險性的物品了，接著我把那一團亂七八糟丟到外面的馬路邊，放在垃圾車理應一週來收一次的地方。

我不是說我認爲它會做任何事情。我只是說如果外面樹林裡有某種東西，完全靠繩子把骨頭綁在一起就做出會站起來到處走的鬼玩意，在此之後，你會眞的很謹愼處理詭異的骨頭。

首先，我不會讓它靠近任何接近嬰兒娃娃的地方。

我把骨頭照片交給狐姊。手機已經開始變熱了。

「噢！」她看著照片說道：「還眞的是根骨頭沒錯。」

「妳認得它嗎？它今天早上在前面臺階上。我踩到它滑倒，就是這樣我才會鬆手放掉斑哥的牽繩。」

「我的意思是，那是根骨頭。妳想知道它從哪來的，我沒法告訴妳。可能不是鹿——看起來太粗了。」她把手機交回給我，而我在它決定起火以前關機。

我想著狐姊說的那隻有黃蜂巢腦袋的豬。「妳有沒有聽過其中一個玩意冒出來敲某人家的窗戶？」

狐姊搖搖頭。「沒有，不過那不代表任何事。就像我說過的，我不是專家。以前這一帶有人可能知道那是什麼，而妳跟他們其中一個談談可能會比較好。問題是……呃……妳懂的。人會搬家或者死掉。他們的孩子到外地去找工作，農場被分成小塊賣掉。而有一半的本地老居民就只是滿口胡說八道、想假裝他們是很有見識的老男人。」她搖搖頭。「相信我，如果我有人可以打電話說：『嘿，有糟糕的怪事發生了。』妳一跟我講到鹿的時候我就會聯絡了。不過我猜我們就只有我了。」

我本來害怕過這種狀況。在某種程度上，我本來希望狐姊有可以召喚的對象，這些增援者會像《魔鬼剋星》那樣來到這裡衝鋒陷陣，替我處理這整個混亂狀況。我本來可能站到一邊去，然後說：「眞抱歉，這超過我的責任範圍了。」然後就會變成別人的問題。

直到我把斑哥找回來為止，這還是我的問題。

可惡。

✦

我們進了廚房吃掉更多三明治，因爲這似乎是個好主意。我可能因爲波本酒有點暈，而鮪魚沙拉三明治有某種非常不帶威脅性的特質。如果我有機會，我懷疑我會吃掉兩打，只因爲它們是眞的，而且它們讓我覺得我也是眞的。

狐姊瞄了一眼樓梯。「要命。妳上去過那裡了嗎？」

「還沒機會把樓梯清乾淨。」我承認。

「看起來不太糟。可能要用到兩個男人。或者就現狀來說，是兩個女人的工作。」她把她的丹寧夾克袖子往上捲，露出曬成棕色的前臂。

「妳想搬東西？現在搬嗎？」

「我現在沒別的事可做啊。」狐姊說：「怎麼，妳有場火辣約會嗎？」

「呃，沒有……」老實說，有人要幫忙，我不會拒絕。卡特葛雷夫手稿裡的事情在我腦袋裡沉澱的時候，我需要做點什麼。而清出一條通往二樓的路，會比玩接龍玩到天荒地老有用多了。我拿出手套，也遞給她一雙。

狀況不算糟。有兩個人比較容易。我會舉起一個箱子，然後抬到在客廳的集結區，等到我回去的時候，狐姊已經把一個臺階上大半的內容物推進一個垃圾袋裡了。我們只花了一小時就在牆壁上打開一條縫，然後把我的頭跟肩膀推過弄出來的洞，第一次看到樓上的景象。

走廊左手邊有三個門，想來是通往構成二樓大半空間的臥房。走廊右手邊是一排窗戶，下午彷彿褪色單寧的藍色光線，從那裡照進來。

這裡……很空。

當然，不是**完全**空的。門廳有個洗衣籃，蓋子開著，外面掛著一條陳年毛巾。還有幾個箱子，現在已經很眼熟的貨物：舊鐵絲衣架從裡面雜亂地挺出來。不過跟樓下相比，走廊看起來空得像是極簡主義照片。

我的膝蓋抖了好一會，而我必須抓住欄杆。

「妳還好嗎？」狐姊從下面問道：「上面空氣很差？」

「沒有。」我說：「沒有，我很好。只是……狀況並不糟。我本來預期會很可怕，但不是那樣。」我覺得我先前像是繃緊了神經，等著沒出現的打擊。

「唔，那很好。」她從我旁邊探出頭來。「噢，呵，比我家更乾淨。看來像是她一直把東西放在樓梯上，占據了這裡，直到她再也上不了樓梯為止。嗯，這樣讓人鬆了一口氣，不是嗎？」

「我們來看看臥房是不是很糟糕……」

第一間房間並不糟。提醒你，並不是很棒，但完全不像是娃娃房或者祖母的臥室。在門口附近有大概圍了半圈的廢物，彷彿她會打開門、撞倒某樣東西，然後就這樣走了。在那半個圓圈塡滿的時候，她就會把東西放到她能搆得著但盡可能遠的距離，不過她並沒有像在樓下那樣，有系統地把東西收拾好。

臥房狀況滿糟的。洗臉槽下面的碗櫃裡，成箱的肥皀跟大量陳年牙膏堆到滿出來，浴缸裡都是裝在衣物防塵套裡的衣服，吊在掛浴簾的桿子上。

最後一個門在走廊盡頭。我打開門，發出一聲呻吟。

看來她是從這裡開始的。最遠那堵牆堆滿了箱子，形同壁壘。鐵絲衣架糾纏在一起，就像金屬做的編織繩結。我沒開玩笑，在角落裡有個見鬼的**填充駝鹿頭**。袋子與箱子堆到深度及膝，有如汪洋大海，連地板都看不清楚了，雖然我幾乎確定房間另一頭有扇窗戶，卻無法從這一頭看到它。

「給妳五塊錢換那個駝鹿頭。」狐姊說。

「如果妳拿得到它，它就是妳的了。」

我並不期待在上面這裡發現什麼好東西，眞的沒有。祖母並不像是會囤積金條或者任何有用物品的那種人。我並不眞正期待看到綠皮書擺在走廊中間的一個閱讀架上。我就只是希望……唉，我不知道。

不，我確實知道。在一個故事裡，如果經歷一次巨大而悲慘的試煉，而且沒有抱怨……太多的話……到最後就會得到回報，對吧？會得到快樂結局，或者會嫁給王子，或者會得到一桶金子。這是個巨大悲慘的試煉，甚至還有怪物，而我的工作是知道故事的形狀，然後幫忙其他人把這些故事鍾打到定型。我想當我走到最後一間房間時，某種程度上我覺得，那裡會有某種試煉之後的回報。

我撿起一個袋子往裡瞧。有一捲因爲年代久遠而變黃的紙巾、三罐午餐肉、某些還裝在盒子裡的聖誕節裝飾燈泡、一堆折價券，還有幾卷錄音帶。

某些回報還眞貧乏。

「嗯，來吧。」狐姊說：「我猜我們可以在沒光線以前，再多拿幾箱東西出去。」

我疲倦地靠在門框上。「意義何在？天啊，我的意思是……爲什麼還要白費力氣？」我不敢相信我對此有多沮喪。但話說回來，我不敢相信我還在清空這個地方。「我不能賣掉這裡。」

我一說出來，一股重量似乎就降落在我頭頂。斑哥已經讓我的胸口感覺像被掐得死緊，但這個念頭就像是有塊煤渣磚壓在我頭骨上。

因爲我**不能**賣掉它，我能嗎？我做人有多糟，才會就這樣把鑰匙交給某個人，讓他住在一座滿是夢魘石頭的山丘上，還有蜀像在黑暗中到處漫遊？

這不像是宣稱洗碗機運作得很順暢，或者那些汙漬在那裡已經很多年了。甚至無法警告別人要小心這件事。

我告訴自己，我沒有對錢感到心痛，但天殺的，我本來眞的用得上那筆錢。感覺我本來需要忍住眼淚，但我甚至拿不出那種精力了。

「來，親愛的，我們別處理了。」狐姊伸出一隻手臂環抱我的肩膀，領著我回到樓下去。她泡了一杯茶——眞的茶，沒加波本酒——然後把它塞到我手裡，而我終於冷靜下來，或者停下來喘口氣之類的。有幾滴眼淚流出來，她對此不置一詞，我也沒有。

「來吧。」她又說了一次。「賣或不賣，這肯定是會變動的。就算妳決定把這地方燒個精光，我還是想先拿那個駝鹿頭。」

而我點點頭，站起身，然後帶著那個裡面有午餐肉罐頭跟錄音帶的爛袋子出去，再拿另一個，又一個，最後我們正好在天黑前把駝鹿頭拿到樓下。

✦

在外頭有怪物的時候考慮要怎麼睡覺，的確有點棘手。你會睡嗎？你會熬夜一晚上，冒著看見它們的風險嗎？你會開著燈把它嚇走，還是把燈關了，好讓它以爲沒人在家？

老實說，我本來想熬夜，但我精疲力竭了。同時神經緊張，我的胃在我灌了好幾壺咖啡進去以後，開始反叛了。我每半小時就得去一次廁所。

「妳在桌上打起瞌睡了。」狐姊用指控的口氣說道。

「我沒有。」我說著，坐起身。

「那我們剛才在講什麼？」

「講……講……」我試著回想起來。「妳以前的一個男友，不是嗎？」

「那是一小時以前了。去睡覺。」

「我太害怕，睡不著。」我說。

「妳睡不著才怪。見鬼了，我有點怕妳會像這樣睡著在咖啡壺上，但我猜想妳只會倒在床墊上。」

我屈服於免不了的命運，上床睡覺。

我想我立刻就睡著了，但我不確定睡了多久。我沒想到要替臥房裡的一個時鐘插電，而且不管怎麼說，插座看起來不盡然可靠。手機不能用，我沒辦法分辨現在是半夜還是黎明時分。

我沒有睡得很沉，但也不盡然是醒的，漫無目的地從一個思緒飄到另一個思緒，這時一隻手臂從門縫裡伸進來了。

我本來會尖叫出來，但那隻手臂還伴隨著狐姊的氣音。「妳醒著？」

「沒有！」我悄聲說道。

「呃，妳最好他媽的快醒來，因爲前面的馬路上有某種東西！」

我醒得他媽的快。

「蹲低。」狐姊下令。「跟我來。」

我手腳並用爬在她後面。她穿著一件屁股上要不是有花朵就是大烏賊的浴袍。

我無法**不**看窗戶。我不想看，但還是看了，免得那裡有什麼東西。

那裡並沒有。

我們進了廚房，然後站起來。「抱歉。」狐姊說：「它在馬路上，但我就怕它會靠得更近。上樓去，動作快。妳可以看到它在窗外。」

她領路往上走，樓梯在她骨骼突出的腳下吱嘎作響。「我先前上樓上廁所。」她說。

「妳可以用樓下那個啊。」我說道，在當前情況下有幾分愚蠢。

「不想踩到妳的頭呀。而且，我們還沒熟到我會在妳面前撒尿。無論如何，我在那裡的小窗戶瞥到它一眼。不過妳從臥室的那個窗戶看出去，可以看得更清楚。」

我不太想看到它，但還能怎麼辦呢？我跟著她進了臥房——幾乎是空的那間，既然我們已經清空了，現在就變得更空——然後到了窗邊。

我們站在窗框的兩邊，從邊緣往外窺探。月光強烈的光輝照亮了空曠的馬路。那裡什麼都沒有。

「該死。」狐姊厭惡地說：「它一定移動了。」

「它是什麼？」我說道，雖然我已經有個相當清楚的概念了。

「不知道。怪東西。四肢著地，站起來好幾次。不是人。就在車道邊緣，彷彿它不想過馬路。」

有別人也看到它了。這可能不是黑黴的影響。我沒瘋，或者就算我瘋了，這種瘋狂會傳染。

古怪的是，這不如預期中那樣讓人安心。

我們等了五到十分鐘。狐姊調整著浴袍，彷彿準備要戰鬥。在反射光線下，我可以看到浴袍上確實是大花，不是烏賊。讓人隱約有些失望。

我在牛仔褲上擦手掌。我已經脫掉胸罩了，不過還是和衣而臥。這樣似乎比較輕鬆。

「我猜它跑了……」狐姊才開口，鹿就從樹林裡衝出來。

有三隻，一如往常。前兩隻用跑的，尾巴舉得高高的，然後後面來了一隻弓著背的，有缺陷的那隻，**還有噢該死的，我到底是有多笨啊**？

它大半是隻鹿。我並不盡然是錯的。不過現在我認真看，不只是打著哈欠看著形影模糊不清的鹿穿過院子，它的輪廓清清楚楚。

黑色的眼窩。前腿不眞正踏在地上。

它不眞的是靠四條腿跑。它弓著身體跑，手臂掛在前面，追在鹿後面。它在追牠們嗎？它們是一個鹿群，或者是那個芻像在趕那群鹿，爲了它自己晦澀不明的目的，讓牠們夜復一夜奔跑著穿過院子？

如果它抓住一隻，它會做出另一個像它自己那樣的芻像嗎？

它不像奔跑的鹿那麼快，但並不慢。它結束了越過院子的路程，消失在樹木之間。月光落在我的卡車、馬路還有車棚上。

它沒有碰我的卡車。那似乎非常重要。如果它碰了我的卡車，我要怎麼再開那輛車呢？

「那就是出現在窗外的東西。」我悄聲說道。在我自己耳中，我聽起來非常冷靜。

狐姊點點頭。「他們那些玩意裡的一個。」她說：「就像豬跟浣熊。他們為了某種理由做出這些東西，但我要是知道理由是什麼就有鬼了。」

「妳認為它危險嗎？」我問道。這個問題也很笨，因為耶穌基督啊，它**當然**很危險。只要看著它就知道了。

「我想它會企圖造成危險。」狐姊說：「我不知道它能做多少。『椰』許不會比一隻狗更強，不過有時候狗會殺死人。」她摩挲著她的後頸。「火會制止它們。」她提出這個看法。「但足夠的火幾乎啥鬼都擋得住，所以我不知道這樣有多大幫助。」

我吞了口口水。「妳覺得如果我們燒了那一個，事情就會結束嗎？」

狐姊抬頭看著我。陰影遮住了她的眼睛，但我其實不需要看到那雙眼睛。

「有可能，親愛的。」她非常溫柔地說道：「但我得告訴妳，我認為不太可能。要是那些石頭還在山丘上，還有一塊在庭院裡，再加上其他一切，就不太可能。我想這裡出了某種事情。」

我點點頭。我不訝異。

在窗戶下方，狐姊伸出手，捏了捏我的手。

✦

我們緩緩下樓，動作彷彿我們才剛從一間酒吧出來，不太確定我們夠清醒可以回到家。

我不累。我不可能睡了超過兩小時，但已經再度徹底清醒了。

「喝茶？」我說。

「好啊。這樣無傷——」

某種東西猛撞著紗門。

我嚇得差點靈魂出竅。狐姊一手猛拍胸口，吐出一句：「基——**督啊！**」

「那是什麼？」我悄悄說道。就好像狐姊會比我更有概念似的。

彷彿我們兩個都不很清楚那是什麼。

外面那個不管什麼東西又撞了一次紗門，喀喀作響。

我們直瞪著門。它鎖住而且上門閂了，我知道。但有扇窗戶就在旁邊，可以看進客廳裡，而要是那玩意往左邊移個六呎呢？它可以穿過玻璃直接進來……

我深吸一口氣，然後往前踏出。

「別開門！」狐姊用氣音說道。

「我不會開門啦！但如果是斑哥呢？」

「就算那是貓王跟聖母瑪麗亞我也不管，別開那扇門！」

「我不會啦！」這不完全是眞話，因爲如果是斑哥，我就會開門，而如果那是某個東西穿著斑哥的皮——

別想別想別想

——那我猜它也會抓到我，也許我們會變成一對行屍走肉，一起在樹林裡到處漫遊。

從廚房到前門的十呎路，是我這輩子走過最長的一段路。

紗門再度砰地一響。

我就要從窺視孔看出去了。我知道會是那個鹿芻像。我知道，而我還是要把我的眼睛放到那一小塊荒謬的玻璃上，然後瞇著眼睛看出去，彷彿那有可能是快遞員在凌晨三點送貨來。我還能**怎麼辦**呢？

我從窺視孔往外看。

鹿頭骨咧嘴對我笑，上下顛倒，而在它再度用蹄子撞門以前，我猛然往後一倒。

我往後摔了一屁股。應該要會痛，但我感覺不到。我只是慌亂地靠雙手往後爬向廚房。

「那是——」狐姊開始說話。

「噢，很明顯吧！」我厲聲說道。我生氣是因爲我完全知道它肯定是什麼東西，卻還是看了。

狐姊沒跟我計較。她跟我蹲在廚房料理檯後面，從檯面頂端往外張望著房子的前圍牆。

砰！紗門再度被撞。

「爲什麼它不從窗戶進來啊？」我耳語道：「它只是想嚇唬我們嗎？」

「該死，當我是誰，怪物溝通師嗎？」

我環顧著廚房想找個武器。切肉刀，也許行？切肉刀會有任何用處嗎？不，它大半是骨頭做的。我需要球棒或某種類似的東西。屋裡有球棒嗎？

唔，我想我可以嘗試用填充駝鹿頭抵禦它……

我把前額靠向放餐具的抽屜，發出一種不是笑聲的聲音。

「別拋下我，親愛的。如果妳崩潰了，誰來欣賞我的笑話？」

有聲響亮的最後一撞，彷彿紗門從鉸鏈上徹底扯下來了一樣，然後一片寂靜。

我們等著。

一個陰影在窗戶前方徘徊，來來回回。天色暗到看不見任何東西，只看到一個駝背的輪廓，還有張凹凸不平的臉。

狐狒的手指緊抓著我的手臂。我們注視著，不呼吸、不動作，兩隻小動物毫無動靜地蹲踞著，同時老鷹的陰影掠過頭頂。

鹿爵像停在窗前很長一段時間。我聽到骨頭輕敲著玻璃的聲音。

然後它往下落到走廊上，再度離去。但直到黎明之前，我們兩個都沒離開廚房。

第十四章

我在狐姊家睡掉了大半個白天。她做了某種類似俄羅斯酸奶牛肉的東西。我盡責地吃下去。

「我們今晚該待在這裡嗎？」我可憐兮兮地問道。我不願意徹底離開，但如果待在祖母家裡被會走路的鹿骸骨吃掉，對斑哥不會有任何好處。

寶馬斯跟史奇普看著狐姊。狐姊皺起眉頭。

「我真不想說。」她緩緩說道：「但這個地方的窗戶數量是妳家的三倍，門是妳家的兩倍。而且……」

她停下來。她看起來很尷尬，這不是一個人通常會在狐姊臉上看到的表情。

「妳不想讓它們到妳家來。」我替她講完這句話。

「該死，親愛的，妳講成那樣，我聽起來像個貨真價實的混蛋。」

「不。」我搖搖頭。「要是我也不想。妳都來陪我，已經很夠了。」

「我今晚會再陪妳。」她告訴我。「免得那玩意增援之後又回來。」

「可是……」

「不只有她。」寶馬斯說。

「什麼？」

「史奇普跟我也會去。」他說道。

「可是……可是你……等等，你相信我？」

竇馬斯翻了個白眼。「嘿，每個人都知道這邊的樹林裡有東西。」我記得在我們初次見面的時候，竇馬斯來到車道上搬微波爐。他就是那麼說的，不是嗎？**樹林裡的東西**。

「有可能妳們兩個都瘋了。」史奇普這麼說，彷彿評論天氣一般。「不過有其他人在附近爲此做準備也無傷。相信我，我懂。」

我慌亂起來。狐姊是意料之外的天降大禮，但讓她置身於險境讓我覺得非常抱歉。不過，還要再多兩個人？

「我的床不夠多啊！」我這麼說，仰賴的可能是我能提出的最廢論證。

「親愛的。」狐姊輕柔地說：「我認爲我們不會有太多睡眠。」

呃，既然她這麼說……

比薄暮時分早一點點的時候，我們全都邁步到祖母家。史奇普之前沒看過屋子內部。他環顧四周，然後給我一個同情的眼神。

「我本來應該道歉。」我疲憊地說：「但這片混亂不是我搞出來的。」

「我知道。」

狐姊泡了茶。我們全都坐在一起，等著怪物來襲。

「史奇普，你現在還好吧？」狐姊問道。

他從正在讀的雜誌中抬起頭。我有種感覺，他眞的思考著答案。最後他說：「夠好了。這個時機不算很好，但至少我目前是低落期，而不是高亢期。」

我這才發現他們在講史奇普的躁鬱症，而我撇開視線，覺得好像撞見某種我不該置喙的事情。不過史奇普一定注意到我的表情了。

「沒關係的。」他說：「不是什麼大祕密。對這種事來說，低落比高亢好。低落時我要起床會很困難，但高亢期，我會變得很怪。」

「我很遺憾。」我說。這是句廢話，但對於這種事情，並沒有很多社會成規可以遵循。

「不用這樣。我有藥可以平順度過大半狀況。在我較年輕的時候就很辛苦了。」他思索了一下。「要是在我以前的高亢期，我現在會猛地打開這裡的門，大喊你們這些怪物來跟我鬥啊。」

「而我會緊跟在你後面。」竇馬斯快活地說道。

「是啊，然後你們兩個都會被吃掉。」狐姊說：「我們最不需要的就是你們兩個人衝出去，跟一具鹿骷髏比誰的雞雞大。」

這時出現一陣短暫的沉默，我們全都在嘗試從狐姊的隱喻中恢復過來。

「這個……妳剛剛說的論點不錯。對。」我說。

史奇普搖搖頭。「沒關係。」他對我說：「只是別期待有太多閒聊。」

「我想狐姊一個人就可以把我們全部人的分講完了。」我說道。

狐姊開心地格格發笑。「完全沒錯！噢，這提醒了我，你還是放下那本雜誌吧。你們兩個應該讀一讀她爺爺留下的這本書。這可是超優質的怪東西。」

「我一直試著要避開怪東西。」竇馬斯有點哀怨地說道：「我奶奶總是說如果你不管它，它大多不會來找你。」

「是啊，不過你人在這裡。」狐姊說。

「嘿，它們一開始撞門，什麼都有可能發生。」

狐姊拿出卡特葛雷夫的手稿遞過去。

史奇普開始讀。竇馬斯嘗試過，最後放下了。「聽著，我甚至沒辦法看重播的《異形》。」他說：「這個太過火了。也許等白天再看吧。」
「親愛的，你明白我們坐在這裡等一個骨頭做的東西現身，對吧？」
「是，但我一直企圖假裝妳們兩個瘋啦。」
「噢，天啊！」我說，本來沒打算這麼大聲。「我眞希望是！」
在剛剛講話太大聲，又沒有人說任何話來塡補沉默的時候，就會出現一段尷尬時刻。我開始臉紅，然後骨頭喀啦一聲撞上前門。
我不能說我對這個及時救援心存感激。
我們全都看著門。
「那裡有人嗎？」竇馬斯說。
「它比平常更快來到門口……」我悄聲說道。
「也許它以爲妳舉辦了派對，親愛的。」
我硬壓下一個驢叫似的笑聲，要是冒出來會比那句「我眞希望是」還大聲。
史奇普站起來走到門口。他透過窺視孔往外看，就像昨天的我一樣。
喀！
他站在那裡很長一段時間才往後退。
「竇馬斯。」他低聲說道：「她們沒瘋。」
「該死。」竇馬斯充滿感情地說。他站起身，走向門口。
喀！
他撐了大概兩秒，往後一跳，然後轉過身來，同時搖著頭。夠奇怪的是，他笑著。

我理解這股衝動。**看看我多麼不抓狂。看看我多冷靜接受這種事**。

「該死。」他又說了一次，然後他發出一長串我想是西班牙語的髒話，雖然也有可能是祈禱文。結尾是：「該死，該死，該死。」

「我知道，很糟，對吧？」狐姊說。

四個人完全不知道接下來該說什麼，客廳一片徹底靜默。

喀！

竇馬斯拿出手機，把鏡頭塞到窺視孔前面，同時自言自語。

「像那樣你絕對拍不到清楚的畫面啦。」狐姊說。

「我天殺的絕對不會開那扇門！我看過恐怖片！」

「你剛剛才說你沒辦法看嚇人的電影。」

「妳以爲我是怎麼發現我沒辦法看的？」

我們非常迅速地脫離了跟鹿骷髏比誰雞雞大的潛在可能性。這是我所樂見的。

史奇普看著大窗戶，對自己點了一下頭，然後說：「我們得堵住窗戶。」

竇馬斯不再嘗試拍攝錄像。他抓住沙發的一端，史奇普抬起另一端。他們把沙發轉向，讓椅背靠著玻璃。狐姊跟我匆匆把其他椅子轉過來，多少算是把沙發卡住定位。

「它以前沒試過從窗戶進來。」我說道，幾乎是自言自語。

「親愛的，讓他們做會讓他們感覺比較好的事情。我想那沙發反正沒多少價值。」

史奇普跟竇馬斯往後退，看著他們的手藝。對著門猛搥的聲音停了。

我們聽到前門廊的腳步聲往旁邊走了，它開始敲窗戶。

「你們覺得它知道我們在這裡嗎？」竇馬斯問道。

「我想沙發突然出現在窗口可能給它提示了，親愛的。」

噠……噠……噠……

「大家都不該到外面去。」史奇普相當不必要地說：「有另一扇窗戶嗎？」

「卡特葛雷夫的房間。」我說，手一指。

他跟竇馬斯消失在走廊那頭。我努力回想娃娃房裡有沒有任何窗戶。沒有，那間房間堆了滿牆的箱子跟娃娃收納盒。

噠……噠……

狐姊跟我從門口移到廚房去。

「所以呢。」狐姊說：「我們這邊現在天氣如何？」

「狐姊……」

「別提醒我了，親愛的，我嚇到不行的時候就會冷嘲熱諷。」

一聲砰然大響幾乎把我嚇到魂不附體，但那只是竇馬斯跟史奇普把床架豎起來嵌在窗戶前方。

他們重新冒出來。「還有別的嗎？」

「全都靠箱子擋住了。」我說道：「除了這裡的廚房窗戶，而且它太高了。我覺得啦。」

史奇普看了看那扇窗戶，然後點點頭。

噠……噠……

「現在怎麼辦？」竇馬斯說。

「我不知道。」我說：「等到……等到早上吧，我猜。它不會待在日光下。我不知道它是不是必須掛在一棵樹上，或者就這樣離開，還是什麼別的。」

從我嘴裡冒出的這些話聽起來詭異到不行。最糟糕的是，竇馬斯跟史奇普兩個人都看著我點頭，彷彿我講得很有道理。

我們站在廚房裡，就像參加派對時那樣。竇馬斯坐在延伸到二樓的臺階上。一會以後，我發現敲窗戶的聲音停了。我不想找它上哪去了。

「好。」狐姊終於說道：「我們有茶，而且我有一副撲克牌。你們接下來想做什麼？」

「妳建議我們玩牌。」史奇普說：「有怪物在外面的時候。」

「你有更好的主意嗎？」

史奇普揉了一下他的前額，什麼話都沒說。

「我們應該計畫。」竇馬斯說：「在那玩意走了以後，想清楚明天要怎麼辦。假設它走了的話。」

「之前它總是在半夜離開……我想是……不過這不是說我確認過。」我承認。我有強烈的感覺是，在白天它應該是**不許**出來的。不過那比較像是相信我如果躲在棉被底下，怪物就抓不到我的那種感覺。

「我不認為我想測試那一點，嗯？」竇馬斯用手肘頂了一下我的手臂，這可能是鼓勵或警告，或兩者皆是。「所以等到早上。接下來呢？」

他們三個人全都看著我，彷彿我對自己得幹什麼有任何概念似的。

「我不知道！」我說：「我得把斑哥找回來——**如果**他會回來——我不能待在這裡，但我也不能離開……」

「除了敲門跟敲窗戶以外，它有做任何其他事情嗎？」史奇普問道。

「據我所知沒有。我還是不知道它為什麼不乾脆破窗……」

「某些東西不太能夠跨越界線。」狐姊說：「妳知道的。流水、吸血鬼，必須受邀才能進入。」

「我不認爲這是吸血鬼。」竇馬斯說。

「眞他媽的可惜。現在我用得上一個掛在我脖子上的性感男子。」

史奇普跟竇馬斯交換了一個眼神卻沒有說話。我用手指梳過頭髮。

「我們可以告訴某個人……」竇馬斯開口了。

「對啦，那樣事情會進行得很順利。」狐姊說道，語氣帶有強烈的輕蔑。「他們會認爲你嗑藥嗑嗨了。而且讓更多人加入能怎樣？你要讓一個警察跟我們一起在這裡過夜嗎？」竇馬斯一聽到**警察**這個詞，臉就皺成一團。

「我們會輪班。」竇馬斯說：「我們不會讓妳一個人留在這裡。至少這幾天，直到我們確定……」

他的聲音逐漸消失，但我完全清楚他是什麼意思。**直到我們確定斑哥不會回來了。直到我們確定任何人留下來都沒有意義為止。**

「我只想要我的狗回來。」我說，而我破音了，我甚至不在乎這點。

第十五章

隔天，斑哥回來了。

我本來已經做好最壞的打算。你在寵物跑掉的時候會這樣想。你持續盼望、盼望又盼望，可是有個嘮叨的小聲音對你耳語，講到汽車、高速公路與鬥狗場。接著有一天你會醒過來，幾週過去，而你知道那個小聲音是對的。你不再是養了隻失蹤狗狗的人，你是個曾經養過狗的人。你到處哭泣、頓足。然後你哀悼，繼續過日子。

從某些方面來說，對獵犬這樣做比較容易。牠們會為了追蹤一個味道跑上好幾哩。你至少可以告訴自己，牠們到頭來跨越了六個州，有個好人家領養了牠們，給牠們零食吃，還會揉揉牠們的肚子。

這一切是假定你不是住在有怪物偽裝成鹿，埋伏在樹林中的地方。我不知道經歷過那種事以後，你還能不能在哀悼之後繼續過日子。我害怕我會親身確認這點。

前門出現刮擦聲的時候，我嚇得差點魂飛天外。現在是大白天，可是如果那東西膽子變大了呢？狐姊那隻有黃蜂巢腦袋的豬是在白天出沒。除了我到目前為止只在晚上看到那個鹿芻像以外，沒有任何證明說它只會在晚上到處跑。

它把自己掛在樹上睡覺，像蝙蝠那樣嗎？我會抓到它在打盹嗎？

我以前在白天聽過那種啄木鳥似的噪音，不是嗎？

刮擦聲又來了。我拿起茶壺，因為它是金屬做的又很重，老天爺幫忙，我之前應該買把大砍刀的。我好幾天前就應該買一把。我竟然沒有任何更好的選擇，我是哪根筋**不對？**

我從前門的窺視孔往外看，什麼都沒看到。刮擦聲在膝蓋高度，靠近門框附近。而且那是刮擦聲，不是砰砰響。這聽起來像是斑哥想要被放出去的時候會弄出來的聲音。

我深吸一口氣，心想：**這如果不是斑哥，就會是我碰上這輩子最糟糕的時刻了**。然後我打開門。

斑哥抬頭看著我，吐著舌頭，然後再度把腳掌靠在紗門門框上。他想要進來。我，身為指定開門人，爲什麼沒有馬上處理？

我發出一聲啜泣，把茶壺扔到一旁，猛然打開紗門。

接下來發生的是我這方拚命嗚咽啜泣，他那方極度困惑但熱情地舔著。我把臉埋在他的皮毛裡，猛吸一隻濕答答獵犬強烈而油膩的氣味，這不是一個人在正常狀態下樂意聞到的氣味。斑哥忍耐這一套忍了幾分鐘，最後終於翻身下地，走進廚房去扒他的食物碗。

「我猜回家的浪子有些優先事項吧。」我說道。我確保門再度關好，然後倒了些狗食。他撲向食物，彷彿快餓死了。不過那其實不代表什麼，除了他正在吃東西的時候，其他時間他都覺得快餓死了。

他看起來沒受傷。毛皮裡有些枯葉，還有幾根芒刺。浣熊獵犬的好處是，牠們這個品種毛很短，所以可以立刻看到任何傷勢。而我沒看到任何傷口。

有根小棍子插在他的項圈釦上。我花了一點時間才搞清楚那是什麼，有一張紙片緊包在上面。

讓那根小棍子鬆脫很困難，一部分是因爲斑哥急著舔我的臉，另一部分是因爲它卡在項圈釦針可以穿過的其中一個洞裡。我必須對我的狗使出頭部固定技，並且把我的下巴靠在他的頭上方才撬鬆它。（他對此享受無比。斑哥一直都是非常能接受擁抱的狗狗。）

在我終於弄鬆它的時候，那張紙條被磨損得更糟了些。它大概是幸運餅紙條的尺寸，邊緣摩擦得很嚴重。

它不需要很大。上面只有兩樣東西。

一個是「**救命**」兩個字。

而在背面，被撕裂但還可以辨識的，是一幅畫。一根直線中間切入半圓，兩隻眼睛，還有一根彎彎的頭髮。

大鼻小吉在此。

我瞪著那張紙相當長一段時間。我理解的速度非常緩慢，不是潑上來的冷水，而是慢慢地發寒。

救命

大鼻小吉。

有人寫了這張紙條，夾在斑哥的項圈上，希望會有人發現。

救命。大鼻小吉。

卡特葛雷夫畫過大鼻小吉。

卡特葛雷夫死了。

他不可能需要幫助。死者不需要幫助。

誰寫了這張紙條？

斑哥噴著氣，攤開四肢趴在我腿上。我把手指埋進他脖子周圍的毛裡。

深呼吸，我心想。**他教過我畫大鼻小吉。他很容易可以教別人畫。後面的樹林裡可能有人曾跟他學過這個**。

順便一提，或者這是從別人身上學到的。大鼻小吉全歐洲都有人在畫。二次大戰的時候，隨便踢都能踢到一顆上面有人塗鴉過大鼻小吉的石頭。

雖然這推斷很眞確，我卻無法盡信。有那麼多東西可以寫到綁在我的狗身上的紙條裡，大鼻小吉似乎太特殊了。卡特葛雷夫把它畫在他的書裡，在他打字的筆記末尾又畫了一次，然後它又出現在這裡。而且如果你正在送出求救紙條，爲什麼要占用那張迷你紙條的寶貴空間，畫下像是大鼻小吉這樣蠢兮兮的塗鴉？除非它很重要。

最近這些日子裡，我被迫相信某些不可能的事情。但如果要相信這單純是個巧合，似乎眞的太超過了。

這感覺上像是個信息。

給我的訊息？**或者是給卡特葛雷夫的**？**不管是誰，他們知道他死了嗎**？

我不敢花太長時間想別的可能：卡特葛雷夫沒有死，他在外頭樹林裡的某個地方，急切地嘗試要找人幫他。

不，不可能。那樣他至少會有一百歲了。這是不可能的。

鹿骨頭也不可能帶著它們肋骨裡彼此相撞的石頭走來走去。你不可能穿過一道樹木隧道，然後出現在任何地圖上都找不到的山丘上。

他死了。他們埋葬了他。

而我腦袋裡那個嘮叨的聲音還說著：**可是妳看到屍體了嗎**？

不，這不可能。假定我祖母不知怎的牽涉到假造一場葬禮，那不符她的本性。如果他消失了，她會很振奮。她會認定他逃走是爲了惹惱她，可能是跟別的女人跑了。她會狠狠榨這一點，光靠純粹的恨意就可以多活三十年。

這不可能是卡特葛雷夫。不過外面有誰傳遞一個信息。卡特葛雷夫以前認識的某個人。

除非……

他們不可能知道卡特葛雷夫教過我畫大鼻小吉。他們當然不可能知道。

我用手握緊狐姊的護身符。如果崁道人能夠……怎樣?讀我的心讀得夠清楚，足以把大鼻小吉的記憶抽出來嗎……那麼我可能根本沒有希望。他們能夠看出我早餐吃什麼。他們能夠看出在我跳進卡車、尖叫著開走時，要往哪個方向去。

因爲某種古怪的理由，我似乎沒有要跳進我的卡車，尖叫著開走。

救命

我找回了斑哥。我完全沒有理由不能把他綁好，踩下油門，然後叫我爸把這個地方夷爲平地。我可以把這一切都拋諸腦後。我可以睡在自己的床上，整晚都開著燈，到最後我聽見啄木鳥的聲音可能不會尖叫。我可以回歸我的生活。我可以把這一切怪到黑黴上。

救命

大鼻小吉在此。

有人求救。

他們可能不是指定我幫忙，這可能相當於瓶中信，在此「瓶子」是一隻性情和善的大笨狗。這些事情並不重要，重點是他們**提出要求**了。

「這可能全是一場騙局。」我對著斑哥的毛皮耳語。「他們可能企圖把我弄到外面的樹林裡去。」

斑哥吐著舌頭。他曾經待在樹林裡，看來根本沒有因此受到任何傷害。在所有的恐懼底下，還是有一股寬廣的慰藉泉源：我的狗還活著。

好吧。如果斑哥可以從樹林裡那些玩意之中生存下來，任何有至少兩顆腦細胞的人肯定同樣能做到。

「希望如此。」我說。我放低臉貼到他毛上，稍微哭了一下，以防萬一我就要死了。

✦

在我去找寫那張紙條的不知名人士以前，我必須先做三件事。

第一件是告訴狐姊。我用牽繩牽著斑哥過了馬路。她打開門，看來滿面倦容，然後看到他在我腳邊。

「他辦到了！」她說道，看起來回春了十歲。她跪下來抱住他。斑哥耳朵壓平，搖著尾巴。今天早上得到很多關注，他對此處之泰然。

「他幾小時前剛回來。」我說道：「他的確餓了，不過沒有餓得半死。」

她點點頭，揉揉他的耳朵，然後抬頭看我。「那麼妳現在要離開了？」

我搖搖頭，遞出那張紙條。

她讀了紙條，翻過來，皺起眉頭。

「這原本在他的項圈上。」我說：「有人在外頭，派他回來求救。」

「可能是個詭計。」她說著，再度把紙條翻過來。

「是啊，可能是。」

我解釋了大鼻小吉的事。實際說出口聽起來很瘋狂，但最近什麼事情聽起來不瘋呢？

狐姊聆聽著，沒跟我說這是瘋了。

「妳認爲那是妳爺爺嗎？」

「不。」我說：「是。也許。我不知道。不可能吧，可能嗎？他會是將近一百歲了。也許是他認識的某個人。」

「也許。」

「聽著。」我說：「我要進城去上網。我想看看是否能找到關於卡特葛雷夫的事情。他至少會有篇訃聞之類的。然後我應該會進去樹林裡，看斑哥是否能再度找到那座山丘，還有找到……他們。」說成**他們**比較容易。**他們**這個詞彙，表示我不是在找一個死人。

她就只是盯著我看。

「我知道。」我說：「我知道。他可能找不到那裡，而如果他找到了我可能會死。這樣很笨。但我不太可能帶警察去，對吧？所以——呃——聽著，他已經有這麼一次靠自己回來了。如果我們去，然後我沒回來、他卻回來了，這是我阿姨凱特的電話，好嗎？」我把電話寫在一張小紙條上。「只是……妳可以確保讓她接到斑哥嗎？她會照顧他。她有隻傻傻的愛爾蘭雪達犬，斑哥很愛。他會很快樂的。」我正喋喋不休嗎？也許我正喋喋不休。我把手放到前額上。

「進來吧。」狐姊說：「妳不能跟我說妳昨晚睡了他媽像樣的覺，我知道我沒有。我們裡面房間有張沙發。妳跟他可以小睡一下，如果妳醒來的時候還是想這麼做，沒問題。」

「可是——已經好幾小時了。要是他們碰到麻煩呢？我的意思是，顯然他們碰到麻煩——」原本計畫要先花時間上網查卡特葛雷夫，已經讓我有罪惡感了。但我必須完全確定在外頭那片樹林裡的人不是他。

不是說我不會爲了他追過去。我還是會。但我想要像是驗屍報告，或者至少是訃聞這樣的東西，說他已經死了，而且有或者沒有屍體。我只是……不想碰上驚喜。

（我領悟到這話聽起來很怪異了，彷彿卡特葛雷夫要是還活著、不會死或者怎麼樣，狀況就會有任何好轉似的，但我不知道我那時有沒有想得那麼清楚。有人送出求救訊息，我就必須幫助他們。因爲那張紙條來到我這裡，讓這件事變成我的工作，**因為我們家族就是這樣做事**。）

狐姊翻了個白眼。「如果他們掛在懸崖上，可能沒時間寫字條了。妳飛奔過去累得半死的話，幫不到任何人。親愛的，**小睡**一下吧。」

「可是……」我對著她的肩胛骨說話。看來我已經跟著她往裡走了。事實上，看來我正把鞋子脫下來，爬到沙發上。

斑哥跳上來到我旁邊，興高采烈，然後發出一聲快樂的咕噥，在我腿上安頓好。

狐姊關掉電燈，然後說：「妳起床的時候，我們會吃午餐，然後再來看看接下來要怎麼做才好。」

✦

我睡了大概三小時，醒來的時候幾乎中午了。我從後面的房間出來時，狐姊遞給我一個火腿三明治，接著遞另一個下去給斑哥。他很高興又吃到一頓飯。我應該要反對，但說眞的，我即將拖著他去天知道什麼鬼地方，這時機爭辯狗該不該吃人類食物，似乎很愚蠢。

三明治上面有美乃滋。也許在我們見到崁道人的時候，斑哥放的屁會放倒他們。

我去了咖啡店，打開筆電，刪掉百分之九十的電子郵件。現在既然我可能快死了，它們似乎極端不重要。想介入一場關於電子書的大戰嗎？我不想。

裡面有封電子郵件，寄件者的名字看起來非常眼熟。我點開信件以後才想到，發現這信來自我刻意出城避開的前男友。看來他寄給我一封謹慎的「有可能他本來可以把事情處理得更好」初步表示。

老天，在我一點都不再關心的所有事情之中，偏偏是這個……

唔，我想什麼都比不上徹底而強烈的恐怖、加上世界觀完全顛覆，更能治癒一顆破碎的心。我刪掉了那封信。如果我死了，別讓他們在我的收件匣裡找到那個。

唯一眞正重要的電子郵件，是給我那些作者的信。我知道某個案子又要再延期一次，對我來說已經夠好了。我已經盡到份內的責任了。到今天我已經耐心地等待了超過三個月。我本來會寄信提醒，但是沒有在我被炭道人殺死以前送件是她的問題。

另一個案子……那是我會有罪惡感的。他事前付了整筆費用，而且稿子幾乎夠好，我欠他一個最後完成通知。所以我火速把稿子完成，然後送上一封短箋說我認爲現在這樣已經可以了，我會爲了家庭事務離開一陣子，如果他準備好出版的話不用等我。他是一位好客戶，而他對自己的作品有驚人的不安全感——偶爾是有好理由的——而我不想讓事情留個沒收好的尾巴。

辦完這件事以後，我開始搜尋卡特葛雷夫的訃聞。

也許我好幾天以前就該做這件事了，但我完全沒想到。畢竟他死了，而如果他沒有，也不會有剪報說**卡特葛雷夫的假葬禮今天舉行了**。

我把他的名字跟城鎮打進去，連結就出現了，往下第三行。十九年前，再加減幾個月。他的名字一直是佛萊德瑞克，我隱約記得他在手稿上的簽名。他是個第二次世界大戰老兵。

唔，他當然是了。

在他年輕的時候，別人叫他佛萊迪嗎？跟他的同袍一起，在各種東西上畫大鼻小吉嗎？佛萊迪．卡特葛雷夫，看盡戰爭中的所有恐怖，卻還沒結束跟恐怖之間的交集，他娶了一個敵人，好遠離另一個……

可憐蟲。

沒有死因，不過訃聞裡通常沒寫。訃聞上說，他死在家裡。當然，那會讓人想到壽終正寢，而不是在寒夜裡死在外面，不過他還是在自己的地產上，夠接近了。

如果我有很多時間，本來可以嘗試找到驗屍報告，查清楚死因，或者是否有過死因司法調查。似乎沒有任何當天或次日的剪報跟此事有任何關聯。我猜想，即使在龐茲伯羅這種偏僻之地，一名老人到屋外漫遊然後坐下來死掉，也算不上是新聞。

就這樣而已。沒多少東西可以展現他的人生。

一時異想天開，我把「佛萊德瑞克．卡特葛雷夫死亡」打進搜尋引擎裡，然後等待。

啥也沒有。

幾乎啥也沒有。

搜尋結果的第二頁，在訃聞、一個內容完全一樣的檔案頁，還有向我保證他們可以查到任何人的隱藏紀錄的一堆網站之後，我找到單單一條連結。

黎明餘燼社寫道，他們很悲傷地得知他們的兄弟佛萊德瑞克．卡特葛雷夫過世了，他在許多年前曾是成員。

我查到了這個黎明餘燼社，然後嘆了口氣。

「怎麼啦？」艾妮德問。

「為什麼每個祕密社團都有個爛網頁？」

「這是不可動搖的宇宙定律。」艾妮德說：「我有時候會想要加入一個，只為了修好他們的網頁。但如果我必須製作網頁的話，我不是很想知道宇宙的奧祕。」

我在那個網站裡到處亂按，死路一條。我沒誇張。一半的連結都無效。看起來是在葬禮後不久就停止運作了，而我搞不清楚他們實際上是什麼。不管怎麼說，他們網站的保密工作做得非常好。

葬禮上的怪人，凱特阿姨說過。**嗯，也許就是這個。也許他就是那樣遇見安布洛斯，或者也許他只是因為牙科健保才加入的。**

在網站底部有聯絡資訊，包括一個電話號碼，老天爺幫幫我吧。**一個網站老到還有人會把自己的電話號碼留在上面。**基於某種比異想天開輕微一點點的念頭，我打開手機，輸入了這個號碼。

鈴響了五聲，然後有人接聽了。我差點嚇到靈魂出竅。我本來預期這支電話會跟網站一樣失效了。

「喂？」電話線另一頭有個男人的聲音說道。

我沒有人名或者任何別的話可以說。我脫口說道：「你認識佛萊德瑞克．卡特葛雷夫嗎？」

靜默。

「這是惡作劇電話嗎？」男人問道，聽起來怒氣及不上倦意。

「不！我是他孫女。他的繼孫女。拜託，我想這很重要。」

一陣更長的靜默。然後他說：「我不知道有什麼事情能這麼重要。他已經過世很久、很久了。」

「拜託。」我說：「是跟崁道人有關的。呃，是白膚人。在、在山丘上的那些——」我站起來走到咖啡店外面，這樣艾妮德不會認爲我徹底精神崩潰了。

電話另一端有人猛吸了一口氣，這是唯一的回應。

「拜託。」我又說了一次。「我需要知道——」我需要知道什麼？天啊，笨問題。我需要知道的事情有一千件，可能吧，而我甚至不知道要問什麼問題。「他死了，不是嗎？眞的死了？」

「他眞的死了。」另一端的聲音很嚴肅。「他們埋葬了能找到的部分，盡可能了。」

「什麼？」

我記得爸說過卡特葛雷夫在外面暴露太久，葬禮時必須蓋上棺蓋，不過現在講的又是另一回事了。

「我知道他是在戶外凍死……」這該死的電話已經開始發熱，我把它從一邊耳朵換到另一邊。

男人嘆了口氣。「可能是。沒有理由認爲他不是。不過他在外面的時候，食腐動物開始吃他了。有很大部分不見了。我相信他們是靠牙科紀錄跟婚戒確認他的身分。我參加了葬禮。我們看過了。我們眞希望沒看過。」

葬禮上的怪人，凱特阿姨說過。

「只是……我收到一個訊息。我是說，訊息上面畫了小吉……大鼻小吉在此……你知道嗎？」

那聲音發出一聲哽住的笑。「我們叫它查德先生。對，我記得……」就這樣，我相當肯定電話另一頭的男人對二次大戰與佛萊迪．卡特葛雷夫並不陌生。

「關於山丘上的那些人，你能告訴我任何事嗎？」我急切地問道。手機開始煮我的耳朵了，我再度換邊聽。

「我可以告訴妳，要保持距離。」他這麼說，接著我的手機在嗶嗶兩聲之後死掉了。

而那就是結尾了。

我一直推遲的任務只剩下一個。現在看來我沒時間了。我回到室內，在電腦上開一個檔案，寫下所有能想到的重要資訊——斑哥的獸醫院，他登記在誰名下，還有我阿姨凱特的聯絡資訊，以及我的電子信箱密碼。我沒有遺囑。我的所有物不多，不至於真的需要一份遺囑。一旦我停止繳房貸，銀行可能很快就會把我的房子收回去，而凱特阿姨有鑰匙，所以她可以在房子清空以前進去拿她想要的任何東西。卡車已經付清了，所以我附註了車主證明放在屋裡的什麼位置。

我往後坐，喝了一大口咖啡，然後瞪著那張清單。我的人生概要，而其中大半是我的狗。

我應該對凱特和爸說點什麼嗎？某種會讓這一切都變得可以理解的話？

我能說什麼呢？

我又想了一、兩分鐘，然後打下：「我要去樹林裡，設法找到某個人。我怕他們可能有危險，而且需要幫助。如果出了問題，這裡有關於所有一切的資訊。向凱特阿姨和我爸致上我的愛，並且請確保有人會照顧斑哥。」

我儲存了全部，把檔案放到桌面上，然後命名爲**請看這個**。**向凱特阿姨和我爸致上我的愛**。這句話感覺像是想不開走絕路，但我甚至不知道除此之外要從哪講起。

我關上筆電，瞪著我的咖啡。然後我感覺到一股沉痛的罪惡感，又重新打開筆電，好讓我可以在底部加個註腳，說我沒有替某位作者完成案子，拜託幫忙退還她的三百塊頭期款，因爲如果我到頭來吊在一棵樹上晃蕩、風鈴從肋骨垂下，我不希望最後的念頭是我欠她一筆，即使她遲交了三個月。

「妳還好嗎？」艾妮德問道。

我抬頭看她，心想如果我們有更多時間，如果一切沒有這麼瘋狂，我們可能會是朋友。我**想要**說，我正要做某件蠢事，順便一提，這個世界跟我們所想的完全不一樣。

「我很累。」我反而這麼說：「就只是……這一切。我很累。」

「有更多東西在樹上嗎？」她問道。

我搖搖頭。「不。」我說：「不是在樹上。」

她的凝視目光因此變得有點太尖銳，而我想著爲了講到窗外的芻像必須解釋的所有事情。她知道炭道人的事嗎？不。她不是這裡的人，對吧？之前，她提到她來自新罕布夏州。他們新罕布夏州有炭道人嗎？我低頭看著咖啡。

「讓我替妳再倒一杯吧。」她說。

「我差不多要走了。」我說著，同時把筆電收起來。

「那我替妳裝一杯路上喝。」

我離開店鋪時手裡拿著一杯熱咖啡，希望這不會是我喝到的最後一杯。

越過咖啡店之後，是一片空曠的石礫空地。邊緣已經長成失控的灌木樹籬，幾年沒有人費勁除雜草就會這樣。

山胡桃樹甚至還不到我的高度。它曾經幾次被砍到地面高度，然後以殺不死的熱忱長出新的萌芽。

我蹲下來，折斷基底處幾根枯掉的細枝，把它們塞進口袋裡。我環顧四周，看是否有人看到我，一手拿著咖啡、一手偷樹枝。沒人看到。

我回到卡車上，覺得自己隱形了，而就我所知，沒有人看到我離去。

第十六章

狐姊在她家等我。她遞給我另一個裝滿三明治的保鮮盒。「我想，妳會要這些。還有，吃些東西。」

「這很瘋狂，不是嗎？」我說道。

「噢，妳完全失心瘋啦。」狐姊欣然同意，同時用祖母的陳年微波爐加熱肉丸。她把肉丸推向我。

竇馬斯進來了。我不確定他知道多少，但他看著我說道：「這是個餿主意。」所以我猜想他知道得夠多了。

「我知道。」我說：「但是我非做不可。」把這話大聲說出來，讓它聽起來更脆弱無力。我非做不可嗎？爲什麼？因爲有人在一張紙片上畫了大鼻小吉？「有人送了張求救紙條給我。」

竇馬斯點點頭。他進入屋子後方，然後我聽到一扇門開了又關。

在他回來的時候，我正把最後一叉子的肉丸從肉汁裡拖來拖去。他穿著一件破爛皮夾克跟登山鞋。「我跟妳去。」他說。

我瞪著他看，傻傻地眨著眼睛。「什麼？」

「聽著，如果我讓妳跟狐姊就這麼出發不帶上我，我媽媽會把我打到不省人事。」

「你別傻了。」狐姊口氣尖銳地說：「你得待在這裡，照顧這個地方。我們不能兩個人都去。」

「我的年紀只有妳的一半大！」竇馬斯說。
「所以你有更多年可活！」
「你們兩個都瘋了！」我說著從椅子上站起來。「你們不能跟我來！我會被殺耶！」
「那麼，最好有人陪妳一起。」狐姊說：「我不怕。竇馬斯，你留在這裡，這是最後決定。」她交叉著手臂。「地契上是你的名字。電費帳單**也是**。」
我沒料到她會採用這個辯論路線。我們兩個都瞪著狐姊看。
「所以呢？」竇馬斯說道。
「所以，你沒有立遺囑。你要是掛了，他們會拿走這整個地方，拎著史奇普的耳朵把他扔出去。還會斷電。所以你得活著，而也許那樣會教你如何不要死得像個該死的笨蛋。」
竇馬斯的嘴巴打開又闔上。他看著我，但我對此完全無可置喙，而且我也還在處理狐姊要跟我一起去的事實。
「可是，狐姊——」
「別爭了。我有一份完全寫好的遺囑。**甚至**公證過了。」
我看著她。她穿著黑色網襪，外面罩著破牛仔褲，還有某種會穿去參加龐克音樂表演的鉚釘靴。她的口紅是一種特別兇猛野蠻的粉紅色。
我從未想過會有像她這樣的保鑣，不過唯一其他選項是獨自帶著我的狗上路。
「公證過了？」我口氣虛弱地說。
「是啊，而且爲了搞定這個我還得付五美元，所以我不想再聽到更多別的意見了。」
我認輸，吃完了我的肉丸。
離開前，我站在門口又試了一次。「妳確定嗎？我是說……這已經遠超過敦親睦鄰……」

「我沒付駝鹿頭或微波爐的錢給妳。」狐姊說：「要是我們都回來了，我不會付。」

我只是望著她。

令人震驚的是，她線條銳利的蒼老臉龐開始變紅。「聽著。」她粗聲粗氣地說：「妳因爲一個好的理由要做蠢事了，而我也許跟竇馬斯沒多大不同。如果我讓妳到樹林裡被炭道人吃掉，或者做出他們會做的不管什麼事，我再也無法正眼看鏡子裡的自己了。」她稍微重整旗鼓。「而我得照鏡子。妝要化得這麼好，不可能憑空瞎化。」

「謝謝。」我說。

她嗤之以鼻。「別謝我謝得太用力。我對石頭的另一邊有什麼東西不能說是一丁點都不好奇。」

「是啊，呃……」我替她開了門。「我本來滿害怕的。」

她從我旁邊走出去，把背包的背帶舉起來拉過肩膀。「噢，別擔心。妳還是應該得要很害怕。」

✦

在我們出發進入樹林的時候，還剩下幾小時的日照。斑哥在牽繩範圍最遠處到處蹦跳，心情好得不得了。我希望這是個好兆頭。如果先前造訪那個有人塞字條到他項圈裡的地方，讓他的心靈受到重創的話，他也完全沒顯示任何跡象。

「應該在早上出發的。」狐姊說：「不過我並不期待又熬一晚上等待怪物來到窗邊。」

「我也一樣。」

我們走路時，葉子在腳下嘎吱作響。房子消失在我們後方。

「我不知道我們是朝哪去。」我坦白招認。「我猜我們會從那些石頭開始。我想大概是……靠這邊吧？不過第一次是斑哥帶路的。」

「你覺得他有辦法再找到一次？」

我們兩個都望著斑哥。他正沉思著對樹樁撒尿。

「我不認爲有任何辦法要求他。」我老實說：「他……呃……有點笨。」

狐姊咧嘴笑了。「唔，我之前是靠著開槍打一隻鹿到那裡的，而鹿差不多是造物之中最蠢的動物了，所以也許我們會走運。」

事後回想，如果我們眞的走運，可能會在那裡兜一會圈子，然後就回家吃更多肉丸了。我晚上還是可能會睡不好，但我會應付過去。我可以說服自己，這全都是個規畫詳盡的騙局，某個怪異的鄰居穿上鹿皮裝，好把我嚇得屁滾尿流。

但我們沒那麼走運。

斑哥聞到一個氣味，可能是葉子底下有田鼠，就拖著我追著牠跑，我在他的牽繩另一端喘著氣。在他抵達追蹤的那個隱形地點時，他花了一下子刮擦著地面，然後失望地站直。

我盯著看他的鼻孔工作。他的耳朵豎著，很警覺，然後他朝南方跟東方出擊。他不盡然是用跑的，不過移動時有著身負使命的狗表現出的專注。

「這不代表什麼。」我嘟囔道，這是對我自己、狐姊，或者我們兩個人說的。「他追松鼠的時候也會這樣。」

那不是松鼠，是別的東西。他跑得越來越快，邁著大步飛奔，尾巴豎得像根旗子。

我瞥向身邊。儘管狐姊的靴子有跟，她還是跟得上。「別在意我。」她喘著氣說道。

「有很多洞……」

「親愛的，我這輩子都住在這些樹林裡。妳只要注意自己的腳步就好。」

「是，狐姊。」

我們轉向比我記憶中更偏南的地方。我開始納悶我們到頭來是否追的還是松鼠，這時出現一個乾涸溪床。

儘管最近曾下雨，樹葉卻很乾燥，踩在腳下發出脆響，而不是濕滑泥濘。我想，這算是小小的幸運吧。

似乎根本沒花多久，我們就抵達像是柳條編成的隧道。這裡還是很乾枯，看來死氣沉沉，而且下午時分的影子開始在下方拉長。我壓低身體鑽進去，同時斑哥沿著樹葉嗅聞著。

「呼。」狐姊說道：「不是我上次來的那條路。或者也許就是，有些東西從它周圍長出來了。」

我們往前走。很快的，我們幾乎是一路小跑步了。有種我無法解釋的急切感。其中一部分是來自在日落前到達那些石頭的慾望，不過也有別的因素。彷彿有扇門正在關上，而我們必須在它關閉以前抵達。

不，不是那樣。彷彿一扇門正在打開，而我們必須在另一邊的不管什麼東西穿過來以前出去。

狐姊把手扣在我的背包背帶上。我往後一瞥，感到訝異。

「我沒有慢下來。」她說，雖然她的呼吸很沉重。「可是感覺很怪。」

「妳的心臟？」我說著恐慌起來。「妳是不是——」

「不，不是我的心臟啦！別逼我拍妳腦袋一掌！我的心臟很好！」她翻了個白眼。「我是說感覺好像妳走在我前方，而且越來越難跟上。我覺得有某種東西不想讓我一起來。」她抓緊了我的背包。「才不會讓它稱心如意。」

我點點頭。斑哥現在扯著他的牽繩了，因爲我們動作太慢而哀鳴。

隧道往上傾斜。我必須彎腰駝背，同時感覺狐姊的指關節仍然硬梆梆地貼著我的肩胛骨。我們必須趕快。門正在打開，而我們要是不快一點……

有單單一個空洞的**哆**一聲，出現在柳條的另一邊，我的心跳頓了一下。

如果那聲音停了，我會說服自己相信是隻啄木鳥。也許。不過它沒停。那聲音一次又一次出現，更響亮了，到最後它直接在我旁邊。如果中間沒有牆壁，我本來可以把手伸出去摸到它。

哆！哆！哆！

這是石頭在骨頭構成的中空胸膛裡發出的聲音。

斑哥開始奔跑。

✦

它在那裡。

哆！哆！哆！

我可以聽到石頭喀喀作響和它的腳踩在地面的聲音，還有一種奇特的刮擦噪音，像是剪刀開合。

骨頭奔跑時聽起來就像這樣嗎？

在我們跟芻像之間，只有薄薄一層枯死的樹枝，還有交纏在它們之間的乾燥藤蔓。我可以透過裂隙看到閃爍的光影，而我呆呆地想，**我就知道它可以在白天出沒。我明明知道**。**這麼長時間裡它可能一直都在，監視著我——**

斑哥拉著牽繩往前衝，而我跑著追上他，設法回想起上次隧道裡有沒有裂隙，是否有個地方是芻像可以穿過來的。拜託不要，天啊不要……

我對於衝上山坡的逃亡之路記憶非常稀少。我不知道花了多長時間。一定比我記得的更亮得多，因爲那時只是傍晚，但在我記憶裡那是條陰暗、封閉的隧道。我看不到我的腳。偶爾我會捕捉到斑哥項圈金屬環上的一道明亮閃光。我盲目地奔跑，狐姊跑在我後面，而在隧道外頭，芻像跟上我們的速度。

它在左邊？右邊？我不想看。如果我看了，可能就會看到它；而如果看到它，我怕我會倒下來縮成一球，直到它把我吃掉爲止。

咚！咚！咚！

噢天啊，不只一個嗎？聲音似乎來自兩邊。**噢天啊，拜託告訴我那只是回音拜託不是一次有兩個我沒辦法應付兩個我甚至連一個都應付不了噢天啊**

某種東西擊打著柳條隧道。岌岌可危的樹根藤蔓框架往側面彎，而樹皮與枯葉碎片下雨似地落在我們身上。四壁瘋狂搖晃，這時不管那是什麼東西——**閉嘴，妳明知道那是什麼**——猛打著隧道側面，而那**咚！咚！咚！**的聲音不再像是啄木鳥的敲擊，而像槍聲似的短促聲響。

狐姊從未動搖。我一定停頓了一下，因爲她在我耳邊吼道：「繼續走！」我衝向前方，同時斑哥在牽繩末端往上猛拉。

狐姊身體狀況比我好，儘管她年紀幾乎是我的兩倍。我的後背包往下滑的時候，她把它拉回卡到我肩膀上。沒多久，她就推著我往上，斑哥也拉著。而那芻像的巫婆石在它肋骨裡喀喀響。我把空氣猛吸進像被刀刺的胸腔。然後毫不突然，一點都不突然，跟突然差得很遠，在過了永恆之後——

——我們從柳條隧道裡摔出來，進入了有扭曲石頭的田野。

第十七章

我死也站不起來了。狐姊蹲在我旁邊，而斑哥試圖要站在我身前保護我，同時也怕得想藏在我身下。

一、兩分鐘過去，我的心跳慢下來，而且還沒死，這時我悄聲說：「它走了嗎？」

「應該。」狐姊說：「假設那裡眞有過任何東西，這點我完全不確定。」

我抬頭默默看著她。她用鼻子哼了一聲，然後回顧那條隧道。「好啦，我承認。」她說：「對，它走了。」

我喘息了幾分鐘。天空是灰色的。光禿禿的樹掛在山丘上，就像是——對，像是一個幽暗房間的窗簾。斑哥縮著身體，盡可能能把自己塞到我的膝蓋下面。

「之前，我一直認爲那是啄木鳥。」最後我說道。

「可以理解。」

我沒說：「妳認爲有兩個嗎？」因爲如果她說：「對。」我不覺得我應付得來。

「妳認爲它企圖阻止我們到達這裡嗎？」我反而這麼問。

「有某種東西試著阻止。」狐姊說。她伸出她的左手。

她的手指跟手掌上有破皮的紅色條紋，彷彿有東西把表層的皮膚刮走了，邊緣有血珠。

「狐姊！」

「沒事。」她說：「我的意思是，這非常痛，但並不深。我抓住妳後背包的時候，末端那裡，感覺像是抓了滿手的蕁麻。」

我抓住後背包背帶，彷彿預期它是砂紙做的，不過它感覺只像是正常的尼龍。

「料想這是爲了對付我，不是妳。」狐姊很實事求是地說：「我先前也有感覺，我被看成是不該跟來的人。」

「爲什麼它會想要這樣？」

「誰知道岢道人想要啥啊？」她扯開一個酸溜溜的笑容。「也許他們認定，我的破爛老骨頭擺在他們的壁爐架上不會好看。」

「那我的就會嗎？」

「嘿，也許妳有很可愛的骨頭啊。」

我開始笑，有一半是因爲腎上腺素衝腦，然後我站了起來。斑哥放下心來，覺得一切都會再度無恙，他舔著我的手背。

我把手指埋進他耳後，同時環顧這座山坡。

天空是跟先前相同色調的灰。若要說是日落時分快到了，看不出這種跡象。天空就是灰色、灰色、灰色。

一座邪惡的維瑞圓頂。

在天空之下，是這些山丘。跟先前一樣。而像窗簾一樣掛在山坡上的樹，還是光禿禿的。我納悶地想它們到底會不會長葉子。這個地方還有四季可言嗎？

「該死。」狐姊看著周遭說道。然後，聲音更輕一些。「**該死**。」

「說得好。」我說：「這裡跟妳記憶中一樣嗎？」

「是啊，差不多。只是——」她的手一揮。「更過火。」

我點點頭。只過了——多久？十天？十一天？——可是我的記憶已經削去了這個地方的某些突出特徵。這並不是因爲我不記得，現實確實就是**更過火**。

從石頭底下竄出來的樹更像一條蛇。斜眼看人的雕刻更加奇異、線條更加銳利，那些動物在痛苦或狂喜中更加醜怪地扭曲著自己。彷彿我的心智不太有能力留住一切。

不，等一下，綠皮書裡的女孩曾經形容這些樹像蛇一樣。也許那些話不知怎麼的也跑進我腦袋裡了。

「走哪邊？」狐姊說。

「我完全沒概念。」我背起後背包。「我甚至還不知道斑哥得到字條的時候是不是在這裡。我們可能完全走錯地方了。」

「這種事從來不曾阻止我。」狐姊說。

「白色石頭在這邊。」我說道。白色石頭，**對，白色石頭，高大的石頭，上面刻著某種妳需要再看一次的東西的石頭……**

我的聲音聽起來完全正常，而我突然間有個心癢難耐的怪異慾望，要再看一次那個白色石頭，這個事實似乎沒有影響到我的聲音。

我可以觸碰它。這次我可以搞清楚那些雕刻是怎麼回事。它是暖的還是冷的？光滑還是粗糙？在我夢中，它是冷的，而我企圖溫暖它……

「沒差，這裡也行。」

當然，她不可能知道我想要看到它。我不該告訴她。這樣會讓我聽起來很詭異，或者被崁道人控制了，而事實是……事實是……

事實是……

噢，不重要。別再擔心了，開始走路。

越過雕像，一臉怒容的、像動物的，還有躺下來像死掉物體那樣的……

而我扭曲著自己的身體，就像——

閉嘴。反正給我閉嘴。去白色石頭那裡。

「醜陋的小雜種。」狐姊嘟囔著，眼睛瞄著滿面怒容的石頭。

「別嘗試模仿它們。」我說：「它們不喜歡那樣。或者它們很喜歡。我不知道是哪一個。」

狐姊給我一個犀利的眼神。「妳還好吧？」

「是啊，我——抱歉，是這個地方的問題。」我揉著我的額頭。「腦霧。不過那些石頭，呃，我上次企圖模仿某一個扮鬼臉，我不該那樣做的。我幾乎能夠辦到。我那時以爲我要害自己下巴脫臼。」

狐姊揚起眉毛。「嘩！」

「是啊，我……我有點忘記那回事了。」我試著跟石頭裡獰笑的臉四目相望。「這似乎太瘋狂了，這全都很瘋狂，而我怕我**就要**發瘋了，所以我猜想只是我的心靈耍詭計，也許我是肌肉痙攣了什麼的。不過現在我想這可能是眞的。」

「可能。」狐姊搖搖頭。「這些東西……如果史奇普在這裡，他可以告訴我們這是哪種雕刻。他念過西部某個很酷炫的藝術學校，而三不五時他就會冒出『那是後現代前拉斐爾主義』，諸如此類的話。」

「我不知道他們在藝術史課程裡會不會涵蓋這種東西。」那些像死者那樣躺下的石頭，蜷縮在我們前方的草地裡。「我猜我們可以爲他拍張照片……」

狐姊哼了一聲。「我沒帶相機。有點懷疑就算我帶了，成果也不會眞的很好。」

我記得我那張照片過度曝光的樣子，看起來像是某人的指紋做了糟糕的影像處理。「可能吧。」

斑哥對那些像死物的石頭敬而遠之。他似乎不怕它們，但肯定不想太靠近，彷彿它們是地上的洞，他很怕會掉進去。

也許它們就是世界上的一個洞，如果看得太久，就會掉下去……這些線條似乎在我面前晃動，彷彿它們呼吸著。我覺得暈眩又發熱。

這就像暈船。地平線不對。去找白色石頭，把它當成錨，然後一切都會再度安定下來。

「白色石頭在越過這些石頭的地方。」我說著，小心翼翼把我的急切之情擋在我的聲音之外。我的雙手似乎顫抖著。這非常古怪。讓狐姊看到不好，她會有錯誤的聯想。我盡量把雙手塞進外套口袋裡，同時握著斑哥的牽繩。

有某樣東西戳到我的指關節。我的腦袋似乎突然清醒了。

等等，怎麼回事？

「狐姊……」

「嗯？」

「呃，這件事很怪。我想再度看到那顆白色石頭。」

她望向我，微微感到困惑。「我們是朝那裡走，不是嗎？」

「不，我的意思是我突然**真的**很想去，而且我不想告訴妳，我想這很詭異又可疑。」

她的凝視變得銳利了。「**這樣**就很有意思了。妳能對抗這股衝動很好。」

「我不認爲是我對抗了它。」我承認了。我在外套口袋裡掏了一圈，找那個戳到我的東西，然後抽出一根小樹枝。「我用這個戳到自己。」

「那是山胡桃木嗎？」

「是啊。在咖啡店外面。」

狐姊點頭。「山胡桃木會有幫助。我自己身上帶了大概一磅。妳還留著那串念珠嗎？」

「在我後背包裡。」

「啊，那戴上吧！妳以爲邪惡力量會在旁邊坐等妳穿戴完畢嗎？」

被念了一頓的我抽出那串山胡桃木念珠，從頭上穿過去。

空氣似乎變得輕盈了。在我注視著扭曲雕像的時候，它們仍然動著，不過動得少了一些，比較像是糟糕的干擾波紋，而不像是呼吸。

我小心翼翼地想起白色石頭，就像用舌頭試探一個會痛的地方。

白色大石頭。那塊石頭上面有某種詭異的東西。我們對那塊石頭有啥感覺？

我對那塊石頭沒有特別的意見，只覺得在這堆越來越詭異的玩意之上，它是又一個詭異東西。我相當確定，它是另一塊綠皮書裡出現過的那種石頭，而因此有那麼一點微小的機會，它可能嘗試讓我懷孕，而它企圖鑽進我腦袋裡讓我有點不爽。我向狐姊報告了這件事。

「複雜的古老世界，不是嗎？」她說道。她從某處拾起一根棍子，然後用棍子戳那些死掉的扭曲者。

「妳確定妳該那樣做嗎？」

「聽著，如果它會活過來咬掉我一大塊肉，我寧願它現在就上，而不要在我轉身背向它的時候發生。」

這個立場有種站得住腳的邏輯。儘管被棍子扎實地戳了好幾下，那些死掉的扭曲者並沒有咬掉她一大塊肉。我想狐姊可能稍微有些失望。

在死石頭的另一端有一小塊空間，還有更多石雕。我記得走了很長一段路穿過它們，但我不確定那趟有多久。我那時候心智狀態不盡然正常，對吧？我那時一直唱著〈噢，蘇珊娜〉，而且在那之後狀況變得有點奇怪。

「這比我走得還遠了。」狐姊說：「那麼，我猜我們要繼續走下去。」

所以我們穿過更多石雕，其中一些確實非常大，而且以某種方式固定在地面。我不記得那些石雕。山胡桃木擋開的是某種魔法，某種**邪惡的維瑞**嗎？

然後我看到了白色石頭。它在微弱的光線下閃爍著，像顆牙齒。它四周有個長滿草的碗狀谷地，基底周圍有蕨類植物，還有……某種東西的石雕。

我們停留在碗狀谷地邊緣。上圈的石頭往內傾斜，方向朝著石頭，而我隱約納悶著，它用來影響它們腦袋的方式，是不是跟影響我的方式一樣……

冷靜點。它們是石頭。它們沒有大腦。

不過在上面這個地方，誰知道是什麼鬼狀況？也許它們眞有大腦。在綠皮書裡，不是有一小段是敘述者懷疑她的家人會不會全都被變成石頭了？也許這些石頭就是所有被困在上面這裡的人，釀私酒的、兄弟會成員以及其他人。

我緊捏著夾在手指之間的山胡桃樹枝，不過這個念頭沒有消失。顯然這只是我的偏執妄想，不是任何一種魔法。

「嘩！」狐姊注視著石頭說道。

「妳覺得想摸它嗎？」我遲疑地問道：「我想那麼做，在我第一次看到它的時候……」

「我的確想。」她緩緩說道：「但我不會摸。不過，我可以感覺到那股想望。這就像是個漂亮男生，而妳知道他麻煩的程度超過他的價值。」她交疊著雙臂，對那顆石頭怒目相向，而我憐憫任何過去曾經對她造成困擾的漂亮男生。

「這是我第二次看它。」我說：「我猜我現在該要懷孕了。」

「我們回家後就讓妳驗一下，嗯？」

「它必須先過子宮避孕器那一關。」白色石頭雖然這麼詭譎又讓人發毛，我卻很難想像它能拚得過避孕器。「妳呢？」

「親愛的，如果我大肚子了，那不會是魔法，那會是天殺的奇蹟。」她拉長脖子，在那石頭旁邊看了看。「另一邊有什麼？」

我搖搖頭。「我最遠只到這裡了。我看到那塊石頭，然後狀況就變得有點詭異。」

我低頭瞥向斑哥。他熱切地注視著石頭，他有時候就像這樣注視著窗外的車——它曾經過屋子嗎？或者那是UPS快遞員，所以說是他的不共戴天之敵？

這裡好安靜。沒有風來撥動禿山上的草，或者推動陰沉灰色天空上的雲。我聽不到任何昆蟲鳴叫，也聽不到蛙鳴或者鳥囀。

沒有啄木鳥。

「我們繞一繞。」狐姊最後說道。

我們繞過碗狀草地邊緣。斑哥繼續盯著石頭，他全身緊繃，耳朵往前猛伸。到了另一端，我們回頭看著白色石頭，而狐姊發出單單一聲粗啞的笑聲。斑哥扯著牽繩，嚇了一跳，賞她充滿譴責的一瞥。

「抱歉，小子。」她對他說道：「唔。那玩意眞不得了，不是嗎？」

我瞪著安布洛斯提過的白色石頭，自己幾乎也想笑。

從這邊看過去很明顯。那是兩隻生物，而它們呢，直白地說，正像兔子一樣大幹特幹。

呃，倒不是說這樣很讓人意外。安布洛斯說的白色石頭顯然是這一塊的同類。我只是一直沒料到它這麼……**生動**。

它們用跟其他石頭差不多相同的風格雕刻，從眼角餘光看的時候，那些刻畫得很深的線條動得太多了。在上面的那個有很大的彎角，像一頭公山羊，而他拉著伴侶的角，把她的頭往後拉，她的角又長又扭曲，像羚羊角。她的喉嚨似乎很粗，像是野獸的頸子，而她的臉往前突出，形成一個像野獸那樣的口鼻部，不過她的身體大半是人類，雖然比例古怪。

講到比例……唔，他在「那方面」沒什麼好擔心的。

「這一尊我會放在前院。」狐姊快活地說道：「只是想看看郵差的表情。」

「呵。」我虛弱地說。

我看得越久，它就越不好笑。這很古怪，因爲老實說，性事很爆笑。不過這些雕刻極度精細，而那干擾紋似的動作讓軀體起伏不定，似乎撞在一起。我看著它的時候開始感到暈眩，而且想起了我把身體貼到白色石頭上的那個夢。那隻母獸很享受嗎？她的嘴巴張開，可能是激情也可能是苦痛的表情。

我頭很痛。我可以感覺到有一股搏動敲打著我的右眼、太陽穴還有兩腿之間……親愛的上帝啊，我被雕像搞得慾火焚身嗎？

「我得坐下來。」我說道。

「別在這裡。」狐姊這麼建議，同時拉著我的手臂。她引導我遠離石頭。我一旦不看著它，就變得比較輕鬆了。我的心跳不再在耳朵裡或者其他任何地方猛敲。

「那玩意是什麼鬼東西？」背對著雕像坐在草地上幾分鐘之後，我問。「我知道這很蠢，但我覺得——我覺得好像——」

然後我臉紅了。這眞是瘋了。整個情境徹底瘋狂，空前絕後。而現在我臉紅了，因爲在這些瘋狂到空前絕後的事情中間，是一座有巨無霸大鵰的雕像。

「沒關係，親愛的。如果我再年輕個幾歲……唔。」她搖搖頭。「我老到知道什麼事情不該做。不過它還是很有衝擊力，不是嗎？」

衝擊力。是。這形容詞也不差。

斑哥坐下來，搔搔他的耳後。看來它對狗或者雄性不管用，或者，至少對於那些睪丸只是個有關獸醫的遙遠記憶的雄性不管用。

「我猜老安布洛斯到頭來說中了一件事。」我說道。

「如果他期待我們因爲看到它就大肚子，他還是會相當失望。好多年前就把那些部分拿掉了。不是說它們對我有什麼不得了的好處，但在我用不著的地方得癌症就很可惡了。」

「我懂。」我心不在焉地說，同時拍拍斑哥。「我不知道。妳認爲那女孩——不論她是誰——實際上因爲看了雕像而懷孕嗎？」

「噢，見鬼了，誰知道。說不定它讓她想著它，然後她去找個某個年輕好小伙子來讓她有身了。從妳爺爺描述安布洛斯的方式來看，他會覺得那樣比看著一座雕像更令人震驚。」

狐姊輕蔑地哼了一聲。「如果性只是看著雕像而沒有實際捅，某些類型的男人可能覺得這樣**比較好**。」

「她很可能這麼做了。」我們背後有個聲音說道：「然後孕育了一個它的小孩，或者不只一個。」

狐姊跟我兩人都猛然一抽、直起身體。斑哥——身爲一隻勇敢的看門狗——抬頭看著，並且搖起尾巴。

有個女人站在那裡。她非常高也非常蒼白，甚至連眼睛都缺乏顏色。她的虹膜上面散布著紅色小斑點，瞳孔是天空那種褪色的灰。

「我就生過七個。」她說：「五個沒吸過一口氣。另外兩個……不過我們之後再談。」

她從哪來的？爲什麼我們沒聽見她？

「妳是誰？」狐姊說道，她的下巴往前挺出。

「我的名字叫安娜。」女人說道。她念這個名字的時候第一個母音很長，像是**安——娜**。「我是這個地方的其中一個人。」

我從眼角餘光裡看到動靜。那是跟石頭一樣的扭曲干擾波紋，但在我轉頭的時候，有個男人站在那裡。他跟她一樣高，而我想他是英俊的，不過他的皮膚有種古怪之處。他沒有講話，只是在女人旁邊就位。他甚至比她更蒼白。他們兩個的頭髮與其說是白色，不如說是完全無色，像霧氣。

安娜兩手交疊。「妳們跟我來。」她說道。這不是個要求，而是陳述事實。

狐姊試著頑強抵抗。「如果我們不要呢？」

蒼白女人搖搖頭。

然後我聽到了。骨頭的喀噠聲。石頭互相敲擊的空洞喀喀響。

咚……咚……咚……

斑哥的尾巴不搖了，他喉嚨裡開始發出哀鳴。

種種形體開始從她背後的昏暗之處出現，從石頭後面或者從土地本身裡面冒出來。

空氣扭絞起來又再散開，到最後我的眼睛開始分泌淚液，但我還是能夠太過清楚地看到它們。

芻像。好幾十個。

不是在窗戶的另一邊。我們之間沒有隔著牆壁。

就在此地。

就在此刻。

哆……哆……哆……

我猛吸一口氣，而且老實說不知道我會不會再吸另一口氣。

「妳們沒有選擇。」女人說道，這時石頭與骨頭構成的怪物圍繞在她身邊。「妳們擅闖深處，唯一的出路就是往更深處走。」

第十八章

我想斑哥是我沒有當場精神崩潰的唯一理由。

有的故事描述人忍受種種恐怖——逃離戰區、赤腳走了好幾百哩之類的——因爲他們要爲自己的孩子堅強起來。我不是說這完全是一樣的事情。斑哥，如同我先前說過的，不是我的小孩，他是我的狗。

儘管如此，在那個時刻，他需要我。他發出那種可怕的恐懼低吼，背拱起來，尾巴夾在兩腿中間。我在他旁邊跪下，雙手環抱著他，好讓他不至於衝向哪隻芻像，還可能因此被殺掉。他嚇得尿出來了，這表示他尿在我膝蓋上，可是你知道，我自己都覺得有點失禁了。

狐姊站在我身旁，抓住我的肩膀。我可以聽到她的呼吸就在我後面，又粗又急。

「我們會離開。」我說：「很抱歉打擾你們。我們會離開，不再回來。」

「妳們現在會跟我走。」安娜重複了一次，忽視我的話。

「我的狗不行。」我說。我沒看著那些芻像。如果我沒看那些怪物，它們就不可能是眞的，不過那裡有好多，而且它們正動著。我一直看到它們的零星部分，即使我試著不要看——蹄子、角、石頭和像鹿角的樹枝，還有從遠非人類的架構上垂下的陳舊破布——**別看別看如果妳不看它們就不會看見妳——**

「那妳們會被殺。」那男人說道，他第一次開口說話。他的聲音比我預期更尖細，帶著顫音，像很老的男人那樣。

「我不是拒絕。」我說道。狐姊的手指在我肩膀上一緊。「我不是要拒絕。我們會跟你們走，可是我的狗很怕，我會抱著他。」我講得非常冷靜，非常理性。我記得這個。如果我可以就這樣讓每個人繼續講話，他們就不會讓我沒看到的東西抓走我的狗。

我說我會抱著他，講得好像很容易。斑哥六十幾磅重。我不夠強壯，沒辦法抱著這種噸位的東西走很遠。但我不知道還有什麼別的能說。

安娜走上前，直到她距離斑哥跟我只有幾呎爲止。我仰望著她，她高到不可思議。我知道我跪在地上，但之前我認爲她是六呎四吋，也許再多一點。現在她看起來身高七呎——八呎、十呎——比我曾經見過的任何人類都更高。

她用左手做了某件事。

她手指周圍的空氣製造出另一個干擾波紋扭曲圖案，朝著斑哥飄去。

「不！」我伸出一隻手把它擋開。

它通過的時候，在我皮膚上感覺像是最微弱的一絲空氣。我的手穿過了它。我手指背面的細微寒毛豎了起來，但就這樣而已。

「他不會因此受到傷害。」安娜說：「這只是個讓野獸鎮靜的魔法，如此而已。」

她再度做出那個手勢。這次比較快。扭曲的空氣在斑哥的臉周圍閃爍著，像是馬路上的熱氣造成的霧。

我感覺到他貼在我胸口的顫抖平靜下來，怒號消失無蹤。他發出一個短促、困惑的哀嗚，彷彿不太記得他剛才爲何發怒，然後他轉過頭來舔我的臉。

她剛才做了……什麼？魔法？那是魔法嗎？

當然這是該死的魔法。妳是怎樣，笨蛋嗎？妳以為發生了什麼事？如果不是魔法，妳想牠像怎麼會到處走？

如果不是魔法，它們全體怎麼會走來走去？

呃，對。

我不怎麼喜歡未來還會有人對我的狗施展魔法，但如果這表示沒有人會被殺、斑哥不會在恐懼中尿了自己一身，這才重要，對吧？要命，如果我有鎮定劑的話，我會把藥塞進他喉嚨裡，我自己可能也會來一顆。

我站起身。我自己的腿在發抖。狐姊放在我肩膀上的手捏得更用力了。

「我們現在就走。」安娜說。

「狐姊……」

「看起來我們沒得選。」她說：「來吧，親愛的。」

安娜用一種緩慢而戲劇化的方式揮舞手臂，指向山丘下方更遠處。她穿著一件包裹著她的灰布，某種長袍、紗麗或者羅馬式寬袍，某種有很多皺褶的衣服。在她比畫手勢的時候，布料從她手臂上垂下，讓她看起來像某種古典雕像。

我非常努力專注於她的手臂，而不是在那手臂後面打轉的形體。遲早我必須看著它們，但如果我這麼做了，我就會變成可憐的斑哥剛才那種僵硬凍結的模樣。我不能看。每個人都叱罵奧菲斯和羅得之妻(註)。我保證，如果跟他們交換五分鐘，你的叫罵就會少得多。

我握好斑哥的牽繩。他走在我旁邊，尾巴跟耳朵都豎著，這隻狗正在散步，雖然有點無聊，但抱著會變得有趣起來的希望。我可以聽到芻像在草地上走動的聲音。它們的腳在觸碰到石頭的時候喀喀作響。我怕得快要靈魂出竅了。

我的雙眼牢牢鎖定在安娜身上。

她開始朝著剛才指的方向走。這是下坡路，走進昏暗的暮光裡。我可以看到我們周圍呈鋸齒狀排列的光禿樹木。我開始想，這些樹木永遠不會長新葉子，它們的本質就是空蕩蕩的樹枝跟扭曲的樹幹。或許它們是寄生性的。有相當多寄生性植物：山毛櫸寄生、菟絲子、火焰草。我阿姨會很享受。我靠著想植物來讓自己不必想怪物嗎？完全沒錯。

我不知道我們走了多久。山坡變得更陡峭。我把時間平均分攤來瞪著自己的腳和瞪著安娜的背。她無色的頭髮在黑暗中似乎非常明亮，彷彿暗夜裡的霧。

我不敢環顧四周，但我知道狐姊在我後面。我可以聽到她的呼吸。

「狐姊，我很抱歉把妳捲進這件事裡。」我說。

「該死，親愛的，我早該知道別讓我們任何一個人捲進這件事裡。」

石頭在微弱光線中逐漸逼近。石頭有三個，排列得像是個出入口。它看起來像是個規模縮小的巨石陣。

我不想穿過那些石頭。

很明顯，這麼說很蠢。我本來就不想靠近這一帶的任何地方。我也不想跟隨崁道人，還有他們那些簇擁在我後方周遭的恐怖寵物。但我**真的**不想穿過這道出入口。它散發出一種……不盡然是威脅性，是**遙遠**的感覺。彷彿我正要穿過一個氣閘艙，踏入外星球。如果我

註：希臘神話中，奧菲斯（Orpheus）爲了救死去的妻子，下冥府用琴聲打動了冥王。冥王允許他帶走妻子，但囑咐他在離開冥府前不得回頭。他最後忍不住回頭看了，妻子因此永遠重回地下。羅得（Lot）是聖經人物，罪惡的所多瑪城中唯一的義人，因此上帝要毀滅此城時派天使拯救他們一家。天使囑咐他們逃離時不得停下腳步、更不能回頭，羅得之妻忍不住回頭，而變成鹽柱。

試試看，也許可以現在拔腿就跑，而那些東西可能會殺死我；但如果我穿過那些石頭，會去了別的地方，而靠自己的力量無法回來。

安娜通過了石頭門檻。沒有什麼明顯的事情發生。她沒有消失、變得搖曳不定或者變成奇怪的顏色。

我轉頭看著我後方。

至少有一打芻像緊跟在我們後面。它們在狐姊後面形成一個鬆散的半圓，焦躁地來回移動著。微弱的光線在蒼白的骨頭上微微發亮，在短短的生鏽鐵絲上閃爍。

最靠近我的那個像禿鷹似地弓著身體，比我還矮。它的腦袋是寬廣的扇形，用細樹枝做成的，綁在……那是壞掉的鏟子前端嗎？

它轉動著頭。細枝彎折扭曲，而那些細枝框起來的空洞處回望著我，像眼睛一樣。數量超過兩個。可能超過十個。

它身體其餘的部分垂掛著在馬路上被撞死動物的皮毛。我沒辦法看清細節，而我很高興我看不清。相較之下，鹿芻像突然幾乎顯得很溫馴了。

現在太暗了，沒辦法看清其餘芻像。這樣正好。我有個印象，看到破爛的身體、用骨頭做的肢體、還有用鐵絲跟細線包裹起來的樹枝，其中一些隱約有著人形或者動物形狀，其中一些根本一點都不像人。

扭曲者。那些石頭應該要仿效的東西，或者被製作出來仿效那些石頭的東西。

我可以聽到它們的動作。骨頭喀喀作響，樹枝吱嘎有聲，那些東西嘆息、蛻皮、發出輕叩的聲音。在它們走路時，那裡有種聽起來很不協調，像是丹寧布在某人大腿之間摩擦的聲音：**嘶咻……嘶咻……嘶咻……**

如果我企圖逃跑，它們會立刻撲到我身上。

「狐姊……」

「親愛的，我也看到它們了。」

我點點頭。

棍棒與石頭……我心想，**棍棒與石頭能打斷我的骨頭**……

我沒費事想第二句是什麼。現在誰見鬼的還在乎言語（註）了？

一隻手抓著斑哥的項圈，另一隻手緊包著山胡桃念珠，我踏過入口，進入維瑞圓頂。

✦

踏過門檻的時候，沒有什麼戲劇性的事情發生。沒有一道閃光或者一記響雷。只是突然間要看東西變得容易一點，彷彿光線沒那麼幽暗了。

我往下看，腳下有條小徑。

小徑上的草被踩得變成緊實的土地。橘黃色的黏土，裡面嵌著細小的卵石。無論如何，那部分仍然像是圍在房子周圍的造景。

光禿的樹木在小徑周圍分開。不像柳樹隧道，它們長得又高又直，不過這仍然是一條漫長蜿蜒的下坡路。

註：出自俗諺：棍棒與石頭能打斷我的骨頭，但言語傷不了我。這裡作者也有雙關的意思。

我迅速往後一瞥。狐姊在，高大蒼白的男人也在。芻像也在。

拱門矗立在小徑最高點，像星星一樣遙不可及。

斑哥揚著尾巴，在他跟著安娜小跑步的時候隱約搖著。我眞羨慕他。

白色石頭像黑暗中的螢火蟲那樣閃耀著，點綴著小徑的邊緣。它們雕刻成乍看不熟悉的圖樣。然後我領悟到它們跟扭曲者一樣，那圖樣自己重疊起來，往後對折……不過它們沒有那種讓人痛苦、眼睛發熱的跳動不定。我可以透過眼角餘光看著它們，它們不會看起來像是要爬走的樣子。

那本來應該讓人很安慰，但沒有。

要不是我的眼睛出了什麼問題，就是……就是……

也許那種干擾波紋圖案，就是魔法跟真實世界接觸時會發生的事情，像柏油路上熱氣蒸騰的霧氣。現在妳不是在真實世界裡，所以它不再扭曲周圍的空氣了。

謝了，自我。這樣真有幫助。頂級因應機制。

如果白色石頭魔法，那麼有一塊座落在我祖母的花園裡好一陣子了。以我有限的知識來看，說不定那顆特定的石頭是路標，用來警告其他炭道人，指出我祖母的存在有惡劣影響。

我很納悶，卡特葛雷夫一開始怎麼搞清楚這一點的。也許是因爲安布洛斯。也有可能在遇到她之後，他就不再看到怪東西了。他沒寫下這件事。我眞希望我知道。要是我知道了，也許早就能夠把那些該死玩意趕走。

安娜轉向沿著小徑的一條彎路走。我看到她的側臉。那張臉沒有表情卻並不平靜，一張背後有祕密的木然臉孔。

綠皮書是怎麼講卡莎普小姐的？她是他們之中最高、最白的？這表示……到底表示什麼？作者是古怪的種族主義者嗎？卡莎普跟崁道人有密切關聯嗎？密切到可以召喚蛇、用蠟製娃娃施魔法，卻不足以逃過被活活燒死？

我能相信我眼前的女人能召喚蛇。老實說，出現蛇會是一種改善。一般來說，比起人怕蛇，蛇還更怕人。

在某種更怕我而不是我更怕的東西旁邊，感覺會很好。這些芻像肯定不是那種東西。

安娜再度轉向，沿著之字形路徑下了山坡。

有某種東西在樹木中移動。我可以瞥見某些東西在動——或許是破布吧。草。不是樹葉，在這座沒有葉子的森林裡沒有。

一陣低沉、心跳般搏動的聲音填滿了空氣，而我差點嚇得靈魂出竅。

「冷靜點。」狐姊在我後面說：「冷靜，親愛的。那是一隻哀鴿。」

「噢天啊。」我聲音微弱地說。我覺得很尷尬，這樣可能很傻，因爲被嚇得智商歸零絕對是我在當時可能最合乎邏輯的表現。但話說回來，誰知道這裡還有哀鴿啊……這是哪裡？仙境？還是地獄？

我跟著安娜走。我甩不掉我在某處認識她的感覺，但記不起來是哪裡。

唔，我其實是缺乏脈絡，對吧？我的意思是，如果習慣在怪物環伺的時候見到某人，在他們去咖啡店買司康的時候是是認不出他們的，對吧？

我相當確定不是在咖啡店裡認識她的。

之字形小路繼續往山下延伸。我開始從我們下方的光禿樹木之間看到建築物。它們是用蒼白的石頭或黏土做的，四四方方，就像會在弗德台地國家公園（註）或者美索不達米亞平原看到的東西。

建築物邊緣有奇怪的增生物，起初看起來像是更多樹木。我們在其中一個正上方，這時我終於領悟到那不是樹，而是某種古怪、瘤似的建物，用泥巴與樹枝構成。

相對於方正的石造建築，它看起來格格不入。

「某種巢吧，看起來像是。」狐姊悄聲說道。

她一說出**巢**這個字，看起來就對了。它們看起來像是一座建築物旁邊的燕巢，只是長到巨大無比的尺寸。我疑惑地想，在那種巢穴裡孵化的會是什麼，然後立刻決定我不想知道，我**不知道**肯定會比較快樂。知道像那樣的事情絕對無法帶來任何好處。

像安布洛斯那樣的人會講到禁忌的知識。沒有人會談完全糟到不行的知識。

白膚男人移到前面，走在安娜旁邊。他經過時靠得夠近，以至於我可以看到他的皮膚上面有數千道小細紋。它們看起來不像皺紋，而像是裂縫，就像某些瓷器釉料的碎裂紋路。

我突然間想到，他自己可能就是芻像，一層非常老的皮膚覆蓋在……什麼上面？樹幹跟鐵絲？骨頭？一個裡面滿是巫婆石的人類骷髏？

我的手指在斑哥的牽繩上猛然一扯，他跟著一抽。他抬頭瞥我一眼，彷彿納悶著我有什麼毛病。

「抱歉。」我對我的狗悄聲細語。

我們抵達最後一段之字形山路。小徑底部通往一座廣場，由那種灰色的間接照明照亮。居高臨下，沒有樹木遮擋視線，我可以俯視一座冰冷城市的核心。

它看起來空蕩蕩的。門是黑色的長方形。沒有燈光。只有少數幾樣物體在建築物之間匆匆跑過，從它們移動的方式來看，我知道它們甚至不如安娜這麼像人。

也許其他人正在睡覺。或者它們不想靠近我們。

見鬼了，誰知道啊，這說不定就像是《世界大戰》，而它們怕從我們身上感染某種疾病。

我短暫地懷疑我是否該擔心被安娜傳染某種恐怖疾病，然後鬱悶地認定我可能活不了太久，不足以擔憂我打過的疫苗是否足夠。

安娜自己大步前進，從沒慢下腳步。她那些喀喀作響還嘆息的芻像隨從成群簇擁在我們周圍，直到我知道它們就跟狐姊一樣靠近我爲止。如果我想，我一伸手就可以摸到一個。

我寧願把自己的手從手腕處咬斷。

聽好，在我們進入安靜的廣場時，我命令自己。**聽好。怪物從陰影中出現的時候，恐怖片就沒那麼嚇人了。看著它們。看看妳要對抗什麼。**

我轉頭看到從側面包夾我的那些芻像。

扇形頭的那個我已經認得。它走路的時候像禿鷹那樣跳動。不過，其他的……我逼自己端詳它們，彷彿它們是凱特阿姨的某些採集樣本，某種安全擺在顯微鏡載玻片下面的東西。

破布、骨頭、鐵絲、石頭。

還有其他東西，自然物跟非自然物。有一隻在它的巫婆石中間綁了空彈殼。有一隻有格

註：弗德台地國家公園（Mesa Verde National Park），也音譯爲梅薩維德。位於美國科羅拉多州，有古代阿納薩奇人蓋的建築，以土胚與石頭建造，呈階梯式排列。一九七八年列入聯合國教科文組織世界遺產名錄。

雷伊獵犬那樣的深胸腔跟窄髖部，肋骨之間塞著死鳥跟舊老鼠巢。有一隻身上有看似黑色皮革的東西在剝落，到最後我才領悟到它是用爆掉的輪胎碎片做的。

棍棒與石頭能打斷我的骨頭。棍棒與石頭能打斷我的骨頭。這句話就像扭曲者的頌文一樣，搭配著同一首叫人發瘋的跳繩遊戲節奏奔過我腦海，到最後那些話變得全無意義，只是在我血液裡猛敲的押韻詩。

有隻芻像背上有好幾十支細細的排泥管。我花了點時間才悟出它們是壁泥蜂巢，每年夏天蓋起來的小小黏土煙囪全都綁在一起，像是管風琴的發聲管。

有兩隻在我右邊快步跟著我，駝著背而且沒有頭，彷彿有人造好一副身體以後，決定它們已經做得夠過分了。用某種材質——是布料或皮，要分辨出來是不可能的——做出來的空袖子，從應該有脖子的地方垂下。

或許我瞪著看太久了，一位其中一個垂下的袖子動了，彷彿裡面有某個東西在，某個東西正轉過來看我。我猛然把視線拉開，固定在斑哥背上。

「妳認爲他們要把我們帶到哪去？」我對狐姊耳語道。

「該死，親愛的，這重要嗎？」

「妳們會被帶去一個拘留處。」安娜說道，但她沒回頭看我們。「直到決定妳們的命運爲止。」

「可是我們現在在哪裡？」我問道，越過那些芻像，望著那個奇異空曠的城市。我還是沒看到另一個人類，甚至也沒看到半個像炭道人那樣的人形物。「這裡有更多有石頭的山丘嗎？」

「不。有石頭的地方是設置門檻的地點。」安娜說：「一個門檻可以抵達妳們的世界，也可以從那裡抵達這個世界。門檻的力量很強。但並不安全。」

「安全？」我咬著下唇。

安娜聳聳肩。「白色石頭。那石頭引起……注意。這個地方的維瑞圓頂讓人不會注意到它。有些東西是人可以對話，甚至可能召喚的對象，不過不會有人想要日復一日住在它們的旁邊。」

說出這話的女人兩旁站著用骨頭、泥巴和電線做成的怪物芻像，反諷效果如此之大，以至於我必須咬著自己臉頰內側的肉，才不至於對著她大喊大叫、搖晃她，或者做任何一種無疑會讓我很快就慘遭宰殺的事情。

「妳那些怪異家畜，是靠它們那些石頭做基礎嗎？」狐姊問道，這是她初次開腔。

皮膚皸裂的男人轉頭注視著她。他瞳孔擴張的方式不對。我本來以爲他嗑藥了，只是我置身於一個位於不可思議遙遠之地的冰冷城市，如果有任何人在嗑藥，我可能會問他們可不可以分我一點。

「它們是以許多事物做範本。」他說：「但那些是有力量的形狀。」

大半的我嚇壞了。事實上，是全部的我。但在底下，有個小小聲音說：**那豈不是很迷人嗎**？

妳在維瑞圓頂下面耶。妳在某個幾乎沒有別人來過的地方。就連卡特葛雷夫都從沒這麼深入山丘之中。

那不是很有趣嗎？

我不知道該要擁抱這個聲音，還是要設法悶住它。這就像是站在懸崖旁邊，聽到一個小小的聲音叫你跳下去。說不定你一跳下去，在一路往下的時候那聲音會說，**這不是很迷人**

嗎？聽著風從你耳畔呼嘯而過。那不是很有趣嗎？看看你下方的石頭有多尖銳啊。你不覺得很令人著迷嗎？

狐姊再度把手放到我肩膀上。我們全都繼續往前走。

✦

我眞的不記得太多穿越城市的事情。我想這趟路一定花了至少十或十五分鐘，不過大半是一片模糊。我瞪著斑哥的耳朵。從眼角偷瞄，一直看到進入各個建築物的黑暗開口。我很納悶裡面是否有其他的崁道人，從黑暗中注視著我們。

我們踏入一片陰影中，我抬頭看，而我一看就看到構成其中一個巢的樹枝延伸到街道上，連結兩棟房屋。某種東西從樹枝之中的一個裂縫裡扭動著冒出來，某種有長扁肢體或者翅膀捲起一半的東西，一爪子接著一爪子把自己拖上那個構造。它看起來是軟的，像是黏土，而樹枝在它的皮肉上留下沒有血的深刻半圓鑿痕。

我必定發出某種雜音，因爲狐姊走到我旁邊，抓住了我的手臂。

「沒事的。」她說。

「不，不是這樣。」

「好吧，不是，但我是個老女人了，而妳應該要振作我的精神啊。」

我發出一聲粗啞的笑。安娜轉頭回看，這讓我很驚訝。之前她回答我問題的時候，都沒有看過我。

笑聲跟這個地方合不來，而我立刻就後悔我笑出來了，不過這至少讓我從那個巢的陰影下脫離。

沒有別的事情在我記憶中留下印象。就只有黑暗的門口、芻像的噠噠聲響，還有零星的動作。

到最後，我們抵達要去的地方。街道彎曲成弧狀，以便抵達山腰上看似一道傾斜石牆的地方。另一個黑暗開口在那裡裂開，不過這個開口裡有一道保持開啓狀態的雙扇大門。安娜不帶一絲恐懼地走過這道門，斑哥跟著她，而我領悟到如果我不快一點，下一個就會是一隻芻像，而我會被留在後面，要跟在一隻芻像背後進入黑暗。我的胃一陣翻滾，我衝進門裡。

不管門有多寬，走廊收窄到我可以用往外伸的手臂碰到兩側。裡面光線昏暗，不過不是全黑。光線來自放在凹陷壁龕裡看起來像是油燈的東西。我暗暗納悶燒的是哪種油。在地獄有煤油嗎？還是精靈鯨魚？這怎麼運作的？

如果你覺得我專注於某種無關痛癢的事情，以便不想正在發生的事，你完全正確。

一定有某人拿了油補滿了油燈，那個小聲音在深淵中悄悄說道。

腳下的走廊往下傾斜。這裡沒有樓梯。它就只是不斷繼續延伸。有時候我們會經過另一道走廊，跟我們的走廊相交，或者有個出入口像張開的嘴巴那樣大大裂開。我數不清我們經過了多少可疑的油燈，又有多少次我的影子在壁龕對面的牆壁上膨大起來。

而那是很長、很長、很長的路……

唯一的慈悲是那裡沒有回音。我預期在像這樣的走廊裡會有回音，可是我的腳步聲落下時悶悶的，彷彿石頭有種柔軟性質。我聽到斑哥的爪子發出微弱的啪嗒聲，還有狐姊的鞋跟在我背後發出喀噠聲，但全部就這樣。

比起我本來**可以**聽到的回音，我非常歡迎這些石頭的寂靜。

在安娜突然右轉，走進某一條別的走廊時，我差點絆倒。如果斑哥沒有帶路，我可能會繼續走，處於半催眠狀態，到最後天曉得我到頭來在地下的什麼地方。

不過斑哥拉著牽繩，而我猛然抬頭，心頭一驚，狐㚢則撞上我的背。「抱歉。」她嘟噥道。我想她可能處於跟我一樣的狀態。

這裡的走廊沒有往下傾斜，不過它確實從一邊彎向另一邊，就像一條蛇。我再也搞不清楚我們面對的是哪個方向，我們一路走來是不是繞著圈子走，然後穿過那個傾斜走廊下方，或者我們大半時候走的還是不是直線。

我確實知道的是，牆上沒有浮雕的石頭開始改變了。首先只是壁龕邊緣周圍有幾個小小的計數用刻記。然後那些刻記開始擴張，彼此重疊與扭曲，直到變成長長的刻痕，把那些壁龕連結在一起。

它們不是直線。它們會往回重疊、斷開，然後再重新相連。

我們來到一道出入口，在那裡刻出來的線條包圍著門檻，但並沒有眞正碰到它。跟其他開口不同，這個開口上有扇門。

安娜打開它，然後示意要狐㚢、斑哥和我進去。

房間並不大，比卡特葛雷夫的臥房小。這讓我想起三溫暖，不是因爲那裡很熱，而是因爲兩邊都有長椅。它們看來跟牆壁一樣，是用同一種石頭雕刻出來的。另一端立著一個壁龕，裡面有另外一盞油燈。

我看著狐㚢。狐㚢聳聳肩。我對斑哥發出咂舌聲，然後往前走。

「我們會回來。」安娜站在門口說道。她的聲音比先前聽起來還更遙遠。從聲音的溫暖程度來判斷，這可能是一段錄音。「我們必須討論妳們的命運。妳們會在這裡等候。」

狐姊注視著我們的牢房，然後回頭面對安娜。「看來我們沒有什麼選擇，是吧？」

安娜歪著頭。在她的手肘下，我看到其中一個駝背的無頭芻像來回移動著。

狐姊走進裡面。安娜點點頭，然後關上門。

第十九章

我們看著門。我們看著彼此。我們再度看著門。

斑哥在地板上坐下。

「如果他得尿尿的話，怎麼辦？」我嘟噥道。

「那裡有個格柵。」狐姊說。

那裡確實有個格柵，在壁龕下面的地板上。上面有金屬條。狐姊跟我瞪著它看。

「妳覺得妳可以穿過去嗎？」她問道。

我懷疑地瞥了一眼。「除非他們把我們留在這裡夠久，久到讓我體重減輕。而且我不知道掉進下水道裡算不算是一種改善。妳認爲他們這裡有下水道嗎？」

「我猜就連炭道人都得拉屎。」

「那些到處亂走的骨頭加鐵絲可能不用。」

「我不知道耶。要是它們吃了某個人以後會發生什麼事？」

我皺起了臉。從她的表情來看，狐姊自己也不是很想回答這個問題。

我們放棄格柵，背靠牆壁坐下來。斑哥躺在我們之間的地板上。

「妳認爲這跟白色石頭是一樣的東西嗎？」我問道，同時戳戳牆壁。

狐姊瞪了我一眼。「妳身上有那個叫啥的東西嗎？」

「叫啥的東西？」

「X射線光譜儀。」

連斑哥都爲此抬頭看了。

「我不知道那是什麼。」我承認。「我有嗎？」

「看來不太可能。那是我以前在水泥工廠工作時會用的東西，在一批水泥出問題時用來搞清楚原因。妳給我一個那種機器，對於那些石頭妳想知道什麼，我都會告訴妳。」

「呃，如果我不小心踢到一臺，會跟妳說。也許我們可以問安娜能不能跟她借一臺。」

狐姊用鼻子哼了一聲。

我們在房間裡靜靜地坐了一分鐘。最後我說：「我好怕。」

「是啊。」狐姊說。她閉上眼睛，頭往後靠向牆壁。「我也是。」

「某種程度上我預期會死掉。」我說道。講這種話很尷尬，彷彿我找話說的方式，就跟我找路穿過扭曲石頭之丘的方式一樣高明。「或者……見鬼了，我不知道我還預期有什麼別的。不過我沒料到在一切事物的另一邊會有個地方，有人還有……」我搖搖頭。「有太多**更多的**東西了。彷彿追著……我不知道，追著尼斯湖水怪之類的東西跑，結果卻有個祕密的政府實驗室繁殖蛇頸龍，爲了用來炸潛水艇。」

狐姊睜開眼睛，把頭歪向一邊，就像我做了某種特別難懂的事情以後，斑哥會有的反應。「妳必須解釋得稍微清楚些。」

我無助地揮舞我的雙手。「這規模太大了！這裡有太多東西了！我的意思是，如果我說：『山丘裡有詭異的玩意。』每個人都會點頭說：『是，我不意外。』可是接著我說：『而且他們那裡有一整個城市，用白色石頭跟鳥巢做的，還有……還有會走路的鹿頭骨，還有用舊鏟子綁在一起做的東西！』**這**聽起來就很瘋狂。」我發出呻吟。「妳覺得被外星人綁架的那些人就是發生這種事嗎？」

她揚起一邊眉毛。「那些人大部分都是瘋子，親愛的。」

「我知道。可是如果我們企圖告訴任何人這件事，每個人都會認爲我們也是瘋子。」

狐姊笑出聲來。其中沒有多少幽默的意味。「我不認爲那會是問題。」

我嘆息了。「是啊。」我說：「我知道。」我滑坐到地板上，揉著斑哥的耳朵。他拍著他的尾巴。

我們在那個安靜的房間裡坐著，感覺上好像坐了好幾年。我猜想可能是好幾小時，雖然可能更少些。斑哥伸個懶腰，然後睡了。呃，爲何不？他過了漫長又興奮的一天，又跑又爬，還有恐怖的東西，然後有人來了，施法讓他覺得好多了。要是我也會想打個盹。對一隻上了年紀的浣熊獵犬來說今天很累了。

對一個三十來歲的女人來說也很累。

石牆悶住聲音。直到門開始打開以前，我們都沒聽到捕捉我們的人走近。斑哥從腳掌之間抬起頭，發出一聲短暫的哀鳴。

來人是安娜，兩側還是跟著芻像。我沒辦法分辨這些芻像是哪幾個。它們周圍的陰影很濃重，我能看到的就只有鐵絲偶爾的反光。

安娜轉頭對它們說話。「我會告訴囚犯她們的命運。」

它們對著她發出噠噠跟喀喀的聲響。她走進來，把背後的門關上。

狐姊跟我瞪著她看。她站在我們前方，高得不像人，蒼白得不像人，她眼裡充滿了紅色的閃爍微光。

然後她三個箭步向前，跪了下來。

「妳們得幫我逃出這裡。」安娜用氣音說道：「**拜託**。」

✦

狐姊說：「……啥？」

這可能不是最聰慧的反應，但把我的思緒總結得相當好。

「拜託。」安娜用低沉又十萬火急的聲音說道。她跪在地板上的時候，臉上似乎有什麼東西改變了。她還是很蒼白，不過不再像具屍體了，而她的眼睛是普通的棕色，不再夾雜著紅點。

之前那是某種錯覺嗎？一種迷惑人的法術，像是他們以前稱為咒語的東西嗎？或者這本身就是錯覺？她設法要在我們面前看起來更像人類嗎？

「在這裡他們聽不到我們說話，我想應該聽不到，只要門關著就沒辦法。」她說：「至少我不認爲他們辦得到，不過很難講。他們對事情的反應跟我們不一樣。」

「妳……呃……有麻煩啦？」我問道。同時心想不管她惹上什麼麻煩，我們可能都處於更糟糕得多的狀況，如果眞有誰有求於人，應該是我們請**她**幫忙吧。

她把頭髮從眼睛前面撥開。「對，很糟。這裡不是好地方。」

「我注意到了。」我說。

她發出一聲短促、毫無幽默之意的笑聲。「我想妳當然會注意到。我已經無法分辨了，終究會習慣。除了有時候這些魔偶會做些沒有人能夠習慣的事情時以外。」

「魔偶？」我問道，雖然我很確定我已經知道了。「骨頭跟棍子做的東西？」

她點點頭。「尤萊亞說他們以前的形狀比較像人。不過他已經在這裡待太久了，比我還久得多，而我已經在這裡好多年了——我不知道多少年。我知道已經過去很長時間。當初是一九七三年的冬天。」

狐姊跟我隔著她的頭面面相覷。安娜看起來最多是三十歲出頭，要是她眞的只是對護膚與運動非常勤奮不懈就好了。

「已經滿久了。」狐姊很好心地說：「妳出了什麼事？遊蕩到這裡來，是嗎？」

「噢。」安娜把臉埋到雙手裡。「我那時好愚蠢。我們出去到我表親家後面的樹林裡抽大麻，想要提升我們的意識，妳懂嗎？然後有一天我抽到嗨的時候，一個女人出現，我還問她是不是我的性靈嚮導。妳能想像嗎？」

不管我對崁道人有什麼期待，都不是這樣。

「呃。」我說道。

狐姊就沒有這種顧慮。「天殺的，親愛的，我有天晚上嗑藥嗑到神智不清，還問一個警察他是不是我爸。有時候就會發生這種事。」

安娜點點頭。「她是我之前的那個。她把我帶回這裡。然後她就**離開**了，那賤人。」

「妳不能離開？」我問道。

「不能永遠離開。魔偶會讓我出去一會，不過它們會監視我。如果我試圖離開，它們……」她吞了一下口水。不管她本來打算說什麼，她顯然都覺得還是不要比較好。「它們把我帶回來。」她說。

我在心中勾勒出長長的細枝手指握住我手臂，一隻鹿骨芻像把我打包扛回石頭地的影像，然後打起冷顫。

現在既然她不再這麼高又這麼蒼白，某件事突然間變得清清楚楚。「妳之前在樹林裡！我看到妳了！妳是那個健行者！」

安娜點點頭。「我一直觀察著妳。」她說：「想看看妳是否能夠幫我。」

「但妳看起來不像……」我揮舞著我的雙手，企圖同時表現**高大蒼白跟紅眼睛**。

「這沒什麼。」她說。她的手一揮，然後她的眼睛突然就亮起車尾煞車燈的那種顏色。

我身體一縮，接著那雙眼睛又再度變成棕色。「一點點魔法，就像用在妳的狗身上的法術。這樣人就不會嚇得七葷八素。」

嚇得七葷八素，我心想。**我幾乎可以聽到七〇年代的風味**。

「我以前會出來，看看佛萊德瑞克。」她哀傷地搖搖頭。「我不認爲他理解我企圖告訴他的事情。他一直試著警告我。我告訴他已經太遲了，不過……就是這樣。」

佛萊德瑞克。**她是指卡特葛雷夫**。**噢**。**他提過樹林裡的女孩**。

我沒把健行者跟卡特葛雷夫在樹林裡見到的女孩連在一起，但我怎麼可能想得到？龐茲伯羅有一大堆人。不太可能預期他們任何一位有辦法神奇地隱藏他們身高七呎、膚色如冰的事實。

「我想他到最後身體狀況太糟了。」我說。

安娜點點頭。「他幫不了我。」她說道。

「是妳把紙條送出來。還在上面畫了『大鼻小吉在此』。」

她拍拍斑哥。「對，他以前會畫那個。我不知道妳是否認識他，但我想妳可能會認得這個塗鴉。」

我試著不要聽起來像是要指控她，但滿確定我失敗了。「我來是因爲那張紙條。因爲妳求救！而妳反而抓住我——我們——然後把我們關在這裡！」

「呃，我沒料到妳們會就這樣走進來！我以爲如果妳先前發現了石頭地，妳對於這裡怎麼運作應該知道點什麼！」

狐姊發出狗吠似的短促笑聲。

「不。」我說：「我的狗有一天遊蕩進來，然後事情就開始出錯了。」

安娜停下來不拍斑哥了，她把頭髮從眼前撥開。「那麼妳不是他們的一員。我們的其中一員？」

「呃……什麼？」

「半隱藏的人。他們會出去，從普通人那邊得到小孩。我父親就是。那正是為什麼他們想要我待在這裡。可是妳不是其中一員，對嗎？」

我揚起眉毛，想著我爸跟他肺部的問題。「老天啊，不是。我爸是個精算師。」

我不知道我為什麼加上最後那點資訊，除了身為精算師似乎跟身為崁道人正好徹底南轅北轍。

「呃——啊。」安娜看起來一副可能會尖叫出來的樣子。「可是妳肯定是啊！**佛萊德瑞克就是其中一員！**」

「他**什麼**？」我說。

「他是我們的一員。好幾代以前了，不過還有一點點。妳怎麼可能沒有？」

我緩緩地對著她眨眼睛。「他是我的繼祖父。我親祖父三十幾歲就死了。」

安娜垮著身體坐到石頭長凳上。「這**糟透**了。」

我開始有點受不了她的種種自以為是。看來現狀至少有一部分是她的錯。「妳本來可以先問呀！或者，妳知道的，**不要**抓我們！」

她搖搖頭。「我試過要把妳以外的別人都排除在外。我還以為**妳**可以幫我。」

狐姊抬起頭。「那就是爲什麼感覺上這地方好像試著把我擋在外面。」

「我**試過**了。」安娜重複說道，聽起來幾乎是在鬧脾氣。「一旦妳們來過石頭地，無論如何，魔偶就是會出去把妳們帶回來。我必須表面上看起來很正常。他們已經懷疑我了。至少我認爲他們有懷疑。誰知道他們腦袋裡在想什麼？」

「妳不知道嗎？」狐姊溫和地問。

安娜發出一聲高亢卻沒有笑意的笑聲，讓我後頸上的寒毛都豎起來了。斑哥跳了起來。我滑到地板上擁抱我的狗，感覺到一股占地盤式的衝動，要主張他是我的，不是她的。我脖子上的山胡桃木念珠纏住了他的項圈，而在我把手指握在念珠上要把它們扯鬆的時候，我看到一種奇怪的重影。安娜，看起來仍然像個嬉皮，有人類的眼睛跟人類的皮膚……以及在那之後，彷彿透過一層毛玻璃，是有著紅眼睛、皮膚比地球上任何白人女性都更白的安娜。

哪一個才是真的？

我把珠子放下貼在胸前。那影像消退了，雖然珠子仍然碰到了我的後頸。或許山胡桃的強度，只有在我握緊它的時候才足以讓我看到魔法效果。

安娜拱起一邊肩膀，聳了聳肩，沒察覺到任何事。「聽著，我需要妳的幫助。我必須離開這裡。已經過太久了。我達不到他們的要求。這行不通。我以前至少還會懷孕，但現在甚至辦不到了。」

如果她聽起來像個哀慟的母親，我可能還會嘗試說些同情的話，但她不是。她聽起來很惱怒。我知道人很複雜，會用自己的方式哀悼等等，而也許這甚至不再是哀慟了，但這裡又多一件正在發生的怪事。

我不是有意評斷他人。這整個狀況完全超越我的理解範圍了。

「如果我們可以的話，就會幫妳逃走。」我說道。但以我們被鎖在一間石頭牢房裡，她卻還能自由進出此地的現狀來看，這麼說很蠢。「可是屋子裡也有芻……魔偶。如果它們追著妳來，它們不會就來到屋子這邊嗎？」

「屋子，也許吧。」安娜低下頭。「不過如果我可以逃得夠遠，他們會放棄的。我確定他們會放棄。他們必須放棄。」

我不那麼確定，但我也不會跟她爭辯。她的眼睛正在做某種非常讓人不安的事情，在眼睛閃出紅光，然後想起它們應該是棕色的，但接著紅光會開始再度滲出來。

「其他人呢？」我問道：「其他崁道人。如果妳離開，他們不會企圖阻止妳嗎？」

「什麼？」

「那個……」我突然想到，她可能不知道我說的「崁道人」是指什麼。「隱藏的人。像妳跟那個老人。」

安娜盯著我看，然後發出另一聲高亢、令人不安的笑聲。

「沒有任何別人了。」她說：「他跟我是唯一剩下的了。」

「沒有任何別人？」我蠢兮兮地重複。「什麼？那怎麼可能？你們這裡有一整個城市！」

就在我說出來的時候，我記起我們走過這城市的時候它有多寂靜，僅有的動靜就是來自那些芻像。在當時我以為或許其他人在睡覺，或者從窗口注視著我們。

或許眞相是，沒剩下任何人能在那邊看了。

但如果這是眞的，那麼那些芻像是從哪來的？有人製作它們。

是安娜嗎？或者是另一個男人——尤萊亞？**這是個老派的名字。不知道他在這裡多久**

了……

一個老派的名字，就像……順便一提，就像安布洛斯……

安布洛斯毀掉了白色石頭，但這裡有另外一個。卡特葛雷夫在威爾斯的時候就知道崁道人，而綠皮書的敘述者講到他們，所以肯定有更多人……

「有別的城市嗎？」我問道：「在其他地方？」

安娜給我一個吃驚的評估眼神。「我不知道。」她說：「尤萊亞有一次講過這個，不過他只是隨口說說。就算有別的城市，也從來沒人從那裡來。」

有某種東西在門上喀喀作響。安娜身體一僵。

她站起身來。有一會看起來彷彿她站在一道沒有人能看見的光裡，彷彿她的皮膚漂得越來越白，她的眼睛也變得奇怪起來。

「我會回來的。」她悄聲說道：「魔偶接下來會想要帶妳們去『建築』。我會試著拖延它們，不過如果我辦不到，就要做好準備。」

「『建築』——」

「**晚點說**。」

她打開門。門後就是一道骨頭、破布跟細枝構成的牆，毛躁地動個不停。

安娜踏進門外，頭抬得高高的。

「已知妳們願意合作。」她說：「我們會再談。」

她關上門，離開了。

✦

「哇靠。」狐姊說。

「這狀況變得越來越詭異了。」我說：「妳認爲發生了什麼事？」

「一點該死的線索都沒有。」狐姊說，下巴朝門口一點。「我不是很喜歡她。雖然爲她感到遺憾，不過事有蹊蹺。」

「是啊……」我說道。我想要爲安娜感到遺憾，她顯然是……某種東西……的受害者，不過她有種不對勁的地方，我說不上來是哪裡。

這讓我想起綠皮書的敘述者。同樣的感覺：我知道我應該要憐憫她們，但我反而只是很不信任她們。

唔，安娜把我扯進一個我根本不知如何導正的狀況裡，而且她還不道歉。她看起來只是很惱怒。我自己也覺得有點惱怒，而且很理直氣壯。

就是有某件事情……**怪怪的**。

怪怪的，我酸溜溜地想著。**對啦，妳被怪物包圍，被困在地下，但有某件事情「怪怪的」。而且妳還陷入憂鬱的沉思，就因為妳覺得綠皮書的敘述者不夠討人喜歡**。

斑哥喜歡安娜，但那沒多大意義。她在他身上下咒。而且無論如何，斑哥喜歡快遞員以外的所有人，而要是快遞員會魔法，他可能也會喜歡快遞員。

我眞希望我知道讓我心煩的到底是什麼。然後我就會知道我應該注意那種感覺，還是要忽略它。

當然，在我死去祖母家後面的山丘中，不知怎麼的有座空城，我被棍子做的芻像關在這邊的牢房裡，這時我應該如何挑出一個微妙的不對勁呢……**是啊，辦不到，現在已經不是談什麼微妙不微妙的時候了**。

不過她的舉動不正常，跟綠皮書敘述者的舉動不太正常是一樣的。

如果妳成為芻像的囚犯數十年，因為一塊石頭懷孕，「妳」會有什麼見鬼的舉動？

不過她爲什麼在意我不是崁道人之一？如果我要幫助她逃跑，這有什麼重要性？

「妳認爲這裡眞的沒有其他崁道人嗎？」

狐姊聳聳肩。「沒看到任何一個。當然了，那不代表什麼。而且妳是對的，也許這裡沒半個，在別處卻有一些。」

「也許這些芻像是在別處做的。在另一座城市。卡特葛雷夫一定在威爾斯看過一個，然後逃走……」**越洋逃亡，然後搬進一棟後院就有一個的房子裡。這就是反諷**。

也許他別無選擇。也許他無法逃離它們。

「妳覺得這是個陷阱嗎？」我問道。我腦袋裡有種種思緒亂轉成一團——卡特葛雷夫被我祖母吸引，而他很明顯鄙視這個人；卡特葛雷夫被這棟房子吸引，沒有離開，甚至在事情變得很清楚，崁道人已經找到他的時候也沒離開……卡特葛雷夫被困住了，而現在我們被困住了……

狐姊揚起了一邊精心畫上的眉毛。「如果這是個陷阱，她已經收網了。她把我們關在一間監獄牢房裡。爲什麼要來這裡對我們撒謊？」

我不滿地咕噥一聲。

一會後我說：「如果沒有崁道人，到底是誰做了這些芻像？或者魔偶，或者隨便她怎麼叫的那些東西？」

「也許是那個老傢伙。」狐姊說：「他看起來像那種人，會把黃蜂巢插在豬身體上然後收工。」

「尤萊亞。」我說：「妳上次是什麼時候聽到有人叫尤萊亞的？」

「我想是主日學校的時候。他是個西臺人、利未人、所多瑪人或者隨便哪裡人。」她思索了一下。「呃，可能不是所多瑪人。」

「我不是刻意挑剔。」我思考著。「妳認爲他可能製作出它們全部嗎？」

「如果我永生不死又很無聊，可能會忙著搞很多惡作劇。」

「妳認爲他永生不死？」

「我想那女孩安娜去他的看起來完全不像個一九七三年時是青少年的人。」

我嘆了口氣。「妳認爲她說的懷孕是什麼意思？」

狐姊思索著這一點。「聽起來有點像有人要她生孩子，但她再也生不出來了。她抓到我們的時候也說了類似的事，不是嗎？」

我就生過七個。五個沒吸過一口氣。

「見鬼了。」狐姊說：「如果我困在這裡，除了那個老傢伙尤萊亞，還有一群會走路的樹枝怪物以外沒有別人，一直生小孩，我自己就會想要盡快腳底抹油開溜。」

我用鼻子哼了一聲。這正呼應我自己的想法，而她沒說錯，但還是……還是……

爲什麼要困住我們？在我們很明顯沒能力提供幫助的時候，爲什麼還要求助？

不，不是我們。是我。她企圖把狐姊排除在外，記得嗎？

無論如何，爲什麼那些芻像從我家窗戶往裡盯著看？

我們沒有足夠的資訊，而這就是全部了。

我們靜靜坐著。斑哥回去睡覺。

「妳還有那些三明治嗎？」

「妳怎麼可能在這種時候還想吃東西啊？」

「聽著，被嚇壞讓我很餓。」

我探進我的背包，拿出保鮮盒。盒子一打開，鮪魚跟美乃滋的味道就撲向我，我突然間飢餓難耐。

「就跟妳說過了。」在我猛吞兩份三明治下肚時，狐姊得意洋洋地說道。十分鐘後，我覺得好疲倦，讓我開始納悶那鮪魚三明治是不是被下藥了。

「相當正常。」狐姊說：「聽著，我們沒命地跑，然後又被迫行軍穿過街道，被嚇得智商歸零。腎上腺素總是會耗盡。」她在石椅上伸懶腰，用背包當枕頭。「而且，昨晚我們沒有一個人好睡。」

我發出呻吟。感覺上在到處都是怪物的地方入睡，蠢笨危險到不可思議的地步，但現狀不像是我能夠用保鮮盒挖出一條路逃離牢房。「我知道妳是對的。」我說：「只是感覺就是不對。而且安娜叫我們要準備好。」

「如果妳充分休息過，要逃走就更容易。而且他們在發現我們的時候，並沒有當場殺死我們，所以那肯定有什麼意義。」

「妳想他們有別的計畫嗎？」

「親愛的，我不知道，他們搞不好打算吃了我們，而且正試著要找到食譜。」

講完這個安慰人心的念頭，她就閉上雙眼開始打鼾了。

我爬下來蜷縮在斑哥周圍。他有點困惑，但樂意接受環抱。我把臉湊近他脖子的毛裡，聞著沒洗澡的狗味，這不該是種安慰人心的氣味，但此刻我會接受能得到的一切。

我想要驚慌失措。我可以感覺到驚慌穿透我全身，彷彿皮膚被拉扯過頭了那樣，但我卻不能這樣。

我的狗需要我，而在他安全以前我不能崩潰，就這麼單純。

第二十章

我一定睡了好幾小時。無論如何，長到足以讓斑哥項圈上的一個鉤釦在我臉上留下印痕。我坐起身，因爲狐姊推我。

「啊？」

斑哥發出哀鳴。

狐姊又一次用她的腳推我，實際上是踢了一腳。

我開口要抗議，然後就看到她的臉。她沒看著我。

我很緩慢地轉過頭去。

門開著，而門口擠滿了芻像。

我螃蟹似地靠著一隻手跟兩隻腳往後爬，拉著斑哥跟我一起退。他沒抗拒。我感覺到我撞到地板上那個金屬格柵的那一刻，因爲我的手指是分開的，而有一根鐵桿正好撞進我無名指跟中指之間的空間，我全身的體重都壓在上面。這樣痛得要命，但我幾乎沒注意到。

芻像雖然沒有眼睛，還是瞪著我們。

它們沒有動作。我可以看到其中一個沒有頭的駝背芻像，還有一個芻像背上有壁泥蜂巢。它後面還有其他芻像，但我無法分辨這一個跟下一個中間的分界線。它們塞滿了門口跟走廊，直到我視線能及的盡頭，是一條棍棒與石頭構成的河流。

……**打斷骨頭……棍棒跟石頭……而我扭曲著自己的身體，就像那些扭曲者……**

我的肩膀撞上背後的牆。我可以感覺到金屬桿嵌進我的大腿後方。斑哥把一隻腳掌踏進裂隙裡，滑了一下，然後恢復平衡。

而這些芻像就站在那裡，注視著。它們的陰影塗在走廊的天花板上，動也不動。

我聽到噠噠輕拍的聲響，從很遠的地方傳來，被奇怪的石頭悶得糊糊的。

也許就是在後排的那些東西在說：「發生什麼事了？我看不到！」

我把手堵在嘴巴上，壓掉接下來會冒出來的不管什麼聲音。會是歇斯底里的笑聲還是尖叫，我根本不知道。

我用另一隻手臂，把斑哥的頭拉低貼在我胸前，彷彿他是個小小孩，而我設法避免讓他看見某種恐怖的東西。他讓我這麼做。一般來說狗絕對不會讓你那樣做。

狗不屬於這裡，在維瑞圓頂之下。

人也不屬於這裡。

我聽到我旁邊喀噠一響。那不是細樹枝加骨頭發出的喀噠聲。那是一把槍上膛的聲音。

「狐姊……」我沒轉頭。

「我有六發子彈。」她說道。她的聲音平板至極，而她不是在跟我說話。「我懷疑你們大家會讓我重新填彈，不過頭六發子彈可能很有意思。」

我硬把視線從門口轉開，然後看到了她拿了把槍，平舉在前方。它看起來巨大無比，不過這不表示什麼，因爲在我眼中，任何槍都看起來巨大無比。

我想問她問題，好比說，**見鬼了那從哪來的**？或者也許是，**為什麼妳不趁著我們被關進牢房以前開槍射哪個人**？不過現在似乎真的不是時候。

那些芻像沒有動彈。它們沒有撤退。它們沒有前進。它們甚至似乎沒注意到。

就我的理解，它們沒有一個長了眼睛。它們有凹洞跟眼窩，還有充滿黑暗的空洞處。

我還是甩不掉它們正研究著我們的那種感覺。

因爲使勁舉著手槍，狐姊的手腕開始顫抖，但她絕對沒有移動。

而到了最後，在幾分鐘或者幾小時後——我根本沒辦法說清楚——芻像開始離開了。我看到牆上的陰影在它們走開時如漣漪般地波動著。其中某一些甚至沒費事轉身。它們只是反轉它們的四肢，開始朝著反方向移動。走廊充滿了**嘀**、**嘀**、**嘀**的聲音。

壁泥蜂芻像對我歪著頭。它的頭是幾根棍子用細繩綁在一起，甚至沒綁緊，就只是一個含糊的V字形，可能是口鼻部，而且還有更多的壁泥蜂從後面跑出來，全部捆在一起，像排笛一樣。

它伸出前肢，然後拉著門關上了。

狐姊瞬間吐出一大口氣，放下手臂。她對槍做了某種神祕的事情，然後把它放回她的後背包裡。

「狐姊，**那**是從哪來的？」

「我奶奶的。她說如果我要跟男生約會，我應該總是帶著計程車錢跟保險套——」

「那**不是**保險套，狐姊！」

「——而要是他們有任何一個找我麻煩，我就要把傢伙亮出來，讓他們瞧瞧我的傢伙比他的大。」

我花了些時間消化這件事。「有趣的女人，妳奶奶。」

「是啊，她很不尋常。無論如何，我一直都把它放在我後背包裡。」

「我們在山坡上的時候，妳爲啥不把它拿出來？」

她鼻子哼了一聲。「妳期待我射殺它們之中的多少個？我又不是女神槍手安妮・歐克莉，我沒辦法用一發子彈就射穿十隻那玩意。」她皺起眉頭。「我承認，我確實想了一下下要當場挾持那女人安娜當人質，不過在有人到處搞些怪異的勾當時，我不太想開槍回擊。似乎很有可能我只會害自己被殺，然後妳跟妳的狗狗就會在這裡孤立無援了。我猜最好留著它，當成最後手段。」

班哥聽到**狗狗**這個詞彙，就從我腋窩底下拉出他的頭，同時搖著尾巴。我眞希望我有狗十分之一的精神韌性。

我緩緩吐了一口氣。「呃，我猜它們現在知道妳有那個了。」我不敢相信她如此有備而來，尤其相對來說我多麼沒有準備。「狐姊，妳有沒有想過要加入ＦＢＩ或者ＣＩＡ之類的機構啊？」

「我查過一次，但看來他們希望你至少高中畢業。」

「可惜了。」

「那位好探員就是這麼說的。他是個很甜美的男孩。早上做早餐給我吃等等的。」

我檢視著我的左手。我手指之間的連結處變成了發炎的紅色，而我手上有種刺人的疼痛。我捏捏幾處骨頭，沒有一處讓我痛苦地尖叫，所以可能沒斷。就算斷了，我對此也天殺的做不了什麼。

至少是左手。如果有必要，我可以用右手打字，看著鍵盤打。妳知道吧，這是以防萬一我坐在崁道人的監獄裡，同時還得做任何一種文字編輯工作。

「有意思。」狐姊緩緩說道。

我抬頭看。

「它們來到這裡，卻沒有任何一個崁道人在。」

「安娜說沒有別人在了。」我說。

「是啊。她**說的**。我不是說她是個騙子，但她保留了某些事沒講。」

「呃，我們有過一次五分鐘的對話……」我說道，以賭命的決心要公平待人。「這不是說我覺得妳錯了。」

「是啊。」她點點頭。「不過如果她沒有告訴它們怎麼做，是誰叫那些東西過來瞪著我們的？」

我眨眨眼睛。我沒想到這點。第一隻芻像，有鹿頭骨的那個，曾經從我的窗戶往裡盯著看，而我本來已經開始認爲那就只是一件它們會做的事。

「而這是爲什麼？」我說道：「它們要找什麼？」

狐姊聳聳肩。

「還有『建築』……」我實際上可以聽見安娜說出這個詞彙時的強調語氣。

狐姊再度聳肩。

我再度用手臂環抱著斑哥，並且納悶地想我們是否會得到答案，或者發現眞相會不會比現狀還更糟。

「妳認爲現在幾點？」我問道。

「見鬼了我哪知道啊？」她下巴朝著門一撇。「仔細聽。外面發生了某件事。」

我聆聽著。就算透過門那種悶住聲音的靜默，我還是能夠微弱地聽到一個拉高的憤怒人聲，還有喀啦喀啦的聲響。

那聲音來得更近了。

我雙臂環抱著斑哥。他安靜了一下下，不過我還可以聽到在他胸口之下，在每次呼吸底層的哀鳴聲。

最後一聲怒吼。一陣骨頭與金屬的喀啦撞擊聲。門打開了。

安娜穿過門口，然後把背後的門關上。她的雙眼紅得像車尾燈。「起來。」她說。

「怎麼了？」我緊抓著斑哥的項圈。

「是那些魔偶。它們要帶妳們去『建築』。」

我吞著口水。「爲什麼？」

「爲了看看妳們，我想是這樣。」

「它們已經來過那棟房子了。」我厲聲說道：「透過窗戶瞪著我看。它們不是已經看夠了嗎？」

她搖搖頭，她的頭髮挫折地甩動。「誰知道它們爲什麼做它們會做的事情？」

「可是我以爲妳的族人製造了它們！」我記得綠皮書裡的段落，卡莎普小姐做了一個魔偶，還有敘述者做的那些黏土人。它們肯定是一樣的東西，或者是類似的東西。

安娜發出一個刺耳的短促笑聲。「什麼？我從來沒做過。」

「那麼是那個老傢伙了。」狐姊說：「尤萊亞。」

「他？」輕蔑從安娜的聲音裡流露出來。「他除了瞪眼跟嘟噥以外，做不了多少別的事情。他在這裡好幾個世紀了。是眞正古老血統的最後傳人之一，現在對他來說沒什麼好處了。不，他沒有做出它們。」

「那它們是從哪來的？」

「這不重要。」她憤怒地悄聲說道：「聽我說！我們現在必須走了。」她越過我的頭望著狐姊。「隨後我們必須快跑，妳了解嗎？『建築』靠近邊緣。而它們事後總是會待在一起一小段時間，所以它們的數量會比較少些。」

「在什麼之後？」我問道。她忽略我。

「我會引開它們的注意。」她說：「做好準備。」

「在**什麼**之後？」

她終於瞥了我一眼。「噢，我沒有時間！妳會看到的！」

到最後我點點頭。狐姊也是。

「我們明白了。」狐姊嚴肅地說道。

安娜再度用力把門拉開。

一整條走廊滿是往裡看著我們的喀噠作響陰影。在遙遠的後方，我可以看見尤萊亞，被人造怪物環繞著。

安娜毫無動搖。她抬高她的下巴，高得不像人、蒼白得不像人，然後往前走去。魔偶群分開來讓她通過。

「嗯。」狐姊站起來，輕聲說道：「我猜要是不希望它們過來拉著我們，我們最好跟上她。」

我原以為要再度走那條長長的走廊到地表去，卻不是。我們反而再度轉來轉去，到最後我徹底迷路了。

這些走廊照明比較好，這樣……唔，我不知道這樣比較好還是不好。每隔幾碼就有油燈，壁龕在左右兩側交替出現。每一波燈光都照亮了對面牆上有波紋蕩漾、旋轉的雕刻。

要不斑哥身上的魔法開始消退，要不就是我們周圍有太多芻像了，他開始轉頭看著它們，他的前額起了皺紋。我可以看到他試著要思考。正常狀況下，他不會貢獻那麼多心智能量在任何跟食物無關的事情上。

我自己面對現狀也不輕鬆。走廊上燈光充足到我可以看清它們。我不知道這樣比黑暗中模糊不清的形體更嚇人，還是更不嚇人。現在它們似乎比先前更多，或者也可能它們就只是走得比較近。

就是這個。它們的動作像是它們有某個地方要去。

「建築物」。

我盡可能想像它可能是什麼。另外一個灰撲撲的石盒子？一個巨無霸工廠，在一條生產線上變出細枝加頭骨的生物嗎？

「別再戳我了。」狐姊對她背後的某個東西怒吼。「我腳踏這高跟，不可能走得更快了。」

「妳怎麼有辦法不徹底崩潰啊？」我問她。我聽到自己問出這句話時笑出來，我本來沒有意思要笑。恐慌開始在我胸膛內側伸出爪子挖掘，彷彿其中一隻芻像在那裡爬行，試圖挖出一條出路。

真是美妙的想像畫面啊。而且對現狀超有幫助的。

狐姊用鼻子哼了一聲。「以前參加過某些抗議活動，警察來搞破壞。那時候，只要我沒中催淚彈，就覺得是狀況不錯的。繼續走，親愛的。」

她輕輕推了我的背一下。我甚至沒發現我腳步慢下來了。

「再加上我先前吞了半顆煩寧鎮定劑。」她補上一句。

「而妳卻沒有分享？」

「呃，我想我們其中一個要保持清醒，免得我們需要開車。」

「狐姊，這一帶沒多少車子。」

她吸了吸鼻子。「那邊有個東西，用消音器當胸腔。看起來像是某個人試著要做一輛灰狗巴士，然後做到一半覺得無聊了。」

「我不覺得我們可以駕駛消音器。」

「光靠**它自己**當然不行。但我的意思是，湊到夠多那些玩意，我們或許就能夠從多餘零件造出一輛車了。」

「妳看過那部古早影集嗎？《天龍特攻隊》（註）。」

「呼！親愛的，它**首播**的時候我就看啦。」

「有一集他們被鎖在一間穀倉裡，然後把一臺拖拉機改裝成射出包心菜的坦克。」

「我對T先生的愛不輸任何人，但那一集可能有那麼一丁點不切實際。」她考慮了一下。「雖說要是他們把我們跟電焊工具關在一起，我可能做得出什麼東西。」

聆聽狐姊驚世駭俗的評論讓我能繼續走下去。安娜就算聽見了，也沒表現出來。

我們的行進行列逐漸慢下來，到最後我們幾乎是用爬行的速度移動。我往前看，看到在安娜前方，尤萊亞走得非常緩慢，他的雙手放在兩側的芻像背上。不知怎麼的，看到一個人類——或者某種夠像人的東西——願意碰觸那些東西裡的一員，讓我胃裡一陣翻攪。

我轉向牆上的雕刻，避免看到尤萊亞的怪物。這些雕刻看起來不像只是裝飾品。有些看

註：《天龍特攻隊》（The A-Team）是美國NBC電視臺於一九八三年開播的經典動作影集，四個背負冤罪被通緝的美軍前特種部隊隊員，靠著各自的專長組隊擔任傭兵執行各種任務。二〇一〇年曾翻拍電影版。

似人類的形體，非常高，總是面對著觀賞者，他們頭上有個很大的彎曲形狀。天空嗎？或是一道彩虹，用灰色的石頭描繪？還是維瑞圓頂？

下一組雕刻有同樣的形體，腳邊還有比較小的形體，就像小孩。它們讓我想起埃及雕刻，小孩子們總是看起來像大人一樣，只是尺寸減半。

我們經過了另外半打雕刻，全部都很類似，除了人類形體用他們的手做不同的事情。也許一位藝術史家可以理解那是什麼。我有種感覺是，那裡有很多資訊，要是我有能力解讀就好了。有一組雕刻裡，幾個人形抱著一個寶寶，那東西實際上的比例或多或少像個寶寶，這讓我納悶我先前把那些小人形當成兒童是不是搞錯了。代表一個皇室家庭嗎？一個統治階級，其他人則是農奴嗎？我發現了崁道人的封建制度嗎？

其中一組雕刻肯定是葬禮。我清楚記得那一個。人形躺了下來，包在某種裹屍布裡。某個東西站在它頭上，像是個有鳥頭的人類，或者也許是某種面具。小的形體蓋著他們的臉，彎著背彷彿極度哀慟。

那之後的下一幅只有小人形，沒有大的。父母都死了的小孩？國王死掉後剩下的族群？下一幅雕刻讓幾個小人形舉起一個寶寶，然後回到跟先前一樣的集合——大人形、小人形、圓頂狀的天空。

「妳看到這些圖了嗎，狐姊？」

「看啦。」

「然後呢？」

「有點讓我想到金字塔裡的東西。或者其他的。有長翅膀的大公牛。」

「亞述人？」

「妳別罵我髒話啊。」（註）

我們離開了走廊，穿過設置在山腰上的另一道門，踏進了死亡的城市。

天色變暗了。不知怎麼的那讓我很訝異。我本來以爲我們這裡超越了日夜的分別。儘管如此，多雲的天空變暗到像是冷藏肝臟的顏色。空氣很冷。

城市裡的燈火點燃了，但照明很奇怪。

我不知道爲什麼，但你會預期街燈是規律的。全都在相同的高度，多多少少有平均的間隔。有這麼理所當然的預期，甚至不會多想——在一盞街燈熄滅時，你會抬頭看，並且立刻注意到，因爲有一部分的你知道，那裡就應該有盞燈。

燈光設置得不對勁。它們看起來像是某種布燈籠，不過釘上去的位置很混亂。一棟建築物會有三盞，然後會有很長一段一片黑暗。會有兩個裝在胸部的高度，然後接下來的一打裝在二樓。

我會說這樣讓人心神不寧，但我現在早就超過心神不寧的階段了。崁道人都不在了，安娜說過。是芻像做的嗎？這樣有某種深奧神秘的重要意義，還是說它們只得到命令，要把燈光從這裡布置到那裡，卻對於燈如何發揮作用根本沒有任何內在理解？

那不是很有趣嗎？小聲音悄悄說道。

無論如何，這其實不重要。燈籠的布料破破爛爛，而大多數的燈只散發出一種微弱如螢火蟲的光芒。有一兩盞燃燒得亮如白晝，在芻像背後投下陰影，幾乎就跟這些造物本身一樣

註：亞述人的英文是Assyrian，字首跟屁股（ass）一樣。

怪誕。

恐慌進入了一個新階段。我感覺很遙遠而疏離。我可以聽到我所有的想法從很遠的地方過來，在我的腦袋裡迴響著。

基於某種理由，我想起史奇普怎麼描述他在高亢期與低落期的差別。像恐慌這樣單純的東西，也可能有高亢跟低落的形式嗎？有一種恐慌感覺像是我會尖叫著跑進城市裡。這一個感覺像是我可能只會坐下來，用手臂環抱住頭，然後等著一隻芻像殺了我。

可能根本不像那樣。我沒有躁鬱症。天殺的我知道它什麼啊？

我們經過的其中一條街道變寬了，進入某種中央有塊雕刻石頭的庭院裡。看著石頭的時候我突然想到，從我們進入城市以後，我還沒看到任何像是雕刻石頭的東西。這裡這一個放在一個高起的磚砌高臺上，彷彿它是一座雕像。

在我們進入這個庭院時，芻像們慢了下來，魚貫而入，沿著石頭圍成一圈。安娜伸出一隻手來，我們就站到一旁，開始等待。

哆……哆……哆……

噠、**噠**、**噠**、**噠**。

喀噠……喀噠……

它們對著石頭發出噪音，轉動它們的……我猜是頭吧，有頭的那些在轉……來回移動它們自己的一部分。

「它們是正在崇拜它嗎？」我說。我的聲音聽起來非常冷靜。我是從很遙遠的地方問出這個問題的。

安娜聳聳肩。

那個非常老的崁道人，尤萊亞，用朦朧的眼睛望著我，然後說道：「它們正在對它們的創造者行禮。」

「那是什麼意思？」狐姊說。

尤萊亞對她眨眨眼。他的眼瞼動得有點太慢，就像蜥蜴的眼瞼。「這是……我們以前是……」他靜下來很長一段時間，然後補上一句。「那是很久以前了。」

「爲什麼在這裡，不是在山丘上？」我問道。

尤萊亞多眨了幾次眼睛。「這一個在**這裡**。」

我不確定他是否了解我的意思，還是覺得他已經回答我的問題，或者什麼別的。

芻像動著。如果它們是人類，我會說它們在左右搖擺，但它們不是用人類的方式做的。一部分的它們會動，其他的則會保持靜止。其中一個芻像，那個用灰狗巴士零件做的，開始往後轉向它自己，用一種簡直不可能的螺旋狀動作爬到它自己的後半部肢體上。

而我扭曲著自己的身體，就像那些扭曲者……

它們比我做得更好，我心想，而我有股衝動要歇斯底里地大笑，然後或許會開始尖叫。

那石頭是其中一顆被我認爲是死物的石頭。我瞪著它看。那些線條並沒有像在山丘上那樣蠕動，不過還是有種動態感。它看起來像是包在裹屍布裡的屍體。在看到牆上雕刻的葬禮以後，我相當確定我不只是在自己腦袋裡憑空捏造出那個東西。但在我繼續瞪著看的時候，某些雕刻線條似乎分解成一隻手，正在努力要從包裹的布料裡掙脫。是裹屍布，還是束縛？

一個繭？

我把空著的那隻手往上伸，抓住那條山胡桃念珠。

沒有明顯得驚人的改變，不過那隻手立刻變得清楚了。它看起來像是人手。我不知道那是好是壞，或者就只是如實呈現。

這些芻像，在我沒看到任何訊號的狀況下解散了圈子，再度開始往前走。

我保持視線看著我前方的地面。我感覺麻木。關於扭曲者的頌文一直在我腦袋裡狂飆，跟屍體石和所有小人形彎腰搗臉的雕刻糾纏在一起。

「噢天殺的。」狐姊說道，而我終於抬頭看了。

其中一個巨大無邊的鳥巢結構，在街道盡頭逐漸逼近。這是我看過最大的一個。它吞掉了至少一棟建築物，而且正靠在附近的其他建築上。

入口歪向一邊，而且大到可以把一輛車開過去。

芻像在它周圍站成一個散亂的群體，不過它們留下了一條長長的淨空通道。

「來。」安娜用她疏離的聲音說：「我們被召喚到『建築』裡了。」

第二十一章

我必須把斑哥抱起來帶著他走。他不肯走進那道門。

我甚至更不想走進去，但沒有人給我選擇餘地。

做好準備，安娜曾經這麼說。我們的逃亡就靠……接下來在另一邊發生的任何事。

假定她沒有背叛我們。假定**有**任何方式可以背叛我們，因爲我們不可能比現在還更受制於人了。假定她沒有因爲她自己的某種奇怪目的撒謊。

一個又一個的假定。但我能做的只有前進，而不是後退。

我無法向斑哥解釋以上任何一點，所以我用手臂把他抱起來。他可憐兮兮地靠在我肩膀上哀鳴。

我覺得我好像背叛了他。我也覺得如果我的背好像快要垮下來，但當然我只需要把他抱到裡面去。在這之後他可能就會很熱切想靠自己的力量離開。

我向前走，穿過成群的芻像。至少有二十個，可能還更多。它們的邊緣糊在一起。感覺我好像走在交叉火網中間。活生生的垃圾轉動它的頭，注視著我，而我到處聽見那種輕輕的、若有所思的喀噠聲。

拜託，我對在這個地方可能有辦法聽見我的任何神明祈禱。**拜託讓我的狗活下去**。

安娜說過我們從「建築」裡出來以後就要全力逃亡。那暗示了我們會再出來，不是嗎？

這只是一棟建築物。可能像是一座廟宇之類的。我們只需要進去，然後會再出來。

斑哥可以逃走。我敢打賭，他能跑得過它們。狐姊跟我……唔，狐姊有那把槍。她肯定

能夠照顧自己。

這樣就剩下我這個沉重負擔，不過我已經料到了。

通往「建築」的門口在我面前越來越近。這是個漆黑的開口。它是灰色的，而且有分層，我只能看到裡面的一點點。在我踏過門檻的時候，我的腳在下方的地板表面發出爆裂似的脆響。它看起來像……我不知道，像某種熟悉得很古怪的東西。手工紙張，會有葉子碎片壓到裡面、或者用混凝紙漿做的那種。類似的東西。

「建築」並不安靜。起初我以為是斑哥貼在我胸口的顫抖，讓這裡似乎在動，而接著我就領悟到有個不斷輕敲的聲音，像是在遠方的機械裝置。

機器？**在這裡**？

這完全不合理，但這地方有什麼東西合理了？

狐姊跟在我後面走進來。「親愛的，最好繼續移動。」她低聲說道：「我們後面有個大傢伙，而我想它不好惹。」

我沒有回頭看背後。看它對我沒有任何好處。奧菲斯和羅得之妻或許忍不住要回頭看，但我已經**看夠了**。

斑哥貼在我胸口的心跳加速了。

「沒事的。」我對他撒謊。「沒事的。我不會讓你出任何事。」

走廊起初是方方正正的。看來似乎像是用鋪設在其中一棟石頭建築內側的材料做的。然後它向外敞開通往一間房間，是長方形的，不過角落用堆積的紙質材料圓滑了角度。

天花板滿是細樹枝，像是一大堆鳥巢全部交織在一起。很難分辨頂端這個巨無霸柳條結構是蓋出來的，或者就剛好長在那裡。細枝上沒有葉子，但也許這不代表什麼。在維瑞圓頂周圍的樹上也沒有葉子。

在房間另一端有第二個出入口。那是個不規則的圓圈，而它是不是原始石造建築的一部分，我不無疑問。細枝往下延伸跟那個圈子會合，有古怪的紙漿狀灰色物質一層層地堆疊在它的周圍。

我把斑哥的位置移到靠著我的髖部，設法要越過他看出去，所以我沒看到我的立足點，然後我突然間領悟到那種材料讓我想起了什麼。

「狐姊？」我輕聲說道。

「是？」

「這是個造紙胡蜂巢，不是嗎？」

「親愛的，我想是。如果胡蜂跟馬一樣大的話。」

這不是個撫慰人心的念頭，但到了這時候，我差不多已經放棄什麼撫慰人心的想法了。

安娜站著，被框在那個環狀開口中。她停下腳步了。在我的注視之下，她深吸一口氣，抬起她的頭，然後往前踏出步伐。

我們跟上去。斑哥已經完全癱軟了。我把他抬高，好讓他的腳掌搭在我肩膀上，這樣我可以把他比較多的重量放到我的髖部。如果他的心臟沒有像錘子似地貼著我的鎖骨猛敲，我會擔心他是不是死了。

環狀隧道坡度朝上，而且像喉嚨那樣一圈一圈的。這是另一個我真希望自己沒有的念頭。我想要慢下來，但狐姊就在我背後，一隻手放在我的後背包上，而我知道有某個東西肯定就在她後面。

這條路繞了一圈又一圈，像個螺旋梯。這裡的光線不像本來應有的那樣陰暗。也許是因爲紙張讓光能夠穿透，或者用不同的方式反光。空氣中充滿了四散的灰色光線，就像日出前的地平線。

這裡的牆壁上也有雕刻。

我稱它爲雕刻。或者該說是用紙張做的浮雕？雕塑？類似那樣的東西就是了。我想比石頭容易雕刻。就跟走廊內側的雕刻是一樣的，高大的人形，他們腳邊的小人形。不是所有小人形都是人類。其中一些看起來像是狗、山羊，或者也許是馬，某種四足動物，但尺寸縮小了。他們全都在我們旁邊一起往上走，沿著一條大螺旋線，大人形變得越來越少，小人形繼續。

在我們前方，隧道敞開了。

安娜在隧道口暫停了一下。她前方有個光源，把她變成黑色的紙張剪影。我不想碰到她，但我被推著往前，所以我清了清喉嚨。

她踏到一邊去，而我走了出來，抱著我的狗，走進了「建築」的核心。

✦

在驚恐到不可思議的程度時，你會想些真的很愚蠢的事情。在這個例子裡，我心想：**當然了。「建築」。你以為這是個名詞，但它也是動詞**。

發生在這裡的事情就是這個。

建築。

這個巢的每個側邊都往上升起，罩在一個寬闊的開放空間之上。我們站在石造建築的屋頂上，從邊緣看出去。芻像先前往下切開穿過一度是街道的地方，而「建築」繼續往下延伸了不知有多長。

不過它並沒有消失在黑暗之中。黑暗還會比較好。這個坑裡塡滿了種種材料，是一座垃圾小山，由細樹枝、骨頭、被丟棄的鐵絲、頭骨與卵石、羽毛跟枯葉構成。而它是活的。

表面泛起漣漪，就像一隻懷孕動物的腰際，隨著收縮而起伏。那些芻像像池塘水面上滑行過去的水椿象，尋路越過小山，拖著鬆脫的碎片，把它們綁在一起。我注視著兩隻像螳螂而有牛頭骨腦袋的造物，在一堆在它們爪子底下挪移蠕動的黏土上工作，它們把它扭成一個我根本無從揣測的形狀，然後把棍棒戳進去，棍棒石頭與斷骨，同時它在看似疼痛的動作中扭動翻滾。

我們本來很納悶是誰做出它們的，而突然間答案就很明顯了。

它們自己做出自己。

我想到綠皮書裡的白膚人、炭道人，做出魔偶來服侍他們。炭道人，跟普通人類和白色石頭生小孩，隨著他們的血緣越來越稀薄而變得越來越少。

人類形體，被比較小的人形環繞。不是小孩，而是他們的僕人。製作物體，還有製作出物體的物體。

然後有一天，炭道人都沒有了，但他們的僕人還在。這些僕人開始自己更新取代，一次又一次，魔偶做出它們自己的魔偶，變得越來越偏離任何人類的手藝，小的形體走上那條螺旋道，不再是人類或動物，獨自不斷地繼續、繼續、再繼續。

「看上面。」狐姊輕聲說道：「或者還是不要好了。」

我抬頭看了。

數百隻芻像從巢穴頂端垂下，就像鹿頭骨芻像從樹上垂下的樣子。它們吊在繩索末端，像是靜默無聲的風鈴。

安娜走向屋頂的最邊緣。兩隻駝背無頭芻像伴隨在她左右兩側，像是儀隊。她說：「我帶闖入者來了。」

我不知道接下來要期待什麼。期待這座小山開始講話嗎？期待它睜開怪物似的眼睛，翻過身去變成一隻從巨人骨頭做成的芻像嗎？期待地面裂開，把我們整個吞下去嗎？

這些事情完全沒發生。如果有，我可能會當場崩潰。

我們背後這些芻像反而在我們周圍呈扇形散開。更多更多芻像從門口川流不息地進入，這整批群眾本來在「建築」，一個滿是鐵絲與骨頭恐怖景象的大廳周圍。在工作的那些動作開始慢下來。那些螳螂在它們的組裝線上暫停，握著它們的孩子夾在中間抽搐的無頭身體。

從天花板上垂下的那些開始搖晃。

喀噠喀噠的聲音在我們四周迴響著。螳螂用它們長長的細枝手指輕拍它們中空的頭骨。巫婆石在那些倒掛芻像的胸腔裡喀喀輕敲。壁泥蜂芻像站得離我最近，而且在顫抖著它的身體，所以那些泥管像牙齒似地互敲，格格作響。

我沒問它們正在做什麼，因為這也是明顯得刺眼。它們正在講話。

棍棒與石頭，棍棒與石頭，棍棒與石頭還有講話的骨頭……

一陣喀喀作響的討論在我們周圍繼續進行，**喀噠**、**喀噠**、**喀噠**，就像怪物般的昆蟲發出的聲音，巨無霸蟬在熱氣中嗡嗡作響。安娜把手臂交疊在她身體前方，仔細傾聽。

「它們說什麼？」我啞著嗓子問道。

「這些魔偶正在決定要不要留著妳們。」她說。

「它們不可以這樣。」我的聲音聽起來非常冷靜，是對話的語氣，彷彿我可以說服安娜和那些芻像，扣留囚禁我們是某種失禮的行爲。

「別的選擇是把妳們拆開當原料。」

狐姊罵起髒話。

喀噠聲變得更響亮也更激動。從天花板上垂下搖擺的那些開始一起喀喀作響，引進不和諧的音符。一場變得激烈的討論？它們有情緒嗎？它們會變得憤怒、快樂、悲傷、恐懼嗎？這重要嗎？

「比較新的那些說，或許可以讓妳們育種，製造更多主人。」安娜說：「比較老的說它們必須等待比較好的血統出現。從妳們的血肉裡孕育出來的主人會很弱，就算用上白色石頭也是，因爲我的就變弱了。新的那些說就連那些都可以用來當原料。」

如果沒有斑哥在我臂彎裡，我可能就會恐慌起來。物體的邊緣看起來變得有點泛灰。它們講著要利用我，當成育種母馬，給……給住在維瑞圓頂底下不知多久的某人用。

但我有斑哥。而且我不能陷入恐慌，因爲我必須照顧他，就算被討論的血肉本人因爲噁心到不行，快要靈魂出竅了。

「那隻狗跟老的那個會被做成骨頭。」她繼續說道，聲音平板缺乏情緒。「它們會被分派看守妳的任務。這是——」她的聲音多出某種隱約的情緒色彩，我說不出是哪一種——「一種榮譽。」

我注視著她旁邊的兩個無頭芻像。我想起來，幾乎我每次見到她的時候，它們都走在她旁邊，而我終於想到要懷疑有什麼參與了它們的建造。

或者說，有誰參與了。

我緊抱著斑哥。他閉著眼睛，而且他在最後的極端痛苦中喘著氣。

「我們會等待你們的決定。」安娜對著到處有東西在爬動、喀喀作響的「建築」說道。

她轉過身，大步朝著我們的來時路往回走，不再莊重高貴而是怒氣沖沖，她的臉泛紅，眼睛閃閃發光。

她因為它們要殺我們而火大嗎？

我很樂意這樣想。我眞的希望如此。但她看起來並不擔憂。她看起來……很挫敗。

她本來希望有別的決定嗎？希望它們會讓我們走？

希望它們會讓**她**走？

噢。

我不知道我爲什麼花這麼久才領悟她的意圖。我唯一的辯護之詞是，「建築」太讓人震驚，讓我思緒不清。但終於，終於一切都在我腦袋裡拼起來了。

大鼻小吉在此。

然後她就離開了，那賤人。

妳不是我們的其中一個，對嗎？

安娜並不是眞的向我求助。她是要找替死鬼。而我闖進來，以爲有人需要救援，而且蠢到認爲我可能是要來救援的那個人。

我，血管裡缺乏任何炭道人的血緣。因爲卡特葛雷夫是我的繼祖父，而那是個很卡的說法，我們都不用這個叫法，改用別的詞彙。或許他到最後思緒太混亂，沒有好好解釋。

而現在我們跟她一起困在這裡。

她先前講到逃跑，但她一直是對狐姊講。狐姊，她嘗試過要完全排除在外的對象。她本來就預期要拿我交換，得到自由嗎？她評估過情勢，然後猜想有狐姊幫忙會比較容易逃掉，也許那些芻像有了我做替代品以後，就不會設法把她抓回去嗎？

我瞪著她的肩膀。就算她可以感覺到我的眼睛在她的肩胛骨中央燒了一個洞，她也沒表現出來。

她領路沿著螺旋樓梯往下走，而我想要轉身往另一個方向跑，但那一邊有那些芻像跟「建築」，還有用木頭與骨頭自我複製的那些造物，等待著它們的主人回來。

所以狐姊跟我走在她後面。尤萊亞跟著我們，沒有了他的護送者，看起來很古怪地茫然若失。

兩個無頭芻像跟我們在一起。其他的芻像聚集在屋頂的邊緣，參與它們沒有語言的對話，它們在爭論是否要把我們全都拆成骨頭。

安娜說過，在我們去了「建築」以後，跟我們來的芻像會比較少。這肯定是我進入維瑞圓頂以後看到過最少的數量。

它們要花多久時間做決定？幾分鐘？幾小時？幾年？

我不想待在這裡發現事實。

如果我們要逃走，就必須一離開「建築」就跑。我們可能永遠不會有另一次機會了。

我希望狐姊也準備好了。

別傻了。狐姊可能會跑在妳前面很多的地方。妳不是為這趟小遠足打包了三明治跟一把手槍的那個人。

ＣＩＡ沒有聘用她眞是錯失良機。要是有她，我們現在可能已經顚覆火星政府了。

我們抵達長方形的房間。我放下斑哥，因爲我的背快要不行了。他抖得厲害，但他在牽繩末端往前衝，猛拉著要離開「建築」。

「我跟你一樣，老弟。」我嘟噥著說：「我也想離開這裡。」我回頭看狐姊，把我的頭朝門的方向一撇，動作很小。

她點點頭，伸出手去，抓住安娜的手腕。

安娜一時之間看似很震驚。她明亮的紅色眼睛一閃變成人類的棕色，又回到紅色。

狐姊把嘴唇貼近安娜的耳朵，用氣音說了句什麼。

安娜開始搖頭，但狐姊把她的手腕握得更緊了。我可以看到擦了亮晶晶指甲油的指甲戳進骨白色的肉裡。

安娜給我一個純粹狂怒的眼神，然後似乎洩氣了。她對狐姊點點頭。

狐姊放了她。

「她現在不會做任何蠢事。」她低聲嘟噥，走到我前方。「否則我會讓她希望它們那些鬼東西留下她。」

顯然不是只有我搞清楚，安娜計畫利用我當替死鬼。

我們還是要逃跑嗎？她希望靠我們三個人，我們就可以離得夠遠，讓那些芻像找不到她嗎？那雙紅棕色眼睛後面的腦袋正在盤算什麼？

如果我離得夠遠，他們會放棄的。**他們必須放棄**。

親愛的上帝啊，我希望她說對了這一點。

我跟著狐姊，跟著安娜。我的胃在期待與恐懼中翻攪。我可以聽到無頭芻像跟在狐姊後面的噠噠輕響。

我們一到門口就會逃跑嗎?還是到門外?在街上?狐姊會給我一個信號嗎?我認得出信號嗎?是**我**應該給她一個信號嗎?

跨過門檻的時候,一層層的紙在我腳下吱嘎作響。

安娜在距離開口幾呎的地方停下來。斑哥跟我出來了,狐姊也跟上。我回顧後方,看到尤萊亞在幽暗的光線下往前走。

沒有一句話,甚至也沒有一個手勢,安娜就彎下腰去,拿起躺在她腳邊的某樣東西。

那是一根有尖銳缺口的鋼筋。我納悶地思考她把那東西放在那裡,等待時機到來有多久了。

她往前踏出三步。她的皮膚是骨白色,干擾波紋在她周圍像熱浪那樣綻開,這時她把那根土製長矛猛然插進尤萊亞的胸膛。

第二十二章

他往後倒。血在他白色的皮膚上驚人地明亮，然後他消失在「建築」內部的灰色陰影中。

我的第一個念頭是，這是個意外。

這蠢到不可思議。我想我甚至在當時就知道這念頭很蠢。但我的大腦就是沒準備好，無法應付就在我面前發生的謀殺。因此這不可能是謀殺。因此這是個意外。因此我們必須去找人幫忙，叫救護車，還有……

我朝著尤萊亞踏出一步，狐姊抓住了我的手臂。

我大腦裡瘋狂轉著的倉鼠輪停下來了。這個地方沒有救護車。不會有人來幫忙。安娜冷血謀殺了另一個崁道人，因為這樣會讓逃走更容易，或者他活該，或者她因為她自己的理由痛恨他。而這不重要，因為狐姊現在正拖著我，斑哥正在牽繩的另一端猛拉，我們必須快跑。

所以我們跑了起來。

斑哥弓起背，尾巴夾在他的腿間，但他還是比我們任何一個人動作都快，在他拉緊項圈的時候都要窒息了。我跑得不夠快，無法制止他這樣做，但我盡了全力。

「沒關係。」我喘著氣說，這時狐姊為了設法一直抓著我差點絆倒。「妳可以放手了，我現在沒事了。」

「好。」她說：「這裡給我轉個彎。握緊妳的山胡桃木。」

我從我的上衣領口處往下伸手，把那串木頭念珠抓得更緊。

在我腦袋裡，我一次又一次看到尤萊亞往後倒。我不認識他。他比陌生人還陌生。但這發生得這麼快、這麼無可挽回，我沒辦法處理。我必須一直看著這個記憶，一次又一次，試著讓它變得真實。

安娜是個我們前方的蒼白形體，跑著穿過黑暗的街道。她暫時停步等我們跟上，她兇猛的眼睛瞇了起來。

「爲什麼？」我喘著氣。「爲什麼殺他？」

她笑出聲來。她的眼睛閃耀著非人的紅色。「爲了拖慢它們。它們會向他致敬。它們非如此不可。它們就是爲此存在的。現在快點！」

她再度動身，閃過一個轉角，而我奔跑著，想著那些小小的雕刻人形，它們的手在哀慟中蓋著它們的臉。

它們會爲尤萊亞哀悼嗎？這樣會替我們爭取到一點時間嗎？

可能吧。

可能比不上那些芻像決定拿我當替代品會爭取到的時間那麼多。

我不信任她！我心想，而我要是吸得到足夠空氣，我就會笑我自己，因爲我信不信任她根本不重要了，對吧？我又沒有更好的選擇。

我根本不知道我們在這個死城的哪個地方，但我可以看到在我們前方與上方有一排樹木。那是我們從白石頭之地下來的那座山坡嗎？

很難分辨。我們走了很長、很長、很長、很長、很長的一段路，我酸溜溜地想。

有人追逐我們嗎？我冒險回頭瞥了一眼，但燈光安插得太混亂了。我沒聽到喀噠聲，但那些芻像肯定不會落後太遠。

我想過我們可能回到那條之字形小徑，但安娜直接走向樹木，往上爬翻過一面矮牆。斑哥像羚羊似地翻過牆了。我……沒有。它只有肩膀高度，但我必須跳起來，用手臂撐在上面，我的狗同時還在扯著牽繩。

腎上腺來救援我了。要不是我嚇壞了又正仔細聽著追兵動靜的話，我不知道我能不能辦到。而且狐姊用她的肩膀頂著我的屁股，還出手推。

「狐姊，我不知道我們是這種關係。」我喘著氣說。

「親愛的，如果我們活著撐過這次，我甚至會在妳面前放屁咧。」

我們說著玩笑話。我們正開著玩笑，而同時在我內心深處，一個男人被一把土製長矛刺穿胸部而倒下，白色皮膚上都是血。難以啓齒的事物在黑暗中追逐我們的時候，我們卻開著玩笑。

也許這就是爲什麼我們說玩笑話。

我往下傾，抓住她的手臂，把她拉上來。我的二頭肌尖聲抗議，但去他的。

狐姊在牆壁邊緣晃了一下，因爲她的其中一隻鞋滑開了，接著她的兩腳都爬上來了。我拉著她時望向她肩膀後面，看到了動靜。

「芻像！」我粗聲喊道。

狐姊咒罵著轉身，抽出了她的槍。

跟著安娜的那兩個無頭四足芻像出現在視線範圍內。安娜看到它們的時候，我聽到我背後傳來吸氣的聲音。「子彈擋得住它們嗎？」我問道。

「我們馬上會知道。」狐姊說著，開始瞄準。

槍響在城市裡喚醒了回音，像鳥一樣。安娜大叫出聲。她的反應是出於驚訝還是悲慟，我分辨不出。

第一發子彈沉重地打進帶頭芻像的身體裡。它踉蹌歪向一邊，卻還繼續前進。它的同伴領先在前，脖子的鬆弛組織開始來回擺動，彷彿裡面的某樣東西就要伸出來了。

它們到了牆邊，用後腿站了起來。

那一槍把第一隻的側邊敲出一個洞。那裡漏出破布、沙子，還有看起來像是松針碎片跟樹皮碎塊的東西。

狐姊射中第二隻的肩膀，打碎了肩窩。它朝那一邊垮下來，貼著牆壁。那塊組織開始動了，變得更加激動，而我發誓我聽到裡面有某樣東西發出**吸鼻子**的聲音。

「安娜？」狐姊對著她肩膀後方說道。

我抬起頭，然後震驚地看到安娜死白色的臉有淚水滑過。

「動手。」她說道，她的聲音顫抖。「這是唯一的辦法。」

狐姊對著那些芻像清空彈匣。她集中在腿上。它們兩個都倒下了，微弱地踢騰著。吸鼻子的雜音變得更響亮，而它們裡面的不管是什麼東西，都開始痙攣抽搐了。

我沒問那是什麼。我已經有個恐怖的懷疑念頭了。

五個沒吸過一口氣。另外兩個……不過我們之後再談。

到頭來我們根本沒談過。我希望我們永遠不會談。

狐姊把空槍扔回她皮包裡。「來吧。」她說：「它們會聽到的。」

我們出發進入沒有葉子的森林。

地面是乾燥的，在腳下發出喀嚓脆響。可能有一整支芻像軍團追著我們，而在我們的腳步聲響和我自己刺耳的呼吸聲之下，我無法聽到來自它們的任何聲音。斑哥回來拉著我上山坡了。

比起先前在無盡的之字形山路上看到的山坡，現在的坡度更陡峭了。不過這裡沒有矮灌木叢，這樣有幫助。樹木在陰森的灰色光線中是徹底的黑色。

狐姊開始落後了。我不知道要不要慢下來。「狐姊？」

「我還在這裡。」她說。

「妳想帶著斑哥嗎？他會幫忙拉妳。」

「我正忙著重新填彈呢，親愛的，而且邊跑邊做這個違背了我奶奶教過我的每件事，不過謝啦。」

確實如此，幾分鐘後她再度跟上，而且天殺地差點就要開始超越我跟我的狗了。

我不知道我們跑了多久。每跑一步，疼痛都戳著我的腰際。芻像會爭論多久？它們現在追著我們來了嗎？從天花板上垂下的那些東西現在自己脫離原位了嗎，在一波喀噠、吱嘎作響的恐怖中爬過彼此、爬下牆壁了嗎？

我回顧背後，只看見黑暗。黑暗正在動嗎？我看得不夠久，無法分辨。腳下的地面很不平整，斑哥卻沒有慢下來。

「安娜？」我喊道：「我們很接近了嗎？」

她轉頭要回答。我聽到「不太遠——」然後有某樣東西衝撞著穿過樹林，到了我們的左邊。

斑哥尖叫出來。如果你以前沒聽過狗尖叫，你很幸運。一開始的時候像是大聲吠叫，但變得很高亢而可怖。他突然停下來，而我整個人跳到他身上，急於擋在我的狗跟衝撞過來的不管什麼東西之間。

狐姊大喊：「趴下！」但我已經趴著了。這樣可能是最好的，因為我聽到我頭上有一記槍響掠過，還實際感覺到撞上我後頸的熱氣。這可能是我想像出來的，我不知道。

槍口的閃光照亮了那個扇形腦袋的芻像。我不知道那一槍造成多大損害。光線不夠，看不出來。我所知的就只有狐姊抓著我的衣領把我拉起來，而斑哥又開始跑了，他的牽繩纏住我的腿時差點讓我摔斷脖子，但我們不知怎麼的解開了。安娜大喊著，突然間在我們前方，出現一幅我從沒想過會欣然迎接的景象：樹林的邊緣，還有白石頭山丘的開端就在這裡。

✦

天空中沒有月亮，但山丘上的光線是冰冷的藍色，而且比起任何別的東西，它看起來都更像月光。石頭群閃耀著白光，扭曲的雕刻在我眼角挪移、蠕動、變化著，彷彿它們隨時都會活過來。

我的腰際痛得像有人戳進去一把刀——

或者是一根削尖得像長矛的鋼筋

——但看到那座山丘讓我爆發出一股精力。

我們奔跑著。

「柳樹隧道！」我喘著氣說：「回屋子去。」

回到那棟房子會對我有什麼好處，我不知道，只是我的卡車在那裡。如果我可以跑到卡車那邊，我會把狐姊、安娜跟斑哥丟上車，然後開到我們耗盡汽油為止。當然那些芻像不可能追我們追那麼遠，或者如果它們辦得到，我還可以接觸到其他人。其他人類似乎像是個護身符。

我會去……去一間購物中心或者沃爾瑪超市或者某個別的地方。當然了，褻瀆神聖的可憎之物不會跟著我到沃爾瑪超市。

白色石頭離我們越來越近。就算我沒有戴著山胡桃木念珠，我很懷疑我除了噁心以外還會有什麼別的感覺。我們繞過谷地邊緣，繼續前進。

「妳的右邊。」狐姊說道，冷靜得不得了，而我望過去，看到一個黑色形體在我們旁邊跟著跑。在側翼，沒有移動進來。狐姊對它開槍，沒擊中，罵了一句，然後設法再射它一槍。它倒下來滾下山坡。我停留得不夠久，沒看到它有沒有再爬起來。

現在跑起來比較輕鬆了。路況沒那麼詭譎多變，視線也比較清楚。不幸的是，我的力氣開始用盡了。就連斑哥都慢下來了，他從喘氣變成氣喘了。

狐姊一手放在胸口，另一手握著她身側的槍。

「狐姊！」

「妳別擔心。」她喘著氣說：「我還沒要死呢。」

「安娜，我們得休息！」我喊道。

她轉過身。她在沒有月亮的月光下是骨頭的顏色，然而她的眼睛閃閃發光。

她什麼話都沒說，只是把手一指。

我轉身回顧，看到了它們。

一道浪潮似的芻像從山坡上朝我們湧來。我看不出這一隻跟下一隻中間的分界，只有一波喀喀作響的棍棒與骨頭，起伏如海。

突然間我再也不累了。

斑哥很驚訝地發現牽繩突然放鬆了一下，不過他沒抱怨。我想在那一刻，在徹底的驚恐中，我可以把狐姊抱起來扛著她走。

我們猛衝過躺在地上的三顆石頭。扭曲者的頌文在我腦袋裡開始念了，跟我邁出的大步同步。

而我

扭曲著

自己的身體

就像那些

扭曲者

但節拍沒有完全符合而我的心思落到別的事情上

棍棒與石頭

還有折斷的骨頭

棍棒與石頭

還有折斷的骨頭

而我聽到來自某處的另一聲槍響，然後柳樹隧道**就在那裡**，我奔向它。

安娜在隧道前方猛然煞車。我想要對著她尖叫，要求知道她爲什麼停下來——她必須**穿過去啊**——然後我看到它了。

壁泥蜂芻像站在隧道口前面，擋住了路。

我停頓下來。我知道芻像浪潮在我們後面越來越近，但我能想到的就只有狐姊跟她的槍。

狐姊花了太長時間才到，而且她的皮膚有種不健康的灰色調，或者也許那是因爲不是月光的月光。但她注視著那個芻像，低聲抱怨，然後舉起手槍。

安娜看著我們後方，我不敢看，因爲我知道一波芻像離得太近了，隨時它們都會像海洋一樣淹沒我們。

槍響像是來自很遠很遠的地方，或者也可能我因爲前面幾聲槍響而變聾了。**當然，我應該要戴耳塞的**，我隱約這麼想著，此時回頭想想我稍早說過的話：我處於攸關生死的驚恐狀態時，會想著非常平淡無趣的事情。

壁泥蜂踉蹌著歪向一邊倒地。

它沒死。它在斑哥經過的時候抓住他，而其中一條長棍腿夾住了我的狗的後腿。

我憤怒地尖叫，對著那些棍棒重重踩下去，聽到它們在我靴子底下吱嘎碎裂。壁泥蜂芻像發出一個近乎機械化的嗡嗡噪音，腿抬起來，像一隻垂死的蜘蛛，不過我再度用力踩下，因爲**它竟敢碰我的狗**。

狐姊已經在隧道裡了。斑哥縮在她腳邊。我轉頭去找安娜，正要大喊：「走！」而某樣東西從背後抓住我。

那抓握強壯得不像人，讓我整個人轉過去。我俯視著我的手臂，期待看到骨頭與細枝，預料會在恐怖中尖叫。

我看到雙手。

芻像浪潮淹沒了我們的周圍，變成圍了半圈，盯著看卻沒有眼睛的恐怖景象，而安娜在隧道口緊抓住我。斑哥的牽繩仍然繞在我的左手腕上，而在他拉著牽繩時，我的手臂痛苦地被往後扭轉。

「帶走她！」她大喊：「放我走！我受夠了，你們聽懂沒？我帶了替代品給你們。她不夠好不是我的錯。我再也做不了你們要我做的事了。**現在放我走！**」

唔。我先前的確猜到了。

我抵達的時候肯定很令人失望，現在看來芻像已經決定，我根本當不了替代品。

「它們不會要我。」我說：「它們不會的。妳知道它們不會。」

「閉嘴！」我可以感覺到安娜的胸口貼著我的背，聽到她刺耳的吸氣與呼氣。她劇烈發抖。

相對來說，那些芻像站得像雕像一樣，動都不動。有一刻它們似乎啥都不是，就只是一個瘋狂藝術家的裝置藝術，完全不是、也不可能是活的。

然後有一個，接著是另一個開始喀喀作響。

安娜抖得更厲害了，到最後連我都跟著一起震動。喀噠聲散播出去，傳遍整個群眾，甲蟲議會一起讓它們的外殼喀喀作響。

我感覺到我腳跟下有某樣東西，然後領悟到我又站在壁泥蜂的腿上了，而半死、被炸開的它，還在開合著它的細樹枝手指。

我身體一縮，恐懼不已。安娜的雙手滑脫。我可以感覺到她搖著頭。

「不……」她悄聲說道：「不，噢不……」

「我不能射她，親愛的。」狐姊輕聲說道：「那樣會打中妳。」

喀噠響聲變得越來越大。我注視著一隻在最突出位置的芻像，把它的頭轉向側面，然後讓它像棘輪似地往後轉，發出時鐘的滴噠聲。

斑哥再度拉扯著牽繩。

而我扭曲著自己的身體，就像那些扭曲者……

有種把戲是狗主人用牽繩變的。你看過怎麼做，你很有可能自己就做過。這是某種芭蕾舞的腳尖旋轉，狗把牽繩繞到你身上，你轉圈圈以解套。要不然牽繩就會纏在腿上，你就得綁著腳走路，而且很有可能跌倒。

斑哥的牽繩在安娜的腿後面。我默默向他致歉，然後把我的左手臂往前一扯，以便拉緊牽繩，然後自己猛然往後倒。

她尖叫一聲跌倒了。我倒在她身上。斑哥暴怒地大叫一聲。我手腕裡某個東西發出啪的一聲。

那些芻像喀喀作響，往前踏了一步。

我滾向側邊，滾到受傷的手腕上。手腕痛得像火燒，但安娜抓不住我的手臂了。我開始朝著隧道爬，在這麼做的時候設法把牽繩從她身體下方拖走。

狐姊抓住我的肩膀，把我拉進隧道裡。斑哥扯著牽繩，而每拖一下就像是有人用鐵鎚敲我的手腕。

在我後面，安娜開始尖叫。

我聽到狐姊清空了她的槍。爆炸聲讓我聾掉了。我爬走了，爬進柳樹隧道，腦袋裡嗡嗡作響，手腕一陣陣發痛。而我設法跪坐著，好讓我可以把牽繩從左手腕上拿下來。斑哥狂叫個不停，完全沒幫助。

然後狐姊把我拉起來，我不知怎麼的把牽繩過渡給她，我們一起搖搖晃晃地沿著隧道走。她說了某句話，但隔著我腦袋裡的嗡鳴聲，我聽不見。

在我看來過了很長一段時間以後，我才領悟到安娜的尖叫已經停止了。我不知道那是什麼時候停止的。也許是在狐姊開槍的時候。

我們靠在彼此身上，像參加兩人三腳比賽的醉鬼，跌跌撞撞朝著隧道底部走。我知道時間不可能超過幾分鐘，但感覺上似乎跟地球的年齡一樣長。我的肺因爲奔跑而刺痛，我很歡迎這種痛楚，因爲這跟我手腕上的痛無關。

「它們跟在我們後面嗎？」我問道。

「不知道。我想沒有。」

斑哥似乎同意她。他不是用跑的，而是一路拖著腳步走，鼻子對著地面，一隻準備回家的疲憊狗狗。

我這時想到，他是隻完美熊獵犬是件好事。一隻邊境牧羊犬現在還會在山坡上，設法把那些芻像趕成像樣的隊形。雖然邊境牧羊犬可能一開始就聰明到不會上那座山丘，所以算是扯平了……

「它們爲什麼沒有跟著我們？」我疑惑地大聲說出口。

「也許我們沒有它們想要的任何東西。」

的確沒有。沒有，我沒有任何它們想要的東西。我完全是個人類，也不是安娜的替代品。

我們抵達隧道底部了，腳下的地面變得平整。斑哥穿過開口，領著我們走進黑暗的樹木之中。

「妳想我們可以找人來這裡，把這個東西用磚塊堵起來嗎？」我問道。

在月光下我沒辦法分辨狐姊的臉，不過我感覺得到她在皺眉。「不確定妳可以把一堆枯樹用磚頭堵起來，但我們可以試試看。史奇普可能知道。」

我們現在仰賴斑哥帶我們回家。天色暗了，我根本不知道我們在哪。我一直仔細在聽有沒有巫婆石的啄木鳥式敲打聲，但我什麼都聽不到。

事情結束了嗎？

事情真的會結束嗎？

最後，在遠方，我看到一處燈火。我留著後陽臺的燈沒關。它看起來像座燈塔。眞實的世界，正常的世界。即使那是我祖母的恐怖垃圾屋，也只是一個死去的女人有太多東西而已。在眞實世界裡有數千棟那樣的房子，而這是眞實的人類會應付的事情。

我眨眼把眼淚忍回去。

我們跛著腳繞過房子側面。斑哥又開始拉扯了。他想吃晚餐。我想倒下來，好幾天不起床。好幾年。也許永遠。

我朝著陽臺往上走了一步。

然後停下來。

前門是敞開的。

第二十三章

紗門被往後推到貼著牆壁，而且內門大開。走廊是一條長方形的黑暗。

「狐姊。」我低聲說道：「告訴我，是不是我們不在的時候，賓馬斯跟史奇普到屋子這邊來了。」

「不知道，親愛的。」她伸手到她皮包裡，拿出了槍。

「妳還有更多子彈嗎？」

「沒。」

我把斑哥從走廊上往後拉。

「我們到我家去。」狐姊說：「如果狀況變得更不妙，我們可以——」

我從沒發現我們可以做什麼，因爲我瞥見她背後一閃而過的動作。

鹿芻像從卡車前方繞過來，頭骨閃爍著白光，四足貼地奔跑。

我用受傷的手腕抓住狐姊，實際上是把她扔進屋裡。我想我尖叫了一句什麼，可能是「該死」也可能就只是尖叫，因爲我的手腕陣陣抽痛，一種深沉、讓人想吐、「是的有東西斷掉嘍」的痛。

斑哥發出一聲低沉、嚇人的吼叫，猛然轉身，而我領悟到他就要去攻擊那該下地獄的東西。我抓著項圈把他往後拉，而不知怎的我們全都塞進了敞開的門口，而我當著芻像的面把門摔上了。

那是紗門。芻像撞向紗網，把紗網扯開，而在它的腳掌穿過開口設法進屋的時候，我跌在斑哥身上。

狐姊抓住內門，然後用力踢我。我有一毫秒又痛又困惑，接著才領悟到她是要讓我翻到一邊去，讓出路來。

門撞上芻像時發出像是棒球撞到木板的聲音，然後突然間變成一片靜默。

我扭曲著身體，護著我的手腕跟我的狗，發出小小聲的痛苦雜音，噢、噢、噢。我需要醫生。我需要這件事沒有發生。我需要這個世界恢復成我理解的那個地方。

這一切我都不會得到，所以我讓狐姊拖著我起身。

我們處於一種笨拙的半擁抱姿勢，在那裡站了一會。她嘴唇發青，我知道狀況不妙，也知道我對此幫不上忙。

她把我的夾克從我身上脫掉，這讓人很困惑。在袖子經過我的手腕時，那裡經歷到的痛是我這輩子的最痛。然後她開始嘗試把它在穿回我身上，這又更讓人困惑了。

「妳……妳在幹麼？」

「把夾克拉鍊拉起來，妳受傷那邊手臂放前面。」她說：「這不是吊腕帶，但這是接下來五分鐘內我們能做到的最好替代了。」

我讓她拉拉鍊。我的手臂卡在胸部下面，感覺不是很好，但至少我不會讓它到處撞了。

「我們要怎麼辦？」我說。

「等到早上吧，我猜。史奇普跟竇馬斯會過來查看我們的狀況。」

我對現在是什麼時間全無概念。我對今天是哪天也全無概念。「我們可以打電話給他們。」我說：「用室內電話。如果我們就……」我聽到硬物撞擊在玻璃窗上**咚**、**咚**、**咚**的聲響，身體一僵。

「它在窗外，對不對？」

「對。」

我轉過身去。

沙發仍然擋住了大半的窗戶，但我可以看到一邊有一條狹長的窗玻璃，而沒有眼睛的鹿頭骨透過它凝視著我。

噠……噠……

「你不想要我！」我對著芻像尖叫。「你不想要我！我做不到你希望的事情！」

它歪著它可怕的上下顛倒頭顱。我發誓，有一刻那該死的東西看起來很困惑。它們有多少個體性？這隻掛在樹上凝望的時候，對我留下深刻印象了嗎？它跟別隻分開來了嗎？它知道我沒辦法做出更多它的主人嗎？

我不知道爲什麼我盯著看那麼久。我看過的芻像分量已經夠用一輩子了。但它在那裡，一條腿抬起來敲著窗戶。從這裡看，它的胸腔看起來古怪地像人類。

也許它就是。

親愛的上帝啊，它是用什麼做成的？

它是用**誰**做成的？

兩個到處跟著安娜的無頭芻像，是否就像我懷疑的一樣，是用她孩子的骨頭做成的？而這一個——我本來以爲那是鹿的骨頭，可是除了頭骨以外，我分辨不出鹿骨跟人骨。

卡特葛雷夫死在樹林裡，而食腐動物曾經咬過他。閉棺葬禮。

食腐動物就只是動物，或者還有別的？

是誰在那個從卡特葛雷夫臥房窗口往裡看的芻像裡，敲著房子的前門，設法要進來？

設法要**回來**？

「當然了……」我悄聲說道：「你不會打破你自己家的窗戶。你輕敲玻璃，然後等著有人讓你回到屋裡。」

狐姊給我一個憂慮的眼神。「親愛的，我聽不懂。」

「那是卡特葛雷夫。」我說：「那個芻像。它是用卡特葛雷夫做的。一定是。」

「妳爺爺有顆鹿頭？」

「好啦，不是只有卡特葛雷夫。」我搖搖頭。「不過這就是爲什麼它一直設法要進來。它不是想要我們。它想要回家。」

「我希望妳不是建議我們開門讓它進來。」狐姊說。

我搖搖頭。我還沒心神喪失到那地步。

但是它會做什麼？有個小聲音在我腦袋裡耳語。它會攻擊妳嗎？它甚至曾經在樹林裡攻擊過妳嗎？或者它認得它的孫女，正試著讓妳不要上那座山丘？也許它只會去卡特葛雷夫的臥房，然後蜷縮在床上？坐在他最喜歡的椅子上讀報？

我咬著自己的指關節，免得發出歇斯底里的笑聲。

「來吧。」狐姊說：「像上次一樣。我們就是得等到它走爲止。然後我們就會打電話給史奇普跟賓馬斯還有……」

斑哥再度開始低吼。

她發出氣急敗壞的聲音。「老弟，你這是幫倒忙。」

是啊，斑哥，就別管門口的怪物啦。那隻怪物現在已經不是新聞了……

我彎腰往下，把我的手放到他頭上，然後領悟到他不是面對著門。他是面對著走廊。

「狐姊。」我低聲說道。

她轉向我，我伸手一指。

在走廊的陰影中，有某樣東西在動。

我突然記起在隧道裡似乎有兩隻芻像在追我們的那個樣子。

我記起了「建築」，還有芻像可以自我複製。

我實在太晚才記起這些事情了。

在一隻芻像從我祖母的娃娃房裡爆出來以前，那個動作是我們得到的唯一警告。

✦

如果它完全是從娃娃零件做出來的，在它把我大卸八塊以前，我可能會站在那裡大笑，聲調高亢嚇人。這太過分、太恐怖、太像怪物電影裡的老套。殺人娃娃。有長指甲跟謀殺犯表情的瓷娃娃。

但那芻像是更多別的東西組成的。卡特葛雷夫的芻像在某種（充滿愛？充滿復仇意念？誰知道啊？）狀況下，從他亡妻的囤積物遺跡裡做出它來。

也許那就是爲什麼我鮮少看到它。也許它在白天並沒有躲起來。也許它忙著**工作**。

囤積物芻像是舊報紙做的混凝紙漿，就像「建築」本身那樣一層層的，外面包覆著厚紙箱碎片跟清潔劑空瓶。對，還有娃娃零件，幾十個零件，小小的塑膠肢體做成一個由亮粉紅色斷腿做的胸腔，但它們圈起了一團鐵絲衣架跟碎盤子。

古老的打字機被拆碎了，而那些字母，還有它們的金屬柄，做成了在地板上挖出洞、還把地毯撕裂成長條繩索的爪子。

我尖聲大叫。狐姊罵了髒話。斑哥的低吼爆發成高亢可怖的吠叫，這種聲音是一隻狗急切地召喚他知道不會來的援兵。

我提著項圈把斑哥往後拉，拉進廚房裡。我們不能從門口出去，因爲另外那個芻像在那裡，後門又封閉了，而我知道我們就像被困住的老鼠，我知道，但我不知道還能去哪裡。囤積物芻像沒有這種顧慮。如果它撞上亞麻油地氈的時候沒滑倒，我想我們就會當場斃命。不過它一到廚房，腿就歪向一邊，然後撞進櫥櫃裡，這讓我們爭取到少許時間。

我們上了樓梯。我只有一隻手，而我必須用在斑哥身上，但他不反對奔跑。狐姊就在我後面，把箱子弄下來，然後把它們往下砸到芻像身上。她的心臟可能就快不行了，但她不會一個人倒下。

在樓梯頂端，一扇門敞開著。那是我們先前看到芻像的房間，那大概是一千年前了。有些家具，一疊一人高的舊報紙，然後就沒多少別的東西了。「狐姊！進來這裡！」

我們把背後的門摔上。我用背靠在門上，同時兩隻手臂都完好的狐姊，抓住床頭櫃，開始把它拖過來。

芻像用足夠把我撞到往前一、兩吋的力道撞門。我不知道那金屬爪子會讓它更難轉動門把，還是它不懂門把怎麼回事，不過它似乎不想開門，寧願把門撞倒。我站穩腳跟設法撐住，直到狐姊可以把家具拉到定位爲止。

這隻芻像似乎對嚇我們很有興趣。這隻想要致我們於死地。

我想起我祖母這棟房子散發出的那種愉悅惡意，而我一點都不意外。從此地精髓中做出的造物，怎麼可能**不會**想殺死我們全部？

「狀況很糟。」狐姊說。

「我**就知道！**」我說：「我本來以爲我已經把娃娃零件都放進卡車裡，到了早上沒看到任何東西，還以爲我瘋了，但**我沒瘋**。它拿走了零件。卡特葛雷夫的芻像拿走了零件。」

「這全都很有意思。」狐姊說：「不過它正在把門撞爛啊，親愛的。」

「是，我注意到了。」

床頭櫃看起來極端脆弱。在她去抓另一樣家具時，我有足夠的空間用我好的那邊肩膀撐住門。門框隨著芻像的重擊搖晃。我聽到木頭在距離我腦袋一吋的地方碎裂。

強尼來——嘍！我心想。然後，**噢天啊，要是我有斧頭就好了！**（註）

「我們必須離開這裡。」我說：「這裡守不住的。」

「有窗戶。」狐姊說：「我們可以到外面的陽臺屋頂上，但在那之後，我們的選擇眞的不多了。」

碰、碰、碰。

突然的靜默。我可以聽到芻像從門口退後時爪子在喀噠作響。它正在做什麼？

我聽到它沿著走廊走，進入了下一間房間。那個裡面都是廢物的房間。一個典型的易燃地點。

我腦袋裡有個想法結晶成形，就像冰一樣冰冷清澈。

這棟房子。這棟他媽的恐怖屋。爲什麼我爲它這麼努力奮鬥？讓怪物擁有它吧。我唯一

註：出自電影《鬼店》裡的經典畫面與台詞，精神失常的主角傑克當時用斧頭劈門。

在乎的是我的朋友跟我的狗。

唔，還有我的筆電，而它還在卡車上。感謝上帝。

如果我做錯了，我們都會死。

如果我什麼都不做，我們可能還是會死。

「狐姊。」我低聲說道：「妳有打火機，對不對？」

「是啊。」

「給我。」

她沒問問題，只是往皮包裡挖，然後遞過來。那是一支老ＺＩＰＰＯ打火機，在我手中沉甸甸的。

「妳要做我猜妳要做的事情嗎，親愛的？」

「妳是說把這裡燒光光嗎？」

「嘿，這是妳家。不過在我們做這件事以前，我寧願先到外面去。」

「我們可以從陽臺屋頂跳到我的卡車上。」

狐姊給我一個懷疑的眼神。

喀啦。那芻像撞著我們之間的牆壁。看來它已經決定了，那道石膏牆比木頭容易穿透。它是對的。它的爪子切穿牆板的時候露出了金屬。我不知道在牆板筋之間有多少空間，或者中間有沒有擋著任何管線，但我不會留在這裡看個究竟。

「……妳剛剛說卡車？」狐姊說。

「把窗戶打開。」我說道。我彎下腰，把ＺＩＰＰＯ蓋子彈開——上帝保佑愚蠢青少女時期的我，我那時花了好幾小時，學著把男友的ＺＩＰＰＯ啪一下打開，好讓我可以看起來很酷——然後點燃了一疊舊報紙。

它們以驚人的熱忱著火了。我點燃地毯，就是另外添個柴火。如果我們活下來，消防隊可以儘管對我大吼。

有隻怪物穿牆而來，我置身於一棟房子的頂樓，還放火點燃它，而我感受到的是一種突然的狂野快意。

讓它燒。讓這個我從沒要求得到的可怕地方、它的祕密、它的夢魘與死人，還有我從不想要的垃圾都燒掉吧。

芻像讓一隻手臂穿過牆壁，開始撕扯那個洞以便拓寬它。我把ZIPPO塞進口袋裡。狐姊把紗窗踹出去。我聽到報紙嗶嗶剝剝的響聲，也聞到燃燒的味道。這是一種非常歡樂、營火似的味道，在這個情況下極端不協調。

我至今依然不知道我們怎麼讓斑哥穿過窗戶的。我可能用一隻手把他舉起來，狐姊同時動手拉。但總之我們把他弄出去了，隨後我跟著爬出去到陽臺上，祈禱他腦子裡沒出現衝出邊緣的念頭，然後在過程中弄斷他的脖子跟我的另一隻手腕。

「現在去卡車？」狐姊說。

「在火點著以後去。」我說著，回頭看後面。「我要那玩意燒起來，不要它繞著樹林追我們。」

「說得是。」她看了一眼到卡車的距離。「我想我辦得到。不知道妳要怎麼說服狗這麼做，但我們會想出辦法的。」

想來卡特葛雷夫的芻像仍然在陽臺的某處。它一直嘗試進入屋內。我只希望它已經進去了，而火焰也會消滅它。

房屋理應很快就著火。在所有電影裡，從短路的聖誕樹裝飾燈到射穿屋頂的火焰，大概只要兩分鐘。而妳會認爲這棟房子，用古老的材料建造，上上下下塞滿了易燃物，實際上會爆炸成一團火焰。

我們在屋頂上等，但沒發生。

我還是能夠看見牆上橘色的搖曳火光，而裡面顯然有某樣東西著火了，但我的希望——整個地方都化爲煉獄、把芻像一起帶走——開始消退了。

「好。」我說：「讓我們上卡車——」

囤積物芻像像一輛載貨火車似地撞上敞開的窗戶。它的肩膀太寬無法穿過。它轉身在窗臺上抓扒，弄碎了木頭，一次又一次往那裡撞。骨頭碎片飛了出來。在它企圖把自己拉出窗口的時候，我注視著一根娃娃腿做的肋骨啵一聲鬆掉，然後又是另一根。

有某種東西發出聲響，**咻**——

我不知道是什麼點著了，但突然間火焰不再是一種橘色光輝，而是活過來了。它怒吼著，彷彿吸著氣，而在窗戶被打破的時候，我聽到玻璃碎裂的聲音。

「來啊！」狐姊大吼。火焰讓我幾乎聽不見她的聲音，但我轉身的時候，她就站在我的卡車車頂，斑哥在她臂彎裡。「快離開那該死的地方！」

芻像在窗口拚命使勁。另外一組肋骨斷掉了。它紙做的部分內臟溢出來掉在屋頂上，然後一顆火星打在上面，而它們也開始燃燒了。

我奔向陽臺屋頂的角落。

狐姊跟斑哥往下滑到卡車車床上，而我跳過那個裂口，就像個奧林匹克短跑選手。我暗自害怕會跳得不夠遠，但我反而幾乎要跨到另一頭去了。車頂架擋住了我。車頂會有個特大號壓痕，不過見鬼了誰還會在乎啊？

我把自己抛進車床，越過邊緣，然後打開駕駛座那邊的車門。我伸手掏鑰匙的時間長得彷彿永恆——拜託啦，小鼠，現在不是領悟到妳把鑰匙扔在咖啡桌上的時候——不過我在口袋底部找到鑰匙了，就把它用力插進點火裝置裡。

卡車發動了。我美麗、忠實的卡車。我猛然打到倒車檔，出於習慣往我後面一瞥，然後那燃燒的芻像就在車蓋上著陸了。

卡車車蓋因為它的重量出現凹痕。我不在意這個——反正一輛上面沒有凹痕的卡車，可能就是一輛爛卡車——但它**碰了**我的卡車。

我甚至不讓**男友**開我的卡車。

滾下去滾下去滾下去這是我的這是我的你不能碰它在它身上就是在我身上滾下去！

沒長眼睛的它怒視著我，它的側邊起伏著，彷彿噴著氣。塑膠娃娃腿焦黑融化了。大多數清潔劑瓶也是。有一個燃燒得像顆星星——有某種催化劑吧，只有老天爺知道是什麼。

如果它可以抓到我，我也會燒起來。

如果它可以抓到我，它會把我拆碎，然後卡特葛雷夫的芻像會過來，用骨頭把我拼回去，然後我們三個就是一個家庭，都會一起在樹林裡馳騁，我們胸口有石頭發出喀噠鏗鏘的聲音，還有用娃娃手臂做成的肋骨，**我們可以扭曲自己的身體，就像那些扭曲者，然後平躺在地上，就像那些死者，然後……**

我的腳猛踩油門。

狐姊跟斑哥已經自己攤平趴在卡車車床上了。也許它不知道他們在那裡。也許它不在乎。我不知道。也許它體內有我祖母的某些部分，而她最恨的莫過於她自己的骨肉至親。

我倒車猛然衝下車道，同時它用打字機按鍵爪子抓擋風玻璃，在油漆上留下巨大刮痕，刮花了玻璃。它有根爪子勾在雨刷上，而不知怎麼的它撐住了，甚至在卡車下了車道、撞上溝渠而猛力彈起時也是。我只有一隻手可以開車跟操縱方向，對事情並無幫助。

我打到前進檔，一路往前開，直到我幾乎撞上燃燒的陽臺，然後猛踩煞車。我聽到後面發出一聲哀鳴，但我不敢停下來察看我的乘客。

芻像滑下車蓋，滾進前院裡，這裡被屋頂上跳動的火焰染成橘色。它沒有動。

我把卡車倒車出去，在院子裡留下溝痕，然後卡特葛雷夫的芻像從陽臺上下來了。

我咬緊牙關，準備在有必要的時候撞倒它……可是我沒有。

它無視卡車。它走下臺階，靠四條腿移動，走向燃燒的芻像。接著它蜷曲起自己的身體，就像斑哥要睡覺時的做法，然後躺下來，靠著另一隻。

卡特葛雷夫跟他的妻子，我心想，同時注視著火焰從囤積物芻像身上舔舐過去，越過了鹿皮。**或者是卡特葛雷夫跟他的房子。也許不管是哪樣都無關緊要了。**

屋頂陷了下去，而我開下車道，永遠離開了那棟毀壞的可怕房屋。

第二十四章

嗯哼。

那就是故事的結尾，或者至少是大部分。我們一到好幾哩的距離之外，狐姊就大力敲後車窗敲到我停車爲止。接著她開車載我去急診室，掰了個我甚至想不起來的故事，說有個占屋自住者闖進屋子裡，還鬧了場火災。我的手腕斷了，但至少是我的左腕，所以在他們把手腕打上石膏以後，我還可以開車。

包伯警官來幫我做筆錄。我告訴他我知道得不多。我沒看到任何我可以在嫌犯列隊指認時挑得出來的人。天色很暗，斑哥是我醒來的唯一理由，可能也是我沒死於火災的唯一理由。

我不知道他信不信我的話，但他的反應很仁慈，這樣就很夠了。

在某一刻狐姊離開了。竇馬斯來接她。我想她一定是從急診室打電話的。我一直問她在家裡會不會有問題，房子現在安全了嗎，會不會出事。有其他人在旁邊，所以我無法說我想說的話，只能抓著她的衣袖瞪著她看。

「沒事的。」她說：「沒事的。它們從來不想要我。沒有它們需要的那些部位。我在那裡好多年了，什麼事都沒發生過。」

好一陣子之後我才想到，也許安娜會想要復仇，不過到那時候狐姊早就走了，而我能做的就只有央求包伯警官去看看他們，確保他們沒事。

差不多在他們把我從急診室放出來的那一刻，我就坐進我的卡車裡，開到鎮上。艾妮德看了我一眼，就讓我睡在咖啡店後面幾小時。

我告訴她失火了，但老實說記不得多少事。

睡了差不多五小時以後，我駕車開往匹茲堡。我只在燈光明亮的地方停車。就連那些地方都太暗了。我想要這個世界都用鹵素燈照亮，有烈焰似的人造燈光。我想要看到世界的每個角落，這樣我才知道沒有任何東西能夠藏在裡面。

我打開收音機聽些響亮刺耳的東西，什麼都跟著唱，不管我知不知道歌詞。

我回到家，然後在卡車裡坐了可能有一個小時。斑哥很困惑，但他在最後一個停靠處得到一個起司漢堡，所以他心情愉快。

電臺DJ告訴我們上一首歌是什麼，而我迷惑了一陣，因為沒人跟我說我的捐贈會幫忙支持像他們這種優質的節目，然後我把前額貼到方向盤上，又歇斯底里地哭了感覺上一小時之久。

然後我進屋去，打開屋裡的每一盞燈。

✦

我從來沒跟我爸講眞相。我怎麼能說？官方說法是，我睡覺時有人闖進來，斑哥把我叫醒。有一陣打鬥，我的手腕斷了，在那堆垃圾之中有某處起火了。狐姊在前廊上喝酒，聽到斑哥抓狂的叫聲，所以她來設法把我拉出去。我還處於半睡半醒的混亂狀態，天色又很黑。不，我不知道誰闖進來。不，我沒有看清楚任何人。

爸爲了這件事最後變成如此下場而道歉，而我告訴他，他事先不可能知道會這樣發展。醫師現在給他相當好的藥物治療，設法處理他肺部雜音。我不知道他還有多少時間，而我不會告訴他眞相，破壞他的一絲絲安寧。

保險公司沒有太認眞調查這場火災。這個地方顯然容易失火，我們並沒有要求重建的錢，只是找人開個挖土機把整個地方敲掉，塡平地下室。狐姊說石頭不見了。我不知道是不是他們做的，或者是別人幹的。如果它眞的是個路標，也許猲像來把它拿回去了，現在它們不再需要它了。

我寧願認爲是開挖土機的人弄的。

保險公司把賠償金裡剩下的部分寄給我爸，他又寄給我。我看著那張支票——六千美元，以我的標準來說是一大筆錢——然後開始哭。我需要錢，然而我不能留著它。連想到兌現那張支票都讓我想吐。我用那筆錢買的任何東西都會被汙染。如果我設法要用它來付一棟房子的錢，那我祖母就會擁有一部分我的房子。我做不到。

我試著把它寄給狐姊，她拒絕了。「親愛的，我不會拿縱火換來的錢。」

我輾轉反側三個晚上，然後我終於有了個想法，把這整個該死的東西寄給北卡羅萊納公共電臺，紀念佛萊迪．卡特葛雷夫。我得到所得稅抵免額，也許那有點價值。

顯然綠皮書從沒找到。如果它沒燒掉，可能就埋在房子剩下的瓦礫堆中的某處。不過我有那份打字稿。我也不想要它，但在房子燒掉的時候，竇馬斯在狐姊家讀它。他們把它放在一個信封裡寄給我。那是保險金支票的重演——我哭了。我想吐。我把它放進垃圾堆。我後來又回去，把它從垃圾堆拿出來。我試圖把它放進一個抽屜裡，而感覺就像是房間裡有條蛇。每次我進入後面臥室，就可以感覺到它潛伏在那裡。

到最後我租了個保險箱。結果保險箱其實沒那麼貴。現在銀行可以負責擔心它了。

我想這應該用不著說，我差不多嚇得魂飛魄散了。我阿姨想叫我去看心理治療師，但我要跟他們說什麼？世界上沒有一個治療師會相信眞相，而我不希望我必須每小時花六十塊，坐在那裡說謊給某人聽。

見鬼了，妳要怎麼跟別人說，**我差點就把餘生都耗在一個充滿走路棍棒加骨頭的城市裡，替怪物生小孩**？他們會用迅雷不及掩耳的速度叫你吃抗精神病藥物，而那樣不會有幫助。我眞想向神許願，有種藥物可以讓這一切都消失，不過如果有這種藥，我可能會忘記對崁道人保持警戒。也許我下次就不會這麼幸運了。

現在比過去好了。斑哥幫了很大的忙。我可以離開房子，只要我在我的卡車裡、或者在某個地方跟人群在一起，我就沒問題。我把山胡桃枝放在所有窗戶上，但那看起來就只像是一種詭異的裝飾選擇。

不過，你知道我最常想到的是什麼嗎？不是卡特葛雷夫的芻像，孤獨地在靠近他亡妻家的樹林中漫遊，直到他有機會再度從零件中拼出她爲止；不是那些石頭，或者維瑞圓頂，或者外地肯定有其他城市，就像在威爾斯的那個，也許沒那麼死寂，充滿了崁道人以及他們的僕人。

而是我祖母家廚房的亞麻油地氈。

在囤積物芻像到達廚房的時候，它打滑了。它的腳差點從它身體下方跑出去了。那可能是我們能及時爬上樓梯的唯一理由。

整整三條性命，全仰賴於爛透的七〇年代亞麻油地氈。如果她留著原來的硬木地板，我們就死定了。每個人都說別人把屋裡好好的木頭地板蓋起來有多糟糕，結果是這點救了我的命。

我感覺好像這個世界裡一定充滿了像這樣的事物。沒有人注意的愚蠢、次要小東西，然後有一天你拿起原本打算丟掉的傘架，把它砸在殺手的頭上，或者踩到原本打算丟掉的披薩盒上滑倒，殺手反而抓到你了。

就像牽繩或者山胡桃木念珠這樣的事物。

我還是隨身帶著念珠。如果我把念珠丟在家裡，我會恐慌起來，非得回去拿。它們變成一種提供安全感毯子的概念。只要我手上有念珠，我或許就能看見出現的崁道人。

狐姊跟我還會聊天。唔，大半是簡訊啦。在我們的小遠足之後，她承認有支手機可能會滿有用的，竇馬斯替她搞定一隻便宜貨。她喜歡傳簡訊。我想如果可以的話，她會完全靠符號表情跟笑臉溝通。史奇普很好。有些人認定任何像竇馬斯那樣的人一定都來自別的國家，他們會找竇馬斯麻煩，不過那不是新鮮事了。被史奇普念了很久以後，狐姊換了一種新的心臟病藥物。她說這種藥讓她暴躁不安，不過我記得她的嘴唇曾變得有多青紫，我很高興她有吃藥。

沒有樹林中的芻像，沒有崁道人。就算它們還在後面那裡——而且當然了，它們還是在後面那裡——一切都非常安靜。

有少數幾次我們通話聊天而不是傳訊息，其中一次我問她：「妳爲什麼不搬家？」

「哪來的錢啊？」狐姊問。「沒有人會買這裡的這片爛泥地，我的社會保險金買不起其他地方的房子。」

「我可以幫忙。」我魯莽地承諾。大半時候我付自己的房貸都很吃力，但如果有必要，我會把他們三個都帶來匹茲堡。

「不用啦。這樣很好，親愛的。住在一個垃圾堆或者他們的某個有毒廢物旁邊都沒差別。我留著我的山胡桃木，而且我不會去那邊的樹林裡散步。」

一陣漫長的沉默。我聽到線路上輕柔的靜電雜音。就算我的手機修好了，狐姊的通話狀況還是不很好。

不知道她是否也正想著安娜。

我應該要因爲安娜的所作所爲而恨她。我知道我應該如此。她會想都不想就爲了自己的自由出賣我。

但我想到那樣的生活想必是什麼樣子，在那個死城的走廊上行走，周圍什麼都看不到，只有怪物。在她發現懷孕的時候，曾滿懷希望嗎？她是否認爲，也許除了尤萊亞跟芻像以外，會有更多人陪伴？而是哪種怪物產婆在照顧她，是什麼樣的骨頭樹枝鐵絲組成的爪子，伸出來接住她的頭胎孩子？

她再也無法懷孕後，狀況是否變得比較輕鬆？**我再也辦不到了。我做不到他們的要求。**她就這樣什麼都不在乎了嗎？或者她每次都還抱著希望？她曾經向「建築」，對那些從天花板上垂下的東西求情嗎？對於她的命運，它們舉行過漫長吵雜的會議嗎？

到最後，芻像還是把她拖到白色石頭那裡去嗎？

有時候我在晚上醒來，心裡想著我就是她，如果我轉過頭去，我就會發現我到底沒有逃出圓頂。如果我睜開眼睛，我的周圍會有芻像環繞著我，而我腿上的重量不會是斑哥，而是用他的骨頭做成的某樣東西。

在那之後，我要花很長的時間才能打開燈。

不，我不恨安娜。如果她沒召喚我，也許我晚上還睡得著覺。也許我不會想著怪物推擠著世界的圍牆，芻像做出越來越多自己的副本，等著它們的主人回家。

或者直到它們從山丘裡滿出來，突破界限。

但我還是無法恨她。有時候我甚至覺得有罪惡感。我在這裡，光想到取代她位置的可能性就在黑暗中顫抖打哆嗦。在她繼續承受，年復一年、十年過了又十年的時候，我有什麼權利這麼崩潰？

在死城裡那麼多年，她存活下來了。我不可能辦到。也許那是她的非人血液給她的禮贈，讓她沒有自殺，或者縮成一球然後放棄。綠皮書的敘述者說，卡莎普女士被活活燒死。

而我納悶的是，在她做過所有那些奇異的事情以後，她是否在乎……

或許那就是讓崁道人與眾不同的地方，不是白膚或者紅眼，而是能夠被活活燒死而不在乎，或者在一個死城裡行走數十年卻不發瘋。

「妳覺得她還在那裡嗎？」我問道。設法不要想到安娜，謀殺了她的最後一個人類同伴以後，孤單一人。老得不夠快的安娜，是芻像狗急跳牆、想帶回老主人的扭曲育種計畫的一部分。

「不。」狐姊緩緩地說：「不，我想她也許沒熬過去。」

在她掛電話以後，我瞪著手機，記起安娜的尖叫在狐姊射出最後幾發子彈以後停了。

而我知道我永遠不會問，所以狐姊永遠不必撒謊騙我當時發生什麼事。
我拚命希望她是對的。

作者後記

敏銳的讀者會立刻注意到，綠皮書是出自亞瑟．麥肯（Arthur Machen）的「發現手稿」型故事，〈白膚人〉（*The White People*）裡的日記。〈白膚人〉在一九〇四年出版，是偉大的恐怖經典作品之一。（他的長篇小說《大神潘恩》〔*The Great God Pan*〕得到更多矚目，但就我看來，〈白膚人〉優秀得多。）

是，我對發現手稿型故事的愛不亞於其他人，不過有一種會讓我受不了的情節設計是「我們找到手稿了，然後又弄掉了，而現在我盡己所能重新創造一遍」。這些「重新創造」通常讀起來像是敘述者很方便地有照相機般的記憶力，雖然處於極大的壓力之下，還是能夠隨手就重新創造了數百頁，不費太大力氣，通常還是手寫稿。

在我自己的經驗裡，記憶力不是那樣運作的。所以在我寫下卡特葛雷夫版的綠皮書時，我盡可能以我記得的部分來寫下〈白膚人〉，沒有回去查原文，包括註記所有我拚了老命都想不起來接下來是什麼的片段。到最後，我會回去把文章清理乾淨，補進更多指涉與更多引文，但我非常努力試著保留最初的經驗：設法謄寫一份對散漫夢境式敘述的記憶。

發現手稿型故事有另一個總是讓我很挫折的地方，就是敘述者對他們閱讀的內容多麼不加批判。不是在眞理方面，而是在文體方面。我認識的大部分作者與所有編輯都會自動生出一枝紅筆，立刻開始校稿，所以我忍不住要給小鼠機會發表她自己的編輯意見。

我在大多數狀況下，是童話故事的重述者，但重述廉價雜誌恐怖故事眞的沒那麼不同。

有同樣的過程：設法找到故事的骨頭，把指涉扔進去，讓讀者挑出來，並且（希望如此）感覺到聽懂笑話的一股沾沾自喜。然而在這個例子裡，麥肯讓許多事情含糊曖昧。白色石頭雕刻看起來像什麼的整個問題，從來沒有被提起過，很多細節都沒有得到解釋。一個作家要怎麼辦呢？

唔，洛夫克拉夫特，保佑他的好心（要是有任何人覺得好奇，這是個**南方風格**的『保佑他的好心』（註）），寫過一封信對一位同時代的人講〈白膚人〉，解釋那顆石頭發生了什麼事，說顯然是兩隻怪物在交媾，而意外見證此事讓敘述者懷孕了。這肯定是一種解釋。洛夫克拉夫特假定嚇壞了的敘述者，會自殺以便結束懷孕狀態。我，身爲我這個人，對於這種事實際上會怎麼發展，有稍微不一樣的詮釋，然後再加上這樣那樣，這個詮釋就變成了《扭曲者》。

有人說所有的書都是跟其他的書對話，我說不上來這是眞的或者不是。不過我可以說，這本長篇小說是個對話，對象是一封信，信的內容是關於一篇短篇小說，而那篇短篇小說本身是在談一本書……而就連打出前面這句話都讓我頭痛。

感謝我的編輯Navah Wolfe，因爲她要求看一份就只以一個推特笑話爲基礎的草稿，也感謝我長期受苦受難的經紀人Helen Breitwieser，她很有耐性地嘗試賣掉我這週決定寫的任何一種類型的書。感謝我丈夫Kevin，還有我那能影響山羊的啦啦隊長Andrea。沒有你們大家我或許依然可以寫書，但這些書遠遠不會這麼好，也沒有人會讀。所以感謝你們，讓我不至於在讀者面前出糗。

註：Bless one's heart這種說法在美國南方很常見，有雙重意義。正面意義是純粹表示好意祝福與同情，但也常常是反諷的意思，端看說者與聽者的談話內容和關係。這裡作者暗示她是反諷的意思，因爲洛夫克拉夫特的風評好壞參半，而她不甚認同他。

白膚人

亞瑟．麥肯（Arthur Machen，1863-1947）英國小說家。一八九四年以怪奇中篇小說〈大神潘恩〉（*The Great God Pan*）正式步入文壇，雖因其詭異離奇的內容遭受許多抨擊，但包含此作在內的一連串作品對往後的英美恐怖小說影響巨大。H.P.洛夫克拉夫特、亞瑟．米勒、史蒂芬．金都曾明言受其影響。和蒙塔格．羅德斯．詹姆斯（Montague Rhodes James，1862-1936）、阿爾傑農．布萊克伍德（Algernon Blackwood，1869-1951）並稱「近代英國怪奇文學三傑」。

本作最初在一九〇四年發表於《霍利克雜誌》（*Horlick's Magazine*），後於一九〇六年收錄在《萬靈之屋》（*The House of Souls*）中。

序幕

「巫術與神聖性。」安布洛斯說：「這些就是唯一的現實。兩者都是一種狂喜，一種從凡庸生活中的抽離。」

卡特葛雷夫聽得興味盎然。一位朋友帶著他來到這棟位於北方郊區的朽壞房子裡，穿過一座古老的花園，進入這個房間，隱士安布洛斯在此對著他的藏書打盹作夢。

「是的。」他繼續說道：「魔法的兒女證明了她存在的正當性。我想，有許多人吃乾麵包邊、喝清水時伴隨的喜悅，比『實際的』美食家經驗中的任何事物，都要來得鮮明敏銳無數倍。」

「你講的是聖人嗎？」

「是的，還有罪人。我想你犯下一種很常見的錯誤，把性靈世界匡限在至善的範圍裡了；但是，極惡在其中必然占有一席之地。只重視肉慾與感官的人做不了極惡之徒，就好像他也不可能是個至善聖人。我們大多數人就只是平庸而靈肉混雜的生物；我們在世間糊裡糊塗亂搞一通，卻沒發覺到種種事物的意義與內在邏輯，因此我們的惡與善都一樣二流，無足輕重。」

「所以說，你認為極惡之徒就像至善聖人一樣，會是禁慾苦行者？」

「每種類型的偉大人物都會摒棄不完美的副本，直取完美的原版。我毫不懷疑，在最超凡入聖的聖人之中，有許多從未做過一件『善舉』（這裡使用的是這個詞彙的日常意義）。而另一方面來說，有些人聽起來處於罪惡深淵，卻終其一生都沒做過一件『惡行』。」

他走出房間一會，而極其欣喜的卡特葛雷夫轉向他的朋友，感謝他這番引薦。

「他妙極了。」他說道：「我以前從沒見過這種類型的狂人。」

安布洛斯帶著更多威士忌回來，很慷慨地替兩位男士斟酒。他則以兇猛的勢頭濫用絕對禁酒主義；他遞出氣泡礦泉水，又替自己倒了一杯水之後，正要重新開始他的獨白，卡特葛雷夫這時插話了——

「我聽不下去了，你知道的。」他說道：「你的悖論太古怪了。一個人可以是個極惡之徒，卻從未做任何罪惡之事！別鬧了！」

「你錯得離譜了。」安布洛斯說道：「我從來不說悖論；我還眞希望我說得出口。我只是說，一個人可能對羅曼尼·康帝葡萄酒有絕佳品味，卻連聞都沒聞過四便士的廉價啤酒。就只是這樣，而且這比較像是一項眞理而非悖論，不是嗎？你對我的評論感到驚訝，是因爲事實上你還沒理解到罪惡是什麼。喔，是的，在大寫的『罪惡』，還有一般所謂的罪惡行爲，像是謀殺、竊盜、通姦等等之間，的確有一種關聯。就跟字母A、B、C與精緻文學之間的關聯差不多。但我相信這種誤解——這幾乎是普世性的——在很大程度上，是肇因於我們戴著社會性的眼鏡來看待這件事情。我們認爲，一個對我們還有他的鄰人們作惡的人，一定非常邪惡。從社會性的立場來看，他確實邪惡；但你不懂嗎，『邪惡』從本質上來說是很孤寂的東西，是孤獨、個別的靈魂的激情？說眞的，一般的謀殺犯，以謀殺犯的身份而言，無論如何都算不上是眞實意義上的罪人。他就只是一隻野獸，爲了讓他的刀尖遠離我們的脖子，我們必須擺脫他。我應該把他視爲老虎的同類，而非罪人。」

「這樣說似乎有點奇怪。」

「我不覺得。謀殺犯訴諸謀殺並不是因爲積極屬性，而是因爲消極屬性；他缺少了非謀殺犯具備的某種東西。邪惡，當然了，是全然積極的——只是積極在錯誤的方面。你可以相信我，嚴格意義上的罪惡是非常罕見的；罪人的數量有可能比聖人少上許多。是的，在實用的、社會性的目的上，你的整體立場非常好；我們自然傾向於認爲，我們很討厭的人一定是個罪大惡極之人！口袋被扒是非常討厭的事情，而我們宣稱小偷是個罪大惡極的人。事實上，他只是個發育不成熟的人。當然，他做不了聖人；但比起數千個從未違反十誡任何一條的人，他可能是、常常也眞的是比他們好上無數倍的生靈。我承認，他對**我們**來說是個燙手山芋，如果我們逮住了他，會把他牢牢關好；但在他惹出麻煩的反社會行爲與邪惡之間——喔，這關聯再微弱不過了。」

現在時間非常晚了。把卡特葛雷夫帶來的人可能以前就聽過這一套了，因爲他在旁用一抹無精打采又審愼的微笑助陣，卡特葛雷夫卻開始認爲，他心目中這位「狂人」正轉變成一位哲人。

「你知道嗎？」他說：「你引起我無比的興趣，所以你認爲我們不了解邪惡的眞正本質嗎？」

「不，我想我們不了解。我們高估了它，也低估了它。我們看到我們那些社會性的『附屬條例』——爲了維繫人類群體，非常必要也非常適切的規則——受到無數的違背沖犯，我們就開始害怕『罪』與『邪惡』四處盛行。但這其實是胡說八道。就拿竊盜爲例吧。你想起羅賓漢、十七世紀的蘇格蘭高地山賊、沼地土匪，或者我們這個時代的商業公司發起人時，有任何驚恐的感覺嗎？」

「接著，從另一方面來說，我們低估了邪惡。我們對於亂搞我們的口袋（還有老婆）的人，賦予了莫大的重要性，以至於我們徹底忘記了眞實罪惡的糟糕之處。」

「那麼什麼是罪惡？」卡特葛雷夫說道。

「我想我必須用另一個問題來回答你的問題。說眞的，如果你的貓或者狗開始跟你說話，而且用人類的腔調跟你爭論，你會有什麼感受？你會被恐怖壓垮。我很確定。而要是你花園裡的玫瑰唱起一首詭譎的歌，你會發瘋的。然後假定路上的石頭在你眼前開始膨脹成長，如果你在晚間注意到的卵石在早晨抽長出石頭質地的花朵，會怎麼樣？

「唔，這些例子可能讓你對罪惡實際上是什麼有些概念。」

「聽著。」第三個人說道，到目前爲止口氣很平靜。「你們兩位似乎談興甚濃。不過我要回家了。我已經錯過電車，得用走的了。」

當另一個人往外走向霧濛濛的清晨與街燈的黯淡光芒時，安布洛斯與卡特葛雷夫似乎更沉浸在對話中了。

「你讓我十分驚異。」卡特葛雷夫說：「我從沒這麼想過。如果眞是這樣，一個人就必須把一切都反過來看了。那麼罪惡的本質其實是——」

「在我看來，就是強力攻占天堂。」安布洛斯說：「以我之見，這就只是嘗試用禁忌的方式，滲透到另一個更高的境界裡。你可以理解這種狀況爲何如此罕見。的確，鮮少有人希望能滲透到別的境界，無論是用被允許還是被禁止的方法、進入更高還是更低的境界。大部分的人，過著他們發現的那種人生就十分滿足了。因此聖人很少，（嚴格意義上的）罪人就更少了，而偶爾同時展現兩種特質的天賦異稟之人，也很罕見。是的；整體來說，或許做個極惡之徒比成爲至善聖人更困難。」

「罪惡之中有某種深切不自然的東西？你是這個意思嗎？」

「正是如此。神聖性要求人付出一樣大、或者幾乎一樣大的努力；但神聖性是在一度合乎自然的路線上運作；那是為了恢復人類墮落前的狂喜狀態，從而付出的一種努力。但罪惡是努力要獲取只屬於天使的狂喜與知識，就在做出這種努力的時候，人變成了惡魔。我告訴過你，光是身為謀殺犯，並不因此就是個罪人；眞是這樣，不過罪人有時候確實是謀殺犯。吉爾．德．雷就是一例。所以你看到了，雖然善與惡對於現在的人來說——對於人這種社會性的、文明開化的存在而言——都是不自然的，而且與善相比，惡在更深刻得多的意義上是不自然的。聖人致力於恢復一項他已失去的禮贈；罪人則設法取得某種從來不屬於他的東西。簡而言之，他重複了人的墮落。」

「但你是個天主教徒吧？」卡特葛雷夫說道。

「是的，我是被迫害的英國國教成員。」

「那麼，那些經文似乎判定你只當成瑣碎錯誤的行為就是罪惡，這怎麼說？」

「是的，但在某處，『行邪術的』這個詞彙也出現在同一句話裡，不是嗎？在我看來，那就設定了基調。考量一下：你能夠就想像片刻，救了某位無辜男子一命的假話是一種罪惡嗎？不。那麼很好，罪惡不是被那些話排除在外的一個普通撒謊者；最重要的是，罪惡是那些利用物質生命的『行邪術者』，把物質生命的附帶缺陷當成工具來利用，以便達到他們無比邪惡的目的。同時讓我告訴你這件事：我們較高等的神智太過駑鈍，我們在物質主義中浸淫得太深，以至於我們要是正面遭遇眞正的邪惡，很可能根本認不出來。」

「但光是有個邪惡之人出現了，我們不就應該會體驗到某種恐怖——像是你暗示過的，如果一棵玫瑰樹唱起歌來，我們會體驗到的那種驚恐？」

「如果我們還是自然的，我們應該就會：兒童跟婦女會感受到你說的這種恐怖，甚至連動物都會體驗到。不過對我們大多數人來說，傳統、文明與教育，已經讓自然的理性變得眼瞎、耳聾又混淆不清。不，有時候我們可能靠著邪惡對善的憎恨而認出邪惡——一個人不需要太多洞察力，就猜得到是何種影響力在相當無意識的狀態下，在《布萊克伍雜誌》上發表了對濟慈詩作的評論（註）——不過這純屬偶然；而我懷疑，地獄大祭司通常會在無人注意的狀況下被輕輕放過，或許在某些例子裡，還會被當成犯了錯的善人。」

「但你剛剛就對濟慈的評論者用了『無意識的』這個詞彙。會有無意識的邪惡嗎？」

「總是如此。一定是這樣。在這一點還有其他方面，這就像是神聖性與天才；這是某種靈魂的迷醉或狂喜；一種超驗性的努力，要超越尋常的界線。所以，超越了這些的同時，它也超越了理解力，就是注意到有什麼來到它面前的那種機能。不，一個人可能邪惡到無邊無際又恐怖無比，卻從未懷疑到這一點。但我告訴你，在這種意義上，這種確實又眞確的意義上，邪惡是很罕見的，而我想它是越來越稀少了。」

「我正在設法理解這一切。」卡特葛雷夫說道：「從你說的話裡，我猜想眞正的邪惡從類別上來說，跟我們稱之爲邪惡的事物是不同的？」

「正是如此。毫無疑問，在兩者之間是有種類比；這種相似性，讓我們可以相當合理地運用像是『山腳』與『桌腳』這樣的詞彙。而當然了，有時候兩者事實上講的是相同的語言。那粗魯的礦工，或者說是『鑄鐵攪煉工』，一個缺乏技術訓練又人格不成熟的『人形老虎』，比平常多喝了一兩夸脫的酒就腦袋發熱，回家去踹死他惱怒又不識時務的老婆。他是

註：這是指《布萊克伍雜誌》（*Blackwood's Magazine*）編輯約翰・吉布森・洛克哈特（John Gibson Lockhart）對濟慈在一八一八年出版的詩作《恩迪米昂》（*Endymion*）提出的刻薄批評，甚至建議這位早年曾在一位外科醫師兼藥劑師門下當學徒的詩人，還是回去當藥劑師吧。

個謀殺犯。吉爾．德．雷也是個謀殺犯。但你看到分隔這兩人的鴻溝了嗎？要是容許我這麼說，在這兩個例子裡，『詞彙』本身偶然地相同，但『意義』卻全然不同。把這兩者混爲一談，是明目張膽的『哈布森賈布森（註一）』，或者說得更精確些，這就好像一個人假定賈格納跟阿果號英雄之間有什麼字源學上的關係（註二）。而毫無疑問的是，同樣微弱的相似性，或者說是類比性，出現在所有『社會性的』罪惡與眞正的性靈罪惡之間，而在某些例子裡，或許較小的罪惡就像『學校老師』，引導人通往更大的罪惡——從虛影走向現實。如果你有任何一點神學家的傾向，你就會看出這一切的重要性。」

「很抱歉我要這麼說。」卡特葛雷夫評論道：「我奉獻給神學的時間非常稀少。說眞的，我常常納悶神學家是根據什麼立場，主張他們最愛的這門學問是科學中的科學；因爲我曾經研讀過的『神學』書籍，在我看來，總是關乎軟弱而明顯的恭順虔誠，或者在談論以色列諸王與猶大。我不太愛聽那些國王的事情。」

安布洛斯咧嘴笑了。

「我們一定要設法避免神學上的討論。」他說道：「我看出你會是個難纏的辯論者。不過或許『諸王年代大事記』跟神學之間的關係，就跟殺人攪煉工的鞋釘與邪惡之間的關係一樣『大』。」

「那麼回到我們的主題，你認爲罪惡是一種深奧的、有神秘學性質的東西嗎？」

「是的。這是一種來自地獄的奇蹟，就好像神聖性是來自天國的奇蹟。時不時它的聲調就拉高到讓我們徹底懷疑不到它存在的程度；這就像是管風琴的巨大踏板音管所發出的音符，低沉到讓我們不可能聽見。在其他例子裡，這樣可能導向瘋人院，或者其他更奇特的問題。不過你絕對不能把它跟淺薄的社會性惡行混爲一談。請記得使徒在講到『另一方面』的時候，如何在『慈愛的』行爲與慈愛之間做出了區別（註三）。而就像一個人可能把自己所有一切拿去賑濟窮人，卻沒有愛；所以請記得，一個人可能避開每種罪行，卻還是個罪人。」

「你的心理學在我看來非常奇怪。」卡特葛雷夫說：「但我坦白說，我喜歡這套，而我想一個人可以從你的前提裡，公平地推導出這個結論：很可能在旁觀者眼中，眞正的罪人是個相當無害的人物？」

「當然，因爲眞正的邪惡跟社會生活或者社會法律無關，或者就算有，也只是在偶然或意外中產生關係。這是靈魂的一種孤寂激情——或者是孤寂靈魂的一種激情——隨你喜歡怎麼說。如果出於機緣巧合，我們理解了它，並且掌握到它的全盤意義，那麼它確實會讓我們

註一：在英國統治印度時期的印度英語裡，Hobson-Jobson 指的是穆哈蘭月紀念式。因爲在儀式中什葉派穆斯林會唱誦哈桑·本·阿里與胡笙·本·阿里的名字，不諳印度語的英國士兵，把這些印度名字扭曲成英語裡可能出現的拼音姓名，最後就變成穆哈蘭月紀念式的代稱。在這裡安布洛斯是在形容，把兩種不同的「謀殺犯」混爲一談，就像把印度人名胡亂聽成英國人名一樣。

註二：賈格納（Juggernaut）在現代英語中指的是無可阻擋的巨大力量，但這個詞彙原本指的是毗濕奴的其中一個化身 Jagannath，每年到了乘車節，信徒都會把神像放進巨大的神車裡，拉出去供人瞻仰，甚至有被神車撞死會上天堂的說法。阿果號英雄（Argonaut）一詞也有兩種意義：一方面是指希臘神話中搭乘阿果號出航、經歷各種冒險的英雄們，另一方面也指船蛸（一種八腕目軟體動物）。這兩個詞彙除了字尾相同以外毫無關係。

註三：這裡指的是《聖經》〈哥林多前書〉13:3，使徒保羅說：「我若將所有的賙濟窮人，又捨己身叫人焚燒，卻沒有愛，仍然與我無益。」（和合本譯文）賙濟窮人是慈善的行爲，但要是沒有伴隨眞正的愛，就不會帶來救贖。

充滿了恐怖與敬畏。但是，這種情緒大大有別於我們對於普通罪犯的畏懼與厭惡，因爲後者的大部分或者全部，都是奠基於我們對自身皮肉或者錢包的關注。我們痛恨謀殺，因爲我們知道我們會痛恨被人謀殺或者讓我們喜歡的任何人被殺害。所以，在『另一方面』，我們尊崇聖人，但我們不像喜歡我們的朋友那樣『喜歡』他們。你能夠說服自己說，你會很『享受』聖保羅的陪伴嗎？你認爲你我會跟加拉哈德騎士（註一）『相處融洽』嗎？」

「對罪人來說如此，對聖人亦然。如果你遇見一個非常邪惡的人，並且辨識出他的邪惡；毫無疑問，他會讓你充滿恐怖與敬畏；但沒有理由說你爲何應該『不喜歡』他。正好相反，要是你能夠成功地不想到罪惡，你相當有可能會發現罪人是極佳的同伴，而在一小段時間裡，你可能必須靠著對自己說教講理，才能恢復驚恐的狀態。但這還是很糟糕。要是玫瑰與百合突然在這個即將來臨的早晨唱起歌來；如果家具開始列隊移動，就像在莫泊桑的故事裡那樣（註二）！」

「我很高興你回來談那個比較了。」卡特葛雷夫說：「因爲我想問你，在人性之中，是什麼東西呼應那些想像中由無生命物體做出的壯舉。一言以蔽之——什麼是罪？我知道，你已經給過我一個抽象定義，但我會想要一個具體的例子。」

「我告訴過你，這非常罕見。」安布洛斯說道，看來他很樂於避免給出直接的答案。「這年頭的物質主義已經大大壓制了神聖性，而在壓制邪惡這方面，可能還做得更多。我們發現塵世實在太舒適了，以至於我們沒有提升或者墮落的意願。這會像是一位決定要『專精於』地獄的學者，會被降格到純粹是個古文物研究家。沒有一個古生物學家可以讓你看到一隻**活的**翼手龍。」

「然而我認爲你『學有專精』，而且我相信你的研究已經往下延伸到我們這個時代。」

「你是真的有興趣，我懂了。唔，我坦白承認，我涉獵過一點，而你要是有意願，我可以讓你看某樣東西，跟我們一直在討論的這個極端奇特的主題有關。」

安布洛斯拿了一根蠟燭，走到房間遠處的一個幽暗角落。卡特葛雷夫看著他打開一個立在那兒的珍貴寫字臺，從某個祕密凹槽裡抽出包裹，然後回到他們一直坐著的窗戶旁邊。

安布洛斯拆開包在外面的紙，然後取出一本綠色的筆記本。

「你會好好保管它吧？」他說道：「別隨手亂放。這是我收藏中的一項精品，要是弄丟了我會非常遺憾。」

他撫弄著褪色的封皮。

「我認識寫下這本筆記的女孩。」他說道：「在你讀的時候，你會看出它如何示範說明了我們今晚的談話。它也有個後續，不過我不會談到那個。」

「幾個月前在某一份評論雜誌裡有篇古怪的文章。」以一個人轉移話題的那種態度，他再度開口說道：「文章是由一位醫師寫的——我想，名字是柯林醫師。他說有位女士，看著她的小女兒在客廳窗前玩耍，突然間看到沉重的窗框鬆脫，落在那孩子的手指上。那位女士暈厥了，我想是這樣，但無論如何那位醫師被召來了，在他包紮好孩子傷殘的手指以後，那位母親請他過去。她痛得發出呻吟，而醫師發現她手上有三根手指紅腫發炎了，就跟那孩子受傷的手指相同，到了後來，用醫師的語言來說，那些手指開始化膿壞死。」

註一：在亞瑟王傳說中，加拉哈德（Galahad）是心性最純潔的騎士，因此得以尋獲聖杯，隨後升上天堂。

註二：這裡指的是小說家莫泊桑（Guy de Maupassant）在一八九〇年發表的中篇小說〈誰知道？〉（*Qui sait?*）的內容。

安布洛斯仍然小心翼翼地拿著那本綠色簿子。

「唔，就在這裡了。」他終於說道，似乎跟他的寶貝難分難捨。

「你一讀完就要把它帶回來。」在他們往外進入走廊，走進有微弱白色百合臭氣的老舊花園裡，同時他這麼說道。

在卡特葛雷夫轉身要走的時候，東方有一條寬闊的紅色帶子，而從他站著的高地上，他看到夢境中倫敦可怕的景象。

綠皮書

這本書的摩洛哥羊皮裝訂褪色了，色澤變得越來越淡，卻沒有汙漬、凹痕或使用過的痕跡。這本書看起來就好像是七、八十年前從「一趟倫敦之旅」中購得，而且不知怎麼的被遺忘了，還不幸被擺在看不到的地方。它有種陳舊、細微而縈繞不去的臭味，這樣的臭味有時候會糾纏著某件古董家具長達一世紀或更久。封皮內側的封底襯頁紙，用著色的圖案與褪色的金漆做了古怪的裝飾。它看起來小小的，但紙質很好，裡面有許多頁面，上面細密地覆蓋著費勁寫上去的微小字母。

（手稿在此開始）我在一張擺在樓梯平臺上的老櫥櫃抽屜裡發現這本簿子。那是個雨下得很厲害的日子，我不能出門，所以在下午我拿了支蠟燭然後在那個櫥櫃裡翻翻找找。幾乎所有抽屜裡都塞滿了舊洋裝，但其中一個小抽屜看起來是空的，而我發現這本簿子就藏在後面。我想要一本像這樣的簿子，所以我拿它來寫字。這裡面充滿祕密。我已經寫下很多別的祕密之書，藏在一個安全地點，而我會在這裡寫下許多舊祕密，還有一些新祕密；不過其中一些我完全不該寫下來。我一定不能寫下我一年前發現的日期與月份的眞實名稱，也不能寫下製造阿克斐字母、奇安語、美麗的大圓圈、毛歐遊戲或者主要歌曲的方法。對所有這些事情我可能都會寫個幾句，但因爲很奇特的理由，我不會寫下怎麼做。而我一定不能說那些寧芙是誰，或者鐸爾、棘珞或者嫵菈是什麼意思。這一切都是最祕密的祕密，而我很高興我記得他們是什麼，還有我懂得多少奇妙的語言，但有些事情我稱爲祕密中的祕密中的祕密，我連想都不敢想，除非我眞的完全獨處，然後我閉上雙眼，把雙手放在眼睛上，悄聲說出那個字，接著阿菈菈就來了。只有晚上在我房間裡或者在我熟悉的某些樹林裡，我才會這麼做，不過我絕對不能描述它們，因爲它們是祕密的樹林。然後還有儀式，它們全都很重要，但某些儀式比其他儀式更令人喜悅——那是白儀式、綠儀式跟緋紅儀式。緋紅儀式是最棒的，不過只有一個地方可以恰當地執行這種儀式，雖說我在其他地方做過非常好的模擬。除了這些以外，我還有很多舞蹈，還有喜劇，我偶爾會在其他人看著的時候進行喜劇，而他們對此一點都不了解。我第一次知道這些事情的時候還非常小。

那是在我還很小，母親也還活著的時候，我記得我在此之前就會記事了，只是會全部混在一起。不過我記得在我五六歲的時候，我聽到他們在講我，他們以爲我沒注意。他們在說的是我一兩年前有多古怪，還有保母怎麼樣叫我母親過來，聽我一個人自言自語，而我講著沒有人能理解的話語。我講的是蘇語，但我只記得很少的幾個字，那跟以前我躺在搖籃裡的時候，會看著我的那些白色小臉有關係。他們以前會跟我講話，而我學會他們的語言，用這個語言跟他們聊到他們住過的某個宏偉白色地點，那裡的草木全是白色的，還有像月亮一樣高的白色山丘，還有很冷的風。我後來常常夢到它，但在我很小的時候那些臉就離開了。可是在我大概五歲的時候，發生一件神奇的事。我的保母把我扛在她肩上；有一片黃色的麥田，我們穿過那片田地，天氣非常炎熱。然後我們來到一條穿越一片樹林的小徑，有個高個兒男人從我們後面來了，然後跟我們一起走，直到我們來到一個有個深水池塘的地方，那裡很暗又有樹蔭。保母把我放在一棵樹下的柔軟苔蘚上，然後她說：「她現在不可能到得了那個池塘。」所以他們把我留在那裡，而我相當安靜地坐著，並且注視著，接著從水裡還有樹林裡，來了兩個神奇的白膚人，他們開始玩耍、跳舞跟唱歌。他們是一種奶油似的白色，就像是客廳裡的老舊象牙雕像；一位是有著仁慈的黑眼睛、嚴肅的臉龐與黑色長髮的漂亮女士，而她對另一個人露出一個好奇異又哀傷的微笑，另一個人笑出聲來走向她。他們一起玩，而且在池塘棒旁邊一圈圈地跳舞，他們還唱著一首歌，一直唱到我睡著。保母回來的時候把我叫醒，而她看起來有幾分像是剛才那位女士的樣子，所以我告訴她所有事情，然後問她爲什麼看起來像那樣子。起初她哭了，然後她看起來非常驚恐，變得相當蒼白。她把我放在草地上，然後瞪著我看，我可以看出她全身都在發抖。然後她說我剛才一直作著夢，但我知道我沒有。然後她要我發誓，不向任何人提到這件事，一個字都不能說，要是我說了，我會被扔進黑坑裡。我完全不怕，雖然保母很怕，而我從沒忘記這件事，因爲在我閉上眼睛、外面相當安靜，我又是完全一個人的時候，我可以再度見到他們，非常模糊又很遙遠，卻非常耀眼奪目；而他們唱的歌有些零星片段來到我的腦袋裡，我卻唱不出來。

在我十三歲、將近十四歲的時候，我有一次非常獨特的冒險，實在太奇異了，所以事情發生的那天永遠被稱爲白色之日。我母親已去世超過一年了，早上我要上課，但他們讓我在下午出去散步。而這天下午我走了一條新的路線，一條小溪引導著我進入一片新的田野，但我在穿過某些難走的地方時扯破了我的連衣裙，因爲那條路穿過了許多灌木叢，穿過樹木的低矮枝枒下方，還往上通過山丘中多刺的雜木林，又穿過滿是蔓生棘刺的黑暗樹林。而那是一條很長、很長的路。感覺就好像我要永永遠遠走下去，而我必須爬過一個像隧道一樣的地方，以前那裡一定有過一條溪流，但所有的水都已經乾涸了，地面滿是岩石，灌木叢都長到高過頭頂，在上面連成一氣，所以相當幽暗。而我繼續走啊走，穿過那黑暗的地方；那是一條很長、很長的路。而我來到一座我以前從沒看過的山丘。我在一片陰鬱的雜木林中，裡面滿是黑色的扭曲枝幹，在我穿過林子的時候撕扯著我，而我喊出聲來，因爲我全身都刺痛不已，然後我發現我正在攀爬，而我往上再往上很長一段路，直到最後雜木林到了盡頭，我哭著從一大片光禿空地正好接近頂端的地方冒出來，整片草地上處處躺著醜陋的灰色石頭，而隨處都有一小棵發育不良的扭曲樹木，像蛇似地從石頭底下竄出來。然後我又往上很長的一段路，直接爬到頂。我以前從沒看過這樣又大又醜的石頭；它們其中一些是從泥土裡冒出來的，還有一些看起來就好像是被滾到它們所在的地方，而它們繼續延伸再延伸，到我視線所及的最遠處，延續了很長、很長的一段路。我從它們那裡往前眺望，看到整片田野，但它很奇怪。那時是冬季，而那裡有恐怖的黑色樹林從四面八方的山丘上垂落；那就像是看到一個有著黑色窗簾的大房間，而樹木的形狀似乎跟我以前看過的都全然不同。我很害怕。然後在樹林後面有其他的山丘，圍成一個大環，不過我從來沒看過它們之中的任何一座；它看起來是全黑的，而所有東西上面都有一層維瑞。一切都這麼靜止死寂，天空沉重、灰白又哀傷，就像深丹多裡的一座邪惡的維瑞圓頂。我繼續走進讓人畏懼的岩石之間。它們有成千上百個。有些像是露出嚇人咧嘴笑容的男人；我可以看到他們的臉，就好像他們會從石頭裡跳出來撲向我，然後緊抓住我、拖著我跟他們回到石頭裡面，這樣我就會永遠待在那裡了。還有別的石頭，看起來像動物，爬行的恐怖動物，還伸出了牠們的舌頭，還有別的石頭，長得像我不可能說出口的字眼，還有別的石頭，就像躺在草地上的死人。我在它們之間繼續前進，雖然它們嚇壞了我，而我心裡滿是它們放進來的邪惡歌曲；而我想要扮鬼臉並且扭曲我自己的身體，就像它們那樣，而我繼續走啊走的走了很長一段路，到最後我終於喜歡那些石頭了，它們再也嚇不到我了。我唱著我想到的那些歌；歌曲裡充滿了絕對不能說出口或者寫下來的字眼。然後我扮起鬼臉，模仿岩石上的那些臉，而我扭曲著自己的身體，就像那些扭曲者，而我平躺在地上，就像那些死者，然後我走向一個咧嘴笑的，然後用我的雙臂環住他、擁抱他。就這樣我繼續走啊走，穿過那些岩石，直到我來到岩石中央的一座圓形土丘。它比一般土丘還要高些，幾乎就跟我們家房子一樣高，而它就像是一個被翻轉成上下顛倒的大臉盆，整個很光滑圓潤又青綠，上面有顆石頭，就像一根柱子，從頂端突出來。我從邊緣爬上去，但它們好陡峭，我不得不停下來，要不然我可能會一路滾回下方，而且會撞到底部的石頭，可能還會死掉。但我想要爬到大圓土丘最頂端，所以我臉部朝下平躺著，用我的雙手緊抓著草，一點一點把我自己往上拉，直到我登頂爲止。然後我在中央的石頭上坐下，環顧周遭。我覺得我走了好長好長的路過來，就好像離家一百哩了，或者在某個別的國家，或者是在我曾經在《精靈故事集》(註)還有《一千零一夜》裡讀過的某個奇異地點，或者就好像我已經跨過了大海，在很遠的地方，一去好幾年，而我發現了以前從沒有人看過或聽過的另一個世界，或者就好像我不知怎麼的飛越天空，然後掉到我讀到過的其中一顆星球上，那裡的一切都是死的、冷的、灰的，沒有空氣，也沒有風在吹。我坐在石頭上環顧四周，還有下方，還有我的周圍。這就好像我坐在一個巨大空城中央的一座高塔上，因爲我在周圍什麼也看不到，只見到地上的灰色岩石。我再也分辨不出它們的形狀了，不過我可以看到它們持續蔓延了很長的一段路，而我望著它們，它們看來就像是被排列成種種樣式、形狀與圖樣。我知道它們不可能是那樣，因爲我先前看到它們之中有很多是直接從泥土裡冒出來，跟下方深處的石頭連成一氣，所以我再看了一次，但我還是沒看到別的，只看到圓圈，還有大圓圈裡的小圓圈，還有金字塔、圓頂與尖塔，而它們似乎全都圍著我坐著的地方繞啊繞的，我越是

註：《精靈故事集》（*Tales of the Genie*）於一七六四年出版，是十八世紀英國牧師詹姆斯・里德利（James Ridley）模仿《一千零一夜》寫成的故事集。

去看，就看到越多巨大無比的岩石大圓環，變得越來越大，而我盯著看了太久，甚至感覺它們好像全都在移動旋轉，就像個巨大的輪子，而在正中央的我也在轉動。我變得十分暈頭轉向，腦袋也怪怪的，每樣東西都開始變得朦朧不清，而我看到發出藍光的小火星，那些石頭看起來就好像在彈跳、舞蹈跟扭動，就好像它們一直在轉圈轉圈轉圈。我又害怕了，而且我大叫出聲，從我坐著的石頭上跳起來，然後跌倒了。我起身的時候，我好高興它們全都看起來靜止不動，而我在頂端坐下，從土丘上滑下來，然後再度繼續前進。我跳起舞來，照著我頭昏時那些岩石舞蹈的獨特方式跳，而我好高興我可以跳得相當好，我跳著舞，一路跳著，同時唱著跑進我腦袋裡的不尋常歌曲。最後我來到那個巨大扁平山丘的邊緣，而那裡再也沒有岩石了，道路再度穿過一個谷地中的陰暗雜木林。這一個就跟我先前爬過的另一個一樣糟糕，但我不介意爬這一個，因為我好高興我先前看到那些獨特的舞蹈，還能夠模仿它們。我趴下去，爬過那些灌木叢，有棵異株蕁麻刺到我的腿，讓我痛得像灼傷一樣，但我不在乎，我還被枝幹跟棘刺戳到，但我只是笑出聲來，還唱著歌。然後我走出雜木林，進入一個封閉的山谷，一個小小的祕密地點，就像是一條一向不為人知的黑暗通道，因為它實在太窄太深，周圍的樹林又太濃密。有個陡峭的堤岸，有些樹木懸垂在上面，而那裡的蕨類植物整個冬天都保持翠綠，同時它們在山丘上卻是枯死的棕色，而那些蕨類有種香甜濃郁的味道，就好像從冷杉樹裡分泌出的東西。有一道很小的溪流流過這個山谷，小到我可以輕易跨越它。我捧起水喝，它嚐起來像是明亮的黃色葡萄酒，而在它從美麗的紅色、黃色與綠色石頭上流下來的時候，它閃閃發光又冒著泡泡，所以看起來像是活生生的，同時擁有所有顏色。我喝了水，還用手撈起更多來喝，但我怎麼喝都喝不夠，所以我趴下來，低下我的頭，用嘴唇直接吸水喝。用那種方式喝，更是好喝得多，而且一波漣漪會來到我嘴邊，給我一個吻，我笑出聲來，再度喝著水，然後假裝那裡有個寧芙仙子，就像家裡那張舊圖片裡的那個，她住在水裡，而且正在親吻我。所以我彎腰地投俯向水面，把我的嘴唇輕輕放在水上，然後悄聲對寧芙說我會再來。我感覺很確定，那不可能是普通的水，在我起身繼續走的時候，我好高興；我再次跳起舞來，沿著山谷繼續往上走了又走，走在突出懸空的山丘之下。而在我來到山頂的時候，地面在我面前隆起，又高又陡就像一面牆，那裡什麼都沒有，只有綠牆跟天空。我想起「永世無盡，阿們（註）」；而我想我一定眞的發現世界盡頭了，因爲這就像是所有一切的終點，就好像再往後不可能有任何東西了，只有維瑞王國，是被撲滅的光會去的地方，也是被太陽取走的水會去的地方。我開始想著我走過的這整段很長、很長的路，我如何找到一條小溪，然後跟著它，一直跟著它，穿過灌木跟多刺的雜木林，還有充滿蔓生棘刺的陰暗樹林。然後我趴著穿過一條樹下的隧道，然後爬上一座雜木林，然後看到所有那些灰色岩石，在它們繞圈的時候坐在它們之間，然後我繼續穿過灰色岩石，從山丘上下來，穿過刺人的雜木林，沿著黑暗的山谷往前走，這整段路很長、很長。我很納悶我要怎麼再回到家裡，我是否有可能再找到路，而我家會不會再也不存在了，或者它會不會被改變，連同屋裡的每個人一起被變成灰色岩石，就好像在《一千零一夜》裡一樣。所以我在草地上坐下來，想著我接著該做什麼。我很累，而且我的腳走到發熱，而在我四處張望的時候，我看到就在高而陡的草牆下面，有個絕妙的水井。它周圍的所有地面都覆蓋著顏色鮮亮翠綠、滴著水的青苔；那裡有每一種青苔，像是美麗的小型蕨類植物那樣的青苔，還有像棕櫚樹與冷杉樹的

註：語出《榮耀頌》（*Gloria Patri*），此處的中譯文是聖公會版本。

青苔，而且全都綠得像珠寶一樣，掛在上面的水滴就像鑽石。而中間是那個大水井，幽深、閃亮而美麗，看起來好澄淨，我彷彿可以摸到底部的紅沙，不過它是在很遠很低的地方。我站在井邊往裡看，就好像往一片玻璃裡面看一樣。在井底，在中間的地方，紅色的沙粒時時刻刻都在攪動，而我看到水如何冒出泡泡，但水面頂端相當平滑，滿得像要溢出。這是一口很大的井，大得像個浴缸，因爲底下有那閃耀發亮的綠色苔蘚，它看起來就像一顆很大的白色寶石，周圍全都是綠色寶石。我的腳好熱又好累，所以我脫掉了靴子跟長襪，把腳放進水裡，水輕柔又冰冷，我起身的時候再也不覺得累了，而我覺得我必須繼續走，走得更遠更遠，看看牆的另一邊是什麼。我非常緩慢地攀爬它，時時歪向一邊，而在我爬到頂端瀏覽四周的時候，我置身於我見過最古怪的鄉野之中，甚至比有灰色岩石的山丘更奇怪。這裡看起來就像是泥土之子曾經拿著他們的鏟子在那裡玩耍過，因爲這裡全都是山丘與谷地，還有用泥土做成的城堡跟城牆，上面覆蓋著青草。有兩個像是大蜂巢的土丘，又圓又大又肅穆，然後是凹陷的盆地，再來是一道險峻高牆，就像我有一次在有大砲跟士兵的海邊看到的那些。我幾乎掉進其中一個圓形谷地裡，它很突然地在我腳下塌陷，我迅速地從邊緣跑下去，然後站在底部往上看。抬頭往上看很奇異又肅穆。那裡什麼都沒有，只有灰色的沉重天空，還有谷地的邊緣；其他一切都不見了，谷地就是整個世界，而我心想，到了晚上，月光在寂靜深夜照耀到谷地底部，風在上方哭嚎的時候，這裡一定充滿了鬼魂、移動的陰影跟灰白的東西。這裡這麼奇怪、肅穆又寂寞，就像是死去異教神祇的谷地廟宇。這讓我想起我還很小的時候，保母跟我講過的一個故事；以前就是同一個保母把我帶進樹林裡，讓我在那裡見到美麗的白膚人。而我記得保母是怎麼在一個冬夜告訴我這個故事，那時風擊打著樹木，把樹木抵向牆壁，而且風聲在育嬰室的煙囪裡哭喊呻吟。她說，在某個地方有個凹陷的坑洞，就像我正好站在裡面的這一個，每個人都害怕走進裡面或者靠近它，那個地方就是這麼壞。不過從前有個貧窮的女孩說，她要進去那個凹陷坑洞，每個人都設法要阻止她，她卻還是去了。而她下去那個坑洞再回來的時候大笑著，說那裡根本什麼都沒有，只有綠色的草和紅色的石頭，還有白色的石頭與黃色的花。之後不久其他人就看到她戴著最漂亮的祖母綠耳環，他們問她是怎麼拿到的，因爲她跟她母親相當貧困。但她笑了，然後說她的耳環根本不是用祖母綠做的，只是綠色的草。然後有一天，她在胸前佩戴一枚大家見識過最紅的紅寶石，大得像母雞下的蛋，閃耀發亮得像是燃燒的熱炭火。而他們問她是怎麼拿到的，因爲她跟她母親相當貧困。但她笑了，然後說那根本不是紅寶石，只是個紅色的石頭。然後有一天，她在她脖子上戴著大家見識過最可愛的項鍊，比皇后最精緻的項鍊都更精緻，而且是用巨大明亮的鑽石做的，總共有好幾百顆，它們亮得像是六月夜空中的所有星星。所以他們問她是怎麼拿到的，因爲她跟她母親相當貧困。但她笑了，然後說它們根本不是鑽石，只是白色的石頭。而有一天她到宮廷去，她在她頭上戴著一個用純天使金做的王冠，保母這麼說，而那王冠像太陽那樣發著光，它比國王自己戴的王冠還更燦爛奪目得多，而在她耳朵上，她戴著那對祖母綠，大紅寶石則是她胸口的胸針，大鑽石項鍊在她脖子上閃爍著。而國王跟王后以爲她是遠道而來的某位尊貴公主，從他們的寶座上走下來，上前迎接她，但有人告訴國王跟王后她是什麼人，還說她相當貧困。所以國王問她爲什麼戴著一個金冠，還有她怎麼得到它的，因爲她跟她母親相當貧困。而她笑了，然後說那根本不是個金冠，只是她放到頭髮上的某些黃色花朵。國王認爲這非常奇怪，然後說她應該留在宮廷裡，他們會看看接下來會發生什麼事。而她這麼美麗可人，以至於每個人都說她的眼睛比祖母綠還更綠，她的嘴唇比紅寶石更紅，她的皮膚比鑽石更白，她的頭髮則比金色的王冠更明亮。所以國王的兒子說，他會娶她，國王也說他可以。然後主教讓他們成婚，有一場盛大的晚餐，隨後國王的兒子就去了他妻子的房間。但就在他把手放在門上的時候，他看到一個高而黑的男人，他有張可怕的臉，人站在門前，然後有個聲音說道——

別用你的生命冒險，

這是跟我結了婚的妻子。

然後國王的兒子跌倒在地，暈厥過去。然後他們過來設法要進入房間，卻進不去，接著他們用手斧劈門，木頭卻變得像鐵一樣堅硬，到最後每個人都逃走了，他們太害怕從房間裡發出的大喊、大笑、尖叫與哭嚎了。但第二天他們進去了，然後發現房間裡什麼都沒有，只有濃厚的黑煙，因爲那個黑男人來把她帶走了。而在那裡的床上，有兩個枯草打成的結，還有一個紅色石頭、一些白色石頭，還有某些凋零的黃色花朵。當我站在那個深陷谷地底部時，我記起了保母的這個故事；那裡感覺好奇怪又好孤單，我覺得很害怕。我看不到任何石頭或花朵，但我就怕我無意中把它們帶走了，而我心想，我會施展一個剛好出現在我腦中的魔法，把那個黑男人擋開。所以我就站在谷地的正中央，而我確定了我身上沒有任何那樣的東西，然後我沿著那個地方的周圍走，用一種獨特的方式觸碰我的眼睛、我的嘴唇跟我的頭髮，然後悄聲說那個保母教我的某些古怪字眼，可以讓壞東西遠離。然後我覺得安全了，爬出了谷地，接著繼續穿越那一大批土丘、谷地跟牆壁，直到我來到盡頭，它比所有其他的牆都更高，而我可以看見所有不同形狀的泥土被排列成種種樣式，就類似那些灰色岩石，只是樣式不同。時間晚了，天色變得模糊不清，但從我站著的地方看，那裡有幾分像是有兩個巨大人形躺在草地上。我又繼續走，到最後我找到某片特定的樹林，那裡太過祕密所以無法形容，而且沒人知道進入那裡的通道，我是用非常離奇的方式發現的，我看到某隻小動物通過它跑進樹林裡。所以我在棘刺跟灌木叢之下跟著那隻動物，穿過一條非常狹窄陰暗的路，而在我來到某個空地中央的時候，天幾乎黑了。在那裡我看到我生平見過最神奇的景象，但只看了一分鐘，因爲我直接跑開了，還從我來的那條通道爬出樹林，然後我盡可能迅速地跑了又跑，因爲我很害怕，我看到的東西太美妙、太奇異又美麗。但我想要回家去思索此事，而我不知道，如果我留在樹林旁邊可能不會發生的事情是什麼。在我從樹林裡跑出來的時候，我全身發熱又顫抖，我的心臟猛跳，還忍不住發出奇怪的叫喊。我很高興有個巨大的白色月亮從一座圓形山丘上升起，替我照路，所以我往回走，穿過土丘跟谷地，然後走下封閉的山谷，再往上穿過雜木林，經過灰色岩石之地，所以到最後我再度回到家裡。我父親在他的書房裡忙，僕人們雖然心懷恐懼，而且在納悶他們應該怎麼辦，卻還沒跟他說我還沒回家，所以我告訴他們我迷路了，但我沒讓他們發現我走過的眞實路線。我躺上床，然後整夜都清醒地躺著，想著我看到的事情。在我從那條狹窄的路出來的時候，它看起來整個閃亮亮的，雖然天色是暗的，這似乎是很確定的事，而我回家的一路上都相當確定我確實看到了，而我想要在我房間裡獨處，獨自爲這件事感到高興，然後閉上我的眼睛，假裝它就在那裡，然後做我當時要是沒那麼怕，就會做的所有事情。可是在我閉上雙眼的時候，那幕景象不肯出現，而我開始把我的冒險全部再想一遍，然後我記起到最後它有多昏暗又古怪，我就怕這一切肯定是個錯誤，因爲這種事似乎很不可能發生。這看來就像是保母講的其中一個故事，我並不眞正相信那個故事，雖然我在谷地底部的時候很驚恐；而她在我小時候告訴我的那些故事，全都回到我腦袋裡，我納悶地想，我認爲我看到的東西是否眞的在那裡，或者她說過的任何一個故事，是否可能在很久以前發生過。這實在好古怪；我在我位於房子後方的房間裡清醒地躺著，月亮在另一邊照耀著河流，所以明亮的光線並沒有落在牆上。而這棟房子相當安靜。我聽到我父親上樓了，就在時鐘敲了十二下之後，在那之後房子寂靜又空曠，就好像裡面沒有一個活人。雖然我房間裡一片黑暗，什麼都看不清，一種閃爍著的蒼白光線從白色的百葉窗之間照進來，我一爬起身來往外看，就看到房子巨大的黑色陰影籠罩著花園，看起來就像會把人吊死的監獄；然後在屋子後面，一切都是白色的；樹林閃耀著白光，樹木之間是黑色的深淵。空氣寂靜又清澈，天空中沒有雲。我想要思考我看到的東西，但我沒有辦法，而我開始想到保母好久以前跟我講過的所有故事，我還以爲我已經忘記了，但它們全部回來了，而且跟雜木林、灰色岩石、泥土中的谷地還有祕密樹林全混在一起，到最後我幾乎不知道什麼是新的、什麼是舊的，或者這是否全都是一場夢。然後我記起好久以前那個炎熱的夏季午後，那時候保母把我一個人留在樹蔭下，然後白膚人從水裡跟樹林裡出現，然後玩耍、跳舞跟唱歌，而我開始幻想保母在我看到他們以前就跟我說過類似的事，只是我無法確切回憶起她告訴我的事情。然後我疑惑地想，她是不是那個白膚女士，因爲我記得她一樣白皙美麗，還有同樣的黑眼睛跟黑髮；而有時候她露出微笑，看起來就像那位女士的樣子，那時候她跟我講過一些她的故事，開頭是「很久很久以前」或者「在有精靈的時代」。但我想她不可能是那位女士，因爲她似乎是走一條不同的路進入樹林，而我不認爲跟在我們後面來的那個男人可能是另一個白膚人，否則我就不可能看到祕密樹林裡的那個神奇祕密了。我想著當時的月亮：但那是在我置身於荒地中央之後的事，那裡的泥土被塑造成巨大人形的形狀，而且那裡全都是牆壁、神祕的谷地，以及光滑的圓形土丘，那時我看到巨大的白色月亮從一個圓形山丘上升起。我對這一切感到疑惑，直到最後我變得相當害怕，因爲我害怕會有某種事情發生在我身上，而我記得保母講的那個貧窮女孩的故事，她進入了那個凹陷的坑洞，最後被黑男人帶走了。我知道我也進入了一個凹陷的坑洞，或許就是同一個，而我做了某種可怕的事情。所以我又再施展一次魔法，用一種獨特的方式觸碰我的眼睛、我的嘴唇跟我的頭髮，說了精靈語言裡的古老字眼，好讓我能夠確定我不會被帶走。我再度嘗試看向那片祕密樹林，沿著那條通道往前爬行，看看我在那裡見過的東西，但不知怎麼的我辦不到，而我一直想著保母的那些故事。我記得一個故事，講的是很久以前有個年輕男子去打獵，那一整天他跟他的幾隻獵犬到處追獵，而他們越過了一條條河流，進入了所有的樹林，然後繞過一個個沼澤，但他們什麼都找不到，他們打獵打了一整天，直到太陽下沉，開始落到山岳後面。年輕男子很憤怒，因爲他什麼都找不到，而他要回去了，就在太陽碰到山岳的時候，他看到面前的蕨類樹叢裡走出一隻美麗的白色雄鹿。他鼓勵著他的獵犬，但牠們哀鳴著不肯跟上，他也激勵著他的馬，但牠發著抖，堅持不動，那年輕男子跳下馬、留下那些獵犬，開始自己一個人跟蹤那隻白色雄鹿。而很快地天色就相當暗了，天空一片漆黑，上面沒有一顆星星發光，而那隻雄鹿走進黑暗之中。雖然那男人隨身帶著槍，他卻從沒射擊那隻雄鹿，因爲他想捉住牠，而他害怕會在夜裡跟丟牠。可是他沒有一刻跟丟牠，雖然天空那麼黑，天色那麼暗，那隻雄鹿一直走啊走，直到年輕男子完全不知道他在哪裡了。而他們穿過巨大的樹林，林中的空氣裡充滿悄聲細語，還有一種蒼白、死氣沉沉的光，從躺在地面上的腐爛樹幹裡冒出來，而在這男人以爲他跟丟雄鹿的時候，他就會看到牠在前方，全身雪白而且閃閃發光，他會迅速跑過去要抓住牠，但雄鹿永遠都跑得更快些，所以他抓不到。他們穿過巨大的樹林，他們游過一條條河流，他們涉水穿越地面冒著泡泡的黑暗沼澤，空氣中滿是鬼火，雄鹿往下逃到充滿岩石的狹窄山谷裡，那裡的空氣味道就像地窖，而那男人追在牠後面。而他們越過大山，男人聽到從天空中往下吹來的風，而雄鹿繼續前進，男人追在牠後面。到最後太陽升起了，年輕男子發現他置身於一個從沒見過的鄉野之中；這是個美麗的山谷，有條明亮的溪流從中奔流而過，中央還有雄偉巨大的圓形山丘。而那隻雄鹿走下山谷，朝著山丘前進，而牠似乎累了，變得越來越緩慢，而這男人雖然也累了，他開始跑得更快些，他確信他到最後會抓到那隻雄鹿。不過就在他們到了山丘底部時，男人伸出手要抓那隻雄鹿，牠卻消失到泥土之中，男人則開始哭泣；他實在太遺憾了，在他漫長的追獵之後，他失去了牠。不過就在他哭泣的時候，他看到山丘裡有一道門，就在前方，而他走了進去，裡面相當暗，但他繼續走，因爲他想著他會找到那隻白色雄鹿。而突然之間，這裡有了亮光，還有一片天空，太陽照耀著，鳥兒在樹梢歌唱，還有一道美麗的泉水。而在泉水旁邊有位美麗可人的女士坐在那裡，她是精靈的女王，而她告訴那個男人，她把自己變成一頭雄鹿，好把他帶到這裡，因爲她實在太愛他了。然後她拿出一個大金杯，上面滿是珠寶，來自她的精靈宮殿，而她把酒倒在杯子裡給他喝。他喝了酒，而他喝得越多就越想喝，因爲那酒是有魔法的。所以他親吻那位美麗的女士，而她變成了他的妻子，而他在她居住的山丘裡待了整整一天跟整整一夜，而他醒來的時候，他發現他躺在地上，很接近他初次看見雄鹿的地方，而他的馬在那裡，他的獵犬也在那裡等候，他抬頭一看，太陽已經沉落到山後了。然後他回到家裡，活了很長的時間，不過他永遠不會再親吻任何其他女士，因爲他親吻過精靈女王，而他永遠不會再喝普通的酒，因爲他喝過有魔法的酒。有時候保母跟我講她從她曾祖母那裡聽來的故事，她曾祖母非常老了，獨自一個人住在山上的一間小屋裡，這些故事大多都跟一座山丘有關，很久以前的人習慣晚間在那裡聚會，而且他們以前會玩各種奇特的遊戲，做些保母跟我說過、我卻無法理解的古怪事情，而她說，現在除了她曾祖母以外，每個人都把那些事忘光了，沒有人知道那座山丘在哪裡，甚至連她曾祖母都不知道。不過她告訴我一個非常奇怪的故事，是關於那座山丘的，而我想起那個故事時顫抖了起來。她說大家總是在天氣非常熱的夏天去那裡，而他們必須跳很多的舞。起初會是一片黑暗，而那裡都是樹，就變得更黑暗了，然後會有人來，一個接一個，來自四面八方，從沒有別人知道的一條祕密小徑來到這裡，會有兩個人守著門，而每個人來的時候都必須給出一個非常奇特的手勢暗號，保母盡她所能做給我看了，但她說她沒辦法做正確的手勢給我看。會來的人各式各樣；有紳士階級跟村里農民，有些老人家，也有男孩跟女孩，還有相當小的孩子，他們坐著觀看。而在他們進來以後會是一片黑暗，只有一個角落會有某個人燃燒某種聞起來味道強烈而甜的東西，讓他們發笑，而人在那裡會看到眩目耀眼的煤炭，還有升起的紅煙。所以他們會全部進來，而在最後一個人來到那裡以後，那裡就再也沒有門了，這樣就沒有別人可以進來，即使他們知道那後面還有任何東西存在也一樣。而有一次有位紳士，他是外地人，而且騎了很長一段路，在夜間迷路了，他的馬帶著他進入荒野的正中央，在這裡一切都上下顛倒，而到處都是可怖的沼澤跟巨大的石頭，腳下還有坑洞，樹木看起來像是絞刑架的柱子，因爲它們有巨大的黑色長臂，往外延伸橫跨在路上。而這位異鄉紳士非常恐懼，他的馬開始全身打顫，最後牠停下來，不肯再前進任何一點，而這位紳士下了馬，設法牽引馬匹，但牠不動，而牠全身覆蓋著一種汗水，就像是死了。所以這紳士獨自一個人繼續走，在荒野中越走越遠，直到最後他來到一個黑暗的地方，他在這裡聽到喊叫、歌唱與哭泣，跟他以前聽過的聲音都不一樣。這全都聽起來離他很近，但他進不去，所以他開始呼喊，在他呼喊的同時，有某個東西來到他後面，在一分鐘內他的嘴巴、手臂跟腿全都被綁住，他則陷入暈厥狀態。而在他甦醒的時候，他躺在路邊，就在他一開始迷路的地方，在一棵有黑色樹幹的枯萎櫟樹下，他的馬被綁在他旁邊。所以他騎著馬進城，告訴那裡的人發生了什麼事，他們之中有些人很驚異；不過其他人知道怎麼回事。所以一等到每個人都來了，就根本不會有門可以讓任何人通過了。而在他們全都進去以後，他們會圍成一圈，觸碰著彼此，某個人會開始在黑暗中唱歌，別的人會用某樣他們刻意帶來的東西發出像打雷的噪音，而在靜夜裡，會有人聽到荒野之地後頭很遠、很遠處傳來的打雷噪音，而他們之中的某些人，半夜從自己床上醒來、聽見那像是山中雷鳴的恐怖低沉噪音時，自認為知道那是什麼聲音，就習慣在他們胸口做個手勢。然後噪音與歌聲會繼續下去很長一段時間，而圍成一圈的人會微微來回搖晃；而那歌曲是以一種現在沒有人知道，很古老、很古老的語言唱的，曲調很古怪。保母說，她的曾祖母在還是小女孩的時候，認識某個記得其中一點點的人，而保母設法唱了其中一些給我聽，那曲調好奇特，讓我整個人都發冷了，還起了雞皮疙瘩，就好像我把手放到某個死掉的東西上面。有時候是一個男人唱歌，有時候是一個女人，而有時候唱歌的人唱得太好了，以至於那裡會有兩三個人倒在地上尖叫，用他們的雙手撕扯東西。歌繼續唱下去，圍成一圈的人來回搖晃很長時間，到最後月亮會在他們稱為托爾多爾的地方升起，然後出現，顯露出他們左右搖擺晃動的樣子，而甜甜的濃煙會從燃燒的煤炭上裊裊升起，在他們周遭一圈圈地飄浮著。然後他們會吃他們的晚餐。會有一個男孩跟一個女孩把晚餐帶來給他們；男孩帶來一大杯酒，女孩帶來一塊圓餅狀麵包，他們傳遞著麵包與酒，傳了一圈又一圈，不過它們跟普通的麵包還有普通的酒嚐起來不一樣，而且會改變嚐過它們的人。然後他們全都起身跳舞，而祕密的東西會從某個藏匿處被帶出來，然後他們玩起異乎尋常的遊戲，在月光下一圈、一圈、又一圈地跳舞，而有時候會有人突然消失，從此再也沒人聽說他們的下落，沒有人知道他們出了什麼事。然後他們喝下更多那種古怪的酒，他們製造出種種肖像然後崇拜它們，然後有一天保母在我們出門去散步的時候，做給我看那些肖像是怎麼做的，因爲我們經過一個地方，那裡有很多濕黏土。所以保母問我，我是否想要知道他們在山丘上做的那些東西是像什麼樣的，而我說是。然後她問我是否願意承諾，絕對不對任何生靈提起此事的任何一個字，我如果說出去，就會被扔到黑坑裡跟死人在一起，我說我不會告訴任何人，同一件事她說了又說，然後我許下了承諾。所以她拿了我的木頭鏟子，挖了一小堆黏土，然後把土放在我的錫桶子裡面，然後告訴我，如果有任何人碰到我們，就說我回家以後要做派餅。然後我們走了一小段路，直到我們來到一小片就長在路邊的雜木林時，保母停下腳步，查看道路上下，然後透過樹籬窺視著另一邊的田野，然後她說：「快！」然後我們跑進那片雜木林，在灌木叢裡爬進爬出，直到我們離道路有好一段距離爲止。然後我們在一棵灌木底下坐下，我好想知道保母要用黏土做什麼，但在她開始以前，她再一次要我承諾對此一字不提，然後她又開始了，從灌木叢裡往四面八方窺探，雖然這條巷子實在很小又很深，幾乎從沒有有任何人去過那裡。就這樣，我們坐了下來，保母把黏土從桶子裡拿出來，開始用她的雙手來揉捏它，並且用它做古怪的事情，然後把它翻來翻去。然後她把它藏在一大棵大羊蹄底下一、兩分鐘，又再度把它拿出來，接著她站起來又坐下，然後用一種特殊的方式繞著那塊黏土走，而全程她一直都輕輕唱著某種押韻歌曲，她的臉變得非常紅。接著她再度坐下，用雙手拿著黏土，開始把它捏成一個娃娃，但不像是我在家裡有的那些娃娃，而她做出的是我見過最古怪的娃娃，完全是用濕黏土做出來的，然後把它藏在一棵灌木下面，等它變得乾硬，而她製作的全部時間裡，她都自己哼唱著那些押韻歌曲，而她的臉變得越來越紅。所以我們把娃娃留在那裡，藏在永遠沒有人會發現的灌木叢裡。而幾天以後，我們走去同樣的地方，當我們來到巷子狹窄陰暗的那一部分，有雜木林會往下延伸到河堤的地方時，保母又要我再承諾一次，然後她到處張望，跟她先前做過的一樣，然後我們爬進灌木叢裡，直到我們抵達藏著小黏土人的綠地為止。這一切我都清清楚楚記得，雖然我那時才八歲，而我現在寫下的已經是八年前的事，但天空是一種深濃的紫羅蘭藍色，而我們在灌木叢中央坐著的地方，有棵長滿花朵的大接骨木，另一邊是一叢繡線菊，而在我想起那天的時候，似乎整個房間裡都是繡線菊與接骨木花的味道，而我要是閉上雙眼，就可以看到藍得眩目的天空，還有非常白的小片雲朵飄過它，而很久以前就離開的保母坐在我對面，看起來就像樹林裡美麗的白膚女士。所以我們坐下來，保母從她藏著黏土娃娃的祕密地點拿出它，然後她說，我們必須「致上我們的敬意」，她會示範給我看要做什麼，我必須全程都注視著她。所以她用那個小黏土人做了種種古怪的事情，而我注意到雖然我們走得這麼慢，她整個人汗如雨下，然後她叫我「致上我的敬意」，而我就做了她做過的每件事，因為我喜歡她，而這是個好怪異的遊戲。而她說如果一個人有非常多的愛，如果這個人拿黏土人來做某些事情，黏土人是非常好的，而如果一個人的恨非常深，黏土人也非常好，只是這個人必須做的是不一樣的事情，而我們花很長的時間來玩它，並且假裝成各式各樣的東西。保母說，她曾祖母曾經告訴她關於所有這些肖像的事，不過我們做的事情完全無害，只是個遊戲。不過她跟我說過一個關於這些肖像的故事，讓我非常驚恐，那是我在房間裡清醒躺著的那一晚，在那片黯淡、空曠的黑暗中，想著我見到的東西與祕密樹林的時候記起來的。保母說，以前有位血統高貴的年輕女士，住在一座大城堡裡。而她實在太美了，所有紳士都想娶她，因為她是所有人生平見過最美麗可人的女士，而且她對每個人都很和藹，每個人都認為她很好。不過她雖然對所有希望娶她的紳士都很有禮貌，卻沒接受他們，說她無法下定決心，她不確定她會想嫁給任何人。而她的父親是一位很偉大的領主，他很生氣，雖然他非常鍾愛她，而他問她，為什麼不從來到城堡的所有英俊年輕男子之中選出一位單身漢。但她只說她對他們之中任何一位都不是很愛，而她必須等待，如果他們煩擾她，她說她會到修道院去當修女。於是所有紳士都說，他們會離開，然後等待一年又一天，在一年又一天過去以後，他們會再度回來，請她說她會嫁給哪一位。日子指定好之後，他們全都離開了；而這位女士承諾，一年又一天過去以後，就會是她跟他們其中一人的婚禮之日。但眞相是，她是夏夜在山丘上跳舞那些人的女王，而在特定夜晚裡她會鎖住房間的門，她跟她的女僕會從一條只有她們知道的祕密通道偷溜出城堡，外出爬到荒地的山丘上。而她比別人知道更多祕密之事，比之前或之後的任何人知道的都更多，因爲她不會告訴任何人最祕密的祕密。她知道如何做所有可怖的事情，如何毀滅年輕男子，還有如何對人下詛咒，以及其他我無法理解的事情。而她的眞實名字是艾芙琳小姐，但跳舞的人們叫她卡莎普，這在古老的語言裡指的是某個非常有智慧的人。而她比他們任何人都更白也更高，而她的眼睛在黑暗中閃閃發亮，就像燃燒的紅寶石；而她可以唱出其他人都無法唱出的歌，而在她歌唱的時候，他們全都臉朝下匍匐在地，崇拜著她。而她可以做他們所說的錫布魔法，那是一種很神奇的魔法。她會告訴她的大領主父親，她想到樹林裡採花，他就會讓她去，然後她跟女僕會到沒有人會來的樹林裡，女僕會把風。然後這位女士就會在躺在樹下，開始唱一首特定的歌，然後她會伸出手臂，接著從樹林的每個部分都會有巨大毒蛇爬出來，嘶嘶作響地在樹木之間滑進滑出，在牠們爬向那位女士時，伸出分岔的舌頭。而牠們全都來到她身邊，在她身旁扭動，環繞著她的身體、她的手臂與她的脖子，直到蠕動著的大蛇覆蓋住她全身，只看得到她的頭。而她對牠們悄聲說話，她對牠們唱歌，而牠們蠕動著，繞了一圈又一圈，速度越來越快，直到她叫牠們離開爲止。牠們全都直接離去，回到牠們的洞穴裡，而那位女士的胸口上會有一顆最奇特而美麗的石頭，形狀有幾分像是一顆蛋，染上了深藍與黃色，還有紅色跟綠色，上面有像毒蛇鱗片那樣的紋路。它被稱爲魅石，有了它就可以做各式各樣神奇的事情，保母說她曾祖母親眼看過一顆魅石，而它完完全全就像蛇那樣，閃閃發亮、滿是鱗片。那位女士還可以做到很多其他的事情，但她相當堅定，她不會結婚的。而有一大堆想要娶她的紳士，不過其中主要有五位，他們的名字是賽門爵士、約翰爵士、奧立佛爵士、理查爵士和羅蘭爵士。所有其他人都相信她說的是眞話，而她會在一年又一天過去以後，選擇他們其中之一爲夫婿；只有非常狡詐的賽門爵士，認爲她欺騙著他們所有人，而他發誓會監視她，試試看他是否能夠發現任何事。而他雖然很有智慧，卻還很年輕，而且有張像女孩子那樣光滑柔軟的臉蛋，而他假裝像其他人一樣，有一年又一天不會來到這個城堡，而他說他要離開，去大海後方的外國地區。但他其實只離開了一小段路，然後就穿得像個女傭一樣地回來，所以他謀得一個在城堡裡洗碗盤的職位。而他等候著又監視著，他聆聽著卻什麼都不說，而且他藏在陰暗的地方，在晚上醒過來到處查看，而他聽見一些事、看見一些事，他認爲那些事非常奇異。他實在太狡猾了，他甚至告訴服侍那位女士的女孩說，他其實是個年輕男子，他打扮成一個女孩是因爲他愛她太深了，想要跟她待在同一間房子裡，那女孩好高興，以至於告訴他許多事情，而他比過去更確定艾芙琳小姐欺騙著他以及其他人。而他太聰明了，告訴那位僕人好多謊言，所以有天晚上他設法躲在艾芙琳小姐房間裡的帷幔後面。而他一直保持靜止，動都不動一下，最後小姐來了。而她彎腰探到床下，抬起一顆石頭，而底下有個凹陷的地方，她從裡面拿出一個蠟做的肖像，就像我跟保母在灌木叢裡做的那個黏土肖像。而全程裡她的眼睛都像紅寶石那樣燃燒著。而她用雙臂把那個蠟做的小娃娃抱在懷裡，拿到她胸前，她悄聲細語、低聲嘀咕，她把它拿起，又再度放下，她把它舉得高高的，又把它放得低低的，然後又把它再度放下。然後她說：「生下主教，讓主教命令教堂執事，讓執事爲男人證婚，讓男人有了妻子，讓妻子去做蜂巢，讓蜂巢住滿蜜蜂，讓蜜蜂收集蜂蠟，讓我的眞愛得以製造出來的那個人有福了。」而她從一個碗櫃裡拿出一個大金碗，從一個壁櫥裡拿出一大罐葡萄酒，再把一些酒倒進碗裡，然後她非常輕柔地把她的小人放進酒裡，用酒洗遍它全身。接著她走向一個櫥櫃，拿出一個小圓蛋糕，把它放到那個肖像嘴上，然後她輕柔地把它帶走，接著把它蓋起來。賽門爵士雖然嚇壞了，但他從頭到尾看在眼裡，他看到小姐彎下腰去、伸出雙臂，又是悄聲耳語又是唱歌，接著賽門爵士看到她身邊有個英俊年輕的男人，他親吻了她的嘴唇。然後他們一起從金碗裡喝酒，還一起吃著蛋糕。不過在太陽升起的時候，那裡只有那個小蠟娃娃，小姐把它藏在床下那個凹陷的地方。所以賽門爵士很清楚小姐是什麼人了，而他等待著、他監視著，一直等到她說的時間快到的時候，再過一星期就滿一年又一天爲止。有一天晚上，他在她房間的帷幔後面監視的時候，他看到她做了更多蠟娃娃。而她做了五個，接著把它們藏了起來。第二天晚上她拿出一個，把它舉起來，然後在金碗裡裝了水，接著捏著娃娃的脖子，把它按進水下。然後她說——迪肯(註)爵士、迪肯爵士，你的日子已過完了，你應該溺斃在死白的水裡。

然後第二天消息傳到城堡，理查爵士在一個淺灘溺斃了。而在晚上，她拿出另一個娃娃，在它脖子上綁了一根紫羅蘭色的細繩，把它掛在一根釘子上。然後她說——

羅蘭爵士、羅蘭爵士，你的壽命要結束了，
我看到你高高掛在樹頭。

註：迪肯（Dickon）是理查（Richard）的暱稱。

然後第二天消息傳到城堡，羅蘭爵士被樹林裡的搶匪吊死了。而在晚上，她拿出另一個娃娃，把她的髮簪直插入它的心臟。然後她說——

諾爾（註一）爵士、諾爾爵士，你的生命要止息了，
你的心臟會被刀刺穿。

然後第二天消息傳到城堡，奧立佛爵士在一間小酒館裡打架，有個陌生人一刀戳中他的心臟。而在晚上，她拿出另一個娃娃，把它拿到炭火上，直到它熔化為止。然後她說——

約翰爵士，回去，化為黏土，
在發燒的火焰中你會消殞。

然後第二天消息傳到城堡，約翰爵士死於高燒。所以接著賽門爵士離開了城堡，騎上他的馬，一路騎去找主教，並且告訴他所有一切。然後主教派出他的人馬，他們抓住艾芙琳小姐，然後她做過的一切都被發現了。所以在一年又一天之後的那天，她本來應該結婚的時候，他們讓她穿著罩衫，載著她穿過城鎮，他們把她綁在市集裡的一根大柱子上，接著在主教面前活活燒死她，她的蠟肖像就掛在她的脖子上。大家說那個蠟做的男人在燃燒的火焰中尖叫。而我醒著躺在床上的時候，一次又一次想起這個故事，我似乎看見艾芙琳小姐在市集裡，黃色的火焰吞噬她潔白美麗的身體。而我花這麼多時間想這個故事，以至於連我自己似

乎都進入故事裡了，而我幻想著我就是那位小姐，他們要來抓我，要用火燒死我，同時鎮上的所有人都盯著我看。而我納悶的是，在她做過所有那些奇異的事情以後，她是否在乎，還有在柱子上被火燒是不是非常痛。我一次又一次嘗試忘記保母的那些故事，並且去記起我那天下午看到的祕密，還有祕密樹林裡的東西，但我只能看到黑暗，還有黑暗中的一個閃爍發亮之物，然後它就不見了，而我只看到我自己在奔跑，然後是一個巨大的月亮升起來，白光照耀著一個黑暗的圓形山丘。接著所有的老故事又再度復返，還有保母以前唱給我聽過的那古怪押韻歌曲；有一首的開頭是：「海西、坎西、海倫、臭兮兮。」她以前會在哄我入睡的時候非常輕聲地唱。而我開始在腦袋裡唱這首歌給自己聽，然後我入睡了。

第二天早上我非常疲倦想睡，幾乎沒辦法上課，我在課程結束的時候非常高興，然後我吃了午餐，因為我想到外面去，一個人獨處。那是個溫暖的日子，我去了一個草皮很不錯的河畔山丘，然後在我刻意帶來，原本屬於我母親的舊披巾上坐下。天空是灰的，就像前一天一樣，但雲背後有種白色的微光，而從我坐著的地方，可以俯視整個城鎮，而一切都很沉寂、安靜而雪白，就像一幅畫。我記得就是在那個山丘上，保母教我玩一個古老的遊戲，叫做「特洛伊城」（註二），在這個遊戲裡一個人必須跳舞，並且按照草地上的圖案迂迴曲折地進進出出，然後在一個人跳舞旋轉夠長時間以後，另一個人就會問你問題，而無論你想不想回答，你都會忍不住回答，而不管人家叫你做什麼，你都會覺得你必須做。保母說有很多像

註一：諾爾（Noll）是奧立佛（Oliver）的暱稱。

註二：特洛伊城（Troy Town）原本指的是草地迷宮，英國許多地方都有類似地名的遺跡。

那樣的遊戲，是某些人會知道的，還有一個遊戲可以把人變成你喜歡的任何東西，她曾祖母曾經見過一位老人，那個老人認識一個曾經被變成一條大蛇的女孩子。還有另一個非常古老的跳舞、繞圈與旋轉遊戲，靠這個遊戲你可以讓一個人脫離自我，然後把他藏起來，你喜歡藏多久就藏多久，而他的身體會空蕩蕩地到處走，體內沒有任何感覺。可是我來到那座山丘，是因爲我想要思考前一天發生的事情，還有樹林中的祕密。從我坐著的地方，我可以看到城鎮的後方，望進我先前發現的開口，那裡有條小溪引導著我進入一片陌生的田野。而我假裝我再度跟著那條小溪走過去，在我心裡，我一路走到底，最後發現了樹林，然後從灌木叢底下爬進去，接著在暮色中我看到某種東西，讓我覺得體內充滿火焰，就好像我想要跳舞、唱歌、往上飛進空中一樣，因爲我被改變了，而且很神奇美妙。但我看到的東西完全沒有改變，也沒有變老，而我一再地納悶著這種事情怎麼可能發生，還有保母的故事是否實際眞確，因爲在白晝的戶外，一切似乎都跟晚上的狀態很不一樣，那時候我很驚恐，而且想著我就要被活活燒死了。我有一次告訴父親她的其中一個小故事，那是關於一個鬼魂的故事，然後我問他這是不是眞的，而他告訴我這根本不是眞的，只有平凡無知的人才會相信這種廢話。他非常氣保母跟我講這個故事，還痛罵她，在那之後我就答應她，我絕對不會再說出她告訴我的事，哪怕是悄聲說一個字，而如果我這樣做了，我就會被住在林中池塘裡的大黑蛇咬。獨自一人在山丘上，我納悶地想著什麼是眞的。我看到過某種非常驚人又非常美麗的東西，而我知道一個故事，如果我眞的看過它，而不是從黑暗中、從黑色的枝枒，以及從大圓山丘上爬上天空的明亮光芒裡想像出它來，而是眞正確實看到它了，那麼就有各種神奇美麗又恐怖的事情可以思考，所以我滿心渴望又全身顫抖，我又灼熱又發冷。而我俯視著城鎮，這麼安靜沉寂，像幅小小的白色圖畫，而我反覆想著這是否可能爲眞。在我能對任何事下定決心以前，我花了很長的時間：我心裡有種古怪的激動感覺，似乎時時刻刻悄聲對我說著話，說這不是我從腦袋裡憑空想出來的，然而這似乎相當不可能，我知道父親跟每個人都會說這是糟糕的廢話。我做夢都不會想要對他或其他任何人透露一個字，因爲我知道這樣沒有用，我只會被嘲笑或者被責罵，所以有很長一段時間我非常安靜，忙著思考跟疑惑；在夜裡我習慣夢到驚人的事情，而有時候我在清晨醒來，還大叫一聲伸出雙臂。而且我也很恐懼，因爲如果故事是眞的，會有些危險存在，還有些可怕的事情會發生在我身上，除非我極其小心。這些古老的故事總是在我腦袋裡，日日夜夜，而我回顧這些故事，一次又一次對我自己述說它們，還去保母跟我說那些故事的地方散步；而晚間我坐在育嬰室的火爐邊時，我習慣幻想著保母坐在另一張椅子上，告訴我一些神奇的故事，聲音很低，就怕有任何人聽著。不過她以前最喜歡趁我們外出到田野中，遠離房屋的時候告訴我種種事情，因爲她說她告訴我的事情很祕密，隔牆有耳。而如果要講的是某種比先前更祕密的事情，我們就必須藏在灌木叢或樹林裡；我以前會認爲沿著矮樹籬爬行，而且動作要非常輕柔實在太好玩了，然後在確定沒有人監視我們的時候，我們就會突然跑到灌木叢後面，或者衝進樹林裡；這樣我們就知道，我們的祕密確實完全屬於我們自己，徹底沒有別人知道任何事。我們不時會如同我先前描述的那樣，把自己藏起來，她通常會趁這時讓我看到種種古怪的事情。我記得有一天，我們在一個榛樹叢裡眺望小溪，我們舒適又溫暖，就好像在四月天一樣；太陽相當熱，而樹葉才剛剛冒出來。保母說，她要讓我看看某種有趣到會讓我笑出來的事情，然後她照她說的做了，讓我看到一個人如何能夠把一整棟屋子弄得上下顚倒，卻沒有任何人能夠發現，瓶罐跟鍋子會到處亂跳，瓷器會破裂，椅子還會自動翻倒。我有一天在廚房裡嘗試了，而我發現我可以做得相當好，碗櫃上的一整排盤子都掉下來了，廚子的小工作檯歪向一邊翻倒了，「就在我眼前」廚子說。但她看起來好驚恐又變得好蒼白，所以我沒再這樣做了，因爲我喜歡她。在榛樹叢裡，在她做給我看如何把東西弄翻以後，她還讓我看到怎麼弄出叩叩響的噪音，而我也學會做了。然後她教我在某些場合唸的押韻詩歌，還有在其他場合畫的獨特印記，還有在她自己還是小女孩的時候，她曾祖母教過她的其他事情。而在我認爲我看到某個大祕密的那次奇異散步之後，我就只想著這些事，眞希望保母還在，讓我可以問她這件事，但她在超過兩年前就已經離開了，而且似乎沒有人知道她變成了什麼樣，或者她去了哪裡。不過如果我活到很老，我永遠會記得那些日子，因爲我老是感覺那麼奇怪，滿心納悶與懷疑，而有時候我覺得相當確定，也下定了決心，然後我會覺得很確定這種事情不可能眞的發生，接著又周而復始。可是我極其小心，不做某些可能非常危險的事。所以我有很長的時間都在等待與疑惑，而雖然我一點都不確定，卻從來不敢嘗試找出答案。但有一天我變得很確信，保母說的一切都相當眞實，我發現這點的時候，我是完全獨自一人。我在喜悅與恐懼中全身顫抖，我盡快跑進我們以前會去的某一個老灌木叢裡——是在巷子旁邊的那一個，保母就是在那裡做了那個黏土小人——而我往裡衝，我往裡爬；在我到了有接骨木的地方時，我用雙手蓋住我的臉，然後平躺在草地上，我在那裡待了兩小時都沒有動，對我自己悄聲說些美妙、恐怖的事情，還有一次又一次地說出某些詞彙。這全都是眞實、神奇又壯麗的，而在我記起我知道的故事，想起我眞正看到的事情時，我發熱又發冷，空氣裡似乎充滿了香氣、花朵與歌唱。起初我想要做個小黏土人，像保母好久以前做的那個，我必須發明計畫跟策略，要觀察環境，還要事先想到種種事情，因爲任何人就算做夢都絕對不可以知道我在做什麼，或者打算做什麼，而我年紀太大了，不能用一個錫桶裝著黏土到處跑。最後我想到一個計畫，然後我把濕黏土帶到灌木叢去，做了保母做過的每一件事，只是我做的肖像比她做過的更精緻得多；而在完成它的時候，我做了我能想像到的一切，比她做過的更多上許多，因爲這是某種更好得多的擬似物。而過了幾天，在我提早做完功課以後，我第二次去了那條曾經引導我進入一個陌生田野的小溪。而我跟著那條小溪走，穿過了灌木叢，經過樹木低矮的樹枝下面，然後爬上山丘上多刺雜木林，走過滿是蔓生棘刺的陰暗樹林，走了很長、很長的路。接著我爬過小溪曾經流過、地面都是石頭的黑暗隧道，到最後來到了爬上山丘的那個雜木林，而樹上雖然長出樹葉了，一切看起來幾乎還是跟我去那裡的第一天一樣黑。而那雜木林還是一樣，我緩緩地往上爬，直到最後從那座光禿的大山丘裡走出來，開始在神奇的岩石中行走。我再度在每樣東西上看到可怖的維瑞，因爲天空雖然比較亮，周遭圍成環狀的荒野山丘還是很暗，而懸垂下來的樹林看起來黑暗又令人畏懼，奇怪的岩石就像先前一樣灰撲撲的；而我坐在石頭上，從大土丘上俯視著它們的時候，我看見它們所有驚人的圓圈，還有圈圈裡的圈圈。而它們開始轉向我的時候，我必須文風不動地坐著，並且注視著它們。每顆石頭都在自己的位置上舞動，它們似乎一圈又一圈地繞著，繞成一個大漩渦，就好像一個人置身於所有星星的中央，還聽見它們在空氣中疾馳。所以我往下走到石頭之間，跟它們一起跳舞，還唱著異乎尋常的歌；然後我往下走，穿過另一座雜木林，在封閉的祕密山谷中明亮的溪流裡喝水，用我的嘴唇往下接觸冒著泡的水；然後我繼續走，直到我來到閃亮的苔蘚之間那口滿溢著水的深井，而我坐了下來。我看著眼前這座山谷祕密的黑暗，在我後面是極高的草牆，而周遭有著懸垂的樹木，把這座山谷變成這樣一個祕密的地點。我知道這裡除了我自己以外別無他人，而且沒有人可以看見我。所以我脫掉靴子跟長襪，把腳往下放進水裡，說出我知道的那些詞彙。水一點都不像我預期中那樣冰冷，而是溫暖又非常宜人的，我的腳放在水裡時，感覺好像放在絲綢裡，或者就像有寧芙仙子親吻著它們。所以在我泡夠了以後，我說了別的詞彙，做出手勢，然後用一條我刻意帶來的毛巾擦乾腳，然後穿上長襪跟靴子。接著我爬上陡峭的牆，進入有谷地、有兩座漂亮土丘、有圓形隆起脊地跟所有奇特形狀的地方。這次我沒有下去那個谷地，不過我在盡頭轉身，而且相當清楚地分辨出那些人形，因爲現在天色比較明亮，而我記起了以前忘得相當徹底的故事，在這個故事裡，有兩個人形被稱爲亞當跟夏娃，只有知道這個故事的人才曉得它們是什麼意思。所以我繼續走啊走，到最後我來到絕對不可以描述的那個祕密樹林，我從先前發現的路爬進去。而在我走到半路的時候停下來，然後轉過身去，做好準備，接著我把手帕緊緊綁在我眼睛周圍，徹底確保我什麼都看不見，看不到一根細枝、看不到一片葉尖，也看不到天空的光亮，因爲它是一條絲質的紅色舊手帕，上面有黃色大圓點，繞了兩圈蓋住我的眼睛，所以我什麼都看不到。然後我開始繼續走，一步接一步，非常地緩慢。我的心跳越來越快，而有某種東西從我喉頭升起，哽住了我，讓我想要大喊出聲，但我緊抿著嘴唇，繼續走下去。我繼續走的時候，樹枝卡住我的頭髮，還有巨大的棘刺撕扯著我；但我繼續走到小徑的盡頭。然後我停下來，伸出雙臂並且鞠躬，接著我第一次轉圈，用雙手摸索，那裡什麼都沒有。我第二次轉圈，用雙手摸索，還是什麼都沒有。接著我第三次轉圈，用雙手摸索，故事全都是眞的，而我眞希望已經過去好幾年，這樣我就不必等上好久，就可以永永遠遠幸福快樂。

保母一定就是我們在《聖經》上讀到的那種先知。她說過的一切都開始成眞，而從那時開始，她告訴過我的其他事情都發生了。我就是這樣開始知道她的故事是眞的，而且那個祕密不是我自己憑空捏造的。不過那天還發生了另外一件事。我第二次去了那個祕密地點。是發生在滿溢的深井那裡，我站在苔蘚上的時候，彎腰往裡面看，接著我知道了在很久以前我還很小的時候，我看到從林中水裡出來的白膚小姐是誰了。然後我全身顫抖，因爲這告訴我其他的事情。然後我想起來，在我見到林中的白膚人之後不久，保母怎麼樣問我更多關於他們的事，而我把這一切再度告訴她，她聆聽著，然後很長、很長一段時間什麼都沒說，最後她說：「妳會再見到她的。」所以我明白發生了什麼事，還有即將發生什麼事。而我明白寧芙仙子的事了；我可以怎麼樣在各種地方跟她們相會，她們永遠都會幫助我，而我必須永遠找尋著她們，並且發現她們有種種奇特的形狀與外表。少了寧芙仙子，我永遠不可能發現祕密，而少了她們，其他事情也全都不可能發生。保母很久以前告訴過我所有關於她們的事，不過她是用另一個名字稱呼她們，而我不知道她是什麼意思，或者她講她們的故事是什麼意思，只知道她們非常古怪。有兩種寧芙仙子，明亮的與黑暗的，兩種都非常美麗可人又非常神奇，某些人只見過一種，還有些人只見過另一種，但某些人兩種都會看到。但通常是黑暗的先出現，明亮的隨後才來，而且有些關於她們的離奇故事。在我從祕密之地回家之後一兩天，我第一次眞正認識那些寧芙仙子。保母曾經向我示範如何召喚她們，而我嘗試過，但我不知道她是什麼意思，所以我以爲那全都是胡扯。但我下定決心會再度嘗試，所以我去了池塘所在的那個樹林，我以前在那裡見到白膚人，而我再試了一次。黑暗寧芙阿蘭娜來了，而她把一池的水變成了一池的火……

尾聲

「那是非常古怪的故事。」卡特葛雷夫說著，把綠皮書交還給隱士安布洛斯。「我看得出大半的意思，但有許多事情我完全搞不懂。舉例來說，在最後一頁，她講到『寧芙仙子』是什麼意思？」

「唔，我想在整個手稿裡都有提到某些『程序』，在不同年代裡靠著傳統傳承下來。某些這樣的程序剛開始進入科學的影響範圍之內，科學是透過相當不同的途徑來達成這些程序——或者更精確地說，是達成導向這些程序的步驟。我把這些對『寧芙仙子』的指涉，詮釋成對於其中一種程序的指涉。」

「那你相信有這種事情嗎？」

「喔，我想是有的。對，我相信在這一點上我可以給你讓人信服的證據。恐怕你先前一直忽視鍊金術的研究？這很可惜，因爲象徵主義無論如何都是非常美麗的，除此之外，如果你熟悉關於這個主題的某些書，我可以讓你回想起某些句子，這些句子或許能解釋你剛讀過的手稿裡的很多東西。」

「是的；不過我想知道，你是否眞心認爲這些幻想有任何事實基礎。這不全都是詩歌的一部分嗎？一種讓人自我沉溺的稀奇古怪夢境？」

「我只能說，對絕大多數的人來說，把它徹底當成一場夢打發掉，無疑是比較好的。但如果你問我眞正的信念是什麼——就完全傾向另一邊了。不；我不應該說信念，反而該說知識。我可以告訴你，我知道一些例子，是人全憑意外，歪打正著這些『程序』裡的某一個，而且被全然不在預期之內的結果弄得很震驚。在我想到的那些例子裡，不可能有任何一種『暗示』或下意識行動的可能性。你還不如假設一名學童在機械化地背誦語尾變化的時候，對自己『暗示』了艾思奇勒斯（註）的存在呢。」

「但你已經注意到含混不清的地方了。」安布洛斯繼續說道：「而在這個特定例子裡，這一定是在本能支配下寫的，因爲寫作的人從來沒想過她的手稿會落入他人之手。但這種作法是普世性的，而且是基於最優越的理由。強勁又有效的藥物，必然也是致命的毒藥，會被放在上鎖的櫃子裡。孩童可能會偶然找到鑰匙，喝到害自己送命；但在大多數例子裡，這種搜尋是有教育意義的，而裡面裝著寶貴靈丹妙藥的藥瓶，是爲有耐性替自己打造鑰匙的人而存在。」

「你不想講細節嗎？」

「不，坦白說，我不想。不，你必須保持沒被說服的狀態。但你看到這份手稿如何示範了我們上週的談話內容嗎？」

「這女孩還活著嗎？」

「不。我是找到她的其中一人。我跟她父親很熟；他是一位律師，而總是非常放任她自己打發時間。他除了地契與租約以外什麼都不想，而傳來的消息對他來說是個可怕的意外。某天早上她失蹤了；我想那是在她寫下你讀過的東西之後大約一年。僕人被召來，他們說了

註：艾思奇勒斯（Aeschylus），西元前五二五年到四五六年的希臘悲劇詩人，寫下了知名的《奧瑞斯提亞》（*Oresteia*）三部曲，由《阿加曼儂》（*Agammenon*）、《奠酒人》（*Choephoroe*）與《復仇女神》（*Eumenides*）組成。

些事情，而且對這些事給出了唯一自然的詮釋——一個完全錯誤的詮釋。

「他們在她房間裡的某處發現那本綠皮書，而我在她極其恐懼地描述的地方發現了她，躺在地上，就在一尊肖像前面。」

「那是個肖像？」

「對，棘刺跟環繞在旁邊的濃密灌木叢隱藏著它。那是一片野蠻、孤寂的田野；但你知道那裡照她的描述是什麼樣子，不過你當然會理解，種種色彩都被強化過了。一個孩子的想像力總是讓高處變得更高，深處變得更深，超過它們實際的樣子；而對她自己來說很不幸的是，她有某種超過想像力的東西。或許可以說，她在某種程度上成功地以語言描繪的內心畫面，是會出現在一位有想像力的藝術家面前的場景。不過那是一片奇異、荒涼的土地。」

「而她死去了？」

「是的。她毒殺了自己——後來發生的事情。不；沒有人說出任何在一般意義上對她不利的話。你可能會回想起我在前一次夜裡告訴你的故事，講到一位女士看到她的孩子手指被窗戶壓傷了？」

「而這尊雕像是什麼？」

「唔，這是羅馬的工藝，是用有好幾世紀歷史卻沒變黑，反而變得光輝潔白的石頭做成的。雜木林長在周圍隱藏住它，而在中世紀，某個極古老傳統的追隨者，知道怎麼爲了他們自己的目的利用它。事實上，它被整合到安息日駭人聽聞的神話體系裡。你會注意到，對於那些因爲機緣巧合，或者更精確地說，也許是透過表面上的巧合，得以見到那種耀眼潔白景象的人，必須在他們第二次靠近的時候把自己的眼睛矇起來。那是非常重要的。」

「那它還在那裡嗎？」

「我找人拿工具過來，然後我們把它敲成塵土與碎片了。」

「傳統的持久從來不會讓我感到驚訝。」安布洛斯在短暫的停頓以後，繼續說道：「像那女孩在她童年聽說過的這種傳統，我可以指出在許多英國教區仍然存在，有著玄奧卻並未衰退的活力。不，對我來說，奇異而可怖的是這個『故事』而不是『後續』，因爲我總是相信驚奇是關乎靈魂的。」

h+w 20／扭曲者

原著書名／The Twisted Ones
作　　者／T・金費雪
翻　　譯／吳妍儀
編輯總監／劉麗眞
責任編輯／張麗嫻
特約編輯／熊芩
行銷業務部／徐慧芬・陳紫晴
總 經 理／陳逸瑛
榮譽社長／詹宏志
發 行 人／涂玉雲
出 版 社／獨步文化
城邦文化事業股份有限公司
104台北市中山區民生東路二段141號5樓
電話：（02）2500-7696　傳眞：（02）2500-1967
發　　行／英屬蓋曼群島商家庭傳媒股份有限公司
城邦分公司
104台北市中山區民生東路二段141號2樓
網址／www.cite.com.tw
讀者服務專線／（02）2500-7718；2500-7719
服務時間／週一至週五：09:30～12:00　13:30～17:00
24小時傳眞服務／（02）2500-1900；2500-1991
讀者服務信箱 E-mail／service@readingclub.com.tw
劃撥帳號／19863813
戶名／書虫股份有限公司
香港發行所／城邦（香港）出版集團有限公司
香港灣仔駱克道193號東超商業中心1樓
電話／（852）2508-6231　傳眞／（852）2578-9337
E-mail／hkcite@biznetvigator.com

馬新發行所／城邦（馬新）出版集團
Cite (M) Sdn Bhd
41, Jalan Radin Anum, Bandar Baru Sri Petaling,
57000 Kuala Lumpur, Malaysia.
Tel:（603）90578822
Fax:（603）90576622
email:cite@cite.com.my
封面設計／許晉維
印　　刷／前進彩藝有限股份公司
排　　版／陳瑜安
●2022年10月初版
售價499元

ISBN 978-626-7073-82-7
978-626-7073-85-8（EPUB）

國家圖書館出版品預行編目資料

扭曲者／T・金費雪著；吳妍儀譯. –初版. – 臺北市：獨步文化，城邦文化事業股份有限公司出版：英屬蓋曼群島商家庭傳媒股份有限公司城邦分公司發行，2022.10
面；　公分. --（h+w；20）

譯自：The twisted ones

ISBN 978-626-7073-82-7（平裝）

874.57　　111012929